Ullstein

ÜBER DAS BUCH:

Februar 1806, vor Südafrika: Vizeadmiral Bolithos Geschwader wirft Anker in einer kleinen Bucht am Kap der Guten Hoffnung. Seit der Schlacht von Trafalgar und Nelsons Tod sind erst vier Monate vergangen, und hier unten am anderen Ende der Welt weiß noch kaum jemand davon. Dies nützt Bolitho aus, um Kapstadt von den Holländern zurückzuerobern. Dennoch wird er seines Sieges nicht recht froh. Der Verlust seines alten Flaggschiffs *Hyperion* und seine gescheiterte Ehe mit Belinda bedrücken ihn. Auch schadet ihm in London der Skandal, den seine Affäre mit Lady Catherine Somervell auslöst. Deshalb wundert es ihn nicht, daß ihn die Admiralität nach seiner Rückkehr gleich wieder in die Nord- und Ostsee beordert.
Napoleon setzt Dänemark unter Druck, um seine Häfen für den Handel mit England zu sperren. Auch wäre die dänische Flotte für die vom langen Krieg dezimierten Marinen Englands und Frankreichs eine verlockende Beute. So folgen Bolithos Männer ihrem Vizeadmiral zur Belagerung von Kopenhagen und in ein entscheidendes Gefecht, damit England hinter seinen »hölzernen Mauern« – seinen Schiffen – weiterhin blühen und gedeihen kann.
Dieser 20. Titel der erfolgreichen marinehistorischen Romanserie um Richard Bolitho, hier erstmals im Taschenbuch, stand monatelang auf den britischen Bestsellerlisten. Er ist die chronologische Fortsetzung der »Seemannsbraut« (UB 22177).

ÜBER DEN AUTOR:

Alexander Kent kämpfte im Zweiten Weltkrieg als Marineoffizier im Atlantik und im Mittelmeer und erwarb sich danach einen weltweiten Ruf als Verfasser spannender Seekriegsromane. Seine marinehistorische Romanserie um Richard Bolitho machte ihn zum meistgelesenen Autor dieses Genres neben C. S. Forester. Seit 1958 sein erstes Buch erschien *(Schnellbootpatrouille)* hat er über vierzig Titel veröffentlicht, von denen die meisten bei Ullstein vorliegen oder vorbereitet werden. Sie erreichten eine Gesamtauflage von über 20 Millionen und wurden in 14 Sprachen übersetzt. – Alexander Kent, dessen wirklicher Name Douglas Reeman lautet, ist aktiver Segler, Mitglied der Royal Navy Sailing Association und Governor der Fregatte *Foudroyant* in Portsmouth, des ältesten noch schwimmenden britischen Kriegsschiffes.

Alexander Kent

Mauern aus Holz, Männer aus Eisen

Admiral Bolitho am
Kap der Entscheidung

Roman

Ullstein

maritim
Ullstein Buch Nr. 22824
Herausgegeben von J. Wannenmacher
im Verlag Ullstein GmbH,
Frankfurt/M – Berlin
Titel der Originalausgabe:
The Only Victor
William Heinemann Ltd., London 1990
Übersetzt von Dieter Bromund

Ungekürzte Ausgabe

Umschlagentwurf:
Hansbernd Lindemann
Umschlagillustration: Geoffrey Huband

Printed in Germany 1996
Druck und Verarbeitung:
Ebner Ulm
ISBN 3 548 22824 0

4. Auflage Juni 1996
Gedruckt auf alterungs-
beständigem Papier mit
chlorfrei gebleichtem Zellstoff

Vom selben Autor
in der Reihe
der Ullstein Bücher:

Die Feuertaufe (23687)
Strandwölfe (23693)
Kanonenfutter (22933)
Zerfetzte Flaggen (23192)
Klar Schiff zum Gefecht (23932)
Die Entscheidung (22725)
Bruderkampf (23219)
Der Piratenfürst (23587)
Fieber an Bord (23930)
Des Königs Konterbande (23787)
Nahkampf der Giganten (23493)
Feind in Sicht (20006)
Der Stolz der Flotte (23519)
Eine letzte Breitseite (20022)
Galeeren in der Ostsee (20072)
Admiral Bolithos Erbe (23468)
Der Brander (23927)
Donner unter der Kimm (23648)
Die Seemannsbraut (22177)
Das letzte Riff (23783)
Dämmerung über der See (23921)

Außerdem 22 moderne
Seekriegsromane

Die Deutsche Bibliothek –
CIP-Einheitsaufnahme

Kent, Alexander:
Mauern aus Holz, Männer aus Eisen :
Admiral Bolitho am Kap der
Entscheidung ; Roman / Alexander Kent.
[Übers. von Dieter Bromund]. –
Ungekürzte Ausg., 4. Aufl. – Frankfurt/M ;
Berlin : Ullstein, 1996
(Ullstein-Buch ; 22824 : Maritim)
ISBN 3-548-22824-0
NE: GT
Vw: Reeman, Douglas [Wirkl. Name]
→ Kent, Alexander

Maurice und Geraldine FitzGerald
in Liebe und Dankbarkeit gewidmet

»Wir wenigen, wir wenigen Beglückten,
ein Kreis verschwor'ner Brüder;
denn ihn, der heut' sein Blut mit mir vergießt,
ihn nenn' ich Bruder.«

Heinrich V.

Inhalt

I Die Pflicht ruft

Kapitän Daniel Poland, Kommandant Seiner Britannischen Majestät Fregatte *Truculent,* streckte die Arme und unterdrückte ein Gähnen, während sich seine Augen an die Dunkelheit gewöhnten. Als er die Reling des Achterdecks umklammerte und die schemenhaften Figuren ringsum Identität und Rang annahmen, fühlte er Stolz auf sein Kommando. Er hatte diese Männer zu einer Besatzung geformt, die seine Wünsche und Befehle befolgte, ohne sich noch viel verbessern zu müssen. Vor zwei Jahren hatte er das Kommando übernommen, aber seinen vollen Kapitänsrang würde er erst in sechs Monaten erhalten. Erst dann würde seine Laufbahn sicher sein vor Rückschlägen. Mißgunst, ein unseliger Fehler oder ein Mißverständnis - alles konnte ihn wieder nach unten oder ganz aus dem Dienst in der Kriegsmarine befördern. Aber wenn er erst einmal Vollkapitän war, mit den beiden Epauletten auf den Schultern, konnte ihn nur noch wenig aus der Bahn werfen. Er lächelte kurz. Nur der Tod oder eine schreckliche Verwundung würden das schaffen, denn das Eisen des Feindes nahm keine Rücksicht auf die Hoffnung und den Ehrgeiz seiner Opfer.

Poland trat an den kleinen Tisch am Niedergang und hob die geteerte Segeltuchhaube, um im Licht einer abgeblendeten Lampe das Logbuch zu prüfen. Niemand auf dem Achterdeck sprach oder störte ihn; jedermann wußte, daß er da war, und kannte nach zwei Jahren seine Gewohnheiten.

Während er die sauber geschriebenen Kommentare seiner Wachoffiziere las, spürte er, wie sich das Schiff unter ihm hob und senkte; Schaum peitschte wie Hagel über das Deck. Wieder fühlte er Stolz, mahnte sich aber zur Vorsicht. Wer sich auf andere verließ, konnte schnell Mißtrauen ernten, und Mißtrauen bei Vorgesetzten gefährdete Beförderungen. Trotzdem - wenn der Wind durchstand, würden sie die afrikanische Küste, das Kap der Guten Hoffnung, beim ersten Tageslicht sichten.

Seit neunzehn Tagen unterwegs. Das war wahrscheinlich die schnellste Überfahrt, die je ein britisches Kriegsschiff von Portsmouth gemacht hatte. Poland dachte zurück an England, das sie in einem Regenschauer achteraus hatten versinken sehen, als die *Truculent* sich in den offenen Kanal schob: kalt, naß, Lebensmittelmangel und Preßkommandos.

Sein Blick blieb am Datum hängen: 1. Februar 1806. Das war vielleicht die Erklärung. Die Nachricht vom Sieg bei Kap Trafalgar war vor weniger als vier Monaten ins Land geplatzt. Seither sah es so aus, als habe Nelsons Tod die Menschen betäubt. Sogar auf seinem eigenen Schiff hatte es Poland gespürt: Der Kampfgeist seiner Offiziere und Mannschaftsgrade schien stumpfer geworden zu sein. Dabei war die *Truculent* zur Zeit der großen Schlacht nicht einmal im selben Ozean gewesen, und seines Wissens nach hatte keiner seiner Leute je den kleinen Admiral gesehen. Dieser Umstand ärgerte ihn, und er verfluchte sein Schicksal, das sein Schiff so weit weg geführt hatte von einem Kampf, in dem er Ruhm und Lohn hätte ernten können. Typisch für Poland war, daß er dabei den furchtbaren Zoll an Toten und Verwundeten nicht bedachte, den die denkwürdigen Tage von Trafalgar gefordert hatten.

Er schaute nach oben in den hellen Umriß des vollstehenden Kreuzmarssegels. Dahinter gab es nur Dunkelheit. Das Schiff hatte seine schwere Leinwand gegen die Leichtwettersegel der Passatzone ausgewechselt und würde sehr gut aussehen, wenn das Tageslicht kam. Er erinnerte sich an ihre schnelle Fahrt nach Süden: die Berge Marokkos häsig blau in der Ferne, dann weiter südöstlich über den Äquator. Ein einziger Stopp nur bei St. Helena, diesem winzigen Fleck auf der Karte.

Kein Wunder, daß junge Offiziere darum beteten, ein Kommando über eine Fregatte zu erhalten. Auf ihr war man sein eigener Herr, hing nicht an den Schürzenzipfeln der

Flotte und war ziemlich sicher vor den Eingriffen der Admiralität.

Er wußte, daß ein Kommandant bei seinen Leuten gleich nach Gott kam. Meistens schien er auch wirklich allmächtig, denn er konnte jeden an Bord strafen oder belohnen – ohne selbst mit Strafe rechnen zu müssen. Poland hielt sich für einen gerechten und fairen Kommandanten, aber er wußte, daß man ihn eher fürchtete als verehrte. Jeden Tag hatte er dafür gesorgt, daß es seinen Männern nicht an Arbeit mangelte. Der Vizeadmiral würde nichts an seinem Schiff auszusetzen haben, weder an seinem Aussehen noch an der Besatzung.

Sein Blick fiel auf das Skylight der Kajüte, es leuchtete jetzt hell aus der Dunkelheit. Auf dieser Reise durfte es keine Fehler geben, nicht mit einem so bedeutenden Passagier dort unten in den Räumen des Kommandanten.

Es wurde Zeit. Poland stellte einen Fuß auf die Lafette eines gesicherten Neunpfünders, und der Zweite Offizier erschien wie herbeigezaubert.

»Mr. Munro, Sie können die Achterdeckswache in fünfzehn Minuten antreten lassen, wenn wir über Stag gehen.«

Der Leutnant berührte im Dunkeln seinen Hut. »Aye, aye, Sir.« Er sprach so leise, als ob auch er an den Passagier dachte und an den Lärm der Soldatenstiefel auf dem Deck über dessen Schlafraum.

Poland mahnte unwirsch: »Und keine Schlamperei!«

Munro sah, wie der Master, der schon an seinem Platz neben dem großen Doppelrad stand, die Schultern krümmte. Er ahnte wahrscheinlich, daß der Kommandant ihn verantwortlich machen würde, wenn der Horizont bei Tagesanbruch so leer wie zuvor blieb.

Eine stämmige Gestalt schlurfte an Deck nach Lee, und Poland hörte, wie Waschwasser über Bord geschüttet wurde. Das war der Bootsführer ihres Passagiers, ein kräftiger, vierschrötiger Mann namens John Allday. Einer, der vor niemandem Respekt hatte, außer vor seinem Vizeadmiral. Wieder empfand Poland Zorn - oder Neid. Er dachte an seinen eigenen Bootsführer, der zwar so geschickt und verläßlich war, wie man es sich nur wünschen konnte, ein Mann, der sich von den Bootsgasten nichts vormachen ließ. Aber er war ihm kein so guter Freund, wie es Allday für den Admiral zu sein schien. Na ja, ein Bootsführer war eben nur ein gemeiner Seemann.

Scharf rief er: »Der Admiral ist wach und wird bald erscheinen. Purren Sie die Achterdeckswache heraus - und dann alle Mann an die Brassen!«

Williams, seiner Erster Offizier, kletterte den Niedergang hoch und versuchte, gleichzeitig den Mantel zuzuknöpfen und den Hut auszurichten, als er den Kommandanten bereits an Deck sah. »Einen guten Morgen, Sir!«

»Das will ich auch hoffen«, antwortete Poland kühl.

Die Leutnants sahen sich an und grinsten hinter seinem Rücken. Poland war Realist im Umgang mit der Besatzung, besaß aber kaum Humor. Seine Richtlinien fand er gleicherweise in der Bibel wie in den Kriegsartikeln.

Die Pfeifen schrillten zwischen den Decks, und die Wache kam über die feuchtglänzenden Planken getrabt. Jeder eilte auf seine Manöverstation, wo die Unteroffiziere mit ihren Listen standen und die Bootsmannsgehilfen darauf warteten, Schlafmützen mit Tampen oder Rohrstock anzutreiben. Sie alle wußten, wer der berühmte Passagier war, der die meiste Zeit achtern in Polands Kajüte geblieben war.

»Da geht sie auf, Leute!«

»Notieren Sie den Mann zur Bestrafung«, bellte Poland. Aber er sah doch hin und bemerkte das erste zarte Glühen der Morgensonne, das die Flaggleinen und den Wimpel im Masttopp berührte, dann nach unten floß und die Wanten lachsrosa einfärbte. Bald würde das Licht über die Kimm fluten, sich ausbreiten und den ganzen Ozean beleben. Aber Poland war das gleichgültig: Zeit, Entfernung, geloggte Geschwindigkeit - nur sie bestimmten seinen Alltag.

Allday lehnte sich gegen die feuchten Finknetze. Sie würden vollgestopft mit Hängematten sein, wenn das Schiff erst auf dem neuen Kurs lag. Land voraus? Wahrscheinlich. Doch Allday spürte Kapitän Polands Unrast, so wie er sich auch seiner eigenen Ängste bewußt war. Gewöhnlich war er froh, ja sogar erleichtert, das Land verlassen und wieder an Bord eines Schiffes gehen zu können. Aber diesmal war es nicht so gewesen.

Allday hatte gehört, wie man an Bord über den Mann sprach, dem er diente und den er liebte wie sonst niemanden. Nein, die *Truculent* war nicht ihr Schiff. Er betastete diesen Gedanken im Geist wie eine frische Narbe. Die *Truculent* war nicht zu vergleichen mit der alten *Hyperion*.

Es war am 15. Oktober geschehen, vor weniger als vier Monaten. In seinem Herzen spürte er immer noch das Krachen jener fürchterlichen Breitseiten, die Schreie, den Wahnsinn und dann ... Der alte Schmerz zuckte durch seine Brust, und er griff nach ihm mit der Faust, schluckte Luft und wartete darauf, daß er aufhörte. Das war in einem anderen Ozean, einer anderen Schlacht gewesen, aber eine brennende Erinnerung an ihr gemeinsames Schicksal. Allday ahnte, was Poland hinter seiner regungslosen Miene dachte. Männer wie er konnten Richard Bolitho nie verstehen. Sie wollten es auch gar nicht.

Allday rieb sich die Brust und grinste. Ja, sie beide hatten viel gesehen und viel zusammen erlebt, Vizeadmiral Sir Richard Bolitho und er. Das Schicksal hatte sie zusammengespleißt. Allday wischte sich Gischtflocken aus dem Gesicht und schüttelte den langen geteerten Zopf über seinem Kragen. Die meisten Leute glaubten wahrscheinlich, daß es Bolitho an nichts mangelte. Seine letzten Ruhmestaten wurden in den Häfen und Kneipen Englands besungen, und Charles Dibdin oder einer seiner Freunde hatte sogar eine Ballade darüber komponiert: »Wie die *Hyperion* uns den Weg freischoß ...« Das waren die Worte eines sterbenden Matrosen gewesen, dessen Hand Bolitho an jenem schrecklichen Tag bis zuletzt gehalten hatte, obwohl er gleichzeitig an hundert anderen Stellen benötigt wurde.

Nur die, die an seinen Gefechten teilgenommen hatten, wußten, wie Bolitho wirklich war. Sie kannten die Kraft und die Hingabe des Mannes mit den goldenen Schulterstücken, der seine Leute auch dann noch begeistern konnte, wenn sie halb wahnsinnig waren oder taub vom höllischen Lärm der Schlacht. Der sie Mut fassen ließ, selbst im Angesicht des sicheren Todes. Trotzdem blieb Bolitho ein Außenseiter, über den die Londoner Gesellschaft die Nase rümpfte und in den Kaffeehäusern Gerüchte verbreitete. Allday richtete sich seufzend auf. Der Schmerz kam nicht wieder. Die Schwätzer wären alle überrascht gewesen, wenn sie gewußt hätten, wie wenig Bolitho sich darum scherte.

Er hörte Polands kurzes Kommando: »Einen guten Mann nach oben, wenn ich bitten darf!«

Allday fühlte fast Mitleid mit dem Ersten, als der antwortete: »Bereits geschehen, Sir. Ich habe einen Gehilfen des Masters in den Fockmast geschickt, als die Wache an Deck kam.«

Beim Weggehen funkelte Poland den müßigen Bootssteuerer des Admirals an. »Nur die Achterdeckswache und meine Offiziere dürfen hier . . .« Aber er verschluckte den Rest und trat zum Kompaß.

Allday stapfte den Niedergang hinunter und tauchte wieder in die Gerüche und Geräusche des Schiffes ein: Teer, Farbe, Tauwerk und Salz. Er hörte gebellte Kommandos, das Quietschen von Spieren und Blöcken, das Stampfen Dutzender nackter Füße, als die Männer ihre Kraft gegen den Druck von Wasser und Wind warfen und das Schiff über Stag ging, auf den neuen Kurs.

An der Tür zur Achterkajüte stand der Posten der Seesoldaten steif unter einer wild tanzenden Lampe. In seinem roten Rock kippte er fast um, als das Ruder hart übergelegt wurde. Allday nickte ihm zu und stieß die Lamellentür auf. Er mißbrauchte seine Vorrechte selten, aber es machte ihn stolz, hier nach eigenem Willen kommen und gehen zu können. Wieder etwas, das Kapitän Poland ärgerte, dachte er und kicherte. Fast stieß er mit Ozzard zusammen, Bolithos schmächtigem Steward, der sich mit ein paar Hemden zum Waschen davondrückte, grau und unauffällig wie ein Maulwurf.

»Wie geht's ihm?«

Ozzard sah sich um. Hinter den Schlafstellen und Polands Schwingkoje lag die Kajüte fast noch im Dunkeln – bis auf eine einsame Laterne. Er murmelte: »Hat sich nicht bewegt.« Dann war er verschwunden: verläßlich, verschwiegen und immer da, wenn er gebraucht wurde. Ozzard brütete wohl immer noch über seinem Verhalten an jenem Tag im Oktober, als die alte *Hyperion* zwar den Kampf gewonnen, aber danach untergegangen war. Nur Allday wußte, daß Ozzard vorgehabt hatte, mit ihr zu sterben, mit all den Toten und Verwundeten. Der Grund dafür war sein Geheimnis. Ob Bolitho ihn ahnte?

Dann sah er Bolithos bleiche Gestalt vor den breiten Heckfenstern. Er saß auf der Bank, ein Knie angezogen, und sein Hemd leuchtete weiß vor dem bewegten Wasser draußen.

Allday sagte unsicher: »Ich hole noch eine Laterne, Sir Richard.«

Bolitho wandte den Kopf, aber seine grauen Augen blieben im Schatten. »Es wird bald hell genug sein, mein Freund.« Unwillkürlich berührte er sein linkes Augenlid. »Wir werden heute wohl Land sichten.«

So ruhig gesagt, dachte Allday, und doch mußten ihm Kopf und Herz von Erinnerungen überquellen, von guten und bösen. Aber seine Stimme verriet nichts davon, auch nichts von der Sehschwäche seines linken Auges.

»Wenn nicht, wird Käpt'n Poland gottslästerlich fluchen, darauf wette ich«, sagte Allday.

Bolitho lächelte und wandte sich wieder der See zu, die ums Ruder kochte, als würde gleich ein großer Fisch das Wasser durchstoßen, um nach der Fregatte zu schnappen. Er liebte die Morgendämmerung auf See. Auf so vielen und so unterschiedlichen Gewässern hatte er sie erlebt, von den stillen blauen Tiefen der großen Südsee bis zu den wütenden grauen Wüsten des Atlantiks. Jedes Meer hatte sich ihm so unverwechselbar eingeprägt wie die Schiffe und die Männer, die sich mit ihm gemessen hatten.

Er hatte gehofft, daß der neue Tag ihm Befreiung bringen würde von seinen bohrenden Gedanken. Ein gutes, sauberes Hemd, eine gründliche Rasur von Allday – danach fühlte er sich meist wohler. Aber diesmal nicht.

Wieder hörte er die Pfeifen schrillen und konnte sich leicht die systematische Hektik an Deck vorstellen, als die Segel getrimmt und Brassen und Fallen dichtgeholt wurden. Insgeheim würde er wohl immer der Fregattenkapitän bleiben, der er einst gewesen war, als Allday an Bord kam, geschnappt von einem Preßkommando. Seit damals hatten sie viele tausend Meilen gesegelt und zu viele Männer verloren: Gesichter, so schnell weggewischt wie Kreidestriche von einer Tafel.

Bolitho sah das erste Licht auf den Wellenkämmen; zu beiden Seiten des Ruders teilte sich golden der Schaum, als die Morgensonne über die Kimm zu steigen begann. Da stand er auf und stützte sich aufs Fenstersüll, um der See ins Gesicht zu blicken.

Er erinnerte sich, als sei es gestern gewesen, an den Admiral, der ihm den verhaßten Befehl gegeben hatte. Vergeblich hatte er protestiert, es war das einzige Kommando, das ihm die Admiralität nach seinem schrecklichen Fieber zugebilligt hatte.

»Schließlich waren Sie doch einmal Fregattenkapitän, Bolitho . . .« Ja, aber vor zwölf Jahren – oder noch länger! Am Ende hatte man ihm die alte *Hyperion* geben müssen und das wohl auch nur wegen der blutigen Revolution in Frankreich und wegen des Krieges, der ihr folgte und bis zu diesem Tag tobte.

Die *Hyperion* wurde das wichtigste Schiff seines Lebens. Viele hatten an seiner Urteilsfähigkeit gezweifelt, als er sich den alten Vierundsiebziger als Flaggschiff erbat. Aber sie schien die richtige Wahl zu sein, die einzige. Und nun war sie im letzten Oktober gesunken, nachdem sie im Mittelmeer Bolithos Geschwader gegen eine viel stärkere Streitmacht spanischer Schiffe angeführt hatte, die sein alter Feind, Admiral Don Alberto Casares, kommandierte. Es war ein verzweifeltes Gefecht gewesen, und von den ersten Breitseiten an war der Ausgang völlig ungewiß. Obwohl es unmöglich schien, hatten sie die Spanier schließlich doch geschlagen und sogar einige Prisen mit nach Gibraltar gebracht.

Aber die alte *Hyperion* hatte dabei ihr Letztes gegeben. Mit ihren dreiunddreißig Jahren leistete sie schließlich keinen Widerstand mehr, als die große spanische *San Mateo* mit ihren neunzig Kanonen eine letzte Breitseite auf sie abfeuerte. Doch trotz allem, was Bolitho in seinem Leben auf See erlebt und erlitten hatte, konnte er sich nur schwer damit abfinden, daß es die alte *Hyperion* nicht mehr gab.

Daheim in England sagten sie, wenn er das spanische Geschwader Casares' nicht im Gefecht aufgehalten und besiegt hätte, wäre es rechtzeitig zur Vereinigten Flotte vor Trafalgar gestoßen, und dann hätte selbst der tapfere Nelson dort kaum siegen können. Bolitho wußte nicht, wie er darauf reagieren sollte. Wollte man ihm damit schmeicheln - oder Nelsons Ruhm schmälern? Jedenfalls war ihm übel geworden, als dieselben Leute, die Nelson einst gehaßt und verachtet hatten - auch wegen seiner Affäre mit Emma Hamilton -, ihn jetzt aufs höchste lobten und seinen Tod beklagten.

Wie so viele, war auch Bolitho dem kleinen Admiral nie begegnet, der seine Seeleute begeistert hatte, trotz des zermürbenden Blockadedienstes oder bei blutigen Gefechten Schiff gegen Schiff. Nelson hatte seine Männer wirklich gekannt und ihnen die Autorität gegeben, die sie verstanden und brauchten.

Bolitho merkte, daß Allday leise die Kajüte verließ, und machte sich wieder Vorwürfe, daß er ihn mitgenommen hatte zu diesem Einsatz. Doch Allday, standfest wie eine englische Eiche, wollte es nicht anders. Bolitho hätte ihn nur verletzt und beleidigt, wenn er ihn als Halbinvaliden in Falmouth zurückgelassen hätte.

Er berührte sein linkes Lid und seufzte. Würde ihn das verletzte Auge im hellen afrikanischen Sonnenlicht quälen? Nur zu gut konnte er sich an den Augenblick im Gefecht erinnern, als er in die Sonne geschaut und sein Blick sich verschattet hatte, als krieche Seenebel übers Deck. Und an den triumphierenden Atemzug des Spaniers, der mit seinem Säbel einen Ausfall machte. Jenour, dem Flaggleutnant, war der Degen aus der Hand geschlagen worden, als er versuchte, Bolitho zu verteidigen. Aber Allday war dagewesen und hatte das Schlimmste verhindert. Der Säbel des Spaniers war über das blutige Deck geschlittert, sein abgetrennter Arm mit ihm. Ein zweiter Hieb brachte ihm das Ende, als Alldays Rache für eine Wunde, die ihn seither fast ständig schmerzte und behinderte.

Konnte er Allday nach all dem daheim zurücklassen, und sei es aus Fürsorglichkeit? Bolitho wußte, daß nur der Tod sie einst trennen würde.

Er stieß sich vom Fenster ab und nahm den Fächer aus seiner Seekiste zur Hand. Catherines Fächer. Sie hatte dafür gesorgt, daß er ihn mitnahm, als er in Spithead an Bord der *Truculent* ging. Was tat sie wohl gerade, gut sechstausend Meilen achteraus? In Cornwall mußte es jetzt kalt und trüb sein. Die Bauernkaten duckten sich um das große graue Haus der Bolithos unterhalb von Pendennis Castle. Wind vom Kanal würde die wenigen Bäume am Hang schütteln, die Bolithos Vater einst »meine zerlumpten Krieger« genannt hatte. Die Bauern konnten jetzt ihre Steinwälle und Scheunen reparieren, die Fischer von Falmouth ihre Boote ausbessern, dankbar für den Schutzbrief, der sie vor den verhaßten Preßkommandos rettete.

Das alte graue Haus war Catherines einzige Zuflucht vor dem Hohn und Tratsch der Gesellschaft. Ferguson, der einarmige Steward, der einst wie Allday in die Marine gepreßt worden war, kümmerte sich aufopfernd um sie. Aber im ganzen

Westen des Landes würde man ebenso wie in London über sie lästern und tratschen: *Bolithos Geliebte. Die Frau eines Viscount, die zu ihrem Mann gehörte und nicht wie eine Matrosenhure leben sollte.* Das waren Catherines eigene Worte.

Nur einmal hatte sie sich Bitterkeit und Zorn anmerken lassen: als er nach London gerufen wurde zum Empfang seiner Befehle. Da hatte sie ihn quer durch den ganzen Raum empört angesehen und gefragt: »Begreifst du nicht, was sie uns antun, Richard?« Die Wut hatte ihr dabei eine ganz neue Schönheit verliehen. Ihr langes dunkles Haar breitete sich aufgelöst über ihren hellen Morgenmantel, ihre Augen blitzten zornig. »In ein paar Tagen ist doch Lord Nelsons Beisetzung!« Sie entwand sich ihm, als er versuchte, sie zu beruhigen. »Hör mir lieber zu, Richard. Uns bleiben weniger als zwei Wochen zusammen, und davon bist du die meiste Zeit unterwegs. Verdammt noch mal, du hast dein altes Schiff verloren und alles für dein Land geopfert. Jetzt haben sie Angst, daß du an Nelsons Beisetzung nicht teilnehmen willst ohne mich, während sie doch nur Belinda akzeptieren würden. Deshalb *befehlen* sie dich nach London.«

Dann war sie weinend zusammengebrochen und hatte sich von ihm trösten lassen, hatte sich an ihn geschmiegt wie damals, als sie in Falmouth ihren ersten gemeinsamen Sonnenaufgang erlebt hatten.

Bolitho hatte ihre Schulter gestreichelt und gesagt: »Ich erlaube niemandem, dich zu beleidigen.«

Hatte sie ihm überhaupt zugehört? Nein, sie dachte nur an seine Behinderung. »Der Chirurg, der mit dir segelte – Sir Piers Blachford –, der müßte dir doch helfen können.« Sie hatte sein Gesicht zu sich herabgezogen und seine Augen mit besorgter Zärtlichkeit geküßt. »Mein Liebster, du mußt dich vorsehen!«

Jetzt war sie in Falmouth, und trotz allem Schutz und aller Verehrung blieb sie dort weiterhin eine Fremde.

Sie hatte ihn an jenem kalten, windigen Vormittag zu seiner Abreise nach Portsmouth begleitet. Zusammen warteten sie am alten Kai, wohl wissend, daß mit diesen abgetretenen Stufen auch Nelson zum letzten Mal englischen Boden unter den Füßen gehabt hatte. Hinter ihnen stand die Kutsche mit dem Wappen der Bolithos, so schlammbespritzt, als wolle sie von den Stunden zeugen, die sie beide unerkannt darin verbracht hatten.

Nicht immer ganz unerkannt. Auf dem Weg durch Guildford hatten ein paar Bummelanten auf der Straße hurra gerufen und: »Gott segne dich, Dick! Und scheiß auf die Arschlöcher in London. 'Tschuldigung, Madam!«

Als die Barkasse sich mit kräftigem Riemenschlag der Treppe näherte, hatte sie die Arme um seinen Hals gelegt, das Gesicht naß von Regen und Tränen: »Ich liebe dich, mein Alles.« Sie hatte ihn lange geküßt und sich erst von ihm gelöst, als die Barkasse geräuschvoll festmachte. Erst dann hatte sie sich abgewandt, aber noch einmal innegehalten, um zu sagen: »Erinnere Allday daran, daß er gut auf dich aufpassen soll.«

Die restlichen Umstände hatte er vergessen, als ob plötzlich Dunkelheit über ihn hereingebrochen sei.

Kapitän Poland klopfte hart an die Tür und trat in die Kajüte, den Dreispitz unter den Arm geklemmt. Bolitho sah seine Blicke durch den halbdunklen Raum huschen, als erwarte er, seine Kajüte völlig verändert zu finden.

Bolitho setzte sich wieder auf die Fensterbank. *Truculent* war ein gutes Schiff, er fühlte sich wohl darauf. Darüber fiel ihm sein Neffe Adam ein, und er fragte sich, ob er schon die größte aller Chancen erhalten hatte: das Kommando über eine neue Fregatte. Wahrscheinlich war er schon mit ihr auf See wie die *Truculent.* Adam würde es bestimmt schaffen.

»Neuigkeiten, Kapitän?« fragte er.

Poland sah ihm ins Gesicht. »Wir haben Land in Sicht, Sir Richard. Der Master, Mr. Hull, hält es für einen perfekten Landfall.«

Immer diese Vorsicht. Bolitho war sie schon einige Male aufgefallen, auch als er Poland eingeladen hatte, mit ihm zu

Abend zu speisen. »Und was halten Sie selbst davon, Kapitän?«

Poland schluckte trocken. »Er hat wohl recht, Sir Richard.« Zögernd fügte er hinzu: »Der Wind hat nachgelassen. Wir werden den ganzen Tag brauchen, um die Küste zu erreichen. Selbst den Tafelberg sieht man erst vom Masttopp aus.«

Bolitho griff nach seinem Mantel, ließ ihn aber dann doch liegen. »Ich komme gleich nach oben. Sie haben eine ungewöhnlich schnelle Reise gemacht, Kapitän. Das werde ich in meinem Bericht erwähnen.«

Zu jeder anderen Zeit hätte es ihn amüsiert, den schnellen Wechsel des Ausdrucks in Polands sonnengerötetem Gesicht zu beobachten. Einerseits freute er sich, denn das schriftliche Lob eines Vizeadmirals konnte vielleicht für eine noch schnellere Beförderung des Kommandanten sorgen. Andererseits konnte es aber so interpretiert werden, daß Poland die zweifelhafte Gönnerschaft eines Mannes genoß, der über Autorität spottete, der seine Frau wegen einer anderen verlassen und seine Ehre in den Wind geworfen hatte.

Aber jetzt war jetzt, und Bolitho sagte scharf: »Also los!«

Auf dem Achterdeck sah Bolitho seinen Flaggleutnant Jenour bei den Schiffsoffizieren stehen und freute sich wieder, wie vorteilhaft sich der Mann verändert hatte: ein eifriger, liebenswürdiger Junge und der erste in seiner Familie, der zur Royal Navy gegangen war. Bolitho hatte anfangs daran gezweifelt, daß er die Herausforderungen bestehen würde, die sie erwarteten. Auch hatte er gehört, daß einige der erfahrenen Salzbuckel an Bord darüber Wetten abschlossen, wie lange Jenour überleben würde. Aber er hatte überlebt – und wie! Er war aus den Gefechten als Mann, als Veteran hervorgegangen.

Es war Jenours schöner Degen gewesen, ein Geschenk seines Vaters, der ihm entrissen worden war, als er Bolitho zu Hilfe eilte. Jenour hatte aus dieser Erfahrung ebenso gelernt wie aus vielen anderen. Seit jenem letzten Gefecht trug der junge Mann seinen Degen stets an eine Sorgleine geknüpft, die mit einem dekorativen Knoten geschmückt war und die Waffe im Kampf fest mit seinem Handgelenk verband. Es war auffallend, mit welchem Respekt die Offiziere der *Truculent* Jenour behandelten, obwohl die meisten von ihnen älter waren als er und einen höheren Rang hatten. Die Fregatte mit ihren sechsunddreißig Kanonen war zwar ständig im Dienst gewesen, auf Patrouillen und als Begleitschiff, doch noch kein Mitglied der Offiziersmesse hatte - wie Jenour - bisher an einem größeren Seegefecht teilgenommen.

Bolitho nickte den Offizieren zu und schritt übers Seitendeck nach vorn, das wie sein Gegenüber das Achterdeck mit dem Vordeck verband. Unter ihm in der Kuhl wurde die Hauptbatterie bereits vom Stückmeister und einem seiner Gehilfen inspiziert. Poland war wirklich gründlich, dachte Bolitho. Er stand jetzt an der Reling und beobachtete die halbnackten Seeleute, die ihre Hängematten sauber in die Finknetze stauten. Einige der Männer waren schon braun, andere rot verbrannt von zuviel Sonne.

Diese Sonne erhob sich nun aus der See und übergoß die niedrigen Wellen wie mit geschmolzenem Kupfer. Schon dampfte *Truculent* in der Morgenkühle. Sie würde wie ein Geisterschiff aussehen, bis die Hitze Rumpf und Segel ganz getrocknet hatte.

Bolitho bedauerte die Wachoffiziere in ihren Hüten und schweren Mänteln. Poland wollte damit offensichtlich Autorität demonstrieren, wie ungemütlich sie sich auch fühlten. Was sie wohl von seiner lässigen Kleidung hielten? Für Pomp und Etikette blieb immer noch Zeit, wenn sie auf die Flotte trafen, die angeblich hier vor der afrikanischen Küste operierte. Unterwegs waren sie sich vorgekommen wie das einzige Schiff auf dem Ozean.

Gedankenversunken begann er langsam hin und her zu gehen. Männer, die mit nimmer endenden Wartungsarbeiten beschäftigt waren, mit Spleißen, dem Ersatz von Tauwerk, mit Malen und Schrubben, sahen hoch, wenn sein Schatten an ihnen vorbeiglitt. Aber jeder schaute schnell weg, wenn ihre Blicke sich zufällig trafen.

Mr. Hull, der schweigsame Master der Fregatte, überwachte drei Midshipmen, die abwechselnd in einer Karte arbeiteten. Neben ihm versuchte der Zweite, zur Zeit Wachoffizier, nicht zu gähnen - das wäre riskant gewesen bei einem Kommandanten mit so unberechenbarem Temperament. Aus der Kombüse roch es nach Frühstück, doch bis zum Wachwechsel würde es noch lange dauern.

Hull fragte leise: »Was denkt er jetzt wohl, Mr. Munro?« Er deutete kurz auf die hohe Gestalt im weißen Hemd, in deren dunklem Haar, im Nacken zusammengebunden, die Brise spielte, während er ohne Hast hin und her wanderte.

Munro antwortete leise: »Ich weiß nicht, Mr. Hull. Aber wenn nur die Hälfte von dem wahr ist, was man so hört, hat er genug zum Nachdenken.«

Wie die anderen hatte auch Munro wenig vom Vizeadmiral gesehen, außer bei einem gemeinsamen Essen, zu dem er und der Kommandant die Offiziere und Unteroffiziere eingeladen hatten, um ihnen den Zweck der Reise zu erläutern.

Zwei starke Verbände waren mit Infanterie und Seesoldaten zum Kap beordert worden. Ihr einziges Ziel: zu landen, Kapstadt zu belagern und es den Holländern wieder abzunehmen, Napoleons unfreiwilligen Alliierten. Dann, und nur dann, würden Englands Schiffahrtswege ums Kap wieder sicher sein vor französischen Kaperern. In Kapstadt gab es auch eine Werft, die nach der Wiedereroberung verbessert und vergrößert werden sollte, damit englische Schiffe sich nie wieder notdürftig selbst versorgen oder wertvolle Monate vergeuden mußten auf der Suche nach passenden Stützpunkten.

Polands Stimme schnitt durch Munros Gedanken wie ein Messer: »Mr. Munro! Achten Sie gefälligst auf die Faulpelze, die angeblich am zweiten Kutter arbeiten. Sie starren zum Horizont, statt zu arbeiten. Aber vielleicht liegt es daran, daß auch der Wachhabende in den Tag träumt, wie?«

Mr. Hull grinste mitleidlos. »Der hat seine Augen wirklich überall.« Er wandte sich an die Seekadetten, um von Munros Verlegenheit abzulenken. »Und was treiben Sie da, meine Herren? Guter Gott, so werden aus Ihnen niemals Leutnants, aus keinem von Ihnen.«

Bolitho hörte das alles, war aber in Gedanken woanders. Er dachte an Catherines verzweifelten Zorn. Wieviel von dem, was sie sagte, traf zu? Er wußte, daß er sich im Lauf der Jahre Feinde gemacht hatte. Viele hatten versucht, ihm zu schaden, auch wegen seines toten Bruders Hugh, der während der Amerikanischen Revolution die Fronten gewechselt hatte. Später hatten sie das gleiche mit seinem Neffen Adam versucht. O ja, er hatte echte Feinde, nicht nur eingebildete.

Brauchte man ihn wirklich so schnell am Kap der Guten Hoffnung? Oder stimmte es, daß Nelsons Sieg über die Vereinigte Flotte die englische Strategie völlig umgestoßen hatte? Frankreich und Spanien hatten zwar viele Schiffe verloren, sie waren gesunken oder als Prise genommen worden. Aber auch Englands Flotte war nach Trafalgar schwer angeschlagen, und die wichtigen Blockadegeschwader vor Frankreichs Häfen hatten die Grenze ihrer Belastbarkeit erreicht. Napoleon würde jetzt neue Schiffe brauchen und sie in Toulon bauen lassen oder an der französischen Kanalküste, moderne Schiffe, von denen Nelson in seinen Wortgefechten mit der Admiralität so oft gesprochen hatte. Doch bis dahin würde sich Napoleon woanders nach Hilfe umschauen – vielleicht bei seinem alten Aliierten Amerika?

Bolitho zupfte Kühlung suchend an seinem Hemd, einem aus der eleganten Kollektion, die Catherine ihm in London gekauft hatte, während er bei den Lords der Admiralität vorsprach. Er hatte die Hauptstadt immer gehaßt, ihre verlogene Gesellschaft, ihre privilegierten Bürger, die den Krieg nur wegen seiner Unbequemlichkeit verfluchten, ohne an die vielen Männer zu denken, die draußen ihr Leben hingaben, um die Freiheit aller zu schützen. Bürger wie ... Doch er verdrängte Belinda aus seinen Gedanken und tastete nach dem silbernen Medaillon, das Catherine ihm gegeben hatte: klein, aber mit ihrem perfekten Miniaturporträt im Inneren. Es zeigte ihre dunklen Augen, ihren unverhüllten Hals, wie er ihn kannte und liebte. Auf der Rückseite enthielt es eine gepreßte Haarlocke von ihr. Er konnte nur raten, wie lange sie dieses Medaillon schon besessen hatte. Sicherlich war es kein Geschenk ihres ersten Mannes, dieses Glücksritters, der bei einer Rauferei in Spanien ums Leben gekommen war. Vielleicht aber stammte es von ihrem zweiten Mann, Luis Parejas. Er war gefallen, als er Bolitho half, ein erobertes Handelsschiff gegen Berberpiraten zu verteidigen. Luis war doppelt so alt gewesen wie Catherine, aber auf seine Weise hatte er sie geliebt. Die Miniatur besaß die Finesse, die er als spanischer Kaufmann geschätzt hätte.

Damals war Catherine in Bolithos Leben getreten - und nach einer kurzen, heftigen Affäre wieder daraus verschwunden. Das war ein Mißverständnis gewesen, der fehlgeschlagene Versuch, ihrer beider Ruf zu schützen. Bolitho hatte sich oft verflucht, daß er ihre Trennung zugelassen hatte.

Erst vor zwei Jahren, als die *Hyperion* Antigua anlief, hatten sie einander wiedergefunden. Bolitho führte eine Ehe mit Belinda, die erkaltet war. Catherine war zum dritten Mal verheiratet - mit Viscount Somervell, einem bösartigen, dekadenten Mann. Er hatte versucht, sie physisch zu vernichten, und hatte sie ins Schuldgefängnis werfen lassen, als er von ihrer neu entflammten Leidenschaft erfuhr. Bolitho hatte sie daraus gerettet. Er hörte ihre Stimme so klar, als stünde sie neben ihm auf dem schnell trocknenden Deck: »Trag dies immer bei dir, Liebster. Ich werde es dir erst wieder abnehmen, wenn du neben mir liegst.« Er fühlte die Gravur auf der Rückseite des Medaillons, die sie in London hatte anbringen lassen: *Möge das Glück dich immer leiten. Möge die Liebe dich immer schützen.*

Bolitho trat an die Finknetze und beschattete seine Augen, um ein paar Möwen zu beobachten. Dann wandte er den Kopf und hielt den Atem an. Die Sonne war zwar stark, blendete aber noch nicht genug, um . . . Er zögerte, starrte zur glitzernden Kimm. Nichts geschah. Kein Nebel stieg auf wie ein böser Geist und trübte sein linkes Auge. Er atmete auf.

Allday bemerkte Bolithos Reaktion und freute sich. Das Gesicht des Vizeadmirals hatte ausgesehen wie das eines Mannes auf dem Schafott, der im letzten Augenblick begnadigt worden war.

»An Deck!« Alle Gesichter wandten sich nach oben. »Segel an Steuerbord achteraus!«

Scharf befahl Poland: »Mr. Williams, entern Sie auf und nehmen Sie ein Fernglas mit nach oben!«

Der Erste nahm dem Midshipman der Wache das Teleskop ab und kletterte in den Wanten des Großmasts zum Krähennest hinauf. *Truculents* Leinwand blähte sich kaum, doch die Bramsegel des fremden Schiffes schienen sich ihnen auf konvergierendem Kurs mit großer Schnelligkeit zu nähern. Bolitho hatte das oft beobachtet: Im selben Seegebiet hing das eine Schiff in der Flaute fest, während das andere mit vollen Segeln dahinstürmte.

Poland sah Bolitho ausdruckslos an, aber seine Hände öffneten und schlossen sich an seiner Seite und verrieten seine Erregung. »Soll ich klar zum Gefecht machen, Sir Richard?«

Bolitho hob das Teleskop. Eine ungewöhnliche Peilung. Wahrscheinlich gehörte der Ankömmling nicht zum örtlichen Geschwader. »Wir lassen uns noch Zeit, Kapitän Poland. Zweifellos können Sie die Kanonen in weniger als zehn Minuten ausrennen lassen, wenn es sein muß.«

Poland errötete. »Ich – also, Sir Richard . . .« Er nickte energisch. »In weniger, ganz bestimmt.«

Bolitho richtete das Glas sorgsam aus, konnte aber nur die Mastspitzen des Ankömmlings erkennen. Er sah die Peilung auswandern, weil der andere Kurs änderte, als wolle er sich auf die *Truculent* stürzen.

Leutnant Williams rief aus dem Krähennest: »Fregatte, Sir!«

Bolitho sah winzige Farbflecken über dem fremden Schiff

aufsteigen, als dort ein Flaggensignal gehißt wurde. Williams rief die Kennziffern nach unten. Poland konnte sich nur mit Mühe davon zurückhalten, dem Midshipman das Signalbuch aus den Händen zu reißen.

Der Junge stotterte: »Es ist die *Zest,* Sir. Vierundvierzig Kanonen. Unter Kapitän Varian.«

Poland murmelte: »Oh, ich weiß, wer *er* ist. Antwortet mit unserer Kennung - schnell!«

Bolitho senkte das Glas und beobachtete die beiden Gesichter. Das des Midshipman war verwirrt, fast verängstigt. Noch vor wenigen Minuten hatte er den ersten Hügel des ersehnten Landes gesehen, das sich aus dem Seedunst hob, und im nächsten Augenblick war das alles unwichtig geworden, und die Aussicht auf einen unerwarteten Feind, vielleicht sogar auf den Tod, lag vor ihm. Das andere Gesicht war das Polands. Wer Varian auch sein mochte, er war bestimmt nicht sein Freund und ohne Zweifel ranghöher, da er ein Vierundvierzig-Kanonen-Schiff befehligte.

Leutnant Munro hockte in den Wanten, die Beine um die Webleinen gehakt, achtete nicht auf den Teer, der seine weiße Kniehose befleckte, und hatte sogar seinen Frühstückshunger vergessen. »Signal, Sir: Kommandant wird an Bord gebeten«, meldete er.

Bolitho sah die plötzliche Niedergeschlagenheit in Polands Gesicht. Nach dieser bemerkenswert schnellen Reise von England, ohne Verlust oder Verletzung eines einzigen Mannes an Bord, wirkte diese Arroganz auf ihn wie ein Schlag ins Gesicht.

»Mr. Jenour zu mir, bitte.« Bolitho sah den Flaggleutnant ahnungsvoll lächeln. »Ich nehme an, Sie haben meine Flagge in Verwahrung?«

Diesmal konnte Jenour das Grinsen nicht zurückhalten. »Aye, aye, Sir!« Er rannte fast vom Achterdeck.

Bolitho sah, wie die große Segelpyramide der anderen Fregatte sich über dem funkelnden Wasser hob und senkte. Was er vorhatte, war vielleicht kindisch - aber Poland hatte es verdient.

»Kapitän Poland, um der guten Ordnung willen: Ihr Schiff steht nicht nur unter *Ihrem* Kommando.« Er sah, wie auf Polands angespanntem Gesicht die Niedergeschlagenheit dem Begreifen wich. »Signalisieren Sie bitte an *Zest,* und machen Sie es Kapitän Varian unmißverständlich klar: ›Sie haben den Vortritt‹.«

Poland blickte hoch, als Bolithos Admiralsflagge im Fockmasttopp auswehte. Dann gestikulierte er ungeduldig zu den Signalgasten hinüber, die fieberhaft ihre bunten Signalflaggen ordneten.

Jenour trat zu Munro, als der wieder an Deck sprang. »Sie wollten doch wissen, wie der wahre Bolitho aussieht«, sagte er. »Zum Beispiel duldet er nicht, daß man seinen Männern mit Mißachtung begegnet.« Nicht einmal einem Streber wie Poland, hätte er fast hinzugefügt.

Bolitho sah die Teleskope auf der anderen Fregatte das Sonnenlicht reflektieren. *Zests* Kommandant konnte nichts von Bolithos Auftrag wissen, niemand konnte das. Er biß die Zähne zusammen. Aber nun waren sie alle gewarnt.

II Erinnerung an Nelson

»Bitte, glauben Sie mir, Sir Richard, eine Respektlosigkeit war nicht beabsichtigt . . .«

Bolitho stand am großen Kajütfenster und hörte das Schlagen der Blöcke und das Plätschern der Wellen. Die *Truculent* lag beigedreht. Ihre Unterredung mußte kurz sein, denn der Wind würde bald wieder auffrischen, wie der Master vorhergesagt hatte. Die andere Fregatte sah er nicht, sie lag wohl in Lee.

Er setzte sich auf die Bank unter dem Fenster und deutete auf einen Stuhl. »Eine Tasse Kaffee, Kapitän Varian?« Er hörte Ozzards leise Schritte, der mit der Kanne herbeikam. So hatte Bolitho Zeit, seinen Gast genauer zu betrachten.

Kapitän Varian war das genaue Gegenteil von Poland: sehr

groß, breitschultrig und selbstsicher. Wie sich Landratten wahrscheinlich Fregattenkapitäne vorstellten.

»Ich brannte eben auf Neuigkeiten, Sir Richard«, fuhr Varian fort. »Da sah ich dieses Schiff und . . .« Er hob seine großen Hände und versuchte, entwaffnend zu lächeln.

Bolitho musterte ihn unbewegt. »Daß ein Kommandant der Kanalflotte kaum Zeit zum Übersetzen haben dürfte, ist Ihnen nicht eingefallen? Sie hätten doch leicht auf Rufweite herankommen können.«

Ozzard goß Kaffee ein und starrte an dem Besucher vorbei.

»Ich hab' eben nicht nachgedacht«, nickte Varian. »Aber daß gerade Sie hier sind, Sir Richard, der doch sicher woanders dringend gebraucht wird . . .« Das Lächeln blieb, der Blick wurde hart.

Das ist kein Mann, mit dem man sich streitet, jedenfalls nicht als Untergebener, dachte Bolitho. »Sie werden sofort auf Ihr Schiff zurückkehren, Kapitän«, sagte er. »Aber vorher bitte ich um Ihre Beurteilung der Lage.« Er trank einen Schluck heißen Kaffee. Was ist bloß los mit mir? dachte er. Warum bin ich so kurz angebunden? Als junger Kommandant hätte er doch genauso gehandelt. Tausend Meilen von zu Hause monatelang warten und dann ein befreundetes Schiff treffen ... »Ich habe neue Befehle auch für Sie«, schloß er.

Varian sah ihn aufmerksam an. »Sie wissen, Sir Richard, der größte Teil von Heer und Marine für die Rückeroberung von Kapstadt ist bereits hier. Das Geschwader ankert nordwestlich von hier vor der Saldanhabucht. Sir David Baird befehligt die Truppen, Commodore Popham die Transporter und Begleitschiffe. Wie ich hörte, soll die Landung bald beginnen.« Er verstummte unter Bolithos festem Blick.

»Sie gehören zur Einsatzreserve.« Bei dieser Feststellung zuckte Varian mit den Schultern und schob seine Tasse auf dem Tisch hin und her.

»Jawohl, Sir Richard. Ich erwarte aber noch einige Schiffe.« Als Bolitho schwieg, fuhr er fort: »Wir beobachteten das Kap und sahen Ihre Segel. Da nahm ich an, Sie seien vom Kurs abgekommen.«

»Warum hat Ihr Vorgesetzter, Commodore Warren, Sie dazu abgestellt? *Zest* ist doch seine wichtigste Fregatte, deren Hilfe er jederzeit brauchen kann.« Bolitho erinnerte sich an Commodore Warren wie an ein verblaßtes Bild. Er hatte mit ihm vor Toulon zu tun gehabt. Damals wollten französische Königstreue den Hafen der Revolutionsarmee wieder abnehmen, und Bolitho war zum ersten Mal Kommandant der *Hyperion* gewesen. Seither hatte er Warren nicht mehr getroffen, hatte nur gehört, daß er in der Karibik Dienst tat.

»Dem Commodore geht es nicht gut, Sir Richard«, antwortete Varian. »Er hätte meines Erachtens kein Kommando mehr, wenn . . .«

»Sie haben also als dienstältester Kapitän die gesamte Verantwortung für die Begleitschiffe übernommen?«

»Ich habe einen ausführlichen Bericht darüber geschrieben, Sir Richard.«

»Den werde ich lesen, sobald ich Zeit dazu habe.« Bolitho hob die Hand. »Ich will, daß wir Kapstadt früher angreifen. Die Zeit ist entscheidend. Darum sind wir so schnell gesegelt.« Das traf Varian. »Also werden unsere beiden Schiffe sofort zum Geschwader stoßen. Ich möchte Commodore Warren unverzüglich sprechen.«

Er stand auf und sah aus dem Heckfenster. Die Wellenkämme kräuselten sich im Wind wie weiße Spitzen. Das Schiff hob sich ungeduldig.

Varian versuchte Haltung zu bewahren. »Und wo bleiben die anderen uns versprochenen Schiffe, Sir Richard?«

»Es gibt keine anderen Schiffe und wird auch keine geben. Ich muß sogar einige der hiesigen Einheiten sofort nach England in Marsch setzen.«

»Ist etwas Schlimmes passiert, Sir Richard?«

»Im Oktober hat unsere Flotte unter Lord Nelson den Feind bei Trafalgar besiegt«, sagte Bolitho leise.

Varian schluckte trocken. »Das wußten wir nicht, Sir Richard.« Für einen Moment verlor er die Kontrolle. »Ein Sieg! Mein Gott, was für eine wunderbare Nachricht!«

Bolitho zuckte mit den Schultern. »Aber der tapfere Lord Nelson ist dabei gefallen. Der Sieg war also zu teuer erkauft.«

Es klopfte, Poland trat ein. Die Kapitäne musterten einander, nickten sich zu wie alte Freunde. Doch Bolitho spürte, daß sie Welten trennten.

»Der Wind frischt auf aus Nordwest, Sir Richard.« Poland sah Varian nicht wieder an. »Und *Zests* Beiboot hängt immer noch an den Großrüsten in Luv.«

»Bis demnächst, Kapitän Varian.« Bolitho streckte die Hand aus und ergänzte etwas freundlicher: »Wir blockieren noch immer alle feindlichen Häfen, Sir. Das ist lebenswichtig für unser Land und muß auch so bleiben. Aber trotz des ermutigenden Siegs von Trafalgar ist unsere Flotte geschwächt.«

Die Tür fiel hinter den beiden Kapitänen zu, und Bolitho hörte das Schrillen der Pfeifen, als Varian von Bord ging.

Unruhig lief Bolitho in seiner Kajüte auf und ab und erinnerte sich an seine letzte Besprechung in der Admiralität in London. Admiral Sir Owen Godschale hatte ihm erläutert, warum Eile geboten war. Zwar war die vereinigte französisch-spanische Flotte geschlagen, aber der Krieg noch lange nicht gewonnen. Es gab Berichte, wonach mindestens drei kleine französische Geschwader die Blockade durchbrochen hatten und in den Weiten des Atlantiks verschwunden waren. War es Napoleons neue Strategie, abgelegene Häfen und einsame Inseln zu überfallen, Versorgungsschiffe aufzubringen und Handelswege zu bedrohen? Gab es keine Ruhe für die Engländer, während die Franzosen ihre neue Flotte aufbauten?

Godschales verächtliche Einschätzung der französischen Kriegsmarine ärgerte Bolithe. Ein Geschwader, das aus Brest ausgebrochen war, hatte der erfahrene alte Vizeadmiral Leisségues geführt, und sein Flaggschiff, die *Imperial*, hatte 120 Kanonen. Das war also gewiß keine Lappalie, wie Sir Owen meinte.

Die Franzosen hatten sicher Kapstadt im Auge, und was sie mit einer Eroberung der Stadt erreichen würden, konnte man sich leicht vorstellen. Dann konnten sie wie mit einer Axt Englands Handelswege nach Indien und Ostasien kappen.

Bolitho erinnerte sich, wie kühl Godschale zu ihm gewesen war. Der Admiral war zur selben Zeit wie er in die Marine eingetreten, sie waren also dem Dienstalter nach gleich. Aber vielleicht wollte Godschale wie so viele andere, möglicherweise sogar auf Betreiben Belindas, Catherine und ihn trennen. Oder liebte der Admiral seine neue Macht so sehr, wie er Skandale haßte? Es hieß, Godschale strebe einen Sitz im Oberhaus an.

Catherines Worte klangen ihm wieder im Ohr: »Begreifst du nicht, was sie uns antun?«

Vielleicht war dieser Auftrag nur ein Anfang. Jeder in London wußte, wie Bolitho eine Aufgabe anging: furchtlos, ohne Zögern und ohne Rücksicht auf das, was zu Hause geschah. Wollte man ihm eine Falle stellen?

Er trat vor den alten Familiendegen an der Wand. Er sah schäbig aus, verglichen mit der prunkvollen Präsentierwaffe darunter. Aber so viele Bolithos vor ihm hatten die alte Waffe geführt und waren manchmal sogar mit ihr gefallen. Keiner seiner Vorfahren hatte sie kampflos gestreckt. Das machte Bolitho zuversichtlich, und er lächelte grimmig, als Allday eintrat.

»Jetzt ist die Nachricht über Lord Nelsons Tod im Geschwader rum, Sir. Das wird manchem den Mut nehmen.« Er deutete auf das afrikanische Festland. »Dafür zu kämpfen lohnt sich nicht, werden sie sagen. Ja, wenn man zwischen den Franzosen und England stünde . . .«

»Mit solch knorrigen alten Eichen wie dir werden sie schon wieder Mut fassen«, antwortete Bolitho.

»Außerdem wette ich, daß sich zwei gewisse Kapitäne bald in den Haaren liegen«, grinste Allday.

Bolitho musterte ihn forschend. »Verdammt noch mal, was weißt du noch, du alter Fuchs?«

»Nicht viel im Augenblick, Sir Richard. Nur daß unser Kapitän Poland früher mal Erster Offizier bei diesem anderen Kapitän war.«

Bolitho schüttelte den Kopf. Nur mit Allday konnte er freimütig über alles reden. Die anderen erwarteten von ihm nur Führung und sonst nichts.

Allday nahm den Degen von der Wand und wickelte ihn in ein Tuch. »Ich sag' ja immer, Sir Richard, achtern finden Sie zwar die meiste Ehre, aber vorn die besseren Männer. Und dabei bleibt's.«

Als Allday gegangen war, setzte sich Bolitho und öffnete sein Tagebuch. Darin lag der Brief an Catherine, den er begonnen hatte, als England in Dunst und Regen achteraus verschwunden war - zu Beginn der langen Reise. Ob sie diesen Brief je lesen würde, konnte er erst wissen, wenn sie wieder in seinen Armen lag. Er beugte sich vor und berührte das Medaillon unter seinem frischen Hemd.

Wieder ein Morgen, liebste Kate, und ich sehne mich so nach dir . . . Er schrieb noch immer, als das Schiff über Stag ging und der Ausguck im Masttopp das versammelte Geschwader meldete.

Mittags ging er an Deck und spürte die Sonne wie Feuer im Gesicht. Seine Schuhe blieben am aufgeweichten Teer kleben, der aus den Ritzen der Planken quoll. In seinem Teleskop sah er braunrote und rosa Berge unter dem harten, glitzernden Licht liegen. Die Sonne gleißte wie poliertes Silber und sog alle Farbe aus dem Himmel. Er bewegte das Glas, fing den Schwell darin ein, der das Schiff anhob und an beiden Seiten vorbeirauschte. Das also war der Tafelberg: ein dunkler Klotz in geheimnisvollem Dunst, dräuend wie ein riesiger Altarstein.

Zu seinen Füßen ankerten die Schiffe. Er musterte eins nach dem anderen. Der ältere Vierundsechziger *Themis* war Commodore Warrens Flaggschiff. Warren war krank. Aber wie schwer? Er hatte Varian nicht weiter ausgefragt, wollte nicht Untergebenen gegenüber unsicher erscheinen, die ihm bald rückhaltlos vertrauen mußten.

Eine zweite Fregatte, einige Schoner und zwei Versorger bildeten den Rest, der Kern der Flotte lag weiter im Nordwesten sicher vor Anker, weit genug von Land entfernt. Hier gab es nur eine kleine flache Bank, auf der man ankern konnte. Hinter der Hundert-Faden-Linie fiel der Grund steil ab in schwarze Tiefen.

Licht spiegelte sich drüben in Teleskoplinsen, und Bolitho wußte, daß man die *Truculent* überrascht beobachtete, ihr langsames Näherkommen unter der Admiralsflagge im Vortopp. Kapitän Poland trat neben ihn.

»Rechnen Sie mit einem langen Feldzug, Sir Richard?« fragte er. Sein Ton war überaus höflich. Sicher wollte er gern wissen, was Bolitho und Varian in der Kajüte besprochen hatten.

Bolitho ließ das Teleskop sinken und sah Poland an. »Ich hatte gelegentlich mit dem Heer zu tun, Kapitän. Die mögen Feldzüge, ich nicht. Eine Seeschlacht ist schnell vorbei, man siegt oder streicht die Flagge. Langwierige Nachschubprobleme und endlose Märsche sind nichts für mich.«

Poland gestattete sich ein seltenes Lächeln. »Für mich auch nicht, Sir Richard.«

Bolitho sah sich nach Jenour um. »Lassen Sie Wasserleichter längsseits kommen, sobald wir ankern, Kapitän. Und loben Sie Ihre Mannschaft mal, das wird allen gut tun. Es war eine sehr schnelle Reise.«

Als die Achterdeckswache den großen Besanbaum schiftete, stach das Sonnenlicht wie mit blitzenden Lanzen nach ihnen. Bolitho biß die Zähne zusammen. Aber sie hatten sich alle geirrt, sein Auge war in Ordnung. Er konnte die anderen Schiffe trotz des Hitzeflimmerns klar und deutlich erkennen.

Jenour beobachtete ihn und nickte Allday zu, der mit dem polierten Degen nach achtern kam. Es gab also doch noch Hoffnung.

Die beiden Fregatten drehten in den Wind und ankerten erheblich früher als selbst der grimmige Mr. Hull vorhergesagt hatte. Signale wurden ausgetauscht, Boote zu Wasser gelassen, Sonnensegel aufgeriggt. Bolitho beobachtete das alles vom Achterdeck aus, während er noch einmal über seinen Auftrag nachdachte.

Der Landeplatz im Nordwesten war für den ersten Angriff gut gewählt, es gab keinen besseren. Bolitho studierte die Karte mit größter Sorgfalt. Die Saldanhabucht war flach und geschützt genug, um dort Truppen und Marineinfanterie anlanden zu können. Die Schiffe würden ihnen zunächst Feuerschutz geben. Doch im Binnenland begannen dann die wirklichen Probleme, denn die Bucht lag einhundert Meilen von Kapstadt entfernt. Die englische Infanterie, wochenlang auf engstem Raum an Bord zusammengepfercht, war noch nicht fit für lange Fußmärsche und ständige Scharmützel. Die Holländer, diese hervorragenden Soldaten, würden sich nicht alle paar Meilen mit ihnen schlagen, sondern Vorräte und Wasserstellen unbrauchbar machen und den erschöpften Truppen erst vor Kapstadt entschlossen entgegentreten. Widerstand bei der bevorstehenden Landung schien also wenig wahrscheinlich.

Bolitho verspürte seine alte Ungeduld. Es würde einen langen und teueren Feldzug geben, der um die Nachschublinien geführt wurde von Truppen, die bisher nur den Garnisonsdienst in Westindien kennengelernt hatten - auf den Inseln des Todes, wie die Infanterie sie nannte. Dort starben mehr Männer an Fieber als im Feuer des Feindes.

Jenour näherte sich grüßend. »Ihre Depesche an den General ist unterwegs, Sir Richard. Mit dem Schoner *Miranda.*«

Bolitho beschattete die Augen und sah den kleinen, grazilen Schoner sich von den anderen Schiffen freikreuzen. Sein Kommandant war sicher froh, für ein paar Tage fremder Befehlsgewalt zu entkommen.

Abendröte breitete sich über den glitzernden Horizont und tauchte Masten und Spieren in Bronze. An Land hatte man die Ankunft der *Truculent* bestimmt genauso aufmerksam registriert wie auf den anderen Schiffen.

»Was bedrückt Sie, Stephen? Raus damit.«

Jenour hatte sich gut unter Kontrolle, aber Bolitho konnte man nichts vormachen. »Ich denke«, er befeuchtete sich die trockenen Lippen, »der Commodore hätte längst um Erlaubnis bitten müssen, an Bord zu kommen.« Er schwieg unter Bolithos forschendem Blick.

»Das hätte ich an seiner Stelle getan.« Bolitho erinnerte sich an Kapitän Varians respektlose Bemerkung. »Bitten Sie Kapitän Poland um seine Gig und sagen Sie ihm, daß ich zur *Themis* übersetzen will.«

Fünfzehn Minuten später saß Bolitho in Ausgehuniform und Hut schwitzend im Heck der Gig, Jenour neben sich und einen kritischen Allday neben Polands Bootsführer. Auf den Schiffen, an denen sie vorbeipullten, hoben Wachoffiziere grüßend die Hüte, bewegungslos und stumm sahen Matrosen von Rahen und Webleinen zu ihnen herunter. Ihre nackten Arme glänzten wie Bronze.

Allday beugte sich vor und sagte leise: »Sehen Sie, Sir, man weiß Bescheid. Eine Stunde nach unserer Ankunft weiß man auf allen Schiffen: Nelson ist gefallen, aber wir haben gesiegt!«

Einer der Bootsgasten starrte Allday verblüfft an, und dieser runzelte die Stirn. Der Bootsgast blickte schnell weg und kam fast aus dem Rudertakt. Das konnte er nicht fassen: Ein Seemann, auch wenn er Bootsführer war, sprach den Admiral an, und der neigte sich sogar vor, um ihm zuzuhören?

Bolitho nickte. »Nelson wird uns allen sehr fehlen. England wird nie wieder einen wie ihn bekommen.«

Allday lehnte sich zurück. Da bin ich nicht so sicher, dachte er und sah Bolitho an.

Der steile Bugsprit der *Themis* schien bei ihrem Näherkommen vor ihnen zu salutieren. Die *Themis* war ein altes Schiff und hatte alles mögliche geleistet, nur nie gekämpft. Ursprünglich hatte sie vierundsechzig Kanonen getragen, dann hatte man einige davon ausgebaut, weil sie Truppen von einem Unruheherd zum nächsten transportieren mußte. Sie hatte sogar die Sträflingskolonie in Neu-Südwales angelaufen. Jetzt gehörte sie zur Invasionsflotte in einem Krieg, in dem alles, was sich über Wasser halten konnte, gebraucht wurde.

Jenour versuchte sich zu entspannen. Er hatte die Wache an der Seitenpforte aufziehen sehen, rötliches Sonnenlicht reflektierte von ihren gezogenen Säbeln. Als der Buggast die Gig festgemacht hatte, stieg Bolitho nach oben. Die gebrüllten Kommandos und das Schrillen der Pfeifen betäubten ihn fast. Allday war dicht hinter ihm und würde ihn stützen, falls sein Fuß abglitt oder sein Auge versagte. Bloß das nicht ...

Er fing sich und grüßte zum Achterdeck hin, über dem die Kriegsflagge vor dem Abendhimmel tanzte.

Der Offizier, der ihn empfing, trug nur ein einzelnes Schulterstück. Aber für einen Commander war er zu alt, also bei Beförderungen offensichtlich übergangen worden.

»Willkommen an Bord, Sir Richard.«

Bolitho lächelte kurz. Allday hatte recht, auf Schiffen gab es keine Geheimnisse.

»Wo steckt der Commodore?« Bolitho sah zu Warrens Flagge auf. »Ist er krank?«

Commander Maguire sah unglücklich drein. »Er bittet um Entschuldigung, Sir Richard. Er erwartet Sie in seiner Kajüte.«

Bolitho nickte den anderen Offizieren zu und wandte sich an Jenour. »Bleiben Sie mit Allday hier und schauen Sie sich um.«

Maguire führte ihn zum Niedergang und verbeugte sich, als Bolitho zur Achterkajüte schritt, vor der ein Seesoldat knallend die Hacken zusammenschlug. Das Schiff strahlte etwas Unwirkliches aus. Vielleicht war es auf zu vielen Stationen und zu lange fern von England eingesetzt worden. Fünfzehn Jahre, hatte Bolitho gehört, war die *Themis* nicht mehr in England gewesen. Was konnte da ihr Rumpf noch an Belastungen aushalten?

Ein schwarzer Diener in Leinenhose und roter Weste öffnete die Lamellentür. Wieder einmal war Bolitho überrascht.

Man hatte aus der Achterkajüte die Kanonen entfernt, um Quartier für die vielen Offiziere zu schaffen, die bei den langen Truppentransporten untergebracht werden mußten. Um auf die Entfernung den Feind trotzdem zu täuschen, hatte man im Heck Kanonenattrappen eingebaut. Darum also wirkte die Kajüte jetzt so geräumig. Nur ein Gestell mit Musketen erinnerte an den Krieg.

Commodore Arthur Warren kam hinter einer zweiten Lamellentür hervor. »Sir Richard! Was müssen Sie von mir denken?«

Bolitho war entsetzt. Er hatte den gleichaltrigen Warren nie näher gekannt, doch dieser Offizier in der zu großen Uniformjacke wirkte mit seinem faltigen Gesicht wie ein sehr alter Mann.

Die Tür fiel zu. Commander Maguire hatte sich ohne Erlaubnis entfernt. Kein Wunder, daß der selbstbewußte Kapitän Varian hier für seine Zukunft eine Chance sah, dachte Bolitho.

Sie waren allein mit dem Diener.

»Setzen Sie sich doch bitte.« Bolitho wartete, bis der Diener roten Wein in kostbare spanische Gläser gefüllt und sie ihnen gereicht hatte. Warren setzte sich mit schmerzverzogenem Gesicht, ein Bein steif vor sich ausgestreckt, die linke Hand im Jackett verborgen. Das war kein kranker, sondern ein sterbender Mann.

Bolitho hob sein Glas. »Auf gute Besserung. Die Neuigkeiten von Trafalgar haben Sie gewiß schon erfahren.«

Der Wein war schal und flach, aber Bolitho achtete nicht darauf. Er dachte an seine Zeit als Flaggleutnant von Konteradmiral Sir Charles Thelwall auf dem Dreidecker *Euryalus*. Die Gesundheit seines Vorgesetzten hatte sich damals auf See rapide verschlechtert. Er schätzte Thelwall sehr, und es schmerzte ihn, als er sich an Land zur Ruhe setzte und bald darauf starb. So hatte Thelwall dann auch die Meuterei in der Nore, in Spithead, in Plymouth und Schottland nicht mehr erlebt, die kein Kapitän vergessen durfte, wenn er nicht mit seinem Leben spielen wollte. Der Admiral hatte damals so ausgesehen wie Warren jetzt.

Der Commodore unterdrückte einen tiefen, gurgelnden Husten. Die roten Flecken danach auf seinem Taschentuch stammten nicht vom Wein. Vorsichtig sagte Bolitho: »Ich möchte Sie nicht behelligen, Commodore, aber ich könnte den Arzt der *Truculent* kommen lassen. Er ist ein guter Mann, den ich schätze.«

Warren richtete sich auf. »Es geht schon, Sir Richard. Ich kenne meine Pflichten.«

Bolitho sah sich um. Das Kommando über dieses alte Schiff und der Dienstrang eines Commodore war alles, was der Mann in seinem ganzen Leben erreicht hatte. Bolitho versuchte, sein Mitleid zu verbergen, und fuhr fort: »Ich habe neue Befehle an das Geschwader geschickt. Einige Schiffe muß ich abziehen und nach England in Marsch setzen.« Schimmerte da Hoffnung in Warrens Augen auf? Er mußte ihn enttäuschen. »Leider nur Fregatten, nicht dieses Schiff, Sir. Wir brauchen eine neue Strategie, um Kapstadt zu erobern und danach auch zu halten, ohne daß wir uns auf eine lange Belagerung einlassen, die nur die Holländer gewinnen würden.«

Warren antwortete heiser: »Die Armee wird das nicht mögen, Sir Richard. Sir David Baird ist ein Eisenfresser.«

Bolitho dachte an den Brief, der in seinem Safe auf der *Truculent* eingeschlossen lag. Dieser Brief war nicht wie andere von einem Sekretär oder einem Lord der Admiralität unterzeichnet, sondern trug Unterschrift und Siegel des Königs. Obwohl es hieß, daß der König vieles unterschreibe, wovon er nichts verstand, gab dieser Brief Bolitho doch die oberste Befehlsgewalt in Südafrika und würde ihm hier alle Türen öffnen. Deshalb reagierte er gelassen. »Damit werde ich fertig, wenn's soweit ist. Inzwischen würde ich gern auf dieses Schiff hier umziehen.« Er hob die Hand, als Warren protestieren wollte. »Ihre Flagge wird weiter darüber wehen. Aber ich brauche etwas mehr Platz.«

Warren unterdrückte wieder einen Hustenanfall. »Was habe ich zu tun? Ich bin Ihr ergebener Diener, Sir Richard. Wenn Kapitän Varian Ihnen gemeldet haben sollte . . .«

Bolitho unterbrach ihn. »Ich gehöre seit meinem zwölften Lebensjahr der Marine an und habe seither gelernt, mir eine eigene Meinung zu bilden.« Er stand auf, trat ans Fenster und blickte über die Kanonenattrappe hinweg zum nächsten Schiff, einer Fregatte. »Ich werde nicht ein einziges Leben mehr aufs Spiel setzen, Commodore Warren, als nötig ist, damit wir beide hier unser Bestes geben können. Überall in der Marine sind loyale Männer und Offiziere enttäuscht, daß der Sieg von Trafalger nicht vollständig war. Aber es wird noch Jahre dauern, bis der Tyrann Napoleon besiegt ist.«

Warren und der Diener starrten ihn an, denn er hatte sehr laut gesprochen. Nun lächelte er. »Vergeben Sie mir meinen Übereifer. Aber ich habe zu viele gute Schiffe untergehen, zu viele tapfere Männer fallen gesehen, weil ihre Vorgesetzten Fehler begingen. Wer die harten Gesetze des Krieges lieber vergessen möchte, wird es unter meinem Kommando schwer haben.« Er nahm seinen Hut.

»Augenblick noch, Sir Richard.« Warren nahm seinen eigenen Hut aus der Hand des Dieners und folgte ihm an Deck bis zur Seitenpforte. Seine Stimme klang viel fester. »Den Krieg kennen meine Männer und ich bisher nicht. Aber ich werde mein Bestes tun, genau wie meine Leute.«

Jenour sah Bolithos ernstes Lächeln und wußte, daß Wichtiges vor ihnen lag.

Commodore Warren blickte sich suchend nach Maguire um. Für die alte *Themis* war offensichtlich kein Flaggoffizier eingeplant worden.

Bolitho nahm Jenour beiseite. »Wir werden später hierher umziehen, Stephen, wenigstens für die nächste Zeit. Bereiten Sie die anderen auf der *Truculent* darauf vor. Mr. Yovell allerdings wird die ganze Nacht für mich zu schreiben haben. Und dann finden Sie mir hier an Bord einen guten Signalmeister, es tut nie gut, dafür einen Fremden mitzubringen. Ferner möchte ich um acht Glasen morgen alle Kommandanten hier an Bord sehen, also warnen Sie sie vor. Schicken Sie dazu das Wachboot rum, wenn Sie wollen.«

Jenour verschlug dieses Tempo den Atem. Ihm war, als habe sich Bolitho aus einem Gefängnis befreit.

»Der Feind weiß, daß wir hier sind«, fuhr Bolitho fort. »Er kann uns beobachten. Ich möchte mir jenseits des Kaps den zweiten Ankergrund ansehen, vielleicht erspart uns das einen Hundert-Meilen-Marsch. Mein Befehl an den General lautete deshalb, den Angriff zu verschieben.«

Jenour sah Bolithos Augen, sie waren grau wie der Ozean, über den er blickte. »Aber Sie rechnen mit dem Widerstand des Generals, nicht wahr?«

Bolitho klopfte Jenour auf den Arm. »Wir handeln unabhängig voneinander. Da wir heute schon öfter an Nelson gedacht haben, sollten wir uns auch an seine Worte erinnern: Die kühnsten Maßnahmen sind fast immer die sichersten.«

In dieser Nacht saß Bolitho am Heckfenster seiner Kajüte auf der *Themis* und beobachtete die Schiffe, ohne Schlaf zu finden.

In diese Kajüte hatte sich einst ein Gouverneuer geflüchtet - vor der Pest, die in seiner Kolonie ausgebrochen war.

Die Luft hing schwer und feucht im Raum. Draußen patrouillierte das Wachboot langsam zwischen den ankernden Schiffen. Bolitho dachte an Cornwall und an den scharfen Wind seiner Heimat. Jetzt lag er im Schatten Afrikas, weil andere es so gewollt hatten. Brauchte man sein Können hier so dringend? Oder war ihnen ein toter Held wie Nelson lieber als ein lebender, dessen Anwesenheit sie ständig an ihre Fehler erinnerte?

Das Deck zitterte, als eine Strömung das Schiff an der Ankerkette bewegte. Vom Wechsel auf die *Themis* hatte Allday nicht viel gehalten. Die Mannschaft war zu lange an Bord, viele waren von Handelsschiffen in der Karibik gepreßt worden, manche hatten Schiffsuntergänge überlebt, und viele waren aus den Gefängnissen Jamaikas geholt worden. Wie Warren war auch dieses Schiff ausgelaugt, erledigt. Bolitho hatte am Seitendeck die Halterungen für die Drehbassen gesehen. Die zeigten nicht auf den Feind, sondern binnenbords auf die eigenen Leute, noch aus der Zeit, als das Schiff Sträflinge und Kriegsgefangene transportiert hatte.

Auch Ozzard schlief nicht, Bolitho hörte ihn in der neuen Speisekammer rumoren. Ozzard, der ein Geheimnis mit sich herumtrug, wie Bolitho aufgefallen war. Er gähnte und rieb sich das verletzte Auge. Warum war Ozzard damals nicht an Deck gewesen, als Überlebende und Verwundete die sinkende *Hyperion* verließen? Darüber fiel ihm sein Flaggkapitän und Freund Valentine Keen ein, den der Verlust des alten Schiffes genauso geschmerzt hatte.

Und dann schlief Bolitho doch ein.

III Wer ist die *Albacora*?

Der kleine Toppsegelschoner *Miranda* erinnerte an eine riesige, flatternde Motte. Möwen umkreisten ihn schreiend, als er gischtumhüllt wendete. Seine Spieren gingen über, dann fingen die Segel den Wind von der anderen Seite ein.

Die *Miranda* krängte so weit nach Lee, daß die See durch ihre Speigatten rauschte, sogar über die Reling einstieg und die Vierpfünder an Deck umspülte, als seien es Felsen im Meer. Das Donnern der Brecher und das Knallen der Leinwand umgaben das Schiff. Kommandos waren kaum nötig, denn jeder an Bord wußte, was er zu tun hatte und wo Gefahren drohten. Die See konnte einem Mann an Deck die Knochen brechen, der Wind ihn fauchend über Bord fegen. Ein so kleines, quirliges Schiff brauchte aufmerksame und erfahrene Männer.

Achtern am Kompaß hielt sich ihr Kommandant, Leutnant James Tyacke, an einer Pardune fest. Wie seine ganze Besatzung war er naß bis auf die Haut. Mit geröteten Augen starrte er durch die Gischt hoch zum brettharten Großsegel und seiner Flagge, während das Schiff mit südlichem Kurs durch die Seen pflügte.

Sie hatten die ganze Nacht und ein Gutteil des Tages dazu gebraucht, um sich aus der Saldanhabucht freizusegeln, weg von den ankernden Kriegsschiffen, Versorgern, Bombarden, Truppentransportern und kleineren Einheiten. Leutnant Tyacke war lange nach Westen abgelaufen, um genügend Raum für eine schnelle Reise hinunter zu Commander Warrens kleiner Flottille zu haben. Noch aus einem anderen Grund war er weit auf See hinaus gesegelt, und den ahnte allenfalls der zweite Mann an Bord. Tyacke wollte so viel Raum wie möglich zwischen sich und die Flotte legen, damit ihn nicht wieder ein Befehl zum Flaggschiff zurückrief.

Er hatte seinen Auftrag ausgeführt, hatte Bolithos Depeschen dem General und dem dortigen Commodore übergeben und war nun froh, wieder unterwegs zu sein.

Tyacke war dreißig Jahre alt und seit drei Jahren Kommandant der *Miranda*. Verglichen mit ihr war das Flaggschiff wie eine Stadt gewesen, in der es mehr Rotröcke gab als Seeleute. Natürlich kannte er solch große Schiffe. Vor acht Jahren war er Leutnant auf der *Majestic* gewesen, einem Zweidecker in Nelsons Mittelmeerflotte. Er hatte im unteren Batteriedeck gekämpft, als Nelson die Franzosen in der Bucht von Abukir vernichtete. Aber sie waren zu furchtbar, diese Bilder seiner Erinnerung. Im Lauf der Zeit verwischten sie sich wie Szenen aus einem Albtraum. Später zählte man ihn zu den Glücklichen – nicht wegen des Sieges, für den sich nur Leute rühmen konnten, die nicht dabeigewesen waren. Aber er hatte überlebt, wo so viele gefallen waren oder sich unter der Säge und dem Messer des Schiffsarztes zu Tode geschrieen hatten. Und er war auch nicht als mitleidheischender Krüppel daraus hervorgegangen, an dessen Verdienste sich niemand erinnern wollte.

Leutnant Tyacke blickte auf den Kompaß. Sein Schiff schnitt durch die Wogen, als seien sie Luft. Er legte die Hand aufs Gesicht und spürte, was er jeden Tag beim Rasieren im Spiegel sah. Eine Kanone war explodiert oder eine brennende Lunte herübergeschleudert worden und hatte eine Ladung Pulver entzündet. Niemand war übriggeblieben, der ihm den genauen Ablauf beschreiben konnte. Niemand außer ihm. Die ganze rechte Hälfte seines Gesichts war weggebrannt worden und sah nun aus wie gegrilltes Fleisch. Die Leute drehten sich weg, um ihn nicht sehen zu müssen. Ein Wunder, daß die Augen unverletzt geblieben waren.

Er erinnerte sich, wie er vor Stunden mit den Depeschen an Bord des Flaggschiffs gekommen war. Er hatte weder den dortigen Commodore noch den General gesehen. Ein gelangweilter Oberst nahm ihm den Umschlag ab, ein Glas Wein in der gepflegten Hand, und lud ihn nicht einmal zum Sitzen ein, schon gar nicht zum Mittrinken.

Als er dann über die Seite des riesigen Schiffes in sein Beiboot hinunterkletterte, war eben dieser Oberst an die Reling geeilt. »Leutnant! Warum haben Sie uns nichts von Nelson und seinem Sieg berichtet?« hatte er ihm nachgerufen.

Tyacke hatte an der schwarzen, gewölbten Bordwand hinaufgeblickt und seine Verachtung nicht länger verhehlt. »Niemand hat mich danach gefragt, Sir!«

Benjamin Simcox, als Master-Gehilfe für Navigation auf der *Miranda* zuständig, saß im Beiboot neben seinem Kommandanten. Im gleichen Alter wie Tyacke, war er wie der Schoner selbst aus der Handels- zur Kriegsmarine gewechselt. Mit Bob Jay, dem zweiten Master-Gehilfen, machten sie den nur 22 Meter langen Schoner zu einem perfekten Segler, auf den jeder an Bord stolz war.

Tyacke, Simcox oder Jay waren die drei Wachführer, und Tyacke und Simcox waren in den drei Jahren Freunde geworden. Ihr unterschiedlicher Rang trennte sie nur bei so offiziellen Anlässen wie jetzt beim Besuch des Flaggschiffs.

Tyacke sah Simcox an, vergaß seine Entstellung für einen Augenblick und sagte: »Das war seit einem Jahr das erste Mal, daß ich wieder den Degen angelegt habe, Ben.«

Simcox nickte und erinnerte sich daran, wie er einmal nachts in der Kammer neben der des Kommandanten erwacht war. Tyacke hatte im Traum laut auf ein Mädchen eingeredet, das versprochen hatte, auf ihn zu warten. Das Gestammel war herzzerreißend gewesen. Simcox hatte Tyacke an der Schulter gerüttelt, damit nicht das ganze Schiff mithörte. Eine Erkärung war nicht nötig. Tyacke hatte eine Flasche Brandy geholt, die bis zur Morgendämmerung leer gewesen war. Tyacke hatte dem Mädchen, das er seit seiner Jugend kannte, keine Vorwürfe gemacht. Niemand würde sein Gesicht jeden Morgen sehen wollen, sagte er.

Nachdem sich die *Miranda* auf dem neuen Kurs stabilisiert hatte, rief Simcox durch den Lärm seinem Kommandanten zu: »Prima, wie sie läuft!« Er zeigte auf eine Figur, die sich bei der Luke angeleint hatte, Hose und Strümpfe mit Erbrochenem bekleckert: »Dem allerdings geht's nicht so gut!«

Es war Midshipman Roger Segrave, seit Gibraltar auf der *Miranda*. Sein früherer Kommandant hatte Tyacke gebeten, ihn zu übernehmen, damit der Junge auf einem kleineren Schiff mehr praktische Seemannschaft lernte als auf dem Dreidecker und Selbstvertrauen gewann. Es hieß, der Onkel des Midshipman sei Admiral in Plymouth und bange um den guten Namen der Familie. Roger durfte auf keinen Fall durch das Leutnantsexamen fallen. Tyacke hatte klar gesagt, daß er nichts davon hielt. Der junge Mann störte die eingespielte Bordroutine wie ein unwillkommener Besucher.

Simcox war von der alten Schule. Von einem Tampen oder einer Ohrfeige zur rechten Zeit hielt er mehr als von langen Reden über Disziplin. Doch verbohrt war er nicht. Also erklärte er dem Midshipman, was ihm bevorstand. Leutnant Tyacke war der einzige Offizier an Bord, und Segrave als Kadett durfte auf diesem kleinen Schoner keine Privilegien erwarten. Hier waren alle eine einzige Besatzung, anders als auf einem übervollen Linienschiff.

Segrave sank stöhnend über die Luke. Sechzehn Jahre war er alt und fast so hübsch wie ein Mädchen; er benahm sich wie ein scheuer Edelknappe, auch der Besatzung gegenüber. Zwar gehörte er nicht zu den verwöhnten Monstern, von denen Simcox gehört hatte, aber leider auch nicht zu den jungen Männern, die alles erfolgreich anpacken konnten. Er gab sich Mühe - ohne Erfolg. Jetzt starrte er in den Himmel, gleichgültig gegenüber dem peitschenden Gischt und seiner beschmutzten Kleidung. Leutnant Tyacke musterte ihn kühl. »Binden Sie sich los, gehen Sie nach unten und holen Sie uns Rum. Leider kann ich niemand anderen schicken, alle werden hier gebraucht.«

Simcox grinste hinter dem Jungen her, der ächzend unter Deck verschwand. »Gehen Sie nicht ein bißchen hart mit ihm um, James?«

Tyacke zuckte mit den Schultern. »Schadet nichts. In ein oder zwei Jahren läßt er Männer an der Gräting auspeitschen, nur weil sie ihn scheel angeschaut haben.«

»Der Wind raumt«, rief Jay, der zweite Gehilfe.

»Geht höher ran. Setzt die Marssegel und dann ab mit Vollzeug.«

Unter Deck hörte man Scherben klirren. Jemand erbrach sich.

»Den kleinen Affen bringe ich noch mal um«, murmelte Tyacke.

»Was halten Sie von Bolitho?« fragte Simcox, um ihn abzulenken.

Der Kommandant hielt sich fest und beugte sich vor, als eine See über Deck rauschte. In dem schäumenden, gurgelnden Wasser standen seine halbnackten Männer und grinsten einander zu. Niemand von denen würde über Bord gehen.

»Ein guter Mann, ganz bestimmt.« Tyacke erinnerte sich an die Hurrarufe, als Bolithos Schiff in die Schlacht eingegriffen hatte. »Ich kannte viele, die unter ihm gedient haben. In Dover gab's noch einen alten Mann, der unter Bolithos Vater kämpfte, als der seinen Arm verlor. In Dover war ich zu Hause, und da ist auch dieser Schoner gebaut.«

Simcox musterte das scharfe Profil seines Kommandanten. Ein Mädchen, das den Leutnant nur von dieser Seite sah, hätte sich leicht in ihn verlieben können.

»Erzählen Sie dem Admiral von diesem alten Mann?«

Tyacke wischte sich Wasser von Gesicht und Hals. »Wie denn? Er ist doch Admiral!«

Die *Miranda* jagte unter vollem Tuch durchs Wasser, daß der Schatten ihrer Segel wie eine riesige Flosse über die Wellen flog. Trotzdem lag sie leicht auf dem Ruder. Sie war als Paketboot in Dover gebaut worden, aber schon nach den ersten Fahrten von der Royal Navy requiriert worden. Siebzehn Jahr später segelte sie noch immer unter der Kriegsflagge, ein sehr lebendiges Schiff, das hoch an den Wind ging wegen seines einfachen Segelrisses und seines tiefen Kiels. Er verhinderte, daß sie zuviel Abdrift machte wie manche größeren Schiffe. Mit ihren vier Vierpfündern und zwei Karronaden war sie als Kurier gebaut, nicht für Gefechte. Eine einzige Breitseite von einer Fregatte hätte sie in ein Wrack verwandelt.

Zwischen den Decks hing der kräftige Duft nach Rum und Tabak und der fette Geruch des Mittagessens. Als sich die Wache um den Messetisch versammelte, saßen Simcox und Tyacke in der Kajüte. Dieser Raum war so niedrig, daß sich die beiden großen Männer darin nur gebückt bewegen konnten.

Der Midshipman saß ihnen beschämt und ängstlich am anderen Ende gegenüber. Er tat Simcox leid. Schon der Gedanke an Essen bei diesem Seegang mußte seinen Magen aus dem Gleichgewicht bringen.

Plötzlich sagte Tyacke: »Sollte ich doch mit dem Admiral zusammentreffen, werde ich ihn um Bier für uns bitten. Ich habe gesehen, daß einige Soldaten auf dem Flaggschiff Bier tranken – warum also nicht auch wir? Das Wasser bringt hier sicherlich mehr Leute um als die Holländer.«

Beide sahen überrascht auf, als Segrave sich meldete: »In London wurde viel über Vizeadmiral Bolitho geredet.«

»Und was bitte?« fragte Tyacke mit täuschend freundlicher Stimme.

Segrave vergaß seine Seekrankheit und gab bereitwillig Auskunft. »Meine Mutter meinte, er hat sich unmöglich benommen. Unmöglich! Wie konnte er nur seine Frau wegen dieser Kokotte verlassen? Ganz London empört sich darüber.« Weiter kam er nicht.

»Wenn Sie das vor der Mannschaft sagen, werde ich Sie unter Arrest stellen und in Eisen legen lassen, junger Mann«, drohte Tyacke. Aber Simcox war sicher, daß die Freiwache trotzdem jedes Wort gehört hatte. Warum erregte sich der Kommandant so?

Tyacke beugte sich vor. »Und wenn Sie hier solchen Schwachsinn noch einmal sagen, werde ich Sie zum Duell fordern, egal wie jung und nutzlos Sie sind.«

Segrave wurde blaß. Simcox legte Tyacke eine Hand auf den Arm. »Ruhe, Ruhe. Woher soll's der Junge wissen?«

Tyacke schüttelte seine Hand ab. »Verdammt noch mal, Ben, was wollen diese Leute eigentlich?« Er wies mit dem Zeigefinger auf Segrave. »Wieso dürfen sie Männer verurteilen, die jede Stunde, jeden Tag ihr Leben aufs Spiel setzen, damit andere in Ruhe und Frieden daheim ihren Tee trinken und ihre Kekse essen können? Ich kenne Bolitho nicht, aber so etwas lasse ich nicht über ihn sagen.«

In der Stille gurgelte die See ums Heck. »Tut mir leid, Sir«, wisperte Segrave schließlich.

Tyacke lächelte unerwartet. »Ich hätte Sie nicht anbrüllen sollen, das war nicht fair. Sie können sich nicht wehren.« Er wischte sich die Stirn mit einem zerknüllten Taschentuch. »Aber jedes Wort zählt, also seien Sie auf der Hut.«

In dem frischen Nordwest war von draußen plötzlich der Ruf des Ausgucks zu hören: »Segel an Steuerbord voraus!«

Simcox klemmte seine Tasse in einem sicheren Winkel fest.

Der Ruf war gerade zur rechten Zeit gekommen.

»Kurs Südwest zu Süd liegt an, Sir. Voll und bei.«

Das Deck der *Miranda* neigte sich noch stärker, als der Schoner unter dem Druck von Groß- und Vorsegeln dem Ruder gehorchte. Wasser rauschte um die halbnackten Seeleute, die die gequollenen Leinen dichtholten und mit gekrümmten Zehen Halt an Deck suchten. Leutnant Tyacke zog sich zur Luvreling hoch. Am Bug sprang die Gischt empor und ließ den Klüver im Sonnenlicht metallisch glänzen.

Simcox nickte zustimmend, als der rundliche Bootsmann George Sperry noch zwei Mann ans Ruder stellte. Die *Miranda* wurde über eine geschnitzte Pinne gesteuert, was in dem harten Wind viel Kraft verlangte. Er sah Midshipman Segrave im Schatten des Großmasts stehen, der unter dem Segeldruck ächzte. Der Junge versuchte müde, den Männern auszuweichen, die an ihm vorbeihasteten, um die Brassen dichtzusetzen. »Wahrschau!« rief er ihm zu. Eine See stieg über die Leereling ein, begrub den Jungen unter sich und rauschte weiter. Segrave kam schnaufend und pitschnaß wieder frei.

»Her zu mir!« rief Simcox. »Achten Sie auf Segel, Wind und Kompaß, damit Sie endlich ein Gefühl für die *Miranda* kriegen.«

Hoch oben knallte etwas wie eine Peitsche: Eine Leine war gebrochen und wehte aus. Schon enterte ein Matrose auf, ein zweiter warf ihm eine Leine zum Anstecken nach, denn zum Spleißen blieb keine Zeit.

Segrave klammerte sich an die Beting unter dem Besanbaum und starrte nach oben. Die Männer, die da arbeiteten, scherten sich einen Teufel um den Wind, der sie aus der Takelage reißen wollte. Noch nie hatte er sich so elend, so verzweifelt und so mutlos gefühlt. Noch immer schmerzte ihn Tyackes Anpfiff wegen Bolitho. So wütend hatte er den Kommandanten noch nie erlebt.

Segrave wollte Tyacke ausweichen, doch das war auf einem so kleinen Schiff unmöglich. Es gab niemanden, mit dem er reden konnte, der ihn verstand. Auf seinem letzten Schiff hatte er gleichaltrige Kameraden gehabt, aber was blieb ihm hier? Sein Vater war ein Held gewesen, an den sich Roger Segrave allerdings kaum erinnern konnte. Bei seinen seltenen Besuchen daheim war er ihm fremd geblieben, ein unzufriedener Mann. Lag es daran, daß er drei Töchter, aber nur einen Sohn hatte? Eines Tages traf die Nachricht ein, daß Kapitän Segrave in der Schlacht von Camperdown gefallen war. Mit trauriger, doch gefaßter Stimme hatte die Mutter den Kindern den Tod des Vaters mitgeteilt. Da hatte schon ein Onkel, pensionierter Admiral in Plymouth, Roger unter seine Fittiche genommen – zum bleibenden Ruhm der Familie. Als der Onkel ein passendes Schiff gefunden hatte, wurde der Junge mit einer Seekiste an Bord geschickt. So begannen für ihn drei höllische Jahre auf See. Segrave haßte die Marine, ihm war die Familientradition herzlich gleichgültig. Ehe er Portsmouth verließ, hatte er seiner Mutter sein Herz ausgeschüttet, aber sie hatte ihn umarmt und dann von sich geschoben. Ihre Stimme klang verletzt: »Und das, nachdem der Admiral soviel für dich und unsere Familie getan hat! Sei tapfer, Roger. Wir wollen stolz auf dich sein!«

Segrave versteifte sich jetzt, als der Kommandant sich zu ihm umdrehte. Wenn er nur nicht dieses furchtbar entstellte Gesicht gehabt hätte! Segrave ahnte trotz seiner Jugend, wie sehr Tyacke darunter litt. Und obwohl er es gar nicht wollte, starrte er ihm immer wieder ins Gesicht.

Wenn er seine Prüfung bestand, würde er zum Leutnant befördert werden. Er duckte sich, als Gischt auf ihn niederprasselte. Dann mußte er die Messe mit anderen Offizieren teilen, und die würden schnell erkennen, was für ein Schwächling er war; eine Gefahr für alle, wenn es zum Kampf kam. Er ballte die Hände, bis es schmerzte, und schluckte vor Furcht.

Simcox kopfte ihm auf die Schulter. »Fallen Sie einen Strich ab. Neuer Kurs Südsüdwest.« Segrave gab den Befehl an den ältesten Rudergänger weiter, doch der übersah den Midshipman und suchte Simcox' Blick zur Bestätigung.

»An Deck! Der Fremde läuft davon und setzt mehr Segel.«

Tyacke schob die Daumen hinter seinen Gürtel. »Er versucht's also.« Durch die hohlen Hände rief er: »Mr. Jay, nehmen Sie ein Glas mit nach oben!« Der Mastergehilfe eilte zu den Webleinen, und da kam schon der nächste Befehl:

»Marssegel setzen!« Tyacke lächelte, was er selten tat. »Er wird uns nicht entkommen.«

Dann schien er Segrave zum erstenmal zu bemerken. »Entern Sie mit auf und lernen Sie was!« Damit ließ er den Midshipman stehen.

Segrave hatte endlich das Ende der schwankenden Webleinen erreicht und hielt sich neben Mr. Jay auf der Saling fest. Die Höhe machte ihm nichts aus, er starrte über die endlose See mit ihren weißschäumenden Wellen. Hier oben konnte man das Schiff vergessen. Er sah, wie die Gischt am Bug hochstieg und über das Deck geweht wurde, fühlte das Zittern des Mastes und merkte, wie die Segel den Wind einfingen, dessen Heulen alles an Deck übertönte.

Jay gab ihm das Teleskop. »Schauen Sie sich den mal an.« Dann brüllte er nach unten: »Ein Schoner, Sir! Ohne Flagge.«

Tyackes Stimme drang mühelos bis zu ihnen herauf: »Flieht er?«

»Aye, aye, Sir.«

Sie hörten das Quietschen eines Blocks, und Sekunden später entfaltete sich die Kriegsflagge unter der Gaffel der *Miranda.* Jay grinste: »Denen werden wir's zeigen!«

Segrave sah, daß das andere Schiff ebenso stark überholte wie die *Miranda.* Es schien plötzlich sehr viel näher. Segrave erkannte schmutzige, geflickte Segel und auswehende, gebrochene Tampen. Der Rumpf war wohl mal schwarz gewesen, aber jetzt hatten Wetter und Seen an vielen Stellen die Farbe abgefressen. Auf einem Schiff der Navy wäre so etwas unmöglich gewesen, auch nach härtesten Einsätzen.

»Was ist das für einer, Mr. Jay?«

»Vermutlich ein Sklavenhändler.« Jay musterte das andere Schiff abschätzig. »Den schnappen wir uns ganz bestimmt.«

Tyackes Stimme schallte übers Deck: »Klar zum Gefecht! Mr. Archer nach achtern, bitte.« Archer war der Stückmeister. »Mr. Segrave! Nach unten, aber sofort!«

Jay sah zu, wie der Midshipman in den Webleinen abenterte. Sein helles Haar wehte im Wind. Über den Jungen konnte man sich nicht beklagen, doch ein so kleines Schiff hatte seine Tücken. Eine Hand fürs Schiff, eine für dich selbst, hieß die wichtigste Regel. Passagiere oder Muttersöhnchen hatten an Bord keinen Platz.

Als Segrave das Deck erreicht hatte, stand Simcox schon vor ihm: »Helfen Sie Mr. Archer. er wird vorn den Vierpfünder feuerklar machen und abfeuern. Lernen Sie dabei, soviel Sie können.«

Der rundliche Bootsmann grinste mit seinen schadhaften Zähnen: »Archer schießt einen Apfel vom Baum, selbst noch auf hundert Schritt.«

Tyacke sprach jetzt mit dem Rudergänger, und in der grellen Sonne sah sein Gesicht wie frisches Fleisch aus. Segrave folgte dem Stückmeister, aber am liebsten hätte er sich unter Deck verkrochen. Der grauhaarige Elias Archer stand lässig mit vor der Brust verschränkten Armen auf dem tanzenden Vordeck und ließ seine Männer das Buggeschütz laden.

»Haben Sie das schon mal gemacht?« frage er den Midshipman und starrte dabei zu dem anderen Schiff hinüber. Es war größer als die *Miranda* und konnte ihnen immer noch davonsegeln.

Segrave schüttelte den Kopf. Ihm war eiskalt trotz der Sonne, und er zitterte, wenn der Bug in die See fiel. »Nein«, antwortete er. »Mein letztes Schiff hat mal einen französischen Zweidecker verfolgt, aber der lief auf Grund und ging in Flammen auf, ehe wir ihn entern konnten.«

»Wir machen das besser.« Der Stückmeister nahm eine glänzende Kanonenkugel aus dem Gestell und rollte sie prüfend zwischen seinen harten Händen. »Kurierschiffe müssen schnell und leicht sein. Ohne uns bekäme die Flotte keine Nachrichten. Und ohne uns wäre selbst Nelson damals am Ende gewesen.« Einem aus seiner Mannschaft befahl er: »Stückpforte auf.«

Segrave sah Männer an Schoten, Halsen und Brassen eilen. Der verfolgte Schoner war bestimmt abgefallen, obwohl das von hier aus schwer zu beurteilen war.

Archer beugte sich vor und beobachtete kritisch, wie die Kanone geladen wurde. »Manche Idioten verdoppeln die Pulvermenge«, sagte er, »aber nicht auf der kleinen *Miranda.*«

Segrave hörte den Befehl des Kommandanten: »Signalisieren Sie ihm, er soll beidrehen.«

Archer grunzte nur. »Darum kümmert der sich einen Dreck.«

»Vielleicht kennt er unsere Signale nicht«, meinte Segrave unschlüssig.

Ein Matrose deutete grinsend auf die Kanone. »Die versteht er bestimmt!«

Der andere Schoner zeigte sein Unterwasserschiff unter dem Druck der Segel. Köpfe wurden über der Reling sichtbar, aber niemand antwortete auf das Signal der *Miranda.*
»Laden und ausrennen«, kam Tyackes Befehl.

Die Kugel wurde in die Mündung geschoben, ein Propf nachgestopft, dann zog die Mannschaft an den Brocktauen, und das Rohr schob sich durch die offene Pforte. Archer erklärte, was vorging. »Der hat zwar den besseren Wind, mein Junge, aber wir können ihm eins verpassen, wohin wir wollen.«

Jay im Ausguck brüllte plötzlich: »Die werfen eine Leiche über Bord, Sir. Und noch eine!«

Tyacke preßte das Teleskop ans Auge. »Der letzte lebte noch«, sagte er böse. »Vor ihren Bug, Mr. Archer!«

Archer duckte sich, peilte über den Lauf und riß an der Abzugsleine. Die Kanone ruckte zurück in ihre Halteseile, Rauch wehte aus der Pforte, und der Lauf wurde sofort für den nächsten Schuß ausgewischt.

Segrave sah an Steuerbord des fremden Schoners Gischt aufspritzen. Hatte Archer mit seinem Schuß so weit daneben gelegen? Aber die Kugel war übers Wasser gehüpft wie ein springender Delphin und vor dem Bug eingeschlagen. Segrave deutete auf die Gischt, die jetzt in sich zusammenfiel. »Was ist das?«

Sperry, der Bootsmann, sagte heiser: »Da toben Haie.«

Segrave fühlte, wie ihm schlecht wurde. Die beiden Körper, die man wie Abfall über Bord gekippt hatte, waren vor seinen Augen zerrissen worden.

»Bootsmann! Beiboot aussetzen!«

Segrave sah, wie das andere Schiff beidrehte, seine geflickten Segel flatterten wild. Aber die Mannschaft der *Miranda* war solche Jagden gewöhnt. Die Waffenkiste stand schon geöffnet an Deck, Jay rutschte eine Pardune hinunter, griff nach einem Säbel und ließ sich eine Pistole reichen.

»Wir bleiben in Lee. Geht an Bord und durchsucht sie, aber laßt euch auf nichts ein. Ihr wißt, was ihr tun müßt!« rief ihnen Tyacke zu.

Simcox wandte sich an Segrave. »Halten Sie sich am besten an Mr. Jay. Wenn der da drüben Sklaven an Bord hat, müssen wir ihn laufen lassen. Es gibt kein Gesetz gegen Sklavenhandel, jedenfalls noch nicht. Aber ich würde die Crew da drüben hängen, Gesetz hin, Gesetz her.«

Tyacke trat zu ihnen. »Unterstützen Sie Mr. Jay, wo Sie können«, sagte er zu Segrave. »Aber seien Sie auf der Hut, die dort drüben sind tückischer als Schlangen.«

Vom Beiboot aus sah die kleine *Miranda* riesig aus. »Klar bei Riemen. Ruder an!« Jay ergriff die Pinne, und das Beiboot hielt auf den anderen Schoner zu.

Sperry, mit einer Axt und einem Entermesser im Gürtel, sog Luft durch die Nase. »Kein Sklavenhänderl!« sagte er. »Er stinkt nicht. Wir hier in Lee müßten es riechen.«

Segrave biß die Zähne zusammen. Was kam da bloß auf ihn zu? Er erinnerte sich, wie seine Mutter ihm und den Schwestern vom Tod des Vaters berichtet hatte. Wie würde sie auf *seinen* Tod reagieren? Mit Stolz? Oder laut klagend? Er starrte auf das andere Schiff, bis seine Augen schmerzten. Zur Hölle mit allem!

Jay rief hinüber: »Im Namen des Königs! Wir kommen jetzt an Bord!«

Sperry grinste. »Wie schön du das mal wieder gesagt hast, Bob.«

Während die beiden sich neckten, starrte Segrave sie angstvoll an. Sklavenschiffe waren oft hervorragend bewaffnet, hatte er gehört.

Plötzlich wurde Jay ernst. »Also, wir machen's wie üblich, Männer. Übernehmt als erstes das Ruder und entwaffnet die Mannschaft. Und Sie bleiben in meiner Nähe«, wandte er sich an Segrave. »Also los!«

Ein Wurfanker flog über die Reling des Schoners, der *Albacore* hieß, und dann kletterten sie alle an Bord. Das Rauschen der See klang ferner, als sie auf dem fremden Deck standen. Segrave hielt sich an den Mastergehilfen, der sich jetzt vor einem Herrn in schmutziger weißer Kniehose und zerknittertem Seidenhemd verneigte.

»Sie sind wohl der Skipper?«

Segrave musterte die fremde Crew. Ein gemischtes Volk, der Abschaum der Gosse.

»Und was ist das?« Mit kräftigem Schwung zog der Bootsmann einen Mann aus der Gruppe, riß ihm das Hemd auf und drehte ihn um, so daß Jay die Tätowierung auf seiner Brust sehen konnte: gekreuzte Flaggen, eine Kanone und der Name eines Schiffs - *Donegal.*

»Ein Deserteur, ha! Das ist wohl das Ende für dich.«

Der Mann wand sich. »Um Gottes willen, laßt mich laufen! Ich bin doch auch nur so ein armes Schwein wie ihr.«

»Und bald eine Leiche mit einem Strick um den Hals.«

Das würde Segrave nie verstehen: Männer, die selbst zum Dienst gepreßt worden waren, wurden sauwütend, wenn sie auf einen Deserteur trafen.

Der Skipper zuckte nur mit den Schultern und schüttelte den Kopf. Jay seufzte. »Sprichst wohl kein Englisch, oder?« Er sah sich um und zeigte mit seinem Säbel auf den Deserteur. »Wenn du uns hilfst, wirst du nicht gehängt.«

Der fremde Seemann ließ sich auf die Knie fallen. »Ich hab' doch erst eine Reise gemacht, Sir!«

»Und wer warf die beiden Männer über Bord?« Die Säbelspitze berührte die Kehle des Mannes. »Keine Lügen, oder du gehst selber zu den Haien.«

»Der Skipper hat sie über Bord geworfen, Sir!« Er sabberte vor Angst. »Sie haben gekämpft und einander umgebracht.« Er senkte den Blick. »Der Skipper wollte sie sowieso loswerden, sie waren nicht kräftig genug für harte Arbeit.«

Segrave beobachtete den Mann im Seidenhemd, er schien kühl und unbewegt. Man würde ihm nichts anhaben können, obwohl er zwei Sklaven umgebracht hatte.

»Behalt die Crew im Auge, George«, rief Jay. Und an einen Matrosen gewandt: »Wir gehen jetzt unter Deck. Sie kommen mit, Mr. Segrave.«

Unten war es noch schmutziger. Der Rumpf stöhnte und knarrte, während die Männer mit brennenden Lampen zwischen die leeren Handfesseln und Fußeisen traten, die verhinderten, daß die Schwarzen sich mehr als ein paar Schritte bewegen konnten – auf der langen Reise von Afrika zu den westindischen Inseln oder ans südamerikanische Festland.

»Darum nehmen sie nur die gesündesten. Andere würden die Reise nicht überleben.« Jay spuckte aus. »Sie liegen hier unten wochenlang im eigenen Dreck.«

Segrave würgte der Ekel, aber er konnte sich gerade noch beherrschen. »Wird der Deserteur wirklich begnadigt?«

Jay sah ihn groß an. »Natürlich, wenn er uns helfen kann. Dann wird er nicht gehängt. Aber zweihundert Peitschenhiebe kriegt er bestimmt, damit er in Zukunft nicht vergißt, wohin er gehört.«

Der Seemann, der sie begleitete, fragte: »Was ist da achtern im Heck, Mr. Jay?«

»Die Kajüte und die Kammern. Warum?«

»Ich hab' dort was gehört.«

»Guter Gott!« Jay zog seine Pistole und spannte sie. »Vielleicht will uns irgendein Schweinehund in die Luft jagen. Los, ran!«

Der junge Seemann warf sich mit aller Kraft gegen die Tür und riß sie aus den Angeln. Bis auf einen Fleck Sonnenlicht lag die Kajüte im Dunkeln. Und selbst das bißchen Licht hatte Mühe, durch das dreckige Glas des Skylights zu dringen.

Auf einer schmutzigen Koje lag zwischen Lumpen eine junge schwarze Frau. Sie stützte sich auf die Ellbogen, ihre Beine waren von einem schmutzigen Laken bedeckt. Sonst war sie nackt. Sie schaute die Eindringlinge ohne Überraschung an. Als sie sich bewegen wollte, hielt eine Fußkette sie zurück.

»Aha«, sagte Jay leise, »so vergnügt sich also der Skipper.«

Sie kehrten an Deck zurück. *Miranda* ging gerade auf den anderen Bug, um näher an die treibende *Albacora* zu kommen. Tyackes Stimme erreichte sie mit Leichtigkeit: »Wer ist die *Albacora*?«

»Ein Sklavenschiff, Sir. Hat zur Zeit aber nur eine Schwarze an Bord. Und einen Deserteur!«

Segrave dachte an das schwarze Mädchen: angekettet wie ein Tier, zum Vergnügen des Skippers. Wie schön sie gewesen war, trotz ihrer dunklen Haut . . .

»Zielhafen?«

Jay sah auf die Karte. »Madagaskar, Sir!«

»Viel ist sie ja nicht wert«, murmelte einer der Männer neben Segrave, »aber ein kleines Prisengeld würden wir schon für sie kriegen, nicht wahr?« Sein Kumpel nickte.

Tyackes Stimme verriet nichts. »Sehr gut, Mr. Jay. Bringen Sie den Deserteur an Bord!«

»Nein, nein!« schrie der Mann, aber der Bootsmann streckte ihn mit einem gezielten Fausthieb nieder. Als der Kerl sich erholt hatte, kroch er übers Deck und umklammerte Jays Knie. »Er hat die richtige Karte unter Deck gebracht, als wir Sie sichteten«, stammelte er. »Das macht er immer, wenn sich ein fremdes Schiff nähert. Dann holt er die falsche Karte hoch, die jeder sehen kann.«

Jay schob die Hände des Deserteurs weg. »Daß ich daran nicht gedacht habe!« Er griff nach Segraves Arm. »Kommen Sie mit!«

In der Kajüte lag das Mädchen noch wie vorhin da, als habe es sich inzwischen nicht bewegt. Sie wühlten in Büchern und Karten, alten Kleidern und Waffen. Jay wurde nervös, weil er wußte, daß Tyacke schnell wieder weitersegeln wollte. »Das bringt nichts«, sagte er schließlich. »Der Deserteur wollte nur seine Haut retten und hat diese Kartengeschichte erfunden.«

Ein Spiegel lehnte an einem Kasten mit Duellpistolen. Jay hob ihn an - ein letzter Versuch. »Nichts, verdammt noch mal!« Er warf das Glas weg, und Segrave fing es auf, ehe es zu Boden fallen konnte. Die Schwarze auf der Koje bewegte sich, ihre Brüste glänzten im Sonnenlicht.

»Sie liegt auf was, Mr. Jay!«

Jay starrte zuerst ratlos zu ihr hinüber, dann ging er zur Koje, um sie zur Seite zu schieben. Aber ihr schweißnasser Körper entglitt seinem Griff, sie bewegte sich blitzschnell, und ein Messer blitzte in ihrer linken Hand. Segrave sprang Jay zu Hilfe.

Jay fiel und rutschte durch Segraves Ansturm über den Boden der Kajüte. Der junge Mann sank über die Frau und stieß einen schrillen Schmerzensschrei aus.

Segrave spürte das Messer wie eine Flamme über seine Hüfte zucken und wußte, mit dem zweiten Stich würde sie seinen ungeschützten Rücken treffen. Aber dann knallte es, und das Messer flog zu Boden. Die Frau fiel mit blutendem Mund gegen die Wand. Jay hatte sie geschlagen.

Der junge Seemann kam jetzt in die Kajüte gerannt. »Helfen Sie Mr. Segrave«, befahl ihm Jay, schob die Frau zur Seite und zog einen Lederbeutel unter ihrem nackten Leib hervor.

Segrave untersuchte stöhnend den Schnitt in seiner Hose. Das Messer hatte ihn ganz schön erwischt. Überall war Blut. Er biß sich auf die Lippen, um nicht zu schreien. Der Seemann wickelte ein Hemd um die Wunde, aber der Stoff war schnell durchtränkt.

Jay riß die Ledertasche auf, fand die Karte und rollte sie mit zitternden Fingern halb auf.

»Ich muß sofort den Kommandanten sprechen«, sagte er dann, richtete sich auf und sah in Segraves schmerzverzerrtes Gesicht. »Sie haben mir gerade das Leben gerettet. Noch etwas Geduld, ich bin gleich zurück.« Seine Stimme klang sanft.

Oben an Deck schien der Abend zu dunkeln, die Wolken hatten Ränder aus schimmerndem Gold.

»Ihr wirklicher Zielhafen ist Kapstadt, Sir«, rief Jay hinüber. »Ich habe hier eine Nachricht – in französisch, denke ich.«

Tyacke befahl: »Schicken Sie mir den Skipper und diese Ledertasche herüber. Und den Deserteur. Ich laufe zum Geschwader weiter. Werden Sie und Mr. Segrave an Bord klarkommen?«

Jay grinste. »Natürlich. Jetzt haben wir hier keine Probleme mehr.«

Der Skipper der *Albacora* protestierte, als ein Seemann ihn packte. »Legen Sie ihn in Eisen«, knurrte Jay. »Wegen Mordversuchs an einem Offizier, Tötung von Sklaven und Handel mit dem Feind.« Als der Mann plötzlich schwieg, nickte er. »Aha, du hast mich also ganz gut verstanden.«

Als das Boot mit den Gefangenen zur *Miranda* zurückgekehrt war, plazierte Jay seine Männer sehr sorgfältig auf der *Albacore.* »Wir nehmen gleich Fahrt auf. Beobachtet die Crew genau, und im Zweifel schießt ihr sofort, klar?«

Mit dem Bootsmann kehrte er in die Kajüte zurück, wo der junge Matrose noch immer Segraves Blutung zu stoppen versuchte, der sich erbittert wehrte. Da drückte Sperry ihn zu Boden, der junge Matrose und Jay schnitten ihm die blutige Hose auf und legten die Wunde frei.

»Mit ein, zwei Stichen kann ich das nähen«, sagte Sperry. »Besorgt mehr Verbandszeug.«

»Um Gottes willen, was ist denn das?« rief Jay.

Der Midshipman lag jetzt da wie tot. Sein Gesäß und seine Oberschenkel waren voller Wunden und Narben – den Spuren zahlreicher Auspeitschungen. Aber nicht auf der *Miranda.* Er hatte die Schmerzen dieser Narben und halb verheilten Wunden sechs Wochen lang erduldet, ohne ein Wort zu sagen.

»Er ist ohnmächtig. Ich hole meine Sachen, Bob.«

»Bringt Brandy mit oder Rum.«

Der Midshipman lag immer noch reglos da, Blut sickerte durch seine Verbände. Ohne Segrave würde ich selber jetzt hier liegen, dachte Jay und blickte zu dem jungen Seemann hoch. »Das bringen wir auf der *Miranda* wieder in Ordnung, klar? Und wer ihn noch mal schikaniert, kriegt es mit mir zu tun.«

Als Midshipman Segrave wieder zu sich kam, sah er sofort, wie dunkel der sternenübersäte Himmel über ihm war. Er spürte Wolldecken und ein Kissen unter seinem Kopf. Ein Schatten beugte sich über ihn. »Geht's besser?« fragte Jay.

Dann kam der Schmerz wieder, pochte wie sein Herz. Er schmeckte Brandy im Mund und versuchte sich zu erinnern. An Hände, die ihn festhielten, an Schmerzen, seine Ohnmacht. Es schauderte ihn.

»Ist wieder alles in Ordnung?« fragte er schwach.

»In Ordnung? Natürlich!« Jays Stimme klang fröhlich. »Sie haben mir das Leben gerettet und sind der Held des Tages. Nur Ihretwegen haben wir jetzt eine Prise, die *Albacora.*«

Dann griff Jay vorsichtig nach Segraves Arm. »Wer hat Sie so ausgepeitscht?«

Doch der Midshipman schloß abwehrend die Augen. Was würde eine Antwort ihm bringen? Nichts. Aber der Mastergehilfe Jay, ein Kerl aus Eisen, hatte ihn, Segrave, einen Helden genannt. Nur das zählte.

IV Wer suchet, der findet

In der Achterkajüte der *Themis* war es heiß wie in einem Ofen trotz der offenen Stückpforten und der Sonnensegel über den Niedergängen. Bolitho saß am Tisch und prüfte den Inhalt der Ledertasche, die ihm von der *Miranda* geschickt worden war. Commodore Warren hockte zusammengesunken in einem Sessel, blickte mit aschfahlem Gesicht nach draußen und hoffte auf ein wenig frische Luft. Ab und zu zupfte er sich das Hemd oder die Uniformjacke vom schweißnassen Körper.

Neben Bolitho machte sich Yovell, der rundliche Schreiber, eifrig Notizen und schob dabei immer wieder seine goldgefaßte Brille hoch.

»Hat Sie die Antwort des Generals überrascht, Sir Richard?« fragte Warren plötzlich.

Bolitho hob den Blick. Was die echte Karte der *Albacora* zeigte, war interessant. Doch was der lange Brief eines französischen Kaufmanns aus Kapstadt enthielt, war noch wichtiger.

»Ich hab' sie erwartet, Commodore«, antwortete er. »Sir David Bairds Soldaten werden jetzt gerade landen. Das können wir nicht mehr verhindern.«

Leutnant Jenour an den Heckfenstern beobachtete, wie reglos die *Miranda* über ihrem Spiegelbild auf dem unbewegten Wasser stand. Ihr Kommandant hatte gerade noch Glück gehabt, denn jetzt war der Wind völlig eingeschlafen. Er drehte sich um, als Bolitho sagte: »Ihr Französisch ist doch hervorragend, Stephen. Fiel Ihnen etwas auf, als Sie mir diesen Brief übersetzten?«

Jenour versuchte, die Hitze zu ignorieren. Bolitho sah von ihnen allen am frischesten aus, wie er so in Breeches und Hemd am Tisch saß; sein Uniformrock lag über einer Seekiste. Seit *Mirandas* Segel in der Morgendämmerung an der Kimm aufgetaucht waren, war er ruhelos in seiner Kajüte auf und ab gegangen. Jetzt, in der Mittagshitze, hörte man gereizte Stimmen an Deck. Diese Sonnenglut und das Warten war gefährlich für die Disziplin. Auf See und in Fahrt wäre es anders gewesen.

Jenour rieb sich das Kinn. »Ich konnte keinen Code entdecken, Sir Richard. Solche Briefe schreibt ein Kaufmann dem anderen und läßt sie per Schiff befördern. Es ist doch nicht ungewöhnlich, daß französische Kaufleute in Kapstadt leben, oder?«

Bolitho rieb sich die Stirn. Der Brief enthielt ein Geheimnis, ganz bestimmt. Aber warum konnte es selbst der kluge Jenour nicht entdecken?

Yovell, der in seine Notizen starrte, hatte den richtigen Einfall. »Es ist die Schlacht von Trafalgar, Sir. Der Schreiber berichtet darüber seinem Freund.«

Bolitho sah seine Männer an. »Sehr gut, Yovell. Die *Truculent* segelte ungeheuer schnell von England hierher, und niemand hier wußte bei unserer Ankunft von der Schlacht und Nelsons Tod. Bis auf diesen Briefeschreiber. Der Sklavenhändler muß den Brief also von einem Franzosen bekommen haben, der vor uns hier ankam!«

Warren tupfte sich sorgfältig den Mund ab. »Ein französisches Kriegsschiff?«

Jenour ballte ungläubig die Fäuste. »Sollte es vor Brest die Blockade durchbrochen haben?«

»Der Schlüssel liegt in Kapstadt, meine Herren. Aber ich weiß noch nicht, wo.« Bolitho beugte sich über die Karte. »Lassen Sie den Kommandanten der *Miranda* rufen, Stephen.«

Als Jenour schon die Kajüte verlassen wollte, räusperte sich Warren entschuldigend. »Ich hatte es ganz vergessen, Sir Richard, aber Leutnant Tyacke ist bereits an Bord. Er brachte die Tasche persönlich.«

Bolitho spürte Ärger in sich aufsteigen. So ging das nicht: zwei Fregattenkapitäne, die einander haßten, und ein Commodore, den die ganze Operation nicht im geringsten interessierte. Dazu ein Haufen Schiffe, die noch nie miteinander manövriert hatten. Das mußte geändert werden, schnell. Doch zuerst kam Tyacke.

»Bitten Sie ihn rein, Stephen.«

Warren fuhrt verlegen fort: »Sie müssen wissen, daß Leutnant Tyacke . . ..«

Jenour trat in der Nachbarkajüte auf den Mann zu, der aus der Stückpforte auf das stille Wasser blickte, die Hände auf dem Rücken verschränkt. »Würden Sie bitte nach nebenan kommen? Sir Richard Bolitho wünscht Sie zu sprechen.«

Man hatte dem Leutnant wenigstens eine Erfrischung angeboten, wahrscheinlich ein Glas von diesem schrecklichen Rotwein. »Tut mir leid, wir wußten nicht, daß Sie noch an Bord sind.« Entsetzt starrte Jenour in das zerstörte Gesicht Tyackes. Wie konnte er damit nur leben?

»Und wer sind Sie?« fragte Tyacke scharf. Dann sah er das Gold auf Jenours Schulterstück. »Flaggleutnant, ach so.«

Wieder mußte sich Jenour entschuldigen. »Ich wußte nicht, daß Sie ...«

Tyacke rückte seinen Säbel gerade und drehte sich weg. »Ich bin solche Blicke gewöhnt, Sir. Aber Freude machen sie mir nicht.« Er ließ sich seinen Ärger anmerken. Was waren das für Kameraden, die ihn so anstarrten?

Er bückte sich, trat in die große Kajüte und blieb überrascht stehen. Den Commodore hatte er schon einmal gesehen, also mußte der bebrillte Mann in einfacher blauer Uniformjacke der berühmte Bolitho sein. Nicht gerade eine Heldenfigur. Aber die meisten Flaggoffiziere, die Tyacke bisher getroffen hatte, sahen nicht aus wie Bühnenhelden.

»Bitte entschuldigen Sie meine Unhöflichkeit, Mr. Tyacke.« Bolitho kam aus dem Schatten, und Yovell zog sich zurück. »Ich wußte nicht, daß Sie noch an Bord sind. Bitte nehmen Sie Platz.«

Tyacke setzte sich unsicher. War er zu lange auf See gewesen, daß er sich so täuschen konnte? Der Mann im weißen Hemd, der ihn so freundlich begrüßte, sollte ein Admiral sein? Er schien kaum älter als er selbst zu sein, obwohl er näher an Fünfzig als an Vierzig sein mußte. Nur die scharfen Linien um seinen Mund und eine weiße Haarsträhne über der Stirn verrieten, daß er kein Jüngling mehr war. Dazu offene graue Augen ... Tyacke fühlte sich plötzlich wie ein Midshipman, so stumm und verlegen.

»Ihr Fund auf dem Sklavenschiff war für uns wichtiger, als Sie ahnen.« Bolitho lächelte und sah dadurch noch jünger aus. »Ich lote gerade aus, was in ihm steckt.«

Die Tür öffnete sich, und ein kleiner Steward kam über

den gewürfelten Teppich auf Tyacke zu. »Ein Glas Rheinwein, Sir?« Er beobachtete den Leutnant und fügte hinzu: »Er ist schön kühl, Sir.« Offenbar war das etwas Besseres, als sonst auf dem Flaggschiff angeboten wurde.

Tyacke trank. Der Steward hatte genau wie der Admiral beim Anblick seines Gesichts mit keiner Wimper gezuckt und ihn auch nicht neugierig oder entsetzt angestarrt.

Bolitho beobachtete den Leutnant. Ein gezeichneter Mann, Überlebender einer furchtbaren Seeschlacht. »Wo ist die *Albacora* jetzt?«

Tyacke riß sich aus seinen Gedanken. »Sie wird in zwei Tagen hier sein, Sir Richard. Ich ließ eine kleine Prisenbesatzung an Bord. Und einen verletzten Midshipman.«

Bolitho nickte. »Ich habe in Ihrem Bericht von ihm gelesen. Scheint ein tapferer junger Mann zu sein.«

»Mich hat er überrascht«, gab Tyacke zu.

Bolitho wandte sich seinem Sekretär zu. »Yovell, schreiben Sie einen Befehl für unseren anderen Schoner aus. Ich möchte, daß die *Albacora* bei einem großen Versorgungsschiff längsseits geht, dem Land abgekehrt und nachts. Von Land aus darf man sie auf keinen Fall entdecken. Der Schoner soll sie abfangen. Würden Sie sich bitte darum kümmern, Commodore Warren?«

Warren richtete sich auf, aber ein heftiger Husten überfiel ihn.

»Ich möchte auf Ihrem Schoner mitsegeln, Mr. Tyacke«, fuhr Bolitho fort und registrierte Überraschung und Unglauben im Gesicht des anderen. »Ich bin kleine Schiffe gewöhnt, machen Sie sich also keine Sorge um meine – hm – Würde.«

Der Commodore verließ die Kajüte, doch Bolitho hörte ihn noch immer husten. Jenour sah dem Schreiber über die Schulter, der den Befehl in Schönschrift zu Papier brachte.

Einen Augenblick schien es, als seien sie beide allein in der Kajüte. »Wo ist das passiert?« fragte Bolitho leise.

Der Leutnant zuckte zusammen und hielt dann seinem

Blick stand. »In der Schlacht bei Abukir, Sir. Ich war auf der *Majestic.*«

»Unter Kapitän Westcott. Ein guter Mann. Schade um ihn.« Der Admiral berührte vorsichtig das Lid über seinem verletzten Auge. »Bitte kehren Sie auf die *Miranda* zurück. Sobald Ihre Prise einläuft, sollten wir ankerauf gehen. Ich möchte mir das Kap genauer ansehen, auch das Land und die See dahinter. Hier an Bord bin ich zu nichts nütze.«

Als Tyacke die Kajüte verlassen wollte, rief ihn Bolitho noch einmal zurück. »Sie sind ein tapferer Mann, Mr. Tyacke. Geben Sie mir Ihre Hand.« Sein Griff war fest. »Sie haben mir Mut gemacht. Vielen Dank!«

Etwas verwirrt fand Tyacke sich im Beiboot der *Miranda* wieder. Simcox saß an der Pinne, aufgeregt und neugierig. Tyacke wartete, bis die Männer ihren Takt fanden; ohne Vorbereitung sagte er dann: »Der Admiral will mit uns zum Kap.«

»Ein Admiral? Auf der *Miranda*?«

Der Leutnant nickte nur.

Irgendwas war an Bord des Flaggschiffs vorgefallen, spürte Simcox. Irgend etwas Wichtiges. Hoffentlich hatte niemand Tyacke verletzt. »Ich wette, Sie haben vergessen, ihn um das Bier zu bitten!« sagte er.

Aber Tyacke hörte gar nicht zu. »Und wenn es sein muß, werden wir mit diesem Admiral zur Hölle und zurück segeln, so wahr ich hier sitze«, murmelte er. Dann schwiegen sie, bis das Boot an der *Miranda* festmachte.

Richard Bolitho quetschte sich in die Ecke seiner Koje auf der *Miranda* und streckte die Beine aus. Sie war weiß Gott ein unruhiges Schiff. Er war alle Arten von Seegang gewöhnt, aber hier an Bord meldete sich selbst sein abgehärteter Magen.

Tyacke war seit dem Ankerlichten an Deck geblieben. Obwohl Bolitho nur ein Stück blauen Himmel durch das Skylight sah, hoffte er auf stetigeren Seegang, wenn sie erst einmal weiterab von Land standen, jenseits der unruhigen Küstenströmung. Er bedauerte, daß Ozzard nicht mitgekommen war, der seine Wünsche erriet, noch ehe er sie aussprechen konnte. Aber auf diesem kleinen Schiff war der Raum zu beengt. Und die Mannschaft der *Miranda* hätte es sicher nicht gern gesehen, wenn er seinen eigenen Steward mitbrachte. Er hatte auf dem Weg in die Kajüte Überraschung, Neugier und Ablehnung in den Augen der Männer entdeckt. Sie sahen sein An-Bord-Kommen nicht als Ehre, sondern als Eindringen eines Fremden. Gut, daß auch Jenour auf dem Flaggschiff geblieben war; seine Augen und Ohren waren dort nützlicher.

Bolitho hatte das Sklavenschiff neben einem der Versorger festmachen gesehen, war aber nicht an Bord gegangen. Er hatte von der Frau in der Achterkajüte gehört und von dem Deserteur, der jetzt in Eisen auf sein Urteil wartete. Aber Tyacke hatte in seinem Bericht sicherlich nicht alles erwähnt.

Er hörte, daß sich das Marssegel knallend im Wind blähte, und meinte zu spüren, wie das Schiff sich in seinen neuen Kurs fand. Dabei fiel ihm wieder Alldays Kritik ein: »Das ist nichts für einen Vizeadmiral. Jedes Kohlenschiff bietet mehr Bequemlichkeit.« Allday war jetzt irgendwo an Deck, entweder immer noch allein oder schon neben einem neuen Kumpel bei einem Schluck Rum. Auf diese Weise erfuhr er in wenigen Stunden mehr über Besatzung und Schiff als Bolitho in einem ganzen Jahr.

Den verwundeten Midshipman hatte Tyacke auf der *Themis* in der Obhut des Arztes gelassen, aber nichts weiter erwähnt. Bolitho fragte sich, ob Tyacke immer so verschlossen war; nur der Master schien so etwas wie sein Freund zu sein. Tyacke war wohl schon immer ein einsamer Mann gewesen, und die schreckliche Entstellung vergrößerte diese Einsamkeit noch.

Bolitho entrollte die Karte unter einer schwingenden Laterne; sie schaukelte längst nicht mehr so wild wie noch vor kurzem. Die großen Segel eines Schoners waren wie Flügel, sie hielten das Schiff mit seinem großen Tiefgang in einem Seegang, in dem andere Schiffe wie Korken getanzt hätten, auf relativ ebenem Kiel.

Bolitho studierte die Tiefenangaben auf der Karte, die Peilungen und Landmarken und rieb sein linkes Auge. Er schwitzte. Allday hatte wohl doch recht: Die *Miranda* war wirklich kein bequemer Aufenthaltsort. Die kleine, vollgestopfte Kajüte erinnerte ihn an seine frühere auf dem Kutter *Supreme.* 1803 hatten die Franzosen ihn aufgebracht und das Feuer eröffnet. Dabei war eine Kanonenkugel in einen Eimer Sand geschlagen und hatte ihn umgeworfen, mittags im hellsten Sonnenlicht. Als man Bolitho danach wieder auf die Beine half, umgab ihn Dunkelheit. Sein linkes Auge machte ihm seither Schwierigkeiten, und auf der *Hyperion* hätte er deshalb fast das Leben verloren. Die Folge der Verletzung war ein Nebel, der ihn manchmal halb erblinden ließ. Der berühmte Chirurg Sir Piers Blachford hatte Bolitho gewarnt: Er müsse sich schleunigst an Land untersuchen und behandeln lassen, wenn er das linke Auge nicht verlieren wollte. Aber eine Garantie für den medizinischen Erfolg konnte auch Blachford nicht geben.

Bolitho meinte, tief im Innern des Auges Schmerz zu fühlen. Das war nur Einbildung oder Furcht, schalt er sich. Natürlich hätte er an Land bleiben sollen zur Behandlung. Aber Männer mit seiner Erfahrung wurden auf See gebraucht, besonders nach der Schlacht von Trafalgar, seit Nelson gefallen war und der Feind an Land immer noch unbesiegt. Bald würde sein nächster Angriff erfolgen.

Die Tür flog auf, Tyacke ließ sich schwer auf einen Stuhl fallen. Er atmete hastig wie nach einem Zweikampf, und sein Hemd war völlig durchnäßt. Unwillkürlich hatte er sich so gesetzt, daß sein entstelltes Gesicht im Schatten blieb.

»Wir laufen rechtweisend Süd, Sir«, berichtete er. »Der Wind schralt ein bißchen, aber das ist gut für den Fall, daß wir schnell über Stag gehen müssen. Sind Sie sicher, daß Sie auf Ihre Rangabzeichen verzichten wollen?«

Bolitho lächelte. Von der Decke hing sein Uniformrock ohne Schulterstücke; er sah aus wie der Tyackes. »Nicht immer sagt das Etikett etwas über den Inhalt aus. Ich hoffe, Ihre Leute fühlen sich wohler, wenn sie mich ohne Epauletten sehen. Ich möchte es so, also machen Sie sich keine Gedanken. Ist Ihre Besatzung wohlauf?«

»Bis auf einen Mann – ja. Mit dem muß ich noch reden.« Das klang etwas besorgt. »Eine interne Sache, Sir Richard, die mit unserem Auftrag nichts zu tun hat.«

»Schon gut.« Bolitho faltete die Karte zusammen. Die Mannschaft der *Miranda* war vollzählig bis auf den Midshipman, der das Leben des Mastergehilfen gerettet hatte. Eine interne Sache, hatte Tyacke gesagt. Also nicht meine, dachte Bolitho.

Tyacke sah ihn lächeln und enstpannte sich etwas. »Es wird gleich zu essen geben, Sir.«

Bolitho spürte seinen Magen knurren. Ja, er hatte Hunger, trotz allem. Wenigstens behelligte ihn sein verletztes Auge jetzt nicht mehr. Vielleicht gab es trotz Blachfords Warnung noch ein Wunder.

Während er auf die Rückkehr der *Miranda* wartete, hatte er einen Truppentransporter besichtigt und war überrascht gewesen, daß noch keiner der Soldaten dort gestorben war. An Bord roch es wie auf einem Bauerhof, nicht wie auf einem Kriegsschiff Seiner Majestät. Männer, Pferde, Kanonen, Gepäck, Wagen waren in die Decks hineingepfercht. Auf einem Sträflingsschiff hätte es mehr Platz gegeben. Die Besatzung mußte es nun in dieser stinkenden Enge aushalten, bis Sir David mit seiner Artillerie und Infanterie sich nach Kapstadt durchgekämpft hatte. Wenn sich aber die Holländer stärker als erwartet wehrten? Sie konnten den Vormarsch der Engländer immer noch stoppen, und dann gab es nur noch den kleinen Verband von Commodore Warren, der seine Seeleute und Soldaten im Rücken des Feindes anlanden konnte. Aber die Elendsgestalten, die Bolitho auf dem Transporter gesehen hatte, würden ein schwieriges Landemanöver kaum schaffen und die folgenden Gefechte bestimmt nicht überstehen.

Nebenan war Alldays tiefe Stimme zu hören, der einem von Tyackes Männern half, das Essen für die Offiziere zu holen.

»Bei Ihrer Erfahrung, Mr. Tyacke, sollten Sie ein größeres Schiff kommandieren.« Bolitho sah, wie der andere sich verschloß. »Sie hätten längst befördert werden müssen.«

Tyackes Augen blitzten. »Man hat mir's angetragen, Sir, aber ich habe abgelehnt.« Das klang wie Trotz. »Die *Miranda* reicht mir. Niemand kann sich über sie beklagen.«

Bolitho drehte sich um, als ein Matrose dampfende Schüsseln auftrug, dem Allday kritisch über die Schulter schaute. »Schon gut, alter Freund«, sagte er. »Danke.«

Die beiden verließen die Kajüte, und Tyacke beobachtete beim Essen insgeheim Bolitho, der das fette Schweinefleisch wie eine große Delikatesse verzehrte. Was war der Admiral bloß für ein Mann? Simcox hatte ihn das immer wieder gefragt. Aber wie sollte er ihm begreiflich machen, daß Bolitho keine bohrenden Fragen stellte, obwohl er es bei seinem Rang gedurft hätte? Und wer konnte die Freundschaft zwischen Allday und Bolitho erklären?

Tyacke dachte an Simcox' Wunsch, goß lächelnd zwei Gläser Madeira ein und sagte: »Bier würde uns gut tun, Sir, wenn wir es hier irgendwo bekommen könnten.«

Bolitho hob das Glas gegen das Licht und starrte es an. Aber es war das Glas, das beschlug, sein Auge blieb klar. »Bier? Natürlich. Ich werde Ihren Wunsch den Kameraden vom Heer übermitteln. Wenigstens das könnten sie ja für uns tun.« Wieder hob er sein Glas und fragte: »Heute ist doch Samstag, nicht wahr? Also trinken wir einen Toast!«

»Auf Freundinnen und Frauen, Sir?«

Bolitho berührte das Medaillon unter seinem Hemd. »Auf alle, die wir lieben. Mögen sie Geduld haben mit uns.«

Tyacke trank schweigend mit. Er wußte niemanden, dem sein Leben oder Sterben etwas bedeutet hätte.

Bolithos Gedanken aber waren in diesem Augenblick weit weg im heimatlichen Cornwall.

Allday wischte das blitzende Rasiermesser sauber. »Das wär's, Sir Richard. Zu mehr ist das Wasser auf diesem Schiff nicht zu gebrauchen.« Er ließ seiner Verachtung freien Lauf. »Das nächste Mal steigen wir dann auf einen Fischerkahn um, könnte ich mir vorstellen.«

Bolitho seufzte und schlüpfte in das zerknitterte Hemd. Den Luxus frischer Wäsche vermißte er hier am meisten. Er sah Morgenlicht durchs Skylight sickern und machte sich überrascht klar, daß er diese Nacht fest durchgeschlafen hatte.

Allday reichte ihm Kaffee. »Nicht gut mit diesem Wasser.« Wie schaffte es Allday bloß, ihn zu rasieren in diesem schwankenden Raum, in dem er sich nicht einmal aufrichten konnte? In all den Jahren hatte Allday ihn nie geschnitten. Aber mit dem Kaffee hatte er recht. Er mußte wirklich Bier anfordern, das würde helfen, bis sie frisches Wasser bunkern konnten.

Eigentlich hätte Commodore Warren sich darum kümmern müssen, doch der war wohl schon jenseits von allem. Bolitho schob den Kaffee zur Seite.

An Deck hörte er Pumpen quietschen und Wasser plätschern: Die Mannschaft machte rein Schiff. Auf diesem kleinen Schoner waren alle Geräusche sehr nahe.

»Ich gehe nach oben«, sagte er und rieb sich den Kopf, weil er an einen Decksbalken gestoßen war.

Allday klappte das Rasiermesser zusammen. »Ein Pißpott, mehr nicht.« Murrend folgte er Bolitho an Deck.

Im feuchten Morgenwind ging Bolitho zum Kompaßhäuschen. Überall arbeiteten Männer, schrubbten das Deck, arbeiteten in den Webleinen oder besserten das laufende Gut aus, wo immer es nach der windigen Nacht nötig war.

Tyacke grüßte. »Guten Morgen, Sir. Unser Kurs ist Südost zu Süd.« Er deutete über das Schanzkleid. »Das Kap liegt vier Meilen voraus.« Er lächelte stolz. »Näher würde ich nicht unter Land gehen, denn auf die Tiefenangaben in der Karte kann man sich hier nicht verlassen. Wo es abgrundtief sein soll, entdeckt man plötzlich Riffe.«

Bolitho drehte sich um und sah, wie jedermann an Deck schnell wegschaute. Tyacke merkte es. »Machen Sie sich bitte nichts daraus, Sir. Der ranghöchste Offizier, der bisher an Bord kam, war - mit Verlaub - der Kommandeur der Wache in Gibraltar.«

Simcox gesellte sich zu ihnen. »Es klart auf, Sir.« Das war eine völlig unnötige Bemerkung, doch Bolitho wußte, daß sich Simcox in seiner Gegenwart genauso gehemmt fühlte wie die ganze Besatzung.

»Wann werden Sie Master, Mr. Simcox?«

Der Mann wand sich. »Weiß nicht, Sir.« Er sah zu Tyacke hinüber, und Bolitho begriff: Simcox würde als Master auf ein anderes Schiff versetzt werden, dann blieb Tyacke allein auf der *Miranda* zurück. Keiner von beiden wollte das.

Bolitho beschattete seine Augen. Die See änderte im ersten Morgenlicht ihre Farbe, Schwärme von Vögeln kündeten vom nahen Land. Er sah voraus den gewaltigen Tafelberg und einen zweiten Berg ebenfalls an Backbord, noch vom Morgennebel umhüllt. Nur sein Kamm glänzte wie Gold.

Simcox räusperte sich. »Der Wind steht günstig, Sir Richard. Aber es sind schon Schiffe südlich von hier vom Sturm bis zum Kap Agulhas gejagt worden, ehe sie umkehren konnten.«

Bolitho nickte. War das eine gutgemeinte Warnung? Wenn feindliche Kriegsschiffe hinter dem vorspringenden Kap lagen - würden sie wegen eines zerbrechlichen Schoners auslaufen? Kaum. Andererseits war auch die *Supreme* nur ein Schoner gewesen, und trotzdem hatte sich die französische Fregatte über sie hergemacht.

Tyacke setzte sein Teleskop ab. »Alle Mann an Deck, Ben!« Simcox' Vorname war ihm wohl aus Versehen entschlüpft. »Wir wenden und laufen rechtweisend Ost.« Er sah Bolitho an. »In die Höhle des Löwen!«

Bolitho blickte zum Stander des Kommandanten hoch. »Anders geht's nicht, Mr. Tyacke, aber bringen Sie das Schiff nicht unnötig in Gefahr.«

Die Besatzung rannte an Brassen und Schoten, löste Belegnägel, warf Leinen los und tat das alles so sicher und flink, daß kein Ruf oder Fluch sie antreiben mußte. Der Himmel wurde schnell heller. Bolitho fühlte, wie sein Magen sich beim Gedanken an seinen nächsten Schritt zusammenzog. Allday, der in der Nähe des Rudergängers stand, musterte ihn besorgt, denn er wußte, daß der Admiral gleich aufentern würde.

Als Bolitho im Alter von achtzehn Jahren Leutnant geworden war, hatte ihn das endlich befreit von einer Pflicht, die er fürchtete und haßte wie keine zweite: in die Webleinen aufzuentern, wenn Alarm geschlagen wurde, oder wenn er aus einem anderen Grund in den Ausguck mußte. Denn an die Höhe hatte er sich nie gewöhnen können. Er hatte sich oben stets verzweifelt an einen Halt geklammert und die Männer bewundert, die nichts von dem Schiff unter sich zu sehen schienen und nur in die Ferne spähten. Er hatte Männer einen schlimmen Tod sterben sehen, wenn der Sturm sie von Rahen oder Stagen riß oder tobende Leinwand sich nicht einfangen ließ. Andere waren noch lebend in die See gestürzt und hatten beim Auftauchen ihr Schiff erbarmungslos davonsegeln sehen. Es war wirklich kein Wunder, daß junge Männer sich versteckten, wenn an Land die Preßkommandos unterwegs waren.

»Klar zum Wenden!« Tyacke wischte sich mit dem Handrücken über das zerstörte Gesicht und musterte seine Männer, den Stand der Segel, den Wind. »Hol dicht! Ruder nach Lee! Gut so. Da geht sie durch den Wind! Fier auf! Gut so. Tom, ein Mann mehr an die Vorbrasse.«

Die Schatten von Groß- und Stagsegel huschten übers Deck. Die Pinne wurde gelegt, Leinwand knallte protestierend. Bolitho fühlte, wie er ausrutschte, sah die See unter der Leereling schäumen und das hügelige Land weit vor dem Bug auswandern. »Die dreht ja auf dem Teller«, hörte er

Allday hinter sich bewundernd sagen. Aber das Kompliment bekam keiner außer ihnen beiden mit.

»Stützruder! Gut so. Fall ab einen Strich.«

Der älteste Rudergänger meldete dem Kommandanten: »Neuer Kurs Ost zu Nord liegt an, Sir.«

»Gut so.« Tyacke starrte nach oben. »Schicken Sie ein paar Männer hoch, um das Marssegel zu reffen, Mr. Simcox.« Er grinste. »Bei diesem Wind könnten wir es sonst verlieren.«

Die beiden Masten des Schoners tanzten und lehnten sich dann unter dem Druck des Windes weit nach Lee über. »Ein Glas, bitte«, befahl Bolitho. »Ich will vorne aufentern.« Er übersah Alldays stummen Protest. »An Land wird es so früh nicht allzu viele neugierige Augen geben.«

Er ging nach vorn, schätzte das Stampfen des Bugs ab, zog sich aufs Schanzkleid und begann, in den Webleinen emporzuklettern. Höher und höher stieg er und zwang sich, nicht nach unten zu blicken. Was mochte die Besatzung wohl von ihm denken? Ein Vizeadmiral, der sich in den Webleinen nach oben zog! Der Ausguck im Mast hatte ihn die ganze Zeit beobachtet und begrüßte ihn, als er atemlos oben ankam, mit: »Schöner Tag heute, Sir Richard.«

Bolitho klammerte sich an ein Stag und wartete, bis sein Herz wieder ruhiger schlug; als man ihn das letzte Mal nach oben gehetzt hatte, war er Midshipman gewesen. Dann wandte er sich an den Ausguck: »Sie kommen aus Cornwall, nicht wahr?«

Der Mann nickte grinsend. Anscheinend hielt er sich nirgendwo fest. »Aus Penzance, Sir.«

Bolitho zerrte das Teleskop nach vorn. Hier oben trafen sich also zwei Männer aus demselben Landstrich. Es dauerte eine Weile, bis er sich an das Stampfen des Schoners gewöhnt hatte und das Glas ruhig halten konnte. Dann sah er eine Huk, scharf vorspringend, Gischt wirbelte vor ihr hoch – ein Riff also, wie Tyacke vorhergesehen hatte.

Es war inzwischen so warm, daß sein Hemd am Rücken klebte. Deutlich sah er den Verlauf der Strömungen unter dem Kap. Sie vermischten sich miteinander, brachen sich und schickten ihre Ausläufer auf das Land zu. Hier trafen sich zwei Ozeane, der Atlantik und der Indische Ozean. Hier öffnete sich die Ferne, das Tor nach Indien, nach Ceylon, nach New South Wales. Darum war Kapstadt so wichtig. Wie Gibraltar zum Mittelmeer, so war Kapstadt der Schlüssel zum Indischen Ozean.

»Schiffe, Sir. An Backbord.«

Bolitho fragte nicht, wie der Mann sie ohne Fernglas entdeckt hatte. Man wurde als guter Ausguckposten geboren, konnte diese Kunst nicht erlernen. Bolitho hatte solche Männer immer bewundert. Sie entdeckten von oben gefürchtete Brecher, vor denen keine Karte warnte. Mancher Kapitän hatte so sein Schiff und das Leben seiner Mannschaft retten können.

Bolitho wartete, bis er mit dem Glas die Schiffe eingefangen hatte. Es waren zwei, die da vor Bug- und Heckanker lagen. Das sah aus, als sollten sie als wehrhafte Batterie gegen einen Angreifer von See her dienen.

»Es sind holländische Kauffahrer aus Indien, Sir.«

Bolitho nickte. Wie die Ostindische Kompanie Englands besaß auch ihr holländisches Gegenstück gut bemannte und bewaffnete Handelsschiffe, die sich gegen Kaperer wehren und manches Kriegsschiff in die Flucht jagen konnten. Die Schiffe hier stellten eine Gefahr dar. Sie hatten wahrscheinlich Truppen und Nachschub nach Kapstadt gebracht und warteten jetzt auf weitere.

Bolitho sah nach unten und erschrak. Der Mast lag so weit über, daß unter ihm nur Wasser war und er seinen eigenen Schatten über die Wellen gleiten sah.

»Sie können halsen, Mr. Tyacke!« Hatte man ihn gehört? Doch die Männer liefen schon auf ihre Manöverstationen.

Plötzlich sprang eine Wassersäule vor ihnen aus der See, und Sekunden später hörte Bolitho das Echo eines Kanonenschusses. Woher kam der? Er lag zu nahe, als daß er ignoriert werden konnte.

Bolitho wollte schon nach unten klettern, als der Ausguck ihm zurief: »Da ist noch ein drittes Schiff, Sir.«

Bolitho setzte das Glas wieder an. Er mußte sich beeilen, denn schon tobte der Klüver und knallte wie wild, während unten Ruder gelegt wurde. Dann sah er – trotz der schnellen Bewegungen der *Miranda* – das dritte Schiff. Sein niedriger Rumpf war bisher von den beiden Kauffahrern verdeckt worden. Bolitho hatte drei Fregatten kommandiert und erkannte eine, wenn er sie sah. Das da hinten war eine Fregatte, eine holländische oder französische. Vielleicht wartete sie auf den Brief, den Tyackes Männer mit der *Albacora* abgefangen hatten. Bolitho wischte sich das Haar aus dem Gesicht. Der Mast schwang auf die andere Seite hinüber, und die Saling ächzte, als wolle sie bersten.

Nach Tyackes Karte war diese Bucht zwanzig Meilen breit, also größer als die Tafelbucht, die sie vor der Dämmerung passiert hatten. Was immer der holländische Oberbefehlshaber am Kap vorhatte, diese Bucht und die hier ankernden Schiffe würde er schützen. Ein Frontalangriff des englischen Geschwaders mußte teuer werden und konnte möglicherweise in einem Desaster enden.

Bolitho tippte dem Ausguck auf die Schulter. »Bewahren Sie sich Ihre guten Augen.« Dann begann er seinen Abstieg, ohne die Antwort des Mannes abzuwarten.

Tyacke unten hörte ihm genau zu, dann sagte er: »Die könnten versuchen, unser Geschwader zu spalten.«

»Zu spalten, bis sie Verstärkung bekommen. Das denke ich auch. Bitte versuchen Sie, so schnell es geht zum Geschwader zurückzusegeln. Danach werden wir auch mit dem General reden müssen. Sir David wird das alles gar nicht gern hören.«

Tyacke trat zur Seite, rief Befehle, überwachte Kompaß und Ruder, während Simcox auf der Schiefertafel den neuen Kurs berechnete.

Neben den Luvwanten traf Bolitho auf Allday.

»Ist Ihnen die Größe der Kanonenkugel aufgefallen, Sir

Richard? Die wurde von einem Fort abgeschossen, nicht von der Fregatte. Wir brauchen mehr Schiffe, und selbst dann wird's nicht leicht.« Allday seufzte. Seine Wunde schmerzte ihn wieder, er rieb sich die Brust.

Bolitho sah ihn freundlich an. »Ich möchte nicht, daß hier Männer sinnlos fallen. Wir segeln zurück. Es gibt nur einen Weg zu beiden Zielen, und wenn wir den verpassen, vermasseln wir alles.«

Tyacke stand in Lee, als Simcox nähertrat, sich das Gesicht mit einem roten Tuch wischend. »Das eben war nur knapp vorbei, James.«

Tyacke sah, daß Bolitho Allday die Hand auf die Schulter legte. Der jugendliche Vizeadmiral in seinem nassen Hemd und den teerbeschmierten Strümpfen lachte so lange, bis endlich auch sein Bootsteurer grinsen mußte.

»Wir haben's noch lange nicht geschafft, Ben.« Tyacke verspürte Erleichterung, als das Land hinter ihnen im Dunst verschwand. »Aber wenn es so weit ist, werden unsere Männer nicht schlechter kämpfen als die anderen. Obwohl es ihr erstes Gefecht sein wird.«

Doch Simcox hörte ihn nicht mehr, er war schon wieder bei seinen Leuten.

V Wofür sie sterben müssen

»Wenn Sie mir bitte folgen wollen, Sir Richard?« Der junge Hauptmann starrte Bolitho entgegen, der den sanft ansteigenden Strand emporstieg, als sei er gerade von einem anderen Stern gekommen.

Bolitho sah sich um. In der Bucht ankerten die englischen Schiffe dicht an dicht und zwischen ihnen und dem Festland waren alle Arten von kleinen Booten unterwegs. Einige setzten rotgekleidete Infanteristen ab, die durch das flache Wasser an Land wateten, andere waren so schwer mit Waffen und Ausrüstung beladen, daß sie zu kentern drohten.

Bolitho sah seine Gig hastig zur *Miranda* zurückkehren. Tyacke war sicher froh, wenn er diese Bucht wieder verlassen konnte.

Hier an Land war es um vieles heißer als an Bord, wie kochender Dunst stieg die Hitze aus der Erde. Bolitho fluchte, denn er trug seine Ausgehuniform und seinen goldbetreßten Hut für diesen Besuch beim Heer. Während er dem jungen Offizier folgte, versuchte er einzuschätzen, wie weit die Truppen bei ihrer Landung gekommen waren. Es wimmelte hier von Soldaten. Einige schleppten Kanonenkugeln und Pulverfässer den Strand hinauf, andere marschierten in geschlossenen Formationen auf die Hügel zu. Man schaute ihm neugierig nach, doch seine Rangabzeichen besagten hier nichts. Einige Soldaten waren braungebrannt vom Garnisonsdienst in Indien, anderen sah man die Rekruten schon von weitem an. Aber alle schwitzten fürchterlich in ihren roten Röcken und waren mit Waffen und Gepäck schwer behängt.

»Sieht nicht gut aus, Sir Richard.« Allday schob sich den Hut in die Stirn.

Weit weg hörte man leichtes Artilleriefeuer - englisches oder holländisches? Es klang ungefährlich und fern, aber die zugedeckten Toten am Wegesrand, die hier begraben werden sollten, redeten eine deutliche Sprache.

Der Hauptmann hielt an und deutete auf eine Reihe Zelte. »Hier liegt meine Kompanie, Sir Richard. Der General ist nicht da, wird aber sicher bald zurückkehren.«

Irgendwo brüllte ein Mann vor Schmerzen, wahrscheinlich im Lazarettzelt. Die Invasion ging wirklich ziemlich langsam voran, das Lazarett hätte längst hinter die Hügel verlegt sein müssen.

Der Hauptmann ließ Bolitho in ein Zelt eintreten, dessen Boden Teppiche bedeckten. Die Ordonnanzen hatten sicher lange suchen müssen, bis sie ein so großes ebenes Stück Boden entdeckt hatten. Ein Oberst mit sorgenvollem Gesicht erhob sich müde von einem Feldstuhl und verneigte sich.

»Ich kommandiere das 61. Regiment, Sir Richard.« Er

schüttelte Bolithos Hand. »Wir wußten, daß Sie hier irgendwo kreuzen, aber nicht, daß Sie mitten unter uns sind. Leider hatten wir keine Zeit, Sie gebührend zu empfangen.«

Bolitho entdeckte oben im Zelt ein Loch, und der Oberst folgte seinem Blick. »Ein Scharfschütze schlich gestern abend durch unsere Linien. Er versprach sich hier wohl ein wertvolles Ziel.« Er nickte einer Ordonnanz zu, die mit gefüllten Gläsern erschienen war. »Das wird Ihren Durst stillen, während wir auf den General warten.«

»Hatte der Gegner mit uns gerechnet?«

»Er hat, Sir Richard. Und alle Vorteile sind auf seiner Seite. Aber er kämpft nicht soldatisch. Der Scharfschütze zum Beispiel trug keine Uniform, sondern Lumpen. Er tötete zwei meiner Männer, ehe wir ihn erwischten. Das ist nicht ehrenhaft.«

»Ich glaub', ich hab' den Mann draußen an einem Baum hängen sehen, Sir Richard«, bemerkte Allday trocken.

Der Oberst starrte ihn an, als sähe er ihn zum ersten Mal. »Wer sind denn Sie?«

»Meine Begleitung, Oberst«, sagte Bolitho knapp. Er sah, wie Allday sich ein Glas Wein vom Tablett nahm. Es schien in seiner Faust zu schrumpfen.

Der Oberst trat an einen Tisch voller Karten.

»Der Feind zieht sich zurück, wenn wir ihm nachsetzen. Er stellt sich nicht zum Kampf. Deshalb dauert alles viel zu lange.« Er sah Bolitho scharf an. »Und wenn Sie uns jetzt sagen, daß wir keinen Nachschub und keine Verstärkung bekommen, dann werden wir Kapstadt erst in ein paar Monaten statt in wenigen Wochen einnehmen.«

Hufe klapperten draußen, Kommandos wurden gerufen, Präsentiergriffe knallten. Der General betrat das Zelt, warf Hut und Handschuhe auf einen Stuhl. Er war ein zierlicher Mann mit durchbohrenden blauen Augen. Offenbar einer, der von seinen Untergebenen nur das forderte, was er selber zu leisten bereit war.

Sir David gab einige Befehle und verlangte dann, daß man

sie allein ließ. Allday, der inzwischen drei Gläser Wein intus hatte, murmelte: »Ich bleibe in Hörweite, Sir Richard.«

Als die Zeltklappe fiel, murmelte der General: »Ein ungewöhnlicher Kerl ...«

»Er hat mir schon einige Male das Leben gerettet und meinen Verstand noch öfter.«

Der Blick des Generals wurde etwas freundlicher. »Von seiner Sorte könnte ich hier ein paar tausend gebrauchen.« Das Lächeln verschwand wieder. »Die Landung hat geklappt, Commodore Popham hat wahre Wunder vollbracht. Und bis auf die unvermeidlichen Ausfälle lief zunächst alles gut.« Ernst sah er Bolitho an. »Aber jetzt sagt man mir, daß ich keine Verstärkungen erhalte. Ja, Sie wollen sogar noch einige Fregatten abziehen!«

Bolitho mußte an seinen Freund Thomas Herrick denken. Auch dessen Augen strahlten so blau, blickten so ernst und verläßlich.

»Was ich will, spielt keine Rolle, Sir David«, sagte er knapp. »Der König hat die Befehle unterschrieben, nicht ich.«

»Ich hätte trotzdem gern gewußt, wer ihm die Hand dabei führte.«

»Davon habe ich nichts gehört«, antwortete Bolitho.

Der General lächelte gequält. »Das hängt auch keiner an die große Glocke.«

Wie zwei Duellanten, die sich plötzlich eines Besseren besannen, traten sie an den Kartentisch, und Bolitho legte seine Karte über alle anderen. »Sie sind Soldat, ich bin Seemann. Aber ich weiß, wie wichtig der Nachschub für die kämpfende Truppe ist. Der Feind erwartet bestimmt Verstärkung. Wenn die eintrifft, ehe Sie Kapstadt einnehmen können, Sir David – welche Chance für einen Sieg haben Sie dann noch?«

Der General schwieg lange, studierte die Karte und die Notizen, die an sie geklammert waren. Schließlich sagte er mit belegter Stimme: »Dann haben wir kaum noch Chancen.« Etwas von der früheren Schärfe kehrte in seinen Ton zurück: »Aber es ist die verdammte Pflicht der Marine, genau das zu verhindern. Blockieren Sie den Hafen, wehren Sie jeden Eindringling ab!« Das hörte sich fast wie eine Anklage an.

Bolitho dachte an die Handvoll Schiffe unter seinem Kommando. Jeder Kommandant wußte, was er zu tun hatte. Die drei Fregatten würden vor dem Kap kreuzen und das umliegende Seegebiet absuchen. Die beiden Schoner hatten den Kontakt zwischen ihnen und Kommodore Warren zu halten. Trotzdem konnten bei Dunkelheit feindliche Schiffe leicht zwischen ihnen durchbrechen und in den Schutz der Küstenbatterien gelangen. Dann blieben ihre Chancen so mäßig wie bisher, und ein Eindringen in die Bucht würde bestenfalls zu einem Waffenstillstand führen. Den schlimmsten Ausgang aber wollte sich Bolitho gar nicht vorstellen: daß die britischen Truppen sich geschlagen zurückziehen mußten, weil sie keinen Nachschub bekamen und der Feind hinhaltenden Widerstand leistete. Diese Niederlage würde durch ganz Europa schallen. Der grandiose Sieg bei Trafalgar war bestimmt schnell vergessen, wenn das Heer Kapstadt nicht einnehmen konnte. Die unfreiwilligen Alliierten Napoleons würden dann enger an ihn gefesselt werden, und der Widerstandswille in England konnte bröckeln.

»Keiner von uns hat sich nach diesem Auftrag gesehnt, Sir David.«

Aber der General wandte sich dem jungen Hauptmann zu, der plötzlich im Zelteingang stand. »Ja?«

»Eine Meldung von Major Browning, Sir. Er möchte seine Artillerie verlegen.«

»Er soll nichts tun, bis ich dort bin. Und lassen Sie mein Pferd holen.« Dann wandte er sich wieder Bolitho zu. »Ihre Nachricht wirft uns zurück, trotzdem verlasse ich mich auf Sie. Nicht weil ich an meinen Offizieren und Männern zweifle, sondern weil ich keine andere Wahl habe. Man wird die Lage am Kap genau beobachten. Wenn hier alles klappt, wird es auch in Europa gegen Napoleon vorangehen. Vergessen wir nicht, ein Sieg ist trotz aller Triumphe auf See erst errungen, wenn der Infanterist das feindliche Land besetzt hat.«

Stimmen erklangen draußen und der müde Hufschlag eines Pferdes, das zu einem neuen Gewaltritt gesattelt wurde. Der General leerte ein Glas Brandy und griff nach Hut und Handschuhen. »Sie erinnern mich an Nelson«, sagte er spöttisch. »Der war ein guter Seemann und hielt sich auch für einen guten Infanteriebefehlshaber.«

Kühl antwortete Bolitho: »Die Marine hat Bastia erobert und Calvi eingenommen, nicht die Infanterie.«

»Gut pariert.« Der General verließ das Zelt. Bolitho folgte ihm. Soldaten marschierten vorbei und wirbelten roten Staub auf. Der General drehte sich um. »Schauen Sie sich diese Leute an. Wofür werden sie sterben müssen?«

Bolitho sah Allday unten am Strand das Beiboot heranwinken. »Wenn Sie mich besser kennten, würden Sie mir eine solche Frage nicht stellen.«

Die blauen Augen des Generals waren kalt wie Eis, als er in den Sattel stieg. »Aber ich kenne Sie nicht, habe nur von Ihnen gehört, Sir Richard. Und ich frage nicht, als Soldat bitte ich Sie um Ihre Hilfe!«

Der Oberst begleitete Bolitho den Strand hinunter zum Beiboot. »So habe ich den General noch nie erlebt, Sir Richard«, sagte er. Dann salutierte er zum Abschied. »Ich hoffe, wir sehen uns wieder.«

Bolitho musterte den flach abfallenden Strand. »Entweder in Kapstadt oder in der Hölle.«

Als sie den ankernden Schoner fast schon erreicht hatten, wandte sich Bolitho an Allday. »Erinnerst du dich an die *Achates*?«

Der Bootssteurer zog eine Grimasse und rieb sich die Brust. »Die vergesse ich bestimmt nicht. Aber das ist vier Jahre her.«

Bolitho legte ihm die Hand auf den Arm. »Trotzdem, mein Freund. Weißt du noch, wie wir sie fast verloren hätten?«

Allday spürte, daß es ihm trotz der Mittagshitze eiskalt

über den Rücken lief. »Sie denken an einen Brander, Sir?« Er senkte die Stimme, die Männer an den Riemen sollten nichts mitbekommen.

Doch Bolitho sprach laut weiter. »Ich weiß, was ich damit von den Leuten verlange.« Ein Fisch sprang aus dem Wasser, fiel zurück. »Aber sonst verlieren wir noch mehr Männer und Schiffe.«

Der Rudergänger im Beiboot konzentrierte sich ganz auf das Anlegemanöver bei der *Miranda*. Schließlich würden sie wohl nie wieder einen Flaggoffizier an Bord haben. Niemand im Boot ahnte, was Bolitho durch den Kopf ging. Er sagte zu Allday: »Mr. Simcox hat etwas Wichtiges über den Wind hier gesagt. Es muß bald sein, denn der Feind könnte Anker lichten und davonsegeln. Aber wir können nur Freiwillige gebrauchen.«

Allday biß sich auf die Lippen. Die Männer auf dem Schoner waren ihm fremd, nicht Bolithos Leute, die mit ihm durch dick und dünn gegangen waren. Trotzdem ... Er erinnerte sich an die *Achates*, wie sie in San Felipe vor Anker gelegen hatte. Das fremde Schiff hatte sich ihr scheinbar harmlos genähert und war dann in Flammen aufgegangen und auf sie zugetrieben. Wenn es etwas Schlimmeres gab, als einen Brander abzuwehren, dann war es für die eigenen Leute, diesen Brander zu bemannen. Dafür Freiwillige finden? Die waren so selten wie Jungfrauen in Seemannskneipen.

Bolitho griff in die Rüsten, als das Boot an der *Miranda* längsseits ging und die Mannschaft die Riemen hob. Er sah Allday an. »Trotzdem haben wir keine andere Wahl.« Damit zog er sich über das Schanzkleid und sprach sofort mit Tyacke. Der würde es dem Admiral kaum danken, schätzte Allday, nicht nach dem schrecklichen Brand, der ihm diese furchtbare Wunde beigebracht hatte.

Bolitho fühlte sich von Kommodore Warren beobachtet, als er Ozzard sein verschwitztes Hemd zuwarf und in ein frisches schlüpfte. Dann trat er zu den Heckfenstern in der Kajüte der

Themis und sah ungeduldig zu, was auf dem nahen Versorger und dem gekaperten Sklavenhändler geschah. Wie lange brauchten die Leute bloß, um den Angriff vorzubereiten? Die Zeit wurde knapp. Und es war wichtig, daß Warren genau verstand, was er vorhatte.

»Der Schoner *Dove* wird Ihre Signale als Relaisstation an die Fregatten weitergeben, die draußen patrouillieren.« Bolitho sah im Geist die *Searcher* - eine Fregatte mit sechsunddreißig Kanonen - hinter dem Horizont kreuzen: Warrens erste Verteidigung gegen jeden Feind, der sich von Westen näherte. Der zweite Schoner hielt Kontakt zum Geschwader in der Saldanhabucht. Jeder Kommandant konnte selbst entscheiden, was er bei drehendem Wind oder bei Annäherung eines feindlichen Schiffes tun wollte, der Leutnant auf dem Schoner genauso wie der Kapitän der Fregatte. Das hatte Bolitho in seinen Befehlen präzise festgelegt. Aber einen Kampf Breitseite gegen Breitseite durfte es nur auf Befehl des Kommodore geben.

Warren protestierte: »Ich bin dagegen, Sir Richard. Wenn Sie bei diesem Handstreich fallen oder in Gefangenschaft geraten, wie soll ich das London erklären?«

Bolitho sah ihn mitleidig an. Als ob es dann noch auf Erklärungen ankäme. Hatte Varian mit seinem abfälligen Urteil über Warren vielleicht doch recht? »Ich lasse Ihnen dazu einige Briefe hier«, antwortete er. »Aber machen Sie sich darüber keine Sorgen. Es gibt in London einige, die das ganz gerne sähen.«

Allday kam mit dem alten Familiendegen und legte ihn Bolitho um. Er hatte seine kurze blaue Jacke und die weiße Leinenhose angezogen. Jetzt ermahnte er Ozzard mit einem Blick auf den prunkvollen Degen an der Wand: »Paß mir ja gut auf den auf!«

Bolitho beugte sich über die Seekarte. Die *Truculent* unter Kapitän Poland mußte inzwischen westlich der Tafelbucht stehen und auf die *Miranda* und ihre gefährliche Begleitung warten. Im Südwesten stand Varian mit ihrer stärksten Fregatte, der *Zest*. Wenn der Angriff gelang, sollte Varian die Schiffe verfolgen, die vor dem Brander auf die offene See flohen. Es war unwichtig, ob der Feind die *Albacora* wiedererkannte. Nur für die Männer an Bord war das von Bedeutung, die im letzten Augenblick in die Boote steigen mußten.

An der Tür meldete der Posten: »Der Schiffsarzt, Sir!«

Der Eintretende war so hager wie Warren und schien kein Lächeln zu kennen. »Tut mir leid, Sir, aber der Midshipman der *Miranda* möchte sofort auf sein Schiff zurück«, berichtete er.

Warren runzelte verärgert die Stirn. »Das müssen Sie entscheiden. Ich habe jetzt keine Zeit . . .«

»Geht's dem Fähnrich wieder besser?« fragte Bolitho.

Der Schiffsarzt schien verwirrt von der goldbetreßten Uniform, die Bolitho jetzt statt des gewohnten Hemdes trug. »Es ist eine schwere Wunde, Sir. Und ein tapferer junger Mann.« Mehr sagte er nicht.

»Dann soll er zu uns auf die *Miranda* kommen. Kümmern Sie sich bitte darum, Stephen.« Als der Flaggleutnant aufatmete, fügte Bolitho hinzu: »Ja, diesmal kommen Sie mit. Wenn Allday mein rechter Arm ist, dann sind Sie mein linker.«

Er erinnerte sich, wie Jenour ihn angesehen hatte, als er vor ein paar Stunden auf sein Flaggschiff zurückgekommen war. Ein Kurier hatte Depeschen überbracht und es so eilig gehabt, daß er nicht einmal ankerte. »Im Umschlag Ihrer Lordschaften ist auch ein privater Brief für Sie, Sir Richard.«

Bolitho drehte sich um. »Von wem?«

»Von Ihrer Lady«, hatte Jenour schnell geantwortet, und als er Bolithos Frage spürte, sofort hinzugefügt: »Aus Falmouth.«

Endlich, der erste Brief von Catherine! Hätte Belinda ihm geschrieben, hätte sie nur wieder mehr Geld für ihre aufwendige Lebensführung verlangt. Nun trug er Catherines Brief ungeöffnet in der Tasche bei sich, bis er in der drangvollen Enge der *Miranda* irgendwo ein Plätzchen fand, um ihn ungestört zu lesen. Nach dem Angriff würde er ihr antworten und all seine Sehnsucht in die dürren Worte legen. Und falls er fallen sollte? Dann lag im Safe des Schiffes ein Brief für sie.

Bolitho verließ die Kajüte. Draußen wartete Ozzard mit seinem Hut. »Wenn wir dies hier erledigt haben, geht's zurück nach Falmouth.« Seltsamerweise stieg bei diesen Worten Furcht in Ozzards Augen auf. »Hier bist du gut aufgehoben. Kommodore Warren wird sich um dich kümmern.«

Als er zum Fallreep eilte, folgten ihm alle Blicke. Sicher war man froh, daß er das Schiff verließ. Sein Bleiben schien nur Gefahr zu signalisieren.

Langsam sank die Sonne, hielt sich noch als feuriger Ball über ihrem eigenen Spiegelbild. Der Horizont leuchtete wie ein glühender Draht. Commodore Warren nahm den Hut ab, die Pfeifen schrillten, und die Seesoldaten präsentierten das Gewehr. Bolitho stieg ins Beiboot und sah den Midshipman neben Jenour und Allday sitzen.

»Guten Tag, Mr. Segrave.« Der Junge antwortete etwas, aber es blieb ungehört, weil das Boot ablegte und die Riemen ins Wasser tauchten.

Jenour sah zurück, froh, daß er nicht bei Yovell und Ozzard auf der *Themis* bleiben mußte. Er prüfte die Sorgleine, die sein Handgelenk mit dem Degenkorb verband, und schob das Kinn vor.

Allday sah die Sonne untergehen. Ihr Rot bedeutete diesmal Tod - für Freund oder Feind? fragte er sich.

»Und was steckt noch in Ihrem Postsack, Stephen?« fragte Bolitho in die Stille hinein.

»Eine Nachricht für die *Miranda*, Sir Richard.« Jenour dachte an den Privatbrief für Bolitho. Wie wichtig er für ihn gewesen war! Da befehligte der Mann mit kühlem Kopf eine ganze Flotte, aber ein einziger Brief aus Falmouth machte ihn weich und verletzlich.

Als Bolitho an Bord der *Miranda* kletterte, begrüßte Tyacke ihn an der Reling. Über das dunkle Wasser hinweg sahen sie die *Albacora* im Schein der untergehenden Sonne daliegen.

Der schmutzige Schoner sah aus, als ob er schon in Flammen stünde.

»Wir haben unser Bestes getan, Sir Richard«, berichtete Tyacke. »Sie hat keine Stückpforten, also haben wir Löcher ins Deck geschnitten. Trotzdem wird sie brennen wie eine Fackel, wenn's so weit ist.« Beide Schoner würden Anker lichten, sobald es dunkel genug war, und sich davonstehlen wie Diebe in der Nacht. »Früh morgens sollten wir dann auf die *Truculent* stoßen«, fuhr Tyacke fort. »Da werden Sie es dann bequemer haben als hier.«

Im rötlichen Sonnenlicht sah Tyackes entstelltes Gesicht aus, als blute es. »Ich brauche keine Bequemlichkeit«, antwortete Bolitho. »Ich habe hier gefunden, was ich suchte. Wenn alle Schiffe so geführt würden wie Ihres . . .«

Abrupt drehte sich Tyacke um. »Es gibt noch viel für mich zu tun, Sir. Bitte entschuldigen Sie mich.«

Die riesige rote Sonnenscheibe rutschte unter die Kimm. Eigentlich müßten dort Dampfwolken aufsteigen oder der Rauch einer Explosion, dachte Midshipman Segrave. Er stand am Niedergang, als Simcox ihn fand. »Heute wird es eng an Bord«, scherzte er. »Mal sehen, ob wir einen Platz für Sie finden.« Dann wurde er ernst.« »Bob Jay hat mir von Ihren alten Narben erzählt.« Und als der Junge ihn wütend anstarrte: »Das war seine verdammte Pflicht mir gegenüber.«

Segrave ballte die Fäuste. »Dazu haben Sie kein Recht!«

»Wollen Sie mir meine Rechte erklären, Mr. Segrave? Ich trage des Königs Rock ein paar Jahre länger als Sie. Sagen Sie mir also nicht, was ich darf und was nicht.« Simcox' Gesicht war nur eine Handbreit von dem Segraves entfernt. »Man hat Sie auf Ihrem alten Schiff ausgepeitscht wie einen tollen Hund, daher die Narben. Irgendjemand wollte Ihnen zeigen, welche Macht er hat und wie schwach Sie sind.« Der Junge nickte betroffen. »Das ist jetzt vorbei. Jay wird nie vergessen, daß Sie ihm das Leben gerettet haben.« Er legte ihm die Hand auf die Schulter. »Ich mußte übrigens auch das dem Kommandanten melden.«

Segrave wischte sich das Gesicht mit dem Ärmel. »Es war wohl Ihre Pflicht«, sagte er mit zitternder Stimme.

»Alles klar jetzt?« fragte Simcox.

»Nein.« Der Junge schüttelte verzweifelt den Kopf. »Ich habe auf der *Themis* gehört, daß ich auf mein altes Schiff zurück muß, wenn wir Kapstadt hinter uns haben.« Er stieg den Niedergang hinunter. »Verstehen Sie jetzt?«

Als die Dunkelheit fiel und die Sterne am dunklen Himmel hervortraten, saß Bolitho in seiner Kajüte am Tisch. Er hörte an Deck Kommandos und das Quietschen der Ankerwinde, als der Anker kurzstag gehievt wurde. Jay, der Mastergehilfe, war mit einer kleinen Prisenmannschaft drüben auf der *Albacora.* Auf der *Miranda* mußte die reduzierte Mannschaft deshalb härter als sonst arbeiten und Wache um Wache gehen.

Tyacke schaute herein. »Wir können ankerauf gehen, Sir. Haben Sie noch Befehle?« Das klang anders als sonst.

»Gibt's Probleme?« fragte Bolitho.

»Ja. Ich habe neue Befehle bekommen: Segrave und Simcox müssen die *Miranda* verlassen, wenn das alles vorbei ist.« Tyacke versuchte zu lächeln, aber es mißlang ihm. »Ben Simcox ist ein alter Freund von mir. Und über den Midshipman denke ich jetzt auch anders.«

»Ich weiß.« Bolitho sah die Überraschung auf Tyackes entstelltem Gesicht. Als er weitersprach, bemerkte Tyacke zum erstenmal die fürchterliche Narbe auf Bolithos Stirn, die eine Strähne nur halb verdeckte. »Einer meiner Flaggleutnants bezeichnete meine Kommandanten und mich einmal als ›eine kleine Schar Beglückter‹. Aber wir wurden immer weniger. Ich weiß, was es heißt, einen Freund zu gewinnen und ihn sofort wieder zu verlieren. Man könnte manchmal meinen, es sei besser, mit niemandem befreundet zu sein.«

Oben rief eine Stimme: »*Albacora* nimmt Fahrt auf!«

»Tut mir leid«, entschuldigte sich Tyacke, »ich wollte nicht an alte Wunden rühren.«

»Verstehe«, lächelte Bolitho. »Übrigens werde ich morgen Freiwillige brauchen.«

Tyacke drehte sich an der Tür um. »Keine Sorge, Sir Richard. Auf diesem Schiff werden Sie genügend Freiwillige finden.« Dann war er verschwunden. Sekunden später erklang der Ruf von Deck: »Anker auf!«

Bolitho blieb nachdenklich sitzen und hörte den Lärm oben nicht. Er brauchte Männer wie Tyacke und seine Besatzung nicht nur für den Kampf. Aber ob sie das je verstehen würden?

Dann öffnete er bedachtsam Catherines Brief. Ein Efeublatt fiel heraus. Er hielt den Brief dicht unter die schwingende Lampe und las: »*Mein Geliebter. Dieses Blatt stammt von Deinem Haus, meinem neuen Heim . . .*«

Da legte er den Brief zur Seite, denn die Buchstaben verschwammen vor seinen Augen.

VI Die Tapferen und die anderen

Leutnant James Tyacke umklammerte die Luvreling und starrte durch die Gischt voraus, als Bolitho nach oben kam. »Segel in Sicht, Sir!«

Bolitho griff haltsuchend nach einer Pardune. »Ich habe die Meldung gehört. Sie haben einen guten Mann oben, Mr. Tyacke.«

Der Ausguckposten hatte das fremde Schiff bei Beginn der Morgendämmerung gemeldet. In der Nacht hatte der Wind gedreht und kam jetzt aus Nord. Die *Miranda* lief rechtweisend Ost und lag so hart über, daß die Leereling oft genug durchs Wasser rauschte. Die Gischt war eiskalt.

Noch sah man die Kimm nicht, nur die Wellenkämme und die heranrauschenden Seen. Die Annäherung an den Feind würde für beide Schoner nicht leicht sein. Voraus entdeckte Bolitho einen Lichtpunkt, weniger als eine Kabellänge entfernt: das Heck der *Albacora*. Tyackes und Jays gute Seemannschaft hatte die beiden Schoner auch nachts zusammenbleiben lassen. Aber wenn jetzt die Sonne aufging, würden die Männer auf beiden Schiffen ihre Erschöpfung spüren, denn eine ganze Nacht Segeltrimmen und Manöverfahren zehrte an den Kräften.

»Wir schließen jetzt zur *Albacora* auf, Sir«, rief Tyacke Bolitho zu, dessen Augen sich noch nicht an das Zwielicht gewöhnt hatten. Erstaunlich, daß der Ausguck schon das ferne Segel sah. Es mußte die *Truculent* sein. Oder war es ein Feind?

»An Deck! Fregatte voraus - beigedreht!«

Also war es die *Truculent*. Bolitho hörte Simcox aufatmen. Kapitän Poland war wieder einmal zur rechten Zeit in der gewünschten Position.

Jemand meldete, daß die *Albacora* ein Boot zu Wasser gelassen hätte. »Was haben Sie wegen der Freiwilligen vor?« fragte Bolitho leise Tyacke.

»Das Flaggschiff hat uns den Deserteur geschickt. Und dann hat sich ein Seesoldat gemeldet - was immer der wert sein mag.« Aus seinen Worten klang die übliche Mißachtung des Seemanns für die Marineinfanterie.

»Sind das alle?«

»Der Rest kommt von der *Miranda*.« Erstes Licht schlich über die Kimm. »Ich habe mit meinen Männern geredet und kann mich auf sie verlassen.«

»Mr. Simcox weiß, was er auf der *Albacora* zu tun hat?«

Tyacke antwortete nicht sofort. Er beobachtete das Beiboot, das hart pullend über die See glitt, um in Lee der *Miranda* Schutz zu finden. »Mr. Simcox bleibt hier an Bord«, sagte er dann.

Bolitho verbarg seine Überraschung. »Sie führen hier das Kommando. Es ist also Ihre Entscheidung.«

Plötzlich stand Simcox zwischen ihnen. »Ich protestiere! Ich kenne die Gewässer besser, und überhaupt . . .«

Tyacke packte ihn am Arm. »Sie tun, was ich Ihnen sage, ich bin hier der Kommandant. Und jetzt kümmern Sie sich um das Beiboot da unten!«

Bolitho konnte Simcox' Gesicht nicht erkennen, aber er spürte, wie sehr dieser Befehl den Mann verletzt hatte.

»Ben ist ein großartiger Seemann, Sir«, erläuterte Tyacke. »Wenn er diesen verdammten Krieg überlebt, wird noch mehr aus ihm.« Wütend wandte sich der Kommandant dann an die Gruppe im Heck des Schoners: »Morgan, holen Sie diese Leine dicht, oder wollen Sie, daß das Beiboot zerschmettert wird?«

Zum erstenmal hatte Tyacke einen seiner Männer unberechtigt angeschnauzt. Ihn bedrückte wohl die Entscheidung, Simcox an Bord zu lassen und selbst auf den Brander zu gehen.

Männer eilten im Zwielicht hin und her, und dann stand Jay, der Mastergehilfe, an der Pinne. »Wir sind soweit, Sir. Wir können die Besatzungen jetzt auswechseln.« Er sah von Tyacke hinüber zu Simcox. »Geht Ben mit?«

»Nein, ich gehe. Sie bleiben hier bei ihm. Und bei diesem Schiff!«

Als sich auch Segrave bereitmachte, sagte Tyacke leise zu Bolitho: »Er hat sich freiwillig gemeldet. Wenn's schlimm wird, kann ich einen zweiten Offizier gebrauchen.« Laut fragte er: »Na, wollen Sie immer noch mit, Mr. Segrave? Wenn Sie lieber bleiben wollen, tun Sie's. Niemand wird Sie deshalb für einen Feigling halten, nicht nach dem, was Sie für Mr. Jay getan haben.«

Das erste schwache Sonnenlicht fing sich in Segeln und Rigg.

»Ich komme mit, Sir«, sagte der Junge.

Von oben rief der Ausguck: »Es ist die *Truculent*, Sir. Sie schüttelt gerade ein paar Reffs aus und kommt näher.«

»Sie wird Sie an Bord nehmen wollen, Sir.«

Allday stand schon mit dem Kleidersack neben ihm, auch Jenour tauchte auf. Plötzlich blieb keine Zeit mehr. Männer stiegen ins Beiboot, und Tyacke hatte es eilig, auch wenn er als letzter überstieg. Er schwang gerade ein Bein übers Schanzkleid, als plötzlich Simcox neben ihm auftauchte. »Soll ich nicht doch mitkommen?«

Simcox schwankte, aber Tyacke fing ihn auf. Bolitho sah den kurzen Abschied zweier Freunde. »Du wirst mal ein guter Master, Ben. Such dir auch einen guten Kommandanten.«

Was Simcox antwortete, wurde vom Lärm an Deck und dem Klatschen der Seen übertönt. Dann war Tyacke verschwunden, und das Beiboot flog auf die *Albacora* zu.

»Schließen Sie zur *Truculent* auf, Mr. Simcox. Wenn wir übergesetzt haben, folgen Sie sofort dem Brander.« Warum hatte er »Brander« gesagt und nicht *Albacora*? Wohl um Simcox das Unvermeidliche klarzumachen.

»Wir sollen also mit der *Miranda* den Brander verfolgen, Sir Richard?« Simcox hatte es akzeptiert.

»Richtig. Verfolgen Sie ihn zum Schein. Der Trick ist alt, aber er könnte Erfolg haben. Mr. Tyacke muß jedenfalls nahe an die feindlichen Schiffe herankommen, ohne zunächst ihren Verdacht zu wecken.«

»Und welche Chance hat die Crew auf dem Brander, Sir Richard?«

Bolitho sah ihn fest an. »Kaum eine. Es kostet viel Zeit, zum Feind aufzukreuzen. Wenn erst die Lunten brennen, müssen Tyacke und seine Besatzung ins Beiboot und zum Land rudern. Dort werden sie den Holländern in die Hände fallen. Aber man wird sie wohl ungeschoren lassen, denn unsere Truppen sind nahe.« Er spürte, daß Jenour seine Lüge durchschaute, und erläuterte: »Wenn Mr. Tyacke einen Fehler macht, werden wir zwölf gute Leute verlieren. Wenn wir aber direkt angreifen, würden wir alle Schiffe und jeden Mann opfern.«

Allday sah zur fernen Küste. »Keine leichte Entscheidung.«

Bolitho strich sich die Haarsträhne aus der Stirn. Was auch geschehen würde, das Resultat war in jedem Fall schlimm.

»Die Herren in London lassen sich deswegen sicher keine grauen Haare wachsen«, murmelte Allday. »Ich habe schon gefürchtet, Sie würden selbst auf den Brander gehen, Sir Richard.«

Bolitho sah Wolken über dem Land aufsteigen und meinte, Sand zwischen den Zähnen zu spüren. »Diesmal nicht.«

Die großen Segel der *Truculent* schoben sich näher heran. Ihr Deck dampfte bereits in der ersten Morgensonne. Sie drehte in den Wind, ein Beiboot wurde zu Wasser gelassen. Simcox pfiff seine Restbesatzung an Brassen und Schoten, um die *Miranda* in den Wind zu stellen, damit das Boot längsseits kommen konnte.

»Alles Gute, Mr. Simcox. Mein Bericht wird Ihnen bei der Masterprüfung sicherlich nützlich sein.«

Mühsam suchte Simcox nach den passenden Worten. »Danke, Sir Richard. Aber wir waren eben Freunde, und ich weiß, warum er das getan hat.« Er deutete auf die davonziehende *Albacora.* »Wenn einer es schaffen kann, dann Mr. Tyacke.«

Das Boot der Fregatte näherte sich ihnen, im Heck einen Leutnant, der in dem unruhigen Wasser mühsam das Gleichgewicht hielt.

»Ich hoffe, wir sehen uns wieder, Mr. Simcox. Sie haben eine gute Besatzung und ein wunderbares Schiff.« Aber das hätte er besser nicht sagen sollen, denn irgendwann würde er vielleicht Schiff und Mannschaft in den Tod schicken müssen. Da erinnerte man sich lieber nicht allzu genau.

»Achtung!«

Bolitho nickte den Männern an der Pforte zu. Da stand der verläßliche Stückmeister Elias Archer. Jay, der Mastergehilfe, würde wahrscheinlich bald Simcox' früheren Platz einnehmen. Bootsmann Sperry fehlte, der war also bei Tyacke. Warum hatte aber der Midshipman darauf bestanden, auf den Brander umzusteigen? Er hatte doch gerade erst Befehl bekommen, auf sein altes Schiff zurückzukehren. Bolitho beschloß, nicht weiter darüber nachzugrübeln. »Ich denke an Ihr Bier, Mr. Simcox!«

Dann war er unten im Boot, stützte sich auf den Leutnant und versuchte, seinen Degen nicht zwischen den Beinen einzuklemmen.

»Also hier war es?« Tyacke blickte sich in der Kajüte der *Albacora* um. »Dreckig wie ein Schweinestall!«

Segrave starrte die Koje an, als läge dort noch die nackte Sklavin in Ketten. Wie alle anderen Räume unter Deck war auch dieser vollgestopft mit brennbarem Material. Der Brander stank: nach Öl, nach schimmeliger Leinwand, nach tranigem Werg, nach Holz aus Warrens Transportschiffen, das man mit Teer übergossen hatte: alles, was die *Albacora* in eine lodernde Fackel verwandeln würde. Segrave spürte den Luftzug durch das Loch im Deck streichen, der später die Flammen hochjagen würde. Und zum erstenmal, seit er sich gemeldet hatte, wurde ihm angst.

Das Schiff setzte weniger hart ein. »Wir laufen leichter, Sir«, sagte er.

Tyacke riß sich aus seinen Gedanken. »Wie? Ja, natürlich. Aber den Wind haben wir immer noch gegen uns.« Er hockte sich auf eine Kiste, wo sein verletztes Gesicht im Schatten lag. »Mr. Simcox hat mir von Ihren anderen Verletzungen erzählt«, begann er so ruhig, als habe er alle Zeit der Welt. »Man hat Sie geschlagen. Weil Sie an Bord nichts taugten?«

In der Erinnerung ballte Segrave die Fäuste. Der Kommandant damals hatte kein Interesse gehabt an dem, was bei den Midshipmen geschah. Ihn interessierten nur Ergebnisse, sonst nichts. Ein Leutnant hatte daraufhin die Offiziersanwärter in zwei Gruppen geteilt, die nun miteinander wetteiferten beim Kanonenexerzieren, in Seemannschaft, bei Bootsmanövern. Wer verlor, wurde bestraft, wer gewann, erhielt kleine Belohnungen. Segrave gehörte als Neuling immer zu den Verlierern. Also hatte man ihn immer wieder nackt ausgezogen, über eine Lafette gebunden und ausgepeitscht. Seine Kameraden hatten das getan, aber auch der verantwortliche Leutnant. Sie hatten ihn erniedrigt und beleidigt, immer und immer wieder. Die Narben dieser Mißhandlung würde er nie mehr verlieren.

Mit Tyacke konnte er plötzlich über all das sprechen, in kurzen abgehackten Sätzen. Der Kommandant hörte stumm zu, bis der Junge schwieg.

»Solche Brutalität hat immer der Kommandant zu verantworten«, sagte er schließlich. »Wenn es ihm egal ist, wie die Offiziere seine Befehle ausführen oder ihre Aufgaben erfüllen, kommt es so weit. Kein Leutnant kann so etwas wagen, wenn ihn sein Kommandant dabei nicht decken würde. Haben Sie sich freiwillig auf den Brander gemeldet, weil Sie auf Ihre altes Schiff zurückkehren sollten?« Als Segrave schwieg, fuhr er fort: »Sie hätten den Leutnant umbringen sollen. Was Schlimmeres als hier hätte Sie dann auch nicht erwartet. Aber Ihnen wäre wohler gewesen.« Er legte Segrave die Hand auf die Schulter. »Doch Sie haben Ihre Entscheidung getroffen.« Ein Sonnenstrahl huschte über seine entstellte Gesichtshälfte. »Und ich die meine.«

Oben hörte man Schritte, die heisere Stimme des Bootsmanns scheuchte ein paar Männer auf ihre Stationen.

»Es tut mir nicht leid, daß ich hier bin«, sagte Segrave.

»Gut!«

Zusammen stiegen sie an Deck, und die frische Luft tat ihnen wohl nach dem Gestank in der Kajüte. Tyacke sah zum Wimpel hoch, prüfte den Kurs am Kompaß. Ja, der Wind stand durch, hatte aber hier unter Land weniger Kraft. Er nahm das Teleskop aus seiner Halterung. Da fiel sein Blick auf den Deserteur namens Swayne. Er holte gerade die Lose aus einer Leine, bewegte sich dabei schnell und leicht: ein erfahrener Seemann. Seit er hier an Bord war, sah er nicht mehr so verzagt aus, denn solange man lebte, gab es Hoffnung. Auf dem Flaggschiff hätten ihn entweder zweihundert Hiebe oder der Strick erwartet.

Der andere Fremde an Bord war ein Seesoldat namens Buller. Der hatte Rum gestohlen, sich betrunken und dann seinen Sergeanten verprügelt. Das war zuviel für die Truppe. Auch ihn hätte man gehenkt oder ausgepeitscht.

Die anderen Männer kannte Tyacke bereits genau, sie kamen von der *Miranda*. Sperry, der Bootsmann, ließ zwei Männer die Fockrah mit einer Kette festsetzen, denn wenn die Flammen erst nach oben schlugen, waren Ketten nötig, um Fahrt im Schiff zu halten. Das geteerte laufende Gut brannte sofort weg.

So jedenfalls hatte es Tyacke gehört. Wie jeder Seemann fürchtete er Feuer an Bord am meisten. Ob er die Sache durchstehen konnte? Er wußte, daß es darauf nur *eine* Antwort gab.

Der Kommandant hob das Glas und sah am Midshipman vorbei, dem das Haar ins Gesicht wehte. Das Land lag genau voraus, und die Huk, die die Einfahrt zur Bucht schützte, war im fahlen Morgenlicht gut zu erkennen: grün und felsig. Die Decksplanken unter seinen Füßen wurden langsam warm und würden bald trocken wie Zunder sein. Wenn der Feind vorn an der Landspitze weitreichende Kanonen plaziert hatte, würden sie nicht bis in die Bucht kommen. Kein Schiff hatte Chancen gegen eine Landbatterie, schon gar nicht, wenn sie mit glühenden Kugeln schoß. Tyacke versuchte nicht daran zu denken, was eine glühende Kanonenkugel unter Deck anrichten würde.

»An Deck!« Der Ausguckposten zeigte nach achtern. »Die *Miranda* geht über Stag.«

Tyacke drehte sich um. Die offene See achteraus hielt die Nacht noch länger fest. *Mirandas* große Segel schienen förmlich übers Wasser zu fliegen, ihr Toppsegel flatterte, als sie durch den Wind ging. Es sah wirklich so aus, als verfolge sie den schäbigen Sklavenhändler mit Feuereifer.

»Schütteln Sie alle Reffs aus, Mr. Sperry. Wir möchten doch nicht durch ein Schiff des Königs aufgebracht werden – oder?« Sperry grinste und verschwand. »Sie werden an der Pinne gebraucht, Mr. Segrave. Wir haben noch etwa zehn Meilen bis zum Angriff.«

Segrave nickte. Hinter Tyackes abstoßendem Äußeren hatte er seine gewinnende Kameradschaft entdeckt.

Im Fernglas öffnete sich jetzt vor ihnen die Bucht wie eine Bühne.

»Wir laufen nach Nordost«, befahl der Kommandant, »auf die Untiefe zu, wie jedes kleine Handelsschiff, das von einem

Kriegsschiff gejagt wird. Dann wenden wir und halten auf Steuerbordbug genau auf die ankernden Schiffe zu. Falls sie noch da sind.« Tyacke rieb sich das Kinn; er hätte sich doch rasieren sollen. »Also klar zur Wende, Mr. Segrave!«

Segrave bestätigte und stellte sich an der Pinne neben den jungen Seemann, der damals unten in der Kajüte seine Messerwunde versorgt hatte.

»Wir werden's auch diesmal schaffen, Mr. Segrave«, sagte dieser.

»Ganz bestimmt.« Segrave lächelte zurück.

Als ein Schuß übers Wasser klang und Pulverrauch vom Bug der *Miranda* aufstieg, drehte sich Tyacke um. Simcox beherrschte das Spiel gut. Hoffentlich übertrieb er es nicht und holte die *Albacora* ein. Plötzlich mußte Tyacke an das Mädchen denken, das er in Portsmouth gekannt hatte. Marion, richtig. Er wischte sich den Schweiß vom Gesicht.

Ein zweiter Schuß rollte über die glitzernde See, die Kugel schlug eine Kabellänge achteraus ins Wasser.

»Neuer Kurs Nordost liegt an, Sir!« Zum erstenmal hörte er den stillen Segrave laut und deutlich rufen.

Gischt wehte über das schmutzige Deck. Der Bootsmann zuckte nur kurz mit den Schultern, als ein dritter Schuß fiel und schon etwas näher lag als der letzte. Sperry spähte durch das Skylight in die Kajüte hinunter. Hier hatte er sich damals mit der Schwarzen vergnügt.

So hing jeder seinen Gedanken nach. Tyacke fragte sich, ob das Mädchen Marion sich an ihn erinnern würde, wenn sie vom letzten Kommando eines gewissen Leutnant Tyacke in der Zeitung las.

Kapitän Daniel Poland hielt respektvollen Abstand zu Bolitho, der am Tisch mit dem Zirkel einige Entfernungen in der Karte nachmaß.

»Soweit wir wissen, ist niemand mehr in die Bucht eingelaufen«, überlegte der Vizeadmiral. »Sie oder Leutnant Varian hätten das doch bemerkt und mir gemeldet. Das heißt, die Ostindienfahrer und die Fregatte liegen noch in der Bucht. Hab' ich recht?«

»Die Bucht ist riesig, Sir Richard«, gab Poland zu bedenken. »Viermal so groß wie die Tafelbucht.« Er fühlte sich unter Bolithos forschendem Blick unwohl. »Aber es wird schon so sein, wie Sie sagen.«

Bolitho zog seine Uhr heraus. Tyackes Brander und die *Miranda* mußten jetzt auf den vorgesehenen Positionen stehen. Immer noch dachte er an den Leutnant, der seinen Platz mit dem des Freundes getauscht hatte.

Jenour, der unruhig aus den Heckfenstern geblickt hatte, meldete Kanonenschüsse, und Bolitho sah auf die Karte.

»Es läuft wie geplant.«

Er sah sich in der Kajüte um. Nach der *Miranda* schien er hier so viel Platz zu haben wie auf einem Linienschiff. Er wandte sich Poland zu. »Lassen Sie klar Schiff zum Gefecht machen, wann es Ihnen paßt. Und bitten Sie Allday . . .«

Doch der war schon leise eingetreten und brachte Bolithos alten Degen. Bolitho hob die Arme, damit Allday ihm das Gehenk umlegen konnte.

»Wieder mal«, seufzte er dabei.

»Und wie immer«, antwortete Bolitho, »verlasse ich mich auf dich, alter Freund.«

Leutnant Tyacke senkte das Teleskop. Er würde sich jedem Beobachter verdächtig machen, wenn er die beiden Ankerlieger zu lange durchs Glas studierte, statt sich um den Schoner zu kümmern, der ihn verfolgte. Aber er hatte schon gesehen, was er suchte: Die beiden Schiffe, offensichtlich Ostindienfahrer, lagen vor Heck- und Buganker. Bolitho hatte also recht gehabt. Sie konnten wie eine Batterie an Land jeden Angreifer abwehren, der sich ihnen mühsam aufkreuzend näherte.

»Sehen Sie sich das an, Mr. Segrave!« Der junge Matrose neben dem Midshipman deutete auf die *Miranda*. Mit Vollzeug ging sie durch den Wind, drehte fast auf der Stelle, nahm wieder Fahrt auf und kam so schnell näher, daß Segrave schon glaubte, Simcox mit seinem wehenden Haar drüben an der Pinne zu erkennen.

Wieder stieg ein Wölkchen von ihrem Bug auf, und diesmal schlug die Kugel nur eine Bootslänge entfernt ein. Gischt spritzte an Deck. »Verdammt«, fluchte Sperry, »wenn du noch mal so gut zielst, kriegst du's mit mir zu tun, Elias Archer!«

Segrave leckte sich die trockenen Lippen. Wie er und der junge Seemann hatte wohl auch der Bootsmann vergessen, daß sie den Stückmeister der *Miranda* nie wiedersehen würden.

»Wachboot, Sir!« schrie der Ausguck im Fockmast.

Tyacke prüfte den Wimpel und den Stand der Segel. »Klar zur Wende, Mr. Sperry.« Er schätzte die Entfernung und prüfte die Kraft des Windes. Sie waren jetzt schon eine Stunde lang tiefer in die Bucht hinein gesegelt, ohne daß sie jemand aufgehalten hätte. Sicherlich wurde aus vielen Ferngläsern beobachtet, wie hier ein Sklavenhändler vor einem Briten floh. Vielleicht hatte auch der holländische Kommandant die *Albacora* wiedererkannt.

Tyacke sah sich das Wachboot im Teleskop genauer an: ein kleiner Kutter, die Riemen schon eingelegt, löste sich gerade vom ihnen nächstgelegenen Handelsschiff. Messingknöpfe glänzten auf der Uniform eines Offiziers, der im Heck des Kutters stand. Das Wachboot würde sie anrufen und zum Beidrehen auffordern. Es gab nur eine Möglichkeit.

»Buller zu mir!« Der Seesoldat eilte zu Tyacke. »Man sagt, Sie seien ein guter Schütze?«

»Ich war der beste in meiner Kompanie, Sir!«

Tyacke grinste. »Sehr gut. Also nehmen Sie Ihre Muskete und erschießen Sie den Offizier da in dem Kutter. Die haben eine Drehbasse im Bug, Sie sollten also besser gleich beim ersten Schuß treffen.«

Der Soldat bückte sich und öffnete hinter dem Schanzkleid seinen Rock, unter dem er seine Waffe verborgen hatte. »Alles klar, Sir!«

Tyacke sah zu Segrave hinüber. »Alles klar auch bei Ihnen?«

Der Midshipman nickte, bleich und entschlossen.

Tyacke ging zur Heckreling. Ja, ihr Beiboot hing noch in seinen Taljen. Er starrte zum Land, dann nach Backbord, wo die Feindschiffe lagen. Das Wachboot schien es nicht besonders eilig zu haben, sich der *Albacora* zu nähern, der die *Miranda* dicht auf den Fersen war.

»Klar zur Wende . . . Leeruder! Los die Schoten - und hol sinnig dicht!« Tyackes Stimme trieb die Männer an, bis sie schwitzten. Für ein Wendemanöver brauchte man eigentlich doppelt so viele Leute.

Segrave rutschte aus, fand Halt auf dem geteerten Deck, stemmte sich gegen die Pinne und sah die riesigen Segel übergehen. Der Schoner drehte durch den Wind und fiel ab.

»Komm auf, verdammt noch mal!« fluchte der junge Seemann neben ihm. Die Segel wurden hart angebraßt, der Schoner lief hoch am Wind auf neuem Bug. Wo voraus Land gewesen war, ankerten jetzt die Schiffe; im Sonnenlicht leuchteten deren bunte holländische Flaggen.

Tyacke suchte irgendwo Halt. Dies war zwar nicht die *Miranda*, aber auch ein wendiges Schiff. Er sah den Wachkutter. Seine Segel killten, er verlor an Fahrt. Nun tauchten die Riemen ein. Das Boot drehte auf der Stelle, sodaß seine kleine Bugkanone nicht mehr auf sie zeigte, sondern auf die *Miranda*.

Sperry hielt die Luft an. »Die *Miranda* bläst den doch glatt aus dem Wasser. Was hat er bloß vor?«

Der Ausguck rief: »An Deck! Die Fregatte nimmt Fahrt auf!«

Tyacke drehte sich um und sah erschrocken, daß sich die Marssegel der Fregatte blähten und sie von ihrem Ankerplatz auf sie zuglitt.

»Die läßt uns keine Chance.« Sperry rieb sich verzweifelt die Augen. »Sie geht viel höher an den Wind als wir!«

»Fallen Sie einen Strich ab, Mr. Segrave«, befahl Tyacke

ruhig. Er hob sein Glas und hielt den Atem an. »Sie hat's auf die *Miranda* abgesehen. O Gott!« Dann brüllte er, so laut er konnte: »Verschwinde, Ben! Fall ab, du bist schneller!« Natürlich konnte ihn niemand an Bord der *Miranda* hören. »Hau ab, Ben!«

»Was ist los?« fragte Segrave leise.

»Die Fregatte schneidet ihm den Fluchtweg ab«, antwortete der zweite Rudergänger.

Segrave sah, daß die *Miranda* jetzt die Gefahr erkannte. Ihre Linien wurden kürzer, sie drehte ab.

Tyacke beobachtete die Fregatte im Glas. Sie war kleiner als die *Truculent*, doch genauso elegant. Ihre mächtigen Segel blähten sich im Wind, schoben sie immer schneller voran, und dann sah man an der Großmaststenge die französische Trikolore auswehen. Der Kommandant suchte ganz offensichtlich freien Seeraum.

Tyacke wurde es fast übel, als er sah, wie die Fregatte ihre Kanonen ausrannte. Er bildete sich ein, die Befehle drüben zu hören. Auf nur eine Meile Entfernung mußte sie die *Miranda* vernichtend treffen. Er sah Rauch aus den Kanonen aufsteigen und hörte das dumpfe Stakkato der Abschüsse. Die See vor und hinter der *Miranda* schien zu kochen, weiße Säulen stiegen gen Himmel wie Springbrunnen, schienen zu erstarren und fielen in sich zusammen. Gab es doch noch Hoffnung? Trotz der kurzen Distanz hatte kein einziger Schuß den Rumpf getroffen.

Doch da hörte er seine Männer aufstöhnen. Als ob ein riesiger Vogel seine Flügel faltete, so fielen die Segel der *Miranda* herab und begruben das Schiff unter sich. Die Masten waren ihr weggeschossen worden, die Rahen und Spieren stürzten hinterher.

Doch die französische Fregatte feuerte kein zweites Mal. Sie setzte ihre Royals, winzige Figuren legten auf den Rahen aus, und ihr Bug drehte auf Südostkurs. Der Wind jagte sie auf die offene freie See hinaus.

Tyacke behielt die *Miranda* im Auge und begriff, warum der

Franzose kein zweites Mal gefeuert hatte. Das Deck des Schoners war an vielen Stellen aufgerissen, schon stieg Rauch davon auf.

Die *Miranda* brannte.

Doch dann verschwand der Rauch so plötzlich, wie er aufgestiegen war. Die See hatte den Schoner verschluckt.

Tyacke ließ das Glas sinken. Die *Miranda* war nicht mehr. Die ihm helfen wollten, waren selbst zu Opfern geworden.

Segrave und ein paar Männer beobachteten ihn.

Sein Befehl kam mit ruhiger Stimme: »Nehmen Sie die Segel weg, Mr. Sperry. Die Jagd ist zu Ende.« Er deutete auf das Wachboot, wo einige Männer an den Riemen ihnen zuwinkten. »Die halten uns für Freunde!«

Langsam, um den Gegner zu täuschen, machten sich seine Männer an die Arbeit. Tyacke stand neben Segrave, eine Hand auf der des Jungen. Gemeinsam legten sie Ruder, bis ihr Steven genau auf die Lücke zwischen den beiden verankerten Handelsschiffen zeigte.

»Halten Sie diesen Kurs!« Tyacke sah sich um. Da standen seine Männer und dachten an die *Miranda*, an Ben Simcox, an Bob Jay, an den alten Archer. Wer von ihnen die Breitseite überlebt hatte, würde nun ein Opfer der Haie werden.

»Fertig, Männer!«

Er setzte gerade seinen Hut auf, als drüben ein Trompetensignal erscholl. »Sie schlagen Alarm!« Sofort wurde es auf dem Wachboot unruhig, die Riemen droschen wild ins Wasser, und der Bug des Kutters drehte drohend auf sie zu. »Klar zum Schuß, Buller!« Der Seesoldat kniete schon hinter dem Schanzkleid, die geladene Muskete neben sich.

»Denken Sie an die *Miranda*. Und an die Peitsche, die Sie verdient haben, aber nicht mehr spüren werden!« Der Offizier im Kutter bemühte sich, seine Männer wieder im Gleichtakt rudern zu lassen. »Feuer!«

Die Muskete schlug im Rückstoß gegen Bullers kräftige Schulter. Tyacke sah den Holländer die Arme senken, über die Seite kippen und im Wasser davontreiben. Einige Männer versuchten, mit den Riemen nach dem Offizier zu angeln. Dann krachte das kleine Buggeschütz des Kutters, und der junge Seemann neben Segrave brach schreiend zusammen. Wieder schoß Buller. Ein Mann an der Drehbasse fiel rücklings zwischen seine Kameraden. Die Riemen wirbelten durcheinander. Segrave sah nun auch Bootsmann Sperry auf den Planken knien, die Zähne vor Schmerz gebleckt. Zwischen seinen Fingern quoll es blutig aus seinem Bauch hervor. Er hatte wahrscheinlich den Hauptteil der Schrotladung abbekommen.

Tyacke kniff die Augen zusammen. Da lagen die dicken Ostindienfahrer – Bug gegen Bug mit einer halben Kabellänge Abstand. Nichts würde sie mehr retten können. Aber Sperry lag jetzt auf dem Rücken, sein Blut floß durch die Speigatten außenbords; er hauchte sein Leben aus.

Was hielten die Holländer wohl von der *Albacora*, fragte sich Segrave. Sahen sie schon den Brander in ihr? Als habe er Segraves Gedanken erraten, rief Tyacke plötzlich: »Es geht los, Leute! Unter Deck, Mr. Segrave, und Feuer an die Zündschnüre!«

Segrave spürte Furcht in sich hochkriechen. Sie standen auf ihrem eigenen Scheiterhaufen. Aber dann rannte er an dem toten Bootsmann vorbei, hörte Trompetensignale jetzt auf beiden Schiffen und das Quietschen von Lafetten. Ein paar Offiziere drüben hatten endlich erkannt, was sich abspielte. Segrave schluchzte hemmungslos, als er die stinkende Kajüte der *Albacora* erreichte, denn immer noch sah er vor sich, wie die *Miranda* sank. Sein einziger Freund, Jay, den er gerettet hatte, war tot. Und den kleinen Schoner, ihre ganze Welt, gab es nicht mehr.

Segrave zuckte zurück, als die Zündschnur wie eine böse Schlange zu zischen begann. Er griff zur zweiten. Diesmal war seine Hand ruhig, als er das Zündholz hielt.

Dann hastete er nach oben. Wenn seine Mutter oder sein Onkel, der Admiral in Plymouth ihn jetzt gesehen hätten, wären sie dann endlich zufrieden gewesen? Doch er spürte bei dem Gedanken keine Bitterkeit mehr.

Oben stand Tyacke an der Pinne, als sei er ein Teil des Schiffs. »Schauen Sie dort hinüber!«

Männer rannten über die Decks der Kauffahrer, andere kletterten ins Rigg, und ein paar versuchten, die Ankertrossen zu kappen.

Etwas explodierte unter seinen Füßen mit dumpfem Knall. Schwerer schwarzer Rauch quoll nach oben, und dann leckten die ersten Flammen aus dem Deck der *Albacora*.

»Holt das Boot längsseits!«

Segrave beobachtete, wie sich das Feuer durch die Decksnähte fraß, und spürte, daß der Rumpf unter ihm heiß wurde wie eine Herdplatte. Tyacke stand noch immer wie festgenagelt an der Pinne.

Ein Mann schrie: »In's Boot, Sir!« Das war der Deserteur.

Ganz ruhig sprach Segrave auf Tyacke ein: »Sie dürfen nicht an Bord bleiben und mit der *Albacora* verbrennen, Sir.« Tyacke wandte ihm sein zerstörtes Gesicht zu. »Bitte nicht, wir brauchen Sie.« Er hörte das Feuer unter sich lauter prasseln. »Auf der *Miranda* sind alle gestorben, das darf nicht umsonst geschehen sein. Um Ihrer Freunde willen – kommen Sie!«

Tyacke straffte sich. »Du hast recht, mein Junge. Ich will dich noch als Offizier sehen.«

Zusammen kletterten sie ins Beiboot. Kaum waren sie aus dem Schatten der *Albacora* gepullt, sahen sie, wie ihr Rumpf aufplatzte und Flammen mit wütendem Fauchen gen Himmel schossen.

Tyacke saß an der Pinne. »Pullt, Leute! Wenn wir die Huk erreichen, können wir uns vielleicht an Land verstecken.«

Ein Mann rief plötzlich: »Jetzt sind sie dran! O mein Gott!« In seinen aufgerissenen Augen spiegelten sich die Flammen, als der brennende Schoner gegen den ersten Ostindienfahrer stieß.

Das Feuer raste seine geteerten Wanten empor, jagte die Rahen entlang. Männer, die aufgeentert waren und versucht hatten, noch rechtzeitig Segel zu setzen, fanden sich zwischen Absturz und Verbrennen gefangen. Sie fielen wie Puppen an Deck, denn das war ein schneller Tod, schneller als der durch Flammen oder Haie. Der zweite Ostindienfahrer war noch von seinem Heckanker freigekommen, aber zu spät. Feuerzungen leckten gierig nach seinem Vordeck und rasten die Finknetze entlang nach achtern.

Im Boot schwiegen alle. Nur die Riemen quietschten. »Sucht eine gute Stelle, wo wir an Land gehen können!« befahl Tyacke.

Buller hatte wieder eine Kugel in seine Muskete gerammt. »Wir werden keinen Strand brauchen, Sir.« Seine Stimme klang ungläubig.

Tyacke folgte seinem Blick auf See hinaus und packte Segraves Arm. »Da ist die *Truculent*!« rief er. »Sie holt uns!«

Sie drehten und ruderten mit aller Kraft auf die Landspitze zu, als hinter ihr die Masten der Fregatte sichtbar wurden. Achteraus von ihnen stieg eine schwarze Rauchwand gen Himmel, aus der Flammen züngelten. Das Ende der Ostindienfahrer war schrecklich.

Segrave sah Tyacke an und wußte, daß der Leutnant fast an Bord der *Albacora* geblieben wäre. Doch er, der geschundene Kadett, hatte es erreicht, daß Tyacke nun weiterleben wollte.

Auch er selbst würde nicht aufgeben, schwor er sich. Niemals.

VII Noch eine Überlebenschance

Bolitho lehnte sich an den hölzernen Lauf einer Kanonenattrappe und schaute durch die offene Pforte nach draußen. In der Nachmittagshitze war das Holz so heiß wie ein Rohr, das gerade abgefeuert worden war. Auf seinem Flaggschiff, der *Themis*, war es ungewöhnlich still. Nichts bewegte sich an Bord. Auch die *Truculent* lag reglos vor Anker, die See um sie herum glänzte wie ein Spiegel. Am Tisch der Kajüte schrieb Yovell Befehl nach Befehl für die Kommandanten beider

Geschwader aus. Die eine oder andere Ausfertigung würde schließlich auch auf Sir Owen Godschales Tisch in der fernen Londoner Admiralität landen. Gelegentlich drang von Land das leise Grollen der Artillerie herüber, denn das englische Heer marschierte auf Kapstadt zu.

Jenour betupfte sich Gesicht und Hals mit einem Taschentuch und beugte sich über den Tisch, um etwas zu prüfen. Er sah bedrückt aus seit dem plötzlichen Verlust der *Miranda.* Die *Truculent* hatte die Besatzung des Branders an Bord genommen und sofort die Suche nach der französischen Fregatte begonnen. Dabei hatten sie auch mit Kapitän Varian gerechnet, der eigentlich jedes Schiff sehen mußte, das aus der Bucht entkam. Aber die französische Fregatte blieb verschwunden. Drei Tage später trafen sie die *Zest*, und Varian berichtete, er habe zwar ein fremdes Schiff gejagt, doch ohne Erfolg.

Bolitho versuchte, den Verlust der *Miranda* zu verdrängen, Tyackes Zorn und Schmerz zu vergessen, als dieser an Bord geklettert kam. Der Qualm der brennenden Holländer war viele Meilen weit zu sehen gewesen. Auch die Soldaten des Generals hatten den Rauchpilz bestimmt entdeckt und neuen Mut gefaßt. Bolitho versuchte vergeblich, seinen Trübsinn abzuschütteln. Das Ergebnis war den Einsatz wert gewesen. Doch wieder einmal hatte er den Männern zu nahe gestanden, die gefallen waren: Simcox, Jay, der scharfäugige Landsmann aus Penzance und viele andere.

Es klopfte, und Commander Maguire trat ein, den Hut unter dem Arm. »Sie ließen mich rufen, Sir Richard?« Durch das offene Fenster drang wieder das ferne Grollen von Kanonen.

»Bitte setzen Sie sich.« Bolitho trat an den Tisch. »Nach diesem Feldzug werden Sie heim nach England segeln, Commander Maguire. Ihre Order ist schon ausgeschrieben. Bis dahin stehen Sie unter dem Kommando von Commodore Popham.«

Der Mann zeigte keinerlei Regung. Wie viele andere im

Geschwader hielt er den Einsatz des Branders und das Opfer der *Miranda* für sinnlos. Der Verlust der beiden Schoner und der beiden Holländer würde am Unentschieden dieser Kampagne nichts ändern.

Nebenan stieß etwas an, dann hörte man Männer eine schwere Last bewegen. Erst jetzt zuckte ein Nerv in Maguires Gesicht. Er hatte lange unter Commodore Warren gedient. Aber Warren war in dem Augenblick an seiner Lungenkrankheit gestorben, als die Segel der *Truculent* wieder über der Kimm auftauchten. Sein Schreiber und sein Steward hatten Warrens weltlichen Besitz in einer Kiste verstaut, die ein Transportschiff mit nach England nehmen sollte.

»Und was wird aus meinem Schiff?« fragte Maguire.

»Es wird endlich in eine Werft kommen und neu ausgerüstet werden.«

»Aber die *Themis* ist doch viel zu alt, Sir Richard!«

Bolitho überhörte den Einwand. »Sie ist nicht so alt wie mein früheres Flaggschiff.« Das sollte nicht scharf klingen, doch Maguire zuckte zusammen. »Der Krieg geht weiter, Commander, und wir brauchen jedes Schiff, jedes! Wenn es nur segeln und kämpfen kann.« Bolitho schaute aus dem Heckfenster ins Wasser, sah den Bewuchs am Kupferbeschlag. »England braucht mehr als hölzerne Kanonen!«

Damit entließ er den Commander.

»Das eben hat Ihnen mißfallen, nicht wahr, Stephen?«

Jenour richtete sich auf. »Nun, manchmal, Sir . . .«

Bolitho hob die Hand. »Ja, auch mir tat Warren leid. Aber irgendwie gehörte er nicht mehr in unsere Zeit. Wir müssen diesen verdammten Krieg gewinnen und uns deshalb um die Lebenden kümmern.«

Durch die zweite Tür trat Allday ein. »Es sind gerade ein paar Fässer Bier an Bord gebracht worden, Sir Richard, wohl noch für die *Miranda.* Und für Sie ist ein Fäßchen Brandy dabei - vom General persönlich.«

Bolitho zupfte sich das schweißnasse Hemd von der Brust. »Ja, das hat er mir in seinem Brief angekündigt.« Er dachte an

General Baird, der jetzt an Land kämpfte. Von seinem Gegner, General Jansens, hielt er einiges. Der sei kein Mann, der sinnlos zerstöre, hatte er gesagt. Hieß das, Jansens würde sich eher ergeben, als Kapstadt kaputtschießen lassen? Bolitho fühlte plötzlich, wie ein kühler Schauer über seinen Rücken kroch. Ihm schien, als sei Warren immer noch in der Kajüte, voller Haß auf den Admiral, der nun über sein Schiff bestimmte.

»Alles in Ordnung, Sir Richard?« Allday fragte sich besorgt, ob etwa Bolithos Fieber zurückkehrte.

Vielleicht beobachtete ihn Warren ja wirklich, sagte sich dieser. Sie hatten ihn ganz in der Nähe der See übergeben, eingenäht und mit einer Kanonenkugel zu Füßen.

Draußen meldete der Posten: »Offizier der Wache, Sir!«

Der Leutnant trat fast lautlos ein. »Das Boot der *Truculent* hat abgelegt, Sir Richard.«

»Sehr gut, Mr. Latham. Empfangen Sie Leutnant Tyacke bitte mit allem Respekt. Er hatte das Kommando über die ganze Operation.«

Der Leutnant verbeugte sich und verschwand. Mehr als der Befehl verblüffte ihn, daß der Admiral sich an seinen Namen erinnerte.

Ozzard schlich herbei. »Ein frisches Hemd, Sir?«

Bolitho sah draußen das Boot der *Truculent* über das bleierne Wasser näherkommen. »Nein«, sagte er. Tyacke würde sich nicht wohlfühlen, wenn er ihm mit frischem Hemd gegenübersaß. Und das Gespräch zwischen ihnen war wichtig, sogar sehr wichtig. »Lassen Sie uns dann bitte allein.«

Schweigend sammelte Yovell seine Papiere ein.

Zu Jenour sagte Bolitho: »Ich werde heute abend mit Mr. Tyacke essen und möchte Sie gern dabeihaben. Aber jetzt muß ich allein mit ihm reden.«

Jenour zog sich zurück. Am Fallreep sah er die Seesoldaten das Gewehr präsentieren, als Tyacke an Bord kletterte, den Hut zog und zum Achterdeck grüßte. Von dieser Seite aus gewahrte Janour nur die unverletzte Gesichtshälfte Tyackes. So also hatte der Mann früher ausgesehen. Nicht schlecht.

Allday fing Tyacke achtern unter der Poop ab. Der Leutnant hielt inne und fragte kühl: »Die Herren erwarten mich wohl schon, wie?«

Allday verstand seinen abweisenden Ton. Der entstellte Mann hatte jetzt auch sein Schiff verloren. »Behandeln Sie den Admiral freundlich, Sir«, bat er. »Er denkt jetzt daran zurück, wie er sein letztes Schiff verlor. Das geht ihm so nahe wie Ihnen.«

Tyacke nickte schweigend. Allday hatte ihn aus dem Konzept gebracht. All seine Argumente, die sorgfältig vorbereiteten Erklärungen schienen ihm plötzlich entwertet.

Beim Weggehen stolperte Allday fast über das Brandyfäßchen, und Ozzard ließ sich hinter ihm vernehmen: »Laß ja die Finger davon, John. Ich seh's dir an, wenn du an seinem Brandy warst!«

An Land feuerten die Kanonen lange Salven in ununterbrochenem Donner, der von den fremden Hügeln zurückgeworfen wurde. »Weißt du, warum sie kämpfen?« fragte Allday.

»Keine Ahnung.« Ozzard rollte das Brandyfäßchen aus dem Weg, und Allday seufzte. Ein kleiner Schluck wäre jetzt genau richtig gewesen.

Tyacke wartete, als der Posten seinen Namen rief, der ihn kein einziges Mal angesehen hatte. Als er die Tür aufstieß, saß Bolitho auf der Bank unter den Heckfenstern; bis auf sie beide war die Kajüte leer und so unpersönlich wie früher. Nichts verriet, daß Warren hier jahrelang gelebt hatte. Tyacke dachte an seine enge, vollgestopfte Kajüte auf der *Miranda*. Die lag nun auf dem Meeresboden.

»Bitte setzen Sie sich.« Bolitho deutete auf einen kleinen Tisch mit Wein und zwei Gläsern. »Ich danke Ihnen für Ihr Kommen.«

Tyacke richtete sich auf. Seine geborgten Kleider waren viel zu eng. »Entschuldigen Sie meinen Aufzug, Sir Richard, aber die Offiziere der *Truculent* haben mir gegeben, was sie entbehren konnten.«

Bolitho nickte. »Mir ging's schon öfter ähnlich. Alles, was ich besaß, war plötzlich versunken.« Er schenkte kühlen Rheinwein ein. »Auch auf diesem Schiff bin ich nicht zu Hause.«

Er setzte sich Tyacke gegenüber und streckte die Beine aus. »So, und nun berichten Sie mir von den Männern, die bei Ihnen waren. Der Seesoldat zum Beispiel – hat er sein Mitmachen bereut?«

Tyacke berichtete von ihrem langen Weg in die Bucht. Ferne Gestalten wurden vor ihren Augen lebendig, als er von ihrem Mut und ihrer Furcht erzählte: von Buller, dem Scharfschützen, von Swayne, dem Deserteur, und von Midshipman Segrave, der plötzlich Mut gefaßt hatte und Tyacke half, als er es am dringendsten brauchte. Dabei tranken sie, ohne es zu merken.

»Ich möchte, daß Sie heute abend mit mir speisen«, sagte Bolitho schließlich. »Wir wollen dabei aber nicht über den Krieg reden, der beschäftigt mich schon Tag und Nacht genug.«

Hatte er richtig gehört? Der Vizeadmiral lud ihn, den Leutnant, der sein Schiff verloren hatte, zum Essen ein? »Gern. Danke. Aber erwarten Sie keine Schmeicheleien von mir, Sir. Ich tue alles für Sie, aber ich verschaffe mir keine Vorteile durch Süßholzraspeln.«

»Ich auch nicht«, antwortete Bolitho. »Wir sind beide Marineoffiziere, wenn auch mit verschiedenen Dienstgraden. Unser Land braucht heute jedes Schiff und jeden Mann, vor allem so mutige und erfahrene Offiziere wie Sie.«

»Wollen Sie, daß ich die *Miranda* schneller vergesse? Wollen Sie mich auf einem anderen Schiff als Offizier haben?« Tyacke fühlte sich wie in einer Falle.

»Kennen Sie die Brigg *Larne,* Mr. Tyacke?«

»Sie segelt in Commodore Pophams Geschwader.« Das klang unsicher. »Unter Commander Blackmore.«

Bolitho beugte sich über ein Blatt mit Yovells sauberer Schrift. »Blackmore übernimmt ein größeres Schiff. Sie werden die *Larne* befehligen.«

Tyacke sah ihn ungläubig an. »Aber kann ich das? Ich bin doch nur . . .«

Bolitho reichte ihm einen Umschlag. »Hier ist Ihre offizielle Order. Und Sie sind mit sofortiger Wirkung zum Commander befördert. Ihre Lordschaften in London werden das später bestätigen.« Er amüsierte sich über Tyackes Verlegenheit. »Mein Flaggleutnant wird dafür sorgen, daß Sie sofort die passende Uniform bekommen.« Er goß Wein nach. »Wollen Sie also das Schiff übernehmen und mir damit einen Wunsch erfüllen?«

Tyacke war aufgestanden. »Ich werde es übernehmen, und einen besseren Grund als Ihren Wunsch brauche ich nicht.«

Bolitho stand ebenfalls auf. »Hören Sie das?« Sein Blick hatte sich verändert. »Die Kanonen – sie schweigen. Das heißt, Commander Tyacke, unser Feldzug ist zu Ende. Der Feind hat sich ergeben.«

Es klopfte, Jenour stürzte herein. »Gerade haben wir ein Signal empfangen: Die Holländer haben die Fahne gestrichen!«

Der Admiral lächelte. »Jetzt können wir nach Hause segeln.«

Kapitän Poland stand mit verschränkten Armen da und sah seinen Männern zu, die halbnackt auf ihre Manöverstationen rannten. Am Ankerspill erklang eine Fiedel, und ein Shantyman stimmte ein anfeuerndes Lied an. In den kurzen Pausen zwischen den Strophen brüllte ein Bootsmannsgehilfe: »Los, Männer, los! Sonst kommen wir nie nach England.«

Der Erste Offizier räusperte sich diskret neben Poland. »Der Admiral kommt, Sir.«

Poland blickte ihn an. »Danke, Mr. Williams. Aber wir haben hier nichts zu verbergen.« Er grüßte, als Bolitho unter dem Besan erschien, der im Licht der sinkenden Sonne kupferrot leuchtete. »Wir sind soweit, Sir Richard.«

Bolitho sah in der Ferne den Tafelberg und in der Bucht

das verankerte Geschwader. Die Schiffe schimmerten wie glühendes Metall. Nur ein leichter Landwind riffelte die See.

Bolitho spürte die verwehende Hitze des Tages und fragte sich, warum Poland keinerlei Bewegung zeigte beim Beginn ihrer langen Heimreise.

Am Ankerspill warfen sich die Männer in die Spaken. Der Bootsmann brüllte sie ermunternd an, und dann klickte das riesige Spill. Die dicke Trosse begann sich zu bewegen.

Die offenen Stückpforten der anderen Schiffe sahen aus wie Augen, die sie beobachteten. Aber sie hatten hier ihre Pflicht erfüllt, über der Festungsbatterie an Land wehte die englische Flagge. Und da würde sie von nun an bleiben.

Einige Einheiten des Geschwaders waren schon früher ankerauf gegangen und hatten den langen Heimweg angetreten: zwei Linienschiffe, fünf Fregatten, auch Varians *Zest,* und eine ganze Flottille kleinerer Schiffe. Sie wurden dringend in England gebraucht. Andere wie die *Themis* würden folgen, sobald die Truppen fest in Kapstadt etabliert waren und niemand mehr England den Ankergrund hier streitig machen konnte. Die rauchgeschwärzten Spanten der beiden Ostindienfahrer waren eine harsche Warnung.

Bolitho erinnerte sich an Tyackes festen Handschlag beim Abschied. »Die *Larne* ist ein gutes Schiff«, hatte der neue Commander gesagt. »Nach der *Miranda* natürlich eine Herausforderung für mich. Aber wir werden gut miteinander auskommen.«

Irgendwo da hinten ankerte er nun. Bolitho wußte, daß Tyacke an Deck sein würde, um die *Truculent* ankerauf gehen zu sehen.

Er trat zur Seite, damit Kapitän Poland und die Männer auf dem Achterdeck mehr Platz hatten. Segrave lehnte an den Finknetzen. »Wie fühlen Sie sich, Mr. Segrave? Es war wohl ein kurzer Aufenthalt – aber mit einer Menge neuer Erfahrungen.«

Der Junge hatte im Abendlicht ein dunkelrotes Gesicht. »Ich bin froh, daß ich hier war, Sir Richard.« Sein Haar flatterte im Wind, während er die Männer am Ankerspill beobachtete. Sie gingen jetzt schneller, die dicke Ankertrosse kam zügig an Bord.

Bolitho erinnerte sich an seine ersten Jahre als Midshipman. »Tut's Ihnen leid, daß wir heimsegeln?«

Segrave nickte und vergaß einen Augenblick, daß er mit einem Vizeadmiral sprach. »Aber wenn ich auf mein altes Schiff zurückkehre, muß alles anders werden.«

Bolitho sah ein Wachboot vorbeirudern, der Leutnant im Heck grüßte die Flagge der *Truculent.* »Machen Sie sich darüber keine Sorgen. Sie haben hier Ihren Mut entdeckt.«

Jenour stand in der Nähe und hörte zu. Er wußte, daß Bolitho längst einen Brief an Segraves früheren Kommandanten geschrieben hatte. Leuteschinder zogen sich Bolithos Zorn zu, aber davon wußte der Midshipman natürlich nichts.

Endlich kam der erwartete Ruf von vorn: »Anker ist kurzstag, Sir!«

Pfeifen schrillten, fluchend hastete ein Mann nach vorn, dem ein Tampen Beine gemacht hatte.

»Alles klar, Sir!« meldete Williams.

»Fock und Klüver setzen!« Polands Stimme klang ruhig und unbewegt. Was hatte dieser Mann eigentlich gegen Varian? Und was suchte er im Leben außer Beförderung?

Auf den Rahen arbeiteten die Männer und ließen das Tuch auswehen. Unten an Brassen, Halsen und Schoten warteten andere auf den Befehl, der das stilliegende Schiff in einen schnellen Segler verwandeln würde.

Was würde in England auf sie zukommen? Würde man sie an Bord festhalten, bis neue Befehle eingingen? Oder würde man sie auf andere Schiffe verteilen, zwischen die unerfahrenen Landratten und Opfer der Preßkommandos? Die Fiedel spielte flotter, und das Ankerspill drehte sich noch schneller.

»Es ist Sommer in England, wenn wir zurückkehren, Stephen«, sagte Bolitho plötzlich. »Wie schnell so ein Jahr vergeht.«

Jenour drehte sich zu ihm um. »Ein Jahr der Siege!«

Bolitho schüttelte den Kopf. »Kaum. Es wird Rückschläge geben.«

»Der Anker ist frei!«

Bolitho hielt sich an den Finknetzen fest, als sich das Schiff leicht überlegte und der Anker festgezurrt wurde. In England würden sie den anderen Anker benutzen – auch so ein Ritual.

Die *Truculent* fiel ab, Leinwand knallte, Männer rannten an Schoten und Brassen, und über allem ertönte die Stimme von Hull, dem Master: »Komm auf! Gut so – Kurs halten!«

Bolitho beobachtete den Master. Seine beiden Rudergänger griffen in die Speichen des großen Rades, ihre Augen blitzten. Master zu werden, war Simcox' größter Wunsch gewesen.

Die Marssegel füllten sich, und die *Truculent* nahm Fahrt auf, glitt an der Huk vorbei auf die offene, rötlich glänzende See hinaus.

»Westsüdwest, Sir! Voll und bei!«

Poland verzog den Mund zu einer harten Linie. »Gehen Sie höher an den Wind, Hull, so hoch sie kann!« Als der Erste wieder auf dem Achterdeck erschien, befahl er: »Bramsegel setzen und auch die Royals, sobald hier alles klar ist, Mr. Williams.« Er blickte zum Admiral an den Netzen hinüber. »Und daß mir keine Fehler passieren!«

Bolitho blieb an Deck, bis die Dunkelheit das Land und die davor verankerten Schiffe verschluckt hatte. Ihre Welt war jetzt nur noch die See und die Gischt, die am Bug hochsprang und seitlich davonwirbelte. Der Himmel ging dunkel in den Ozean über.

Unten erwartete ihn Ozzard mit einem späten Imbiß.

An den salzverkrusteten Heckfenstern der Kajüte stehend, dachte Bolitho an seine Zeit als Kommandant einer Fregatte. Das Auslaufen war damals immer spannend gewesen, ein Vorstoß auf die freie See. Poland sah das offenbar ganz anders. Vielleicht zählte er aber auch nur die Tage, bis er seine ungeliebte Last loswurde, den Vizeadmiral an Bord. Bolitho sah hoch, als er Schritte an Deck hörte. Der Wind wehte Stimmen herunter, und das Rigg sirrte. Es zog ihn nach oben, wie gern hätte er selbst die Kommandos gegeben, die Kurse ausgerechnet, das Schiff geführt! Aber sein Dienstrang machte das unmöglich.

Er war jetzt neunundvierzig Jahre alt und wirkte viel jünger. Sicher fragte mancher Offizier Jenour drüben in der Messe nach dem Admiral aus. Sei's drum. Besser so, als daß Gerüchte über ihn umgingen. Davon gab es schon genug, über ihn und Catherine. Sie war eine betörend schöne Frau, nach der sich alle Männer umdrehten, bei Hofe ebenso wie auf der Straße. Er spürte sinnlose Eifersucht auf jeden, der jetzt das Glück hatte, sie zu sehen.

Allday schaute herein. »Soll Ozzard den Imbiß auftragen?« Er machte sich Gedanken über die Melancholie seines Admirals. England zu verlassen, war schlimm für Bolitho gewesen, aber die Rückkehr wurde vielleicht noch schlimmer. Was war Catherine widerfahren in all den Monaten?

»Ich bin nicht hungrig.«

Eine See rauschte mit Macht am Rumpf vorbei, und Bolitho wußte, daß das Schiff jetzt das offene Meer erreicht hatte und das Land weit hinter ihnen lag. Wie lange würde die *Truculent* nach England brauchen?

Allday blieb hartnäckig. »Es gibt gebratenes Schweinefleisch, in Brotkrumen paniert, genau, wie Sie es mögen. So was Feines haben Sie in den letzten Wochen bestimmt nicht gegessen.«

Bolitho drehte sich nach ihm um. »Ich möchte, daß du mir morgen das Haar kurzschneidest.« Als Allday schwieg, fragte er: »Du hältst mich sicher für verrückt?«

Allday antwortete diplomatisch: »Die meisten Herren in der Offiziersmesse tragen ihr Haar jetzt kurz, es ist die neue Mode.« Er schüttelte seinen geteerten Zopf. »Mir würde so was nicht stehen.«

»Aber du kannst es schneiden?«

»Natürlich, Sir Richard«, antwortete Allday mit breitem Grinsen. »Darf ich noch was sagen?«

»Habe ich dich je daran gehindert? Sag, was du loswerden willst.«

»Also, was Sie für Tyacke getan haben, war sehr anständig. So hat er noch eine Chance.«

»Jeder andere hätte das auch getan.«

»Eben nicht!«

Sie sahen einander an wie Zweikämpfer, bis Bolitho fragte: »Wie meinst du das?«

»Ich meine, man sollte nun auch was für Sie tun. So wie Sie was für andere tun.«

Höflich klapperte Ozzard mit Tellern und Geschirr in der Pantry nebenan. Bolitho ging zum Tisch. »Ich werde wohl doch was essen, sonst laßt ihr mir keine Ruhe.« Ozzard kam und schenkte ihm Wein ein. »Mach das Brandyfäßchen auf«, sagte Bolitho und zu Allday gewandt: »Wir könnten wirklich ein paar tausend Leute wie dich brauchen. Der General hatte recht.«

Ozzard stellte die Flasche in einen tönernen Weinkühler. Schade um das Schränkchen, das mit der *Hyperion* untergegangen war, dachte er. Es war ein Geschenk von Catherine gewesen.

»Bedien' dich aus dem Fäßchen, Allday. Und dann Schluß für heute. Gute Nacht.«

Allday verließ die Kajüte. Bolitho aß allein und zerstreut sein Abendbrot. In Gedanken war er schon daheim in Cornwall.

In den folgenden Wochen kämpfte sich die *Truculent* nach Nordwesten, an den Kapverdischen Inseln vorbei. Während der langen Heimreise durch die wechselnden Windzonen zog Bolitho sich noch mehr zurück als bei der Ausreise.

Allday wußte, daß Bolitho nichts zu tun hatte. Nicht einmal das Schiff durfte ihn beschäftigen, das war Polands Sache. Zwar umgaben ihn ständig Offiziere und Matrosen, wenn er an Deck kam, doch vom Admiral hielten sie sich fern.

Wenn er um die Mittagszeit oben erschien, beobachtete er

den Master, der die Midshipmen an Karte und Sextant unterrichtete. Und er sah ins Logbuch, zählte die Tage und Etmale. Poland vermutete dahinter wortlose Kritik.

Als Bolitho einmal Jenour wegen einer Kleinigkeit anfuhr, entschuldigte er sich hinterher: »Die Untätigkeit bringt mich noch um, Stephen.« Gereizt starrte er auf die leere See hinaus.

In seinen Träumen war Catherine bei ihm. Doch immer wieder tauchte eine Hand auf, die sie wegzerrte, ohne daß sie sich dagegen wehren konnte.

Sieben Wochen und zwei Tage, nachdem sie den Tafelberg verlassen hatten, fuhr er in der Morgendämmerung hoch, weil Allday an seiner Koje stand, einen dampfenden Becher Kaffee in der Hand. »Was ist los?« fragte er und folgte Allday in die Kajüte.

Draußen vor den Heckfenstern glitzerte die See hart und grau wie poliertes Zinn. Allday deutete aus dem seitlichen Fenster. »Ich weiß, es ist noch sehr früh, die Morgenwache ist gerade erst aufgezogen. Aber ich dachte, ich sollte Sie trotzdem wecken.«

Bolitho rieb mit dem Ärmel die Scheibe sauber. Keine brennende Sonne, kein beißendes Morgenlicht. Aus dem häsigen Grau an Backbord schälte sich Land, Brecher leckten an Felsen hoch. Ihr fernes Rumoren blieb unhörbar.

»Du weißt, wo wir sind, alter Freund? Ein perfekter Landfall! Um acht Glasen werden wir Falmouth querab haben.«

Er schritt in der Kajüte auf und ab, dankbar dafür, daß Allday ihn geweckt hatte und er hören konnte, wie der Mann im Ausguck laut aussang: »Land in Lee!« Es war nicht irgendein Stück Land, sondern Cornwall, das Kap Lizzard. Catherine würde jetzt wohl noch schlafen, ahnungslos, daß Bolitho ihr so nahe war.

Allday holte die Kanne. »Noch etwas Kaffee?«

Er wurde nicht gehört. Bolitho hatte das Medaillon geöffnet und starrte auf Catherines Bild nieder. Grau sickerte der Morgen in die Kajüte.

In der kleinen Kammer schlief Ozzard auf dem Boden, einen Arm über das Brandyfäßchen gehakt. Vorsichtig schob Allday ihn zur Seite, hielt den Becher unter den Hahn und füllte ihn. Endlich wieder zu Hause! Darauf konnte man schon einen Becher Brandy leeren.

An Deck schrillten die Pfeifen und rissen die Besatzung in den neuen Arbeitstag.

Es wurde wirklich Zeit, daß sie heimkamen.

VIII Im Mondlicht

Bryan Ferguson wischte sich Schweiß von der Stirn und lehnte sich gegen den Zaunübertritt, bis er wieder ruhiger atmete. Der Seewind konnte nichts ausrichten gegen die starke Sonne, die auf Pendennis Castle niederbrannte und sich so grell auf dem Wasser spiegelte, daß man nicht lange aufs Meer schauen konnte.

Hier konnte er gar nicht oft genug stehen und den Ausblick genießen. Er lächelte. Seit zwanzig Jahren schon war er Bolithos Gutsverwalter - wirklich so lange? Das Haus lag hinter ihm am Hang eines Hügels, über den sich Äcker hinzogen, deren Ränder von Feldblumen überquollen. Das hohe Gras daneben wogte wie Wellen im Wind. Er kniff die Augen zusammen. Ein Pfad führte an der Klippe nach unten zum Strand, und auf halber Höhe stand dort die Frau an einer Biegung, an einem scharfen Knick, der gefährlich war des nachts oder wenn man ausrutschte. Dann wäre man unten nur noch tot angekommen.

Die Lady hatte ihn gebeten, oben beim Zaun zu bleiben. Wollte sie, daß er Atem schöpfte, oder wollte sie allein sein? Bewundernd schaute er auf sie hinunter. Ihr Haar, nur locker zusammengebunden, wehte im Wind, der ihr das Kleid an den Körper preßte. Sie sah aus wie eine Fee aus alten kornischen Sagen.

Bolithos Bedienstete hatten Catherine nur zögernd angenommen, doch mit niemandem im Ort über ihren Status getratscht. Inzwischen war jeder bereit, sie so zu schützen, wie es Bolitho angeordnet hatte. Allerdings hatten Ferguson und seine Frau, die den Haushalt führte, erwartet, daß Bolithos Lady sich fernhielt von der Bewirtschaftung des Gutes. Doch kaum war sie nach Bolithos Abschied aus Portsmouth zurückgekehrt, hatte sie großes Interesse an allem geäußert, dabei jedoch immer gefragt, nie Befehle gegeben. Lady Belinda hatte es früher genau umgekehrt gemacht.

Catherine war mit Ferguson sogar zu den umliegenden Katen geritten, die zum Gut gehörten. Dabei hatte er ihr verraten, daß der Besitz ursprünglich viel größer gewesen war, damals in den Tagen von Bolithos Vater. Aber um die Schulden von Richards Bruder Hugh zu decken, der aus der Royal Navy desertiert war und mit den Amerikanern gegen die Krone kämpfte, hatte sehr viel Land verkauft werden müssen.

Der Wind spielte mit Fergusons leerem Ärmel. Den Arm hatte er in der Schlacht bei den Saintes verloren, auf der Fregatte *Phalarope,* unter Bolithos Kommando. Wie Allday war er seinerzeit in die Marine gepreßt worden, aber jetzt, zwanzig Jahre später, immer noch bei Bolitho.

Oft war Catherine wie heute mit Ferguson zu Fuß unterwegs. Beim Gang über die Felder hatte sie von ihm alles wissen wollen: Was wurde angebaut, was kostete Samen, auf welchen Märkten wurden Getreide und Gemüse des Gutes verkauft? Nein, so eine Lady wie sie hatte Ferguson noch nie kennengelernt.

Schon in den ersten Tagen begriff er, was für eine charakterstarke Frau sie war. Er hatte sie durch das alte Herrenhaus geführt, vorbei an den nachgedunkelten Porträts von Bolithos Vorfahren. Kapitän Julius, der erste Bolitho, war in Falmouth gefallen, als er die Blockade der Cromwellschen Truppen bei Pendennis Castle sprengen wollte. Aufmerksam studierte sie ihn und alle anderen. In einem kleinen Schlafraum hing das verhüllte Porträt Cheneys, die Bolithos erste

Frau gewesen war. Catherine hatte Ferguson gebeten, es ans Fenster zu stellen, damit sie es besser sehen konnte. Das Bild berührte sie tief, Ferguson hörte sie in der stillen Kammer laut atmen. »Warum hängt das Bild hier unter einem Tuch?« Er suchte eine Erklärung, doch sie unterbrach ihn: »Lady Belinda hat darauf bestanden, stimmt's?« Und nach kurzem Zögern beschloß sie: »Wir werden das Bild reinigen lassen – und alle anderen auch.« Ihre Augen blitzten dabei, und er fühlte sich wie ein mit ihr Verschworener.

Ja, Lady Catherine konnte gewiß jedem Mann den Kopf verdrehen, wenn sie nur wollte. Aber sie verstand es ebensogut, mit Pistolen, Pulver und Schrot umzugehen, wie Allday ihm verraten hatte.

Lady Cheney hatte Bolitho damals mit dem Porträt überraschen wollen, wenn er aus dem Krieg zurückkehrte. Doch als er schließlich heimkam, fand er nur noch das Porträt vor. Lady Cheney und ihr ungeborenes Kind waren bei einem Unfall mit der Kutsche ums Leben gekommen.

Als Ferguson ihr davon berichtete, ergriff Catherine seinen Arm. »Sie haben sie heimgetragen, ich weiß.« Sie sah auf seinen leeren Ärmel nieder. »Sie haben alles getan, was ein Mensch nur tun kann.«

Jetzt hing Lady Cheneys Bild wieder dort, wo es ursprünglich gehangen hatte, gegenüber dem Fenster, das auf die See blickte, die so grau war wie die Augen der ersten Mrs. Bolitho.

Lady Catherine kam den Pfad herauf, Ferguson reichte ihr die Hand und half ihr beim Zaunübertritt. Ihr Haar hatte sich gelöst, am Rocksaum sah er Staub und nassen Sand. Sie war größer als Ferguson, nicht viel kleiner als Bolitho. Er spürte ihren festen Händedruck, als sie fragte: »Warum liegt das Land da drüben brach?«

»Zu viele Steine vom Hügel, da kommt kein Pflug durch. Und dann ist da noch das Dickicht.« Sie nickte. »Wir haben einfach nicht genügend Leute, Mylady. Die Preßkommandos, wissen Sie? Entweder sind unsere Männer auf See oder bei den Soldaten. Nur Alte und Krüppel gibt's hier noch.«

Er war überrascht über die Wärme in ihren Augen. »Sie sind aber kein Krüppel, Ferguson. Zusammen werden wir beide etwas aus diesem Land machen.« Ihre Stimme klang plötzlich hart. »Ich werde nicht tatenlos zusehen, wie alle gut in diesem Land leben – nur Bolitho nicht. Sein Schwager, der Squire, scheint keine Probleme zu haben. Der hat immer genügend Männer auf den Feldern!«

»Französische Gefangene, Mylady. Vergessen Sie nicht, er ist Friedensrichter.« Ferguson war froh, als Catherine das Thema fallenließ. Denn gut von diesem Land lebte vor allem Lady Belinda in ihrem herrschaftlichen Haus in London.

»Der Squire nutzt seine Stellung aus. Ich mag vor allem seine Frau, sie ist Sir Richards Lieblingsschwester, nicht wahr?«

Ferguson mußte sich Mühe geben, mit ihr Schritt zu halten. »Aye. Aber Miss Nancy, so hieß sie früher, hatte sich ursprünglich in Sir Richards besten Freund verliebt.«

Sie hielt inne und sah ihn an. »Sie wissen aber auch alles. Ich beneide Sie darum. Ich beneide Sie um jede Stunde, die Sie ihn länger kennen als ich.« Sie ging weiter und pflückte dabei eine Blume aus der Hecke. »Sie mögen ihn sehr, nicht wahr?«

Ferguson grüßte einige Feldarbeiter. »Ich würde für keinen anderen arbeiten.«

Überrascht stellte sie fest, daß die meisten Leute auf dem Feld Frauen waren. Nur der einbeinige Vanzell war da und warf sein ganzes Gewicht in die Zugleine eines Karrens. Ferguson sah einen Schatten über Lady Catherines Gesicht huschen. Sie kannte offenbar wirklich das Elend der Menschen. Schließlich hatte Bolitho sie aus Wailes geholt, dem Londoner Schuldgefängnis.

Ihr Mann hatte damals falsch ausgesagt, um sie in eine Strafkolonie abschieben zu lassen. Aber nach allem, was Ferguson von Allday gehört hatte, wäre sie eher gestorben, als sich nach New South Wales schicken zu lassen. Bolitho hatte sie vor diesem Schicksal bewahrt, und Vanzell, damals in Wailes Gefängniswärter, hatte ihm dabei geholfen. Vanzell, der früher unter ihm gedient und dabei ein Bein verloren hatte. Nun lebte er auf dem Gut. Die meisten, die hier arbeiteten, waren auf seinen Schiffen gefahren oder aber die Witwen und Waisen Gefallener.

»Wir haben viel vor uns«, sagte sie, »aber wir werden das Land wieder fruchtbar machen, Sie und ich. Schottland – braucht Schottland nicht Getreide?«

Ferguson grinste. »O ja. Aber Schiffe sind teuer.«

Sie sah ihn nachdenklich an. »Das waren sie schon immer.« Dann verstummte sie, weil sie das Gatter zum Hof erreicht hatten.

Trotz des in Cornwall verbrachten Winters war ihre Haut immer noch sonnengebräunt. Doch Ferguson blieb später dabei, daß sie in diesem Augenblick bleich geworden war wie eine frisch gekalkte Wand.

»Mylady! Was ist?«

Sie griff sich an die Brust. »Der Postbote!«

Ein junger Mann mit Dreispitz stand schwatzend bei Matthew, dem Kutscher. Ferguson winkte ihn heran.

Der Junge kam, hob grüßend zwei Finger zum Hut, zeigte beim Lächeln eine große Zahnlücke und sagte: »Ein Brief für Sie, Madam!«

»Danke.« Sie wandte sich ab und starrte auf den Umschlag nieder. »Er trägt keine Marke . . .«

»Den hat ein Amtsschreiber verfaßt, nehme ich an.«

Ferguson sah ihre verstörten Augen und teilte plötzlich ihre Angst. »Es ist etwas passiert. Etwas Schlimmes«, hörte er sie flüstern.

Der Postbote, der nichts begriff, versuchte zu erklären: »Der Brief kam mit der Postkutsche, verstehen Sie? Jemand muß dafür unterschreiben. Daß er den Brief bekommen hat, verstehen Sie?« Er sah in ihre ängstlichen Gesichter. »Aus London ist er. Aus London kommt der Brief.«

»Kommen Sie, Mylady.« Behutsam nahm Ferguson ihren Arm. »Wir gehen ins Haus.«

Aber da hatte sie den Umschlag schon aufgerissen. Ein zweiter Brief befand sich darin, versiegelt.

Ferguson hörte, daß seine Frau die Treppe herunterlief, und wagte kaum zu atmen. So kamen die Hiobsbotschaften wohl immer an. Es war stets die gleiche Geschichte. Nicht ein einziger Bolitho lag in Falmouth beerdigt, alle waren auf See gefallen. Selbst Kapitän Julius hatte man nicht mehr gefunden, nachdem sein Schiff vor Falmouth in die Luft geflogen war, damals im Jahr 1646.

Catherine sah Ferguson an und dann seine Frau. Dabei flüsterte sie: »Er ist in London!« Sie hielt den Brief so vorsichtig wie etwas Zerbrechliches. »Kapstadt hat sich ergeben. Der Feldzug ist zu Ende.«

Die Köchin Grace Ferguson legte einen warmen Arm um ihre Herrin und sagte leise: »Gott sei Dank. Und so soll es immer für Sie sein!«

Ferguson wollte wissen, wann der Brief geschrieben worden war. Catherine straffte sich. »Hier steht kein Datum.« Aber Bolithos Handschrift verriet, daß er es eilig gehabt hatte.

Ferguson gab dem Postboten ein Trinkgeld. Der offizielle äußere Umschlag hatte offenbar den wahren Inhalt verbergen sollen. Man hätte sich nur wieder das Maul zerrissen über die beiden, wenn man Bolithos Handschrift erkannte.

Aber der Botenjunge hatte ihnen noch etwas mitzuteilen. »Der Postkutscher hat gesagt, der Brief wär' längst hier, wenn ihm nicht unterwegs ein Rad gebrochen wär'. Das hat den Brief aufgehalten.«

Catherines Gesicht drückte jetzt unverhohlene Freude aus. Ferguson bestärkte sie darin: »Sir Richard ist vielleicht morgen schon hier, Mylady. Er wird zunächst in der Admiralität Bericht erstattet haben, und das dauert ja.« Er erinnerte sich, wie verärgert Bolitho immer war über die vielen Berichte, die es nach jedem Einsatz zu verfassen galt.

Hufschlag erklang auf der Straße zur Stadt, die am Friedhof vorbeiführte und an der Kirche, wo die Gedenktafeln für die gefallenen Bolithos hingen. Matthew lauschte gespannt. »Kein Pferd von uns.«

Aber da lief Catherine schon auf die Straße, die Arme weit ausgestreckt. Sollten die Leute doch reden und glotzen, was machte das schon! Aber wie war er so schnell nach Falmouth gekommen?

Als Bolitho aus dem Sattel glitt und sie in die Arme nahm, hörte er sie flüstern: »Eigentlich wollte ich mich dafür besonders schön machen. Wie sehe ich bloß aus?«

Er hob ihr Kinn und sah sie lange an. »Wunderschön.« Nein, das alles war kein Traum. »Unterwegs brach ein Rad, aber ich konnte nicht warten und nahm mir ein Pferd. Wenn du nicht mehr hier gewesen wärst . . .«

Sie legte ihm einen Finger auf die Lippen. »Aber ich bin hier, Liebster . . .«

Er schob ihren Finger beiseite und fand ihre Lippen mit seinem Mund.

»Habe ich dich zu lange warten lassen?«

Bolitho wandte sich vom Fenster ihr zu. Sie kam die Treppe herauf, das Haar immer noch offen, doch über die Schultern zurückgekämmt. Dazu trug sie ein einfaches grünes Kleid.

Er hielt sie auf Armeslänge von sich ab. »Selbst in einer Seemannsbluse wärst du noch wunderschön.«

»Wie du mich anschaust! Ich werde gleich rot wie ein Schulmädchen.« Ihre Blicke wanderten über sein Gesicht. »Und du? Was macht dein Auge?«

Er küßte sie auf die Wange, spürte die Wärme ihres Körpers. All seine Ängste verflogen. Catherine war hier. Sie hatten sich nie getrennt. Sie im Arm zu halten, mit ihr zu sprechen – für nichts anderes gab es jetzt Platz in seinen Gedanken.

»Es geht besser. Ich hatte keine Probleme in der Sonne da unten.«

Sie verbarg ihre Erleichterung. Noch wollte sie ihm nicht zeigen, wie sehr sie sich um ihn gesorgt hatte.

»Und du?« fragte er. »War es schlimm so allein?«

Sie lachte, schüttelte ihr Haar. »Ich glaube, man mag mich hier.« Damit schob sie den Arm unter seinen und führte ihn ins nächste Zimmer. »Es gibt aber auch unangenehme Nachrichten. Deine Schwester Nancy sagte mir vor acht Tagen, daß deine andere Schwester aus Indien zurückgekehrt ist.«

»Felicity? Ach!« Er versuchte, sich an diese Schwester zu erinnern, die zwei Jahre älter war als er. Als er zum Leutnant befördert worden war, hatte er sie zum letzten Mal gesehen. Damals war sie mit einem Offizier des 81. Infanterieregiments verheiratet gewesen, das zum Dienst in der Ostindischen Handelsgesellschaft abgestellt wurde. Seltsamerweise erinnerte er sich an seinen Schwager besser als an seine Schwester. Er war ein leiser, angenehmer Mann gewesen, der Felicity kennengelernt hatte, als seine Kompanie in Cornwall stationiert gewesen war.

»Ihr Mann ist tot, Richard. Sie will jetzt in Cornwall leben.«

Bolitho ahnte, daß noch mehr auf ihn zukommen würde. »Sie hat zwei Söhne, nicht wahr? Einer dient im Regiment des Vaters, der andere in der Flotte der Handelsgesellschaft, wenn ich mich recht erinnere. Wie starb der Vater?«

»Ein Pferd warf ihn ab.«

»Hast du sie schon kennengelernt?«

Catherine hob das Kinn. »Sie wollte Nancy nicht begleiten. Meinetwegen!«

Er nahm sie in die Arme, streichelte ihr Gesicht. »Wenn ich doch hiergewesen wäre . . .«

»Mach dir nichts draus, Richard. Jedenfalls noch nicht. Nicht heute.«

Er fühlte, wie sie zitterte, und zog sie wortlos enger an sich.

»Und wie war es bei dir?«

Er versuchte, seine Gedanken zu ordnen. Da gab es all die vielen Gesichter von Kapstadt: Tyacke, Segrave, Poland, Varian, Warren. Doch in den Fluren der Admiralität waren sie wie weggewischt gewesen.

»Wir haben gute Männer verloren«, sagte er. »Aber es

hätte noch schlimmer kommen können. Ich habe Admiral Godschale in London schon berichtet. Das heißt, jetzt ist er ja Lord Godschale.«

Catherine nickte. »Ich weiß. Für manche lohnt es sich, zu Hause zu bleiben, während andere draußen ihr Leben einsetzen.«

»Das hat mir auch Nelson mal geschrieben.« Er ergriff ihre Hand. »Ich merke schon, du willst mich wieder verteidigen – meine Tigerin.«

Sie lächelte trotz ihrer Verbitterung. »Und ob!«

Bolitho sah die vielen Blumen draußen, hörte die Blätter an den Bäumen rascheln. Wie ungewohnt ihm das alles war! »Ich wollte schnell weg aus London, wollte hierher zu dir. Allday kommt nach mit unserem Gepäck.«

»Es ist ungewohnt, dich ohne ihn zu sehen.«

»Er versteht's schon. In Madeira haben wir gebunkert, und ich habe dort Spitzen für dich gekauft. Allday bringt sie mit. Hoffentlich gefallen sie dir. Ich bin vielleicht ein guter Seemann, aber bestimmt kein guter Einkäufer.«

Damit erhob er sich und holte einen silbernen Fächer aus seiner Uniformjacke. »Der stammt aus Portugal.« Er sah ihre Freude, beobachtete, wie sie den Fächer öffnete, ihn gegen die Sonne hielt.

»Wie schön er ist!« Sie sah Bolitho an, ihre dunklen Augen hielten ihn fest. »Ich habe solche Sehnsucht nach dir. Ich habe so sehr auf dich gewartet.« Sie lehnte den Kopf an seine Schulter. »Vielleicht sagt eine anständige Frau so etwas nicht, aber ich kann's nicht länger ohne dich aushalten.« Damit löste sie sich von ihm und verschwand im Schlafzimmer.

Als er eintrat, stand sie im Gegenlicht am Fenster, das aufs Kap hinausging. Sie hielt den Vorhang hoch und trug nichts als ein weißes Hemd, am Hals gehalten von einer goldenen Kette. Das Haar fiel ihr offen über die Schultern. Sie bewegte sich nicht, als er näherkam und sie in die Arme nahm. Beide blickten aus dem Fenster, und Catherine spürte seine streichelnden Hände.

Sie flüsterte: »Hör nicht auf, bitte. Nie wieder!« Sie dehnte sich, als seine Hände ihre Brüste fanden und die Goldkette lösten, worauf das weiße Hemd zu Boden glitt.

Dann lag er neben ihr, und seine Hände glitten über ihre nackte Haut, während sie ihn küßte. Ihre Finger entdeckten das kurze Haar in seinem Nacken, wo vor der Abreise noch sein Zopf gewesen war. Sie wollte ihn so vieles fragen: Warum war der Zopf gefallen? Wie lange konnte er in der Heimat bleiben? Aber ihr Körper wollte nicht warten.

Es war kurz, und einmal schrie sie laut auf. Denn auch Bolitho kannte keine Geduld mehr.

Viel später öffnete er die Augen und fand sich in ihren Armen liegen, als hätten sie sich nie bewegt. Mondlicht schien ins Zimmer.

»Wie lange liegen wir hier schon?«

Sie küßte ihn. »Nicht lange genug. Weißt du, daß du einen hellen Fleck am Nacken hast, wo früher der Zopf Schatten warf?«

»Gefällt es dir?«

Sie zog seinen Kopf an ihre Brust. »Ich werde mich schon daran gewöhnen. Der Mann, den ich liebe, ist jedenfalls unverändert.« Sie streichelte sein Haar. »Ich bringe dir gleich was zu essen. Die Leute im Haus schlafen längst.«

Bolitho stand auf, und gemeinsam gingen sie zum Fenster, spürten die warme Nachtluft um ihre nackten Körper streichen und hörten die See unten friedlich um die Felsen rauschen.

Er legte den Arm um ihre Hüften und spürte, wie ihr Körper ihm antwortete. Der Mond schien auf sie herab wie ein großes silbernes Medaillon.

»Du hast mir Tag und Nacht gefehlt«, sagte er. »Ich brauche dich so sehr.«

»Und ich dich auch, Liebster.«

Er schloß das Fenster. »Siehst du den Ring um den Mond? Wir werden vor Morgengrauen Sturm bekommen.«

Sie zog ihn an sich. Als er sie umarmte, spürte sie sein Herz hämmern. Später lag er neben ihr, atmete tief und schlief endlich ein.

Sie sah aus dem Fenster. Der Mond schien so hell wie immer, der Himmel war ganz klar. Die Sterne blitzten wie ferne Lichter.

Es gab keinen Ring um den Mond. Bolitho mußte sich geirrt haben. Das verletzte Auge hatte ihm einen Streich gespielt. Ihre Angst war wieder da.

IX Ein schöner Sommer

Bolitho verhielt sein Pferd neben einer niedrigen, moosbewachsenen Mauer und blickte über die Felder zu den kleinen Häusern an der Straße nach Penryn hinüber. So glückliche und zufriedene drei Tage wie seit seiner Rückkehr hatte er noch nie im Leben genossen. Catherine war jede Minute an seiner Seite gewesen und hatte in dieser unbeschwerten Zeit viel aus seinem Leben erfahren. Er war hier geboren, war zwischen diesen Dörfern und Höfen aufgewachsen, bis er wie alle Bolithos zur See gegangen war.

Die *Manxman,* sein erstes Schiff, lag damals mit ihren achtzig Kanonen in Plymouth. England sonnte sich in einem kurzen Frieden, trotzdem erschrak der zwölfjährige Seekadett Bolitho beim Anblick des Schiffes so sehr wie nie wieder in seinem Leben. Die Höhe der gewaltigen Masten, das Gewirr aus laufendem und stehendem Gut jagten ihm Angst ein. Wie würde er sich je darin und unter den herumhastenden Seeleuten zurechtfinden? Aber er lernte schnell. Daß er einmal unter seiner eigenen Admiralsflagge Schiffe ins Gefecht führen würde, wäre ihm allerdings nicht im Traum eingefallen.

Catherine trieb ihr Pferd näher heran und fragte: »Was denkst du gerade?« Sie griff nach seiner Hand. »Du warst ganz weit weg.«

Er lächelte ihr zu. Sie trug ein dunkelgrünes Reitkostüm,

hatte ihr Haar geflochten und über den Ohren aufgerollt. »Ich dachte an alles mögliche, aber vor allem daran, wie sehr ich dich liebe.« Er erwiderte ihren Händedruck.

Sie hatten beim Ausritt am Strand in der Steilküste eine Höhle gefunden und sie erforscht. Ein Stein mit einem Ring daran brachte ihm viele Erinnerungen zurück. Hier hatte er als Junge sein Boot festgemacht. Dann war die Flut gekommen, und er hatte nicht mehr wegrudern können. Ein Suchtrupp hatte ihn gefunden, wie er an den Felsen hing, die Füße bereits von den Wellen umspült. Sein Vater war auf See gewesen, sonst hätte er eine fürchterliche Tracht Prügel für seinen Leichtsinn bezogen.

Catherine hatte vorgeschlagen: »Daraus machen wir jetzt unsere Höhle!« Noch immer rauschte sein Blut, wenn er daran dachte, wie sie sich auf dem Sand der Höhle geliebt hatten, bis die Welt um sie versank.

Jetzt sahen sie weit über das friedliche Land. Die Pferde zupften am Gras und rieben gelegentlich die Köpfe aneinander. Über dem steten Summen der Bienen hing das Trillern unsichtbarer Lerchen, und weit weg schlug eine Glocke an.

»Ich mag deine Schwester Nancy«, begann Catherine. »Sie ist sehr lieb und hat mir viel geholfen, obwohl sie eine wie mich bestimmt noch nie kennengelernt hat.« Sie blickte hinab auf das große Haus. »Auch ihr Mann hat mir seine Hilfe angeboten, ohne daß ich darum bitten mußte.«

Das Haus, das Nancy und Lewis Roxby bewohnten, gehörte seit Generationen der Familie des Squires. Doch Bolitho wußte, daß Lewis, von vielen »der König von Cornwall« genannt, statt dessen lieber das Haus der Bolithos bewohnt hätte. Alle seine Vorfahren waren Gutsbesitzer und Friedensrichter gewesen, aber Lewis reichte das nicht. Er besaß inzwischen Zinngruben und hatte sogar ein Fuhrgeschäft gegründet. Wenn seine Unternehmen ihn nicht beanspruchten, ritt er häufig Jagden und trank auch gern. Mit Bolitho verband ihn wenig, doch Nancy liebte er sehr.

Sie trieben ihre Pferde an. Bolitho hatte seiner Schwester

Felicity ein paar Zeilen geschickt und seinen Besuch angekündigt. Zu Pferd wirkte es formloser als eine Vorfahrt in der Kutsche.

Zwei Pferdeknechte eilten ihnen im Hof entgegen und sahen mit großen Augen, wie Catherine ohne Hilfe aus dem Sattel glitt. Bolitho lächelte sie an.

»Man beobachtet uns aus einem Fenster«, sagte sie und wurde einen Augenblick unsicher. »Ich hätte vielleicht doch nicht mitkommen sollen.«

»Dann wollen wir ihnen noch etwas zum Glotzen geben«, sagte er, küßte sie auf die Wange und legte ihr den Arm um die Schultern. »Ich bin sehr stolz auf dich.«

Ein Diener öffnete die große Tür, und Lewis Roxby, rundlich und rotgesichtig, kam ihnen jovial entgegen. Catherine erwiderte seine Begrüßung mit einem warmen Lächeln und einem Händedruck.

»Richard, du Schurke! Du hättest uns wirklich mehr Zeit gönnen können, miteinander vertraut zu werden!« Lewis legte Catherine den Arm um und führte sie in ein großes Zimmer, durch dessen offene Türen sie den Rosengarten bewundern konnten. Das ganze Zimmer duftete. Catherine klatschte überwältigt in die Hände. So mochte sie gespielt haben in den Elendsstraßen von London, wo sie aufgewachsen war, dachte Bolitho. Durch eine Glastür sah er zwei Damen auf das Haus zukommen.

Nancy hatte zwar etwas zugenommen, sich aber sonst seit ihrem letzten Treffen nicht verändert. Sie hatte die Schönheit ihrer Mutter geerbt und deren zarte Haut. Neben ihr schritt Felicity. Ihr Profil verriet die geborene Bolitho, doch ihr Haar schimmerte schon grau, und ihr Gesicht war aschfahl, als habe sie gerade ein Fieber überstanden. Sie nickte ihm schon von weitem zu, aber er fühlte, da kam eine Fremde zu ihnen herauf.

Nancy lief ihm entgegen, umarmte und küßte ihn. »Und hier ist Felicity, nach so vielen Jahren endlich wieder zu Hause.« Ihre Stimme klang eine Spur zu fröhlich.

»Ich möchte dich gern mit Catherine bekanntmachen«, sagte Bolitho.

Felicity musterte sie kühl, neigte nur kurz den Kopf. »Leider kann ich Sie hier nicht willkommen heißen, denn dies ist nicht mein Haus. Ich habe im Augenblick keins.«

»Das werden wir bald ändern«, warf Roxby ein.

»Mein Beileid zum Tod deines Mannes«, sagte Bolitho. »Es muß ein schrecklicher Verlust für dich gewesen sein.«

Sie schien ihn nicht gehört zu haben. »Ich habe gerade erst Edmund benachrichtigen lassen. Mein zweiter Sohn Miles ist gleich mit mir nach England gereist.« Ihre tiefliegenden Augen sahen Catherine an. »Wir hatten noch eine Tochter, aber sie starb in Indien.«

Voll Mitgefühl sagte Catherine: »Das tut mir sehr leid. Ich bin in solch einem Klima aufgewachsen und kann Ihnen den Schmerz nachfühlen.«

Felicity nickte. »Natürlich, bevor Sie Ihren jetzigen Mann in Südamerika trafen, waren Sie ja mit einem Spanier verheiratet.«

Roxby unterbrach: »Ein Glas Wein, Richard?«

Bolitho schüttelte den Kopf. War Felicity schon immer so giftig gewesen? »Du weißt, daß du jederzeit in unserem Haus willkommen bist, bis du weißt, wo du dich niederlassen willst«, sagte er zu ihr. »Während ich auf See bin, handelt Catherine in meinem Namen.«

Felicity setzte sich in einen hochlehnigen Stuhl. »Es ist nicht mehr mein Haus, seit ich Raymond geheiratet habe. Und jetzt ist dort bestimmt kein Platz für mich.« Sie blickte Bolitho unbewegt an. »Aber du warst ja schon immer ein taktloser Mensch.«

»Sagen Sie das nicht, Mrs. Vincent. Ich kenne niemanden, der sich mehr um andere Menschen kümmert als Ihr Bruder.« Catherines Augen blitzten, doch ihre Stimme klang beherrscht. »Selbst wenn andere seine Fürsorge nicht erwidern.«

Felicity wischte Staub von ihrem Ärmel. »Natürlich. Und Sie wissen das bestimmt besser als jeder andere hier!«

Bolitho sah, wie Catherines Finger sich in den Stoff ihres Kleides gruben. Es war ein Fehler gewesen, herzukommen.

»Doch um etwas muß ich dich bitten, Richard.« Felicitys Gesicht blieb unbewegt. »Mein Sohn Miles dient nicht mehr bei der East India Company. Würdest du bitte dafür sorgen, daß er in die Royal Navy eintreten kann? Ich besitze einige Ersparnisse, er sollte also schnell befördert werden.«

Bolitho nahm Catherines Arm. »Ich werde für Miles tun, was ich kann. Er soll mich mal besuchen.« Nach einer Pause fuhr er fort: »Ich verstehe deinen Schmerz über den Verlust deines Mannes, aber nicht deine Ungezogenheit gegenüber Catherine. Dies ist auch nicht mein Haus, sonst würde ich deutlicher werden!«

Catherine war erstarrt, Nancy den Tränen nahe, Roxby blies die Backen auf und wünschte sich woanders hin; nur Felicity blieb kühl und unbeeindruckt. Bolitho nahm Catherines Arm und ging.

Draußen an der Tür murmelte der Hausherr, während ihre Pferde gebracht wurden: »Tut mir leid, Richard, sie hat sich schändlich benommen.« Und zu Catherine gewandt: »Aber sie wird sich wieder fangen. Witwen sind eben manchmal seltsam.« Er küßte ihre Hand.

Catherine lächelte. »Ich kannte ihren Mann nicht, aber ob er mit ihr glücklich war? Meinetwegen muß sie sich übrigens nicht ändern.«

Vor dem Hof nahm Bolitho ihre Hand. »Es tut mir so leid, Kate!«

Sie zitterte vor Wut. »Ich bin es gewöhnt. Aber niemand darf so über dich reden.« Die Pferde blieben stehen, als spürten sie Catherines Ärger. »Und das soll deine Schwester sein? Weiß sie eigentlich, was du für dieses Land tust?«

Er streichelte ihren Arm. »Meine Tigerin!«

Sie wischte sich mit dem Handschuh über die Augen. »Zur Hölle mit ihr! Wir reiten um die Wette nach Hause!«

Ihr Pferd warf schon Schmutz von der Straße hoch, ehe Bolitho noch losreiten konnte. Roxby blickte ihnen nach, bis sie in den Feldern verschwunden waren. Was für ein Temperament, dachte er. Kein Wunder, daß Richard so gut aussieht, diese Frau hält ihn jung. Er blieb vor einem Spiegel stehen. Mit einer Frau wie Catherine würde er ... Aber er verbot sich diese Gedanken.

Als er das Zimmer betrat, war er froh, nur seine Frau anzutreffen.

»Felicity hat sich hingelegt, Lewis.«

Roxby sah Tränenspuren in Nancys Gesicht und trat zu ihr, um sie zu streicheln. »Es wird Zeit, daß ich ein Haus für sie finde. Aber woher weiß sie das alles über Catherine? Wir haben ihr nichts erzählt.«

Nancy nahm seine Hand. »Das wüßte ich auch gern. Richard sieht übrigens sehr viel besser aus als bei seinem letzten Urlaub. Diese Frau tut ihm gut.«

Roxby sah, daß kein Diener in der Nähe war, und tätschelte den vollen Busen seiner Frau. »Du mir auch«, sagte er. Errötend richtete sie ihre Frisur.

Aber er dachte noch immer an die beiden, die da eben losgaloppiert waren, als bedrücke sie nichts auf der Welt. So hatte sein Leben mit Nancy auch einmal ausgesehen, ehe die Kinder kamen und der Kampf um Besitz und Macht ihm das letzte abverlangte.

Zwei Wochen vergingen, und die restliche Welt existierte nicht für sie. Nur einmal sprachen sie davon, als sie zur Mündung des Helford River ritten. Eine Fregatte segelte sich gerade von Land frei, ihre Segel blitzten in der Sonne, ihr schnittiger Rumpf teilte die Wellen.

»Wann erwartest du neue Befehle?« fragte Catherine.

Er legte den Arm um ihre Taille. »Bald. Es gab schon ein paar Hinweise in der Admiralität. Man will ein neues Geschwader aufstellen – falls man genügend Schiffe findet.«

Auf der Fregatte entfalteten sich die Toppsegel. Im ablandigen Wind nahm sie Fahrt auf wie ein Vogel, der freigelassen worden war.

In London hatte Bolitho auch von Adam gehört. Sein Neffe hatte das Kommando über die *Anemone* bekommen. Mit ihren achtunddreißig Kanonen machte sie Blockade- und Patrouillendienst vor der niederländischen Küste. Und als seinen Bootsteurer hatte Adam Alldays Sohn an Bord.

Allday hatte diese Nachricht nicht sonderlich bewegt. Er hatte sich bei seiner Rückkehr nach Falmouth sofort von Yovell und Ozzard getrennt, um schnell seine alte Freundin, die Wirtstochter, zu besuchen. Aber das Wirtshaus hatte den Besitzer gewechselt, und die Wirtstochter war jetzt mit einem Bauern aus Redruth verheiratet. Seither war Allday trübsinnig.

Am Ende von Bolithos zweiter Urlaubswoche berichtete die *Naval Gazette* über die Eroberung Kapstadts. Der Bericht enttäuschte ihn: kein Wort über den Brander oder über Tyacke. Er legte das Blatt zur Seite.

Allday trat ein und meldete Miles Vincent.

»Na, dann schick meinen Neffen rein.«

Catherine arbeitete mit Ferguson im Kontor an Preisen und Plänen für das kommende Erntejahr. Bolitho fragte sich, woher sie ihr Wissen nahm. Sie kannte die Getreidepreise in Cornwall, aber auch die weiter im Norden und sogar in Schottland. Ferguson war dankbar für ihre Hilfe und die neuen Ideen.

Die Tür öffnete sich, und dann stand Felicitys jüngerer Sohn vor ihm. Er trug eine schmucklose blaue Jacke und ein gefälteltes weißes Hemd, alles makellos sauber. Irgendwie erinnerte der Junge an Adam, kam Bolitho allerdings ein wenig schwerblütiger vor.

»Bitte setz dich.« Bolitho schüttelte seine Hand. »Wir bedauern den frühen Tod deines Vaters. Er hat die Familie sicherlich schwer getroffen.«

»Das stimmt, Sir Richard.« Der junge Mann nahm Platz und faltete die Hände im Schoß.

Er sitzt da wie einer, der beim Vater um die Hand seiner Tochter anhält, dachte Bolitho. Schüchtern, aber entschlossen. Man sah ihm den Bolitho an. Miles war neunzehn Jahre alt und hatte die grauen Augen und das dunkle Haar seiner Mutter. Und er besaß die Selbstsicherheit, die man von einem Offizier erwartete.

»Du willst also Offizier bei der Kriegsmarine werden? Ich sehe da keine Probleme. Grüne Midshipmen haben wir genug, aber erfahrene junge Anwärter wie du sind selten.«

Bolitho beobachtete Miles' Reaktion. Was hatte Felicity ihm erzählt? Sie sahen einander heute zum ersten Mal. Einem Vizeadmiral gegenüberzusitzen, dessen Taten in aller Munde waren, machte ihn sicherlich sehr gehemmt. Doch sein Neffe überraschte Bolitho.

»Ich bin verblüfft, Sir Richard«, sagte der junge Mann. »In der East India Company war ich bereits diensttuender Leutnant, Wachoffizier und für die Navigation zuständig. Man hätte mich sehr bald als Leutnant bestätigt. Sie denken doch nicht, daß ich wieder als Midshipman anfangen werde!« Seine Zurückhaltung war der Empörung gewichen.

»Langsam, langsam«, mahnte Bolitho. »Der Dienst in der Navy hat mit dem in der Company nicht viel gemein. Man besoldete euch dort besser, ihr hattet mehr Platz. Aber Companyleute kämpfen nur für die eigene Fracht. In der Navy kämpft man gegen den Feind, wer es auch ist. Meine Leute fechten nicht für Geld oder Gewinn und selten genug für König und Vaterland.« Die Augen des jungen Mannes wurden groß. »Sie kämpfen für sich selber und für ihr Schiff, ihre Kameraden, bis der verhaßte, harte Dienst sie schließlich als Wracks ausspuckt. Falls sie Glück haben und überleben.«

Miles stotterte: »Das war mir nicht klar, Sir Richard.« Jetzt sah er wieder aus wie einer, der um die Hand der Tochter anhält.

»Wenn du immer noch zur Navy willst, werde ich dir helfen. Wir werden einen guten Kapitän finden, der einen erfahrenen jungen Mann braucht. Bei deinen Dienstjahren wirst du schon in ein paar Monaten zum Leutnant befördert werden, vielleicht sogar noch schneller. Wir brauchen Offiziere dringender als je zuvor, aber wenn sie nicht führen können und kein gutes Beispiel geben, haben wir keine Verwendung für sie.«

»Ein Beispiel, wie Sie selber es für alle sind, Sir Richard!« Miles sprang auf, weil Catherine eintrat.

Sie sah erst Bolitho, dann den Gast an. »Sie müssen Miles sein«, sagte sie, warf ihren breitkrempigen Gartenhut auf eine Truhe und küßte Bolitho. Miles holte ihr einen Stuhl. »Danke.«

Beim Abschied sah Miles die Porträts im Treppenhaus. »Ich wäre gern einer von ihnen«, sagte er und drehte sich kurz nach Catherine um. »Ich würde den Bolithos Ehre machen!« Damit verneigte er sich und ging.

»Er sieht dir sehr ähnlich«, meinte Catherine. »Komm, laß uns vor dem Abendessen noch spazierengehen. Ich möchte viel mehr wissen.« Sie deutete auf die Bilder. »Von dir und deiner Familie.«

»Und ich wüßte gern, was du für Pläne mit Ferguson schmiedest.«

Allday schloß hinter ihnen die Tür. »Hast du den jungen Mann gesehen, der zu uns will?« fragte er Ozzard.

»Ja, aber ich wüßte zu gern, warum er die Company verlassen hat«, antwortete Ozzard.

»Die wollten ihn vielleicht nicht mehr. So was kommt vor. Mein Mädchen wollte mich auch nicht mehr. Sie hätte doch warten können«, sagte Allday bitter.

»Frauen warten nie, mein Freund. Je eher du das kapierst, desto besser für dich.«

Allday sah Ozzard verblüfft hinterher. Woher diese plötzliche Schärfe? Ozzard war doch sonst so ein sanfter Typ . . .

Es wurde ein wunderbarer Sommer. Das Korn stand hoch, die Schafe hatten gut gelammt, und selbst die Fischer klagten nicht über zu magere Fänge. Man hätte wie im tiefen Frieden gelebt, wenn nicht überall die jungen Männer gefehlt hätten. Vom Krieg hörte man selten in Cornwall. Nur manchmal erfuhren sie von feindlichen Schiffen, die angeblich die Blokkade durchbrochen hatten und in der Biskaya gesichtet wurden. Dann, am letzten Augusttag, kam Order für Bolitho.

Sie ritten an den Klippen entlang, aber diesmal gingen sie nicht in die verborgene Höhle, wo sie sich so heftig geliebt hatten. Sie blieben draußen und hielten ihre Pferde.

»Wo immer du bist, ich werde bei dir sein«, sagte Catherine.

Zu Hause schien die späte Abendsonne fast waagrecht durch das westliche Fenster. Im Haus regte sich nichts. Bolitho schlitzte den schweren, rot versiegelten Umschlag auf, der in der Ecke das Zeichen der Admiralität trug, den Anker mit der unklar gekommenen Leine.

Catherine stand mit dem Rücken zu ihm, den Strohhut in der Hand. Sie sah in den Garten und versuchte ruhig zu bleiben, schmeckte aber Salz auf ihren Lippen. Von Gischt oder Tränen?

Er legte den Umschlag beiseite.

»Ich bekomme das Geschwader.« Er trat zu ihr. »Und ein neues Flaggschiff. Alles schon sehr bald.«

»Wie lange bleibst du noch?« Sie ließ den Hut fallen.

»Ich muß zuerst nach London. *Wir* müssen nach London, wenn du willst.« Er nahm sie in die Arme. »Mein Flaggschiff ist die *Black Prince.* Sie wird gerade erst in Chatham ausgerüstet, in der Königlichen Werft. Dahin nehme ich dich mit. Ich will, daß wir so lange es geht zusammen bleiben.«

Sie setzte sich vor den kalten Kamin. Er schritt, die Hände auf dem Rücken, wie an Deck eines Schiffes auf und ab. »Ich brauche einen guten Flaggkapitän. Darauf bestehe ich!«

»Du denkst an Valentine Keen?«

Er trat zu ihr, nahm ihre Hände. »Du kennst alle meine Gedanken. Aber Val ist noch nicht wieder im Dienst. Den Tag seiner Hochzeit hat er uns allerdings bisher nicht angekündigt. Und auch Zenoria hat dir nicht geschrieben, oder?« Er schüttelte den Kopf. »Nein, Val kann ich nicht bitten. Er und Zenoria würden es mir niemals danken. Er hat, genau wie ich, ziemlich spät die Frau fürs Leben gefunden.«

Sie sah, wie sich die Abendsonne in seinen Augen spiegelte. »Versprich mir, zum Arzt zu gehen, wenn wir in London sind«, bat sie. »Tu's mir zuliebe!«

Er mußte lächeln. »Wenn dafür Zeit bleibt. In zwei Tagen brechen wir auf. Ich hasse diese Reisen nach London, sie kommen mir jedesmal länger vor.«

Sie gingen zur Fenstertür. »Und wenn Zeit dafür bleibt, zeige ich dir in London etwas, damit du nicht immer so schlecht gelaunt bist, wenn du zu Ihren Lordschaften mußt«, versprach Catherine. Sie traten in den Garten hinaus und gingen auf die Mauer mit der Pforte zu, wo sie ihn begrüßt hatte. »Mach dir auf See um mich keine Sorgen. Ich werde nie zwischen dir und deinem Schiff stehen. Du gehörst mir, und ich gehöre dir.«

Ozzard polierte Zinnteller für Mrs. Ferguson und drehte sich nicht um, als Allday eintrat. »Es geht also wieder los?«

»Ja, aber erst nach London.«

Ozzard rieb stumm an dem Teller herum, obwohl der bereits fleckenlos glänzte.

»Wir bekommen die *Black Prince* mit vierundneunzig Kanonen. Größer als alles, was wir gewöhnt sind. Fast ein Palast!«

Aber Ozzard war in Gedanken ganz woanders. Er war in London, wieder auf der Straße in Wapping Wall, auf die er so verstört gerannt war - damals. Er hörte wieder ihr Betteln und dann die Schreie. Und zuletzt die furchtbare Stille, nachdem er seine junge Frau und ihren Liebhaber mit der Axt erschlagen und zerhackt hatte, bis sein Arm erlahmte. Ozzard ... An diesen Namen hatte sich der Schiffsarzt auf der *Hyperion* erinnert, der damals in London Gerichtsmediziner gewesen war. Da hatte der Steward mit dem sinkenden Schiff untergehen, ein Ende machen wollen mit all den blutigen Erinnerungen.

Aber es war anders gekommen.

»Also gut, nach London«, seufzte er.

X Im Zentrum der Macht

Admiral Lord Godschale gab sich so herzlich wie möglich, um Bolitho die Kühle ihrer letzten Unterhaltung vergessen zu machen. »Wir sollten uns später noch ausführlich unterhalten, Sir Richard. Hier in der Admiralität vertrocknen wir allzu leicht, während bedeutende Männer wie Sie draußen Großes leisten.«

Bolitho stand an einem der hohen Fenster und sah auf Straße und Park hinaus. Ruhte London eigentlich nie? Kutschen jeder Größe überholten oder begegneten sich. Die Kutscher wollten ihr Können beweisen und ließen zwischen den Rädern nur wenige Zentimeter Platz. Herrenreiter und gelegentlich auch Damen im Sattel bildeten bunte Flecke zwischen den Wagen und Eselskarren der Händler. Die warme Septembersonne animierte die Menschen, ließ sie anhalten und Gespräche führen. Offiziere in ihren farbigen Röcken strömten aus den nahen Kasernen in den Park, offenbar auf der Suche nach weiblicher Gesellschaft.

»Wir sind alle nur so gut wie unsere Leute«, antwortete Bolitho.

Aber das hatte Godschale nicht gemeint, im Gegenteil. Sein neuer Adelstitel und die Macht, die er ihm verlieh, bestärkten ihn in der Überzeugung, daß kein Schiff oder Kommandant ohne die leitende Hand Seiner Lordschaft etwas Vernünftiges leisten konnten.

Bolitho sah zu, wie er Madeira einschenkte. Zur Zeit der Amerikanischen Revolution hatten sie beide Fregatten geführt und waren sogar am selben Tag zu Kapitänen befördert worden. Doch an den jungen schneidigen Kommandanten Godschale erinnerte heute wenig. Er war zwar immer noch ungebeugt, kräftig gebaut und gutaussehend, doch seine rötliche Hautfarbe hatte er nicht an Deck im Sturm erworben. Indes war hinter dem gepflegten Äußeren ein stählerner Wille zu spüren. Bolitho erinnerte sich noch sehr genau an ihr Treffen im letzten Jahr, als Godschale versucht hatte, ihn mit einer Intrige von Catherine weg und zu Belinda zurück zu treiben.

Sicherlich war Godschale nicht in das Komplott eingeweiht gewesen, das Catherine ins Gefängnis gebracht hatte. Solch schmutzige Machenschaften hätten ihn Amt und Titel gekostet. Außerdem hätte er niemals so plumpe Fehler gemacht. Nein, seine Schwächen waren Eitelkeit und unerschütterlicher Glaube an die eigene Klugheit. Insofern konnte er unwissentlich ein Werkzeug von Catherines Mann werden.

Bolitho wußte nicht, wo sich dieser Viscount Somervell zur Zeit aufhielt. Es hieß, er sei im Auftrag des Königs in Nordamerika. Er verdrängte den Gedanken an ihn, denn falls sie sich jemals von Angesicht zu Angesicht begegnen würden, war der Ablauf abzusehen: Bolitho würde ihn fordern. Somervell galt als erfahrener Duellant - doch nur mit Pistolen. Bolitho berührte den alten Degen an seiner Seite. Vielleicht würde ihn ja jemand in Amerika von diesem Schurken befreien.

Godschale reichte ihm ein Glas. »So nachdenklich?« Er zog die Brauen hoch. »Auf die alten Tage, Sir Richard. Und auf kommendes Glück!« Sie tranken.

Bolitho setzte sich und legte den Degen über die ausgestreckten Beine. »Das französische Geschwader, erinnern Sie sich? Es durchbrach unsere Blockade, noch ehe wir zum Kap segelten. Hat man es aufgebracht?«

Godschale lächelte. Er wußte, wie sehr diese Frage Bolitho interessierte, und fühlte sich am längeren Hebel. Er wußte auch, daß Catherine Lady Somervell hier in London war, sich um den Skandal nicht scherte und noch mehr Tratsch und Kritik provozierte. Es war mit Nelson schon schlimm genug gewesen, aber seine Affäre war jetzt vergessen, ebenso wie Emma Hamilton selbst. Keiner wußte, wo sie sich seit seinem Tod aufhielt.

Somervells Charakter und schlechter Ruf waren Godschale herzlich gleichgültig. Aber der Mann besaß Freunde, sehr mächtige Freunde bei Hofe. Der König selbst hatte ihn gelegentlich vor Skandalen gerettet. Doch hatten er oder seine engsten Berater Somervell klugerweise aus London entfernt, bis das Problem zwischen dem Viscount und dem Vizeadmiral gelöst war.

Godschale besaß genügend Feingefühl, um zu spüren, wie beliebt Bolitho im Lande war. Nach Nelsons Tod war er sicherlich der am meisten verehrte Seeheld. Niemand zweifelte an seinem Mut, der ihm trotz seiner ungewöhnlichen Strategie und Taktik oft Schlachten gewann. Trotzdem - in Friedenszeiten hätte man seine Affäre mit Lady Somervell niemals geduldet. Die Gesellschaft hätte beide geschnitten, und Bolithos Karriere wäre abrupt beendet worden.

Doch jetzt war Krieg, und Godschale wußte einen Mann zu schätzen, der Schlachten gewann und die Nation begeisterte.

»Das größere der beiden französischen Geschwader führte unser alter Bekannter, Vizeadmiral Leissègues. Es entwischte seinen Bewachern. Sir John Duckworth, der vor Cadiz patrouillierte, erfuhr, daß ein französisches Geschwader vor Santo Domingo ankerte; er war Leissègues schon auf den Fersen gewesen, jetzt segelte er hinüber und stellte ihn. Es kam zu einem Gefecht Schiff gegen Schiff. Der Feind wurde zersprengt, aber die *Imperial* mit ihren 120 Kanonen fing Feuer und sank. Schade, wir hätten sie gern in unserer Flotte gesehen. Doch man kann eben nicht alles schaffen«, seufzte er. Das klang, als habe Seine Lordschaft das Gefecht in diesem Raum gewonnen. Er fuhr fort: »Mit dem kleineren französischen Geschwader gab es ein Gefecht, einige wenige Schiffe gingen verloren, aber der Feind kehrte in den Hafen zurück.«

»Ich beneide Duckworth«, sagte Bolitho. »Ein entscheidendes Gefecht, gut geplant und gut ausgeführt. Napoleon kocht bestimmt vor Wut.«

Godschale füllte sein Glas nach. »Ihr Einsatz in Kapstadt war nicht weniger wichtig, Sir Richard. Wertvolle Schiffe konnten der Flotte zur Verfügung gestellt werden.«

Bolitho zuckte mit den Schultern. »Jeder erfahrene Kapitän hätte diese Aufgabe bewältigen können.«

Godschale wackelte verneinend mit dem Zeigefinger. »Nicht doch, mein Lieber. Unsere Kommandanten brauchen dringend ein Leitbild, glauben Sie mir.« Er wechselte das Thema. »Aber ich habe weitere Neuigkeiten für Sie.« Als er zu seinem Schreibtisch ging, sah Bolitho zum erstenmal, daß er hinkte. Wie Lord St. Vincent büßte er wohl mit Gicht für zuviel Portwein und das süße Leben in der Heimat.

Godschale wedelte mit einigen Papieren. »Die *Black Prince* wird ein gutes Schiff und nach den strengsten Maßstäben gebaut. Haben Sie schon Ihren Flaggkapitän bestimmt?«

»Unter anderen Umständen würde ich um Kapitän Valentine Keen bitten. Aber er heiratet demnächst und war ziemlich lange hart eingesetzt. Also muß ich wohl auf ihn verzichten.«

»Oh, wir haben einen Brief von Kapitän Keen bekommen. Darin bot er seine sofortigen Dienste an. Sonderbar, daß er sich nicht zuerst an Sie gewandt hat.« Wieder hob Godschale die Augenbrauen. »Ein guter Mann?«

»Ein guter Kommandant und ein verläßlicher Freund.« Was war los mit Keen? Warum diese ungewöhnliche Zurückhaltung?

»Nun ja. In diesen harten Zeiten sind erfahrene Kapitäne rar.« Godschale runzelte die Stirn. »Ich sehe also Ihrer schnellen Entscheidung entgegen. Es gibt natürlich viele Kommandanten, die sich darum reißen, die *Black Prince* unter Ihrer Flagge zu segeln.«

»Bitte geben Sie mir Gelegenheit, der Sache nachzugehen, Mylord.«

Godschale strahlte ihn an. »Natürlich. Dafür hat man doch seine Freunde!«

Bolitho bemerkte seinen schnellen Blick auf die Uhr. Vier Cherubim mit aufgeblähten Backen stellten darauf die vier Winde dar. Er erhob sich. »Sie finden mich in London, Mylord. Ihr Sekretär hat meine Adresse.«

»Ja, richtig. Lord Brownes Stadthaus, nicht wahr?« Sein

Lächeln verblaßte. »Er war wohl Ihr Flaggleutnant, ehe er aus der Navy austrat.«

»Ja. Ein guter Freund.«

»Daran haben Sie wirklich keinen Mangel.«

Bolitho wartete, denn er spürte, was in Godschale vorging. Wenn Catherine und Bolitho in Lord Brownes Haus wohnten, dann war diesem die Meinung der Londoner Gesellschaft völlig gleichgültig. Konnte das gefährlich werden? Bolitho rückte seinen Degen zurecht.

»Ich möchte kein Öl ins Feuer gießen«, begann Godschale, »aber gibt es noch eine Chance, daß Sie und Lady Belinda . . . Verdammt noch mal, Sie wissen schon, was ich meine!«

Bolitho schüttelte ihm die Hand. »Nein, keine Chance, Mylord. Und es ist besser, Sie hören das von mir. Ich weiß, daß Lady Godschale mit Belinda befreundet ist, und möchte keine falschen Hoffnungen wecken. Es ist aus.«

Godschale dachte offensichtlich über eine passende Bemerkung nach, sagte aber nur, weil ihm nichts einfiel: »Wir sehen uns bald wieder, dann gibt es sicher Neuigkeiten. Denken Sie inzwischen darüber nach, wie schnell eine feindliche Kugel auf See verkrüppeln oder töten kann. Hier an Land aber schafft das auch das Gerede der Leute.«

Bolitho ging zur Tür. »Ich halte eine Kugel immer noch für gefährlicher, Mylord.«

Hinter ihm hieb Godschale wütend auf den Tisch. Dieser verdammte, unbelehrbare Starrkopf!

»Mylord wünschen?« fragte sein Sekretär von der Tür her.

»Nichts, verdammt noch mal!«

«Ihr nächster Besucher wartet.«

Godschale setzte sich und goß sich ein drittes Glas Madeira ein. »Ich empfange ihn erst in einer halben Stunde.«

»Aber, Mylord . . .«

»Hört mir denn in diesem Hause niemand zu? Mit etwas Glück wird Bolitho im Wartezimmer auf Konteradmiral Herrick treffen. Ich möchte, daß sie miteinander reden und sich an alte Zeiten erinnern. Haben Sie verstanden?«

Der Sekretär verschwand, und Godschale trank seufzend sein Glas aus. Alles mußte man selber machen, dachte er dabei.

Die beiden Kapitäne im äußeren Wartezimmer saßen so weit entfernt voneinander wie möglich. Sie vermieden selbst den Blickkontakt. Bolitho wußte, sie warteten auf einen Vorgesetzten oder einen Sekretär der Admiralität. Wie oft hatte er wie sie hier nervös Beförderung oder Tadel entgegengesehen – bei der Admiralität lag beides stets dicht beieinander.

Als er den langen Raum durchquerte, standen beide auf, nahmen Haltung an und grüßten. Bolitho grüßte zurück. Sie erkannten ihn und fragten sich jetzt bestimmt: Warum war der Vizeadmiral hier, was bedeutete das für sie?

Bolitho dachte über seinen Flaggkapitän nach. Er verstand ihn nicht. Gewiß, Keen war besorgt gewesen über den großen Altersunterschied zu der Frau, die er liebte. Er war einundvierzig, und Zenoria, die er aus einem Sträflingstransporter mit Ziel New South Wales befreit hatte, wurde gerade zweiundzwanzig. Aber jeder, der sie beobachtete, spürte, wie gut die beiden zueinander paßten. Was war da vorgefallen? Wenn Keen nur aus Loyalität seine Dienste anbot, mußte er ihm absagen.

Da öffnete sich vor ihm eine große Tür, und Thomas Herrick stand da und starrte ihn an, so überrascht, als sei er vom Himmel gefallen.

Herrick war rundlicher geworden und hielt sich etwas gebeugt, als belaste ihn der Rang eines Konteradmirals. Sein Haar war ergraut, doch sonst schien er ganz derselbe, der Bolitho beim letzten Gefecht der *Hyperion* zu Hilfe geeilt war. Sein Händedruck war immer noch so fest wie damals, als er, ein blutjunger Leutnant, auf Bolithos *Phalarope* gekommen war. Auch seine Augen strahlten wie früher, blau und leicht verletzlich.

»Was machst du hier . . .« begannen beide gleichzeitig.

Voll Wärme sagte Bolitho: »Es ist wunderbar, dich wiederzusehen, Thomas!«

Herrick vergewisserte sich, daß die beiden wartenden Kapitäne nicht mithören konnten. »Und dich, Richard!«

Bolitho musterte seinen Freund und spürte dessen Verlegenheit. Es hatte sich also nichts geändert, nach wie vor mißbilligte Herrick Bolithos Verbindung mit Catherine. »Ich werde die *Black Prince* übernehmen, sobald sie fertig ausgerüstet ist«, berichtete er.

Doch Herrick ließ sich nicht ablenken, er sah Bolitho genauer an. »Was macht dein Auge?«

Bolitho schüttelte den Kopf. »Kein Problem. Und was machst du?«

Herrick drückte das Kinn in sein Halstuch. »Ich habe noch die *Benbow.* Und einen neuen Flaggleutnant. De Broux war zu weich für mich, nicht mein Fall.«

Bolitho fühlte sich seltsam berührt. Vor einigen Jahren war die *Benbow* sein Schiff gewesen und Herrick sein Flaggkapitän. Das Schicksal ging manchmal schon seltsame Wege.

Herrick sah auf die Uhr. »Ich bin mit Lord Godschale verabredet.« Er sprach den Namen verächtlich aus, und Bolitho ahnte, wie Herrick den Admiral einschätzte.

»Ich werde ein Geschwader in der Nordsee übernehmen. Patrouillendienst«, berichtete er. »Darin kommandiert Adam meine einzige Fregatte, die *Anemone.*« Er lächelte kurz. »In manchem ändert sich unsere Marine nie, aber ich bin froh, daß ich wenigstens Adam habe.«

Irgendwo schlug eine Uhr, und Herrick fragte nervös: »Dein Flaggschiff wird in Chatham ausgerüstet?« Etwas bedrückte ihn offenbar, das er noch loswerden wollte. »Wie ich dich kenne, wirst du dabei in der Nähe deines Schiffes bleiben. Nimm dir doch bitte die Zeit und besuche meine Frau. Dulcie würde sich freuen.«

»Stimmt was nicht, Thomas?«

»Ich bin mir nicht sicher. Aber sie ist seit kurzem immer so müde. Sie mutet sich mit ihren Hilfsdiensten zuviel zu, trotzdem kann ich sie nicht davon abbringen. Sie ist eben einsam. Wenn wir Kinder hätten, wenigstens eins, wie du und Lady Belinda . . .« Er hielt inne. »Aber so ist wohl der Lauf der Welt.«

Bolitho legte ihm die Hand auf den Arm. »Ich werde Dulcie besuchen. Catherine will, daß ich unbedingt einen Arzt aufsuche. Vielleicht finde ich bei der Gelegenheit auch einen für Dulcie.«

Herricks blaue Augen wurden härter. »Tut mir leid. An sie habe ich nicht gedacht.« Er sah an Bolitho vorbei. »Vielleicht ist es doch besser, ihr besucht Dulcie nicht.«

Bolitho starrte ihn an. »Steht also Catherine immer noch zwischen uns?«

Verzagt sah Herrick auf. »Es ist nicht meine Schuld«, sagte er, schon im Gehen. »Alles Gute, Richard. Meine Bewunderung für dich kann nichts beeinträchtigen.«

»Bewunderung - ist das alles?« rief Bolitho ihm nach. »Thomas, verdammt noch mal, was ist aus uns geworden?«

Die beiden Kapitäne erhoben sich, und ihre Blicke flogen zwischen den beiden Admiralen hin und her. Bolitho eilte nach draußen.

»Hau ab, du Krüppel!«

Ein junger Mann, zwei Mädchen am Arm, schüttelte drohend die Faust gegen einen Mann, der in einem zerlumpten roten Rock am Straßenrand mit einer Zinnschale bettelte. Die Mädchen kicherten.

»Stopp!« Bolitho hielt das Trio an und ging zu dem Bettler. »In welchem Regiment haben Sie gedient?«

Der Mann sah auf, als habe er nicht richtig gehört. Er besaß nur noch einen Arm, und seine Beine waren schrecklich verdreht. Er sah sehr alt aus, aber Bolitho schätzte ihn auf unter vierzig.

»Im 31. Infanterieregiment, Sir.« Dr Krüppel sah an den Gaffern vorbei. »Es war das alte Huntingdonshire-Regiment. Wir wurden als Seesoldaten eingesetzt.« Sein Stolz war schon wieder verflogen. »Das hier hab' ich unter Lord Howe abbekommen!«

Bolitho sah den jungen Gecken an. »Wo Sie gedient haben, frage ich besser nicht. Man sieht, was Sie für ein Typ sind.«

»Sie haben kein Recht, mich so zu behandeln!«

»O doch, junger Mann. Gerade ist mein Leutnant mit einem Preßkommando hierher unterwegs. Wenn ich den rufe, werden Sie schnell lernen, was es heißt, für König und Vaterland zu kämpfen.« Das war eine billige Lüge, denn kein Preßkommando hätte es gewagt, diese vornehme Gegend zu durchstreifen. Doch der junge Mann war im Handumdrehen verschwunden, und seine beiden Begleiterinnen konnten ihm nur verwundert nachstarren.

Bolitho warf dem Veteran einige Goldmünzen in die Schale. »Gott schütze Sie. Was Sie taten, war nicht umsonst.« Ungläubig starrte der Mann auf die Goldmünzen hinab. »Ihr Mut und Ihre Erinnerungen werden Ihnen weiterhelfen.«

Bolitho drehte sich um. Da stand seine Kutsche. Catherine öffnete den Schlag, und er sprang hinein. »Ich dachte immer, ich kenne mich mit Menschen aus«, sagte er, als die Kutsche anfuhr. »Aber jetzt bin ich mir dessen nicht mehr so sicher. Eigentlich verstehe ich nur noch dich ganz.«

Catherine sah aus dem Fenster. Sie wußte, Herrick war in die Admiralität gegangen und sicherlich Bolitho begegnet. Alles weitere, auch den Zwischenfall mit dem jungen Dandy, brauchte ihr keiner zu erklären. Sanft sagte sie: »Dann wollen wir das Beste daraus machen.«

Tom Ozzard lehnte sich an eine steinerne Balustrade, um sich kurz auszuruhen. Er war seit Stunden unterwegs und hatte öfter die Orientierung verloren, doch sein Ziel stets vor Augen gehabt. Nun holte er tief Atem.

Jetzt war er in dem schäbigen Teil Londons, wo er lange gelebt hatte, dem Viertel am Fluß. Die Giebel der Häuser berührten sich fast über der Straße und ließen kaum Licht nach unten. Es stank nach Pferdemist und offenen Abwassergräben. Der Lärm war kaum zu ertragen.

Ihm gegenüber bot ein Mann brüllend frische Austern an. Drei Matrosen probierten sie und spülten sie mit dunklem Bier hinunter. Der Fluß war allgegenwärtig. Von der London Bridge bis zur Isle of Dogs lagen Handelschiffe Rumpf an Rumpf, ihre Masten und Rahen schwankten in der Strömung wie entlaubte Bäume.

In der Kneipe neben dem Austernverkäufer vergnügten sich Matrosen mit grell geschminkten Hafenhuren und betranken sich mit Bier und Genever. Die verrottende Leiche eines Piraten, der in Ketten am Galgen des *Execution Docks* hing, schien niemanden außer Ozzard zu stören.

Dies war seine Gasse. Damals war sie noch von ehrbaren Handwerkern und Händlern bewohnt gewesen und von ihm, dem Schreiber. Tagsüber hatte er bei einem Anwalt gearbeitet, abends für die Nachbarn.

Eigentlich war er verrückt, hierher zurückzukehren. Wahrscheinlich lebten hier noch Menschen, die sich an ihn erinnerten. Aber die Gasse, das Haus und die schreckliche Szene hatten ihn so oft bis in seine Träume hinein verfolgt, daß er den Ort seiner Tat wenigstens noch einmal sehen mußte. Er musterte das Haus, sein ehemaliges Haus. An jenem blutigen Nachmittag hatte ihn der Anwalt früher heimgehen lassen, als Ausgleich für viele Überstunden. Schon seit Monaten mußte seine Frau ihm Hörner aufgesetzt haben. Sobald er ins Kontor nach Billingsgate aufgebrochen war, mußte ihr Liebhaber ins Haus geschlüpft sein. Warum hatte ihm kein Nachbar etwas davon gesagt, warum hatten alle geschwiegen?

Ihm wurde jetzt noch schlecht, wenn er an das Bild bei seiner Heimkehr dachte. Da lag seine Frau, so jung, so begehrenswert schön, nackt in den Armen ihres Liebhabers. Es war ein sonniger Tag wie der heutige gewesen. Er hatte die Küchenaxt genommen und auf die nackten Glieder eingeschlagen. Sie schrie, der Mann schrie, und als es in der Schlafkammer so aussah wie später im Gefecht auf den Schiffen Bolithos, hatte er die Axt fallen gelassen und war geflohen – mit blutbeschmierten Händen.

»Halt! Stehenbleiben!«

Ozzard hatte die schweren Schritte und das Klirren von Waffen nicht näherkommen gehört. Jetzt blockierte ihm ein Preßkommando den Fluchtweg. Die Werber waren, anders als in den Dörfern an der Küste, bis an die Zähne bewaffnet. Ein Stückmeister baute sich, einen Knüppel in der Faust und ein Entermesser locker im Gürtel, vor Ozzard auf. »Was haben wir denn hier?«

Er starrte Ozzards blaue Jacke mit den glänzenden Knöpfen an und musterte auch seine Schnallenschuhe, die sich Seeleute gern leisteten, wenn sie genügend Geld gespart hatten. »Du bist doch kein Seemann, Freundchen!« Der Riese drehte den kleinen Ozzard einmal um sich selbst.

»Aber ich diene doch . . .« beteuerte Ozzard kläglich.

»Zur Seite!« Der Leutnant bahnte sich einen Weg durch seine Männer und musterte Ozzard neugierig. »Rede, mein Freund. Die Flotte braucht Männer. Wenn du dienst, dann sag uns, wo!«

»Ich bin Diener bei Sir Richard Bolitho.« Ozzard sah den Leutnant an, ohne mit der Wimper zu zucken. »Er ist Vizeadmiral der Heimatflotte und zur Zeit in London.«

»Die *Hyperion* war doch sein letztes Schiff?« Der Leutnant sprach schon sehr viel freundlicher, und Ozzard nickte. »Dies ist keine Gegend für Bolithos Leute. Also weg von hier!«

Der Stückmeister sah den Leutnant fragend an, erntete Zustimmung und drückte Ozzard ein paar Münzen in die Hand. »Hier, trink ein Gläschen. Das hast du ja wohl verdient nach allem, was ihr auf der *Hyperion* durchgemacht habt.«

Was hätten die Werber wohl gesagt, hätte er ihnen erzählt, wie er damals den langen Weg nach Tower Hill gelaufen war, um auf ein Preßkommando zu treffen und in die Navy zu flüchten? Damals lauerten dort immer Kommandos auf der Suche nach Opfern. Ozzard starrte sein Haus an. Die Fenster spiegelten das Rot der untergehenden Sonne wie Blut. Er zitterte.

Das Preßkommando war verschwunden. Weiter weg rannten Füße, ein Schrei erklang – dann wurde es still. Die Werber hatten wohl ein Opfer gefunden, das morgen mit blutigem Kopf auf einem Wachschiff auf der Themse aufwachen würde. Achtlos ließ Ozzard die Münzen fallen und machte sich auf den langen Rückweg zu Lord Brownes Stadthaus. Die engen Gassen schluckten seine Gestalt schnell. Hinter ihm blieb das Haus drohend und dunkel zurück.

Ein paar Meilen flußaufwärts half Bolitho Catherine aus der Gig, die sie über den Fluß gebracht hatte. Der wolkenlose Himmel hatte in der frühen Dunkelheit zahllose Sterne aufgesetzt, passend zu dem verzauberten Abend, den Catherine ihm versprochen hatte.

Bolitho belohnte den Bootsführer mit einem guten Trinkgeld, denn er sollte sie später wieder über den Fluß zurück rudern. Er hatte Catherine unverhohlen bewundert, und Bolitho konnte ihm das nicht übelnehmen. Sie trug ein tief ausgeschnittenes Kleid aus Seide, deren Grün bei jeder Bewegung ins Schwarze changierte. Sie hatte ihr Haar hochgesteckt und sich mit den Ohrringen geschmückt, die ihr Bolitho geschenkt hatte, als sie sich zum erstenmal liebten. Sie hatte sie durchs Gefängnis gebracht, indem sie sie im Saum ihres Kleides einnähte.

»Ich warte drüben mit dem Boot, bis Sie mich brauchen, Admiral.« Die Gig glitt schnell über den Fluß zurück.

»Woran hat der Mann mich erkannt?« Bolitho trug einen einfachen blauen Rock, den ihm der Schneider in Falmouth genäht hatte, dessen Vorfahren schon seit langem allen Bolithos und unzähligen anderen Marineoffizieren Uniformen angemessen hatten.

Catherine entfaltete ihren neuen Fächer, ihre Augen glänzten im Licht der Laternen. »Dich und mich kennen mehr Leute, als du glaubst. Aber jetzt vergiß deine Probleme und laß dich überraschen.«

Hier in Vauxhall lag der berühmteste aller Lustgärten Londons. Lauben mit Laternen, Hecken aus wilden Rosen und fröhliches Vogelgezwitscher luden zum Verweilen ein. Bolitho bezahlte zweimal eine halbe Krone Eintrittsgeld und schritt dann neben Catherine den Grand Walk entlang, die breite Promenade, von Linden gesäumt und versteckten Grotten mit plätschernden Springbrunnen.

»Dies ist mein London, und dir gefällt es auch, das spüre ich!« Catherine drückte seinen Arm. Sie gingen weiter an geschmückten Lauben vorbei, in denen laute Gesellschaften fröhlich tafelten. Von überall her erklang Musik, das Klirren der Gläser, das Knallen von Champagnerkorken. »Hier gibt's die besten Musiker Londons. Sie verdienen sich so ihr Geld, bis die Konzertsaison wieder beginnt.«

Bolitho nahm den Hut ab und trug ihn in der Hand. Der Weg war voller Menschen. Parfümduft mischte sich mit dem der Heckenrosen und dem Dunst des nahen Flusses. Catherine hatte den Schal um Schultern und Hals abgenommen, ihre Haut strahlte hell im Schein der Laternen. Immer wieder tauchten Uniformen auf, meist rote mit den blauen Biesen der Königlichen Leibregimenter. Ab und zu ließ sich auch ein Marineoffizier sehen, dessen Schiff vermutlich weiter flußabwärts vor Anker lag.

Sie hielten an, als sich zwei Wege kreuzten. Musik von Händel ertönte von links, rechts sang eine Männerstimme ein deftiges Kneipenlied. Das mischte sich gut und störte niemanden.

Am Ende des hellen Lustgartens begann der Dark Walk, in den ihn Catherine nun führte, vorbei an Paaren, die einander im Schatten küßten. Sie hob ihm ihr Gesicht entgegen. »Hier war ich noch nie«, flüsterte sie.

Er küßte sie. »Ich könnte es aber dem Mann, der dich hierherführte, nicht übelnehmen«, sagte er und ließ seine Lippen über ihren Hals und ihre Schultern gleiten.

Sanft schob sie ihn weg. »Der Abend beginnt erst. Ich habe uns eine Laube reservieren lassen.«

Er konnte sich nie daran gewöhnen, daß die Stunden mit ihr so schnell vergingen. Sie aßen verschiedene Salate und gebratenes Huhn, tranken einen leichten Wein dazu und genossen die Musik.

»Starr mich nicht so an«, bat sie lächelnd.

Als er antwortete: »Ich liebe dich!« hörte er von ihr die gleichen Worte. Bald danach stand sie auf. »Laß uns heimkehren. Ich habe solche Sehnsucht nach dir.« Sie legte sich den Schal um die Schultern.

»Warte hier«, bat er unten am Fluß. »Ich rufe unseren Bootsführer.« Damit verschwand er im Schatten.

Als Catherine sich umdrehte, fragte eine Stimme aus der Dunkelheit: »So allein, mein schönes Kind? Vermißt du nicht was?« Ein Hauptmann, offensichtlich angetrunken, kam mit schiefem Grinsen auf sie zu.

»Verschwinden Sie«, sagte sie barsch. »Ich bin in Begleitung!« Sie zog sich den Schal fester um die Schultern.

»Das werden wir ja sehen.« Der Hauptmann riß ihr den Schal von den Schultern, stolperte dabei und sagte, sich aufrichtend: »Solche Schönheit darf man doch nicht verhüllen.«

»Hände weg von der Dame!« Bolithos Stimme klang nicht einmal sehr laut.

»Er ist voll bis an die Kiemen.« Catherine schüttelte sich.

Der Hauptmann starrte Bolitho an und verbeugte sich linkisch. »Ihre Freundin sieht so aus, als ob sie einen armen Soldaten nicht abweisen würde.«

Bolitho blieb ruhig. »Ich würde Sie ja zum Duell fordern . . .«

Der Hauptmann grinste. »Gern. Ich erwarte Ihre Sekundanten.«

Bolitho öffnete seine Jacke. »Sie hören nicht zu. Ich sagte, ich würde Sie fordern – wenn ich Sie für einen Gentleman hielte. Da Sie es aber nicht sind, lassen Sie uns die Sache gleich hier erledigen!« Bolithos alter Degen blitzte plötzlich im Licht.

Ein Offizier brach durchs Gebüsch, offensichtlich auch angetrunken, aber noch etwas nüchterner als der Hauptmann. Er erkannte die Gefahr. »Weg da, du Narr! Bitte verzeihen Sie ihm, Sir Richard. Nüchtern benimmt er sich wie ein Herr.«

Bolitho sah die beiden unbewegt an. »Das will ich hoffen.« Sein Degen glitt in die Scheide zurück, er drehte beiden den Rücken zu und führte Catherine zum Boot. Aber sie spürte, wie sein Arm vor Erregung zitterte.

»So wütend habe ich dich ja noch nie erlebt.«

»Tut mir leid, wenn ich mich wie ein hitzköpfiger Kadett benommen habe.«

»Oh, du warst großartig«, protestierte sie. Sie hob das Täschchen an ihrem linken Handgelenk. »Dem Hauptmann hätte ich eine Kugel in den Hintern gejagt, wenn er dich angegriffen hätte. Dafür reicht die kleine Pistole hier drin allemal.«

»Du steckst immer noch voller Überraschungen!« Lächelnd schüttelte Bolitho den Kopf.

Das Boot setzte sie über, und am anderen Ufer war seine Empörung verflogen. »Du hattest recht«, sagte er, »es war eine verzauberte Nacht. Ich werde sie nie vergessen.«

»Sie ist noch nicht vorbei.«

Der Bootsführer dankte seinen ungewöhnlichen Passagieren. »Wenn Sie wieder mal hinüber wollen, Sir Richard, dann fragen Sie nach Bobby. Hier am Fluß kennt mich jeder.«

Ihre Kutsche wartete, und als sie sich ihr näherten, sahen sie Ozzard vor dem Schlag stehen. Seine Messingknöpfe funkelten wie Warnlichter.

»Du hättest nicht auf uns warten sollen«, sagte Bolitho. »Du hättest inzwischen nach Hause fahren können.«

»Da war ich auch, Sir Richard. Aber dann kam ein Bote von der Admiralität. Sie sollen sich morgen früh, sobald es Ihnen möglich ist, bei Lord Godschale einfinden.«

In der Ferne schlug eine Kirchenuhr. »Also heute«, sagte Catherine leise.

Als sie in der Arlington Street hielten, meinte Bolitho: »So wichtig kann es nicht sein, ich habe ja noch immer kein Flaggschiff.«

Sie drehte sich am Fuß der Treppe um. »Und wenn schon, mein Admiral. Uns bleibt ja immer noch diese Nacht.«

In der leeren Küche hockte Allday allein mit einem Krug Rum und einer Tonpfeife an dem frischgeschrubbten Tisch. Ozzard hatte sich nicht zu ihm gesetzt. Irgendetwas bedrückte ihn, seit sie in London waren. Er war still zu Bett gegangen.

Allday saß da und dachte an die Wirtstochter in Falmouth, die nicht auf ihn gewartet hatte. Es wäre so schön mit ihr gewesen. Er nahm einen großen Schluck Rum. »Mehr will ich ja gar nicht«, sagte er laut. »Nur manchmal ein bißchen Freude.«

Aber er wußte, daß er die an Land nie finden würde.

XI Ein neuer Auftrag

Bolitho stieß die Tür zum großen Empfangszimmer auf, sah Catherine am Fenster stehen und trat zu ihr. Er preßte die Lippen in ihr Haar und murmelte: »Es ist soweit.«

Sie nickte und lehnte sich an ihn. »Mehr darf ich nicht verlangen. Es waren wunderbare Wochen.« Sie drehte sich in seinen Armen um, suchte Trost in seinen Augen.

Bolitho hörte, wie jemand seine Seekiste polternd die Treppen hinunterschleppte. Draußen warf der Abend lange Schatten - ein früher Herbst meldete sich.

»Diesmal bleibe ich nicht lange weg. Mein Einsatz ist kurz.« Er haßte diese Lügen, doch man hatte ihm gesagt, der Auftrag sei geheim. Er sollte sich nach Dover begeben, nicht nach Portsmouth oder Chatham wie sonst, und von dort nach Kopenhagen. In Dover würde man ihm alles weitere erklären.

»Wenn es denn sein muß«, sagte sie leise und legte ihm die Fingerspitzen auf die Lippen.

»Ich bin in spätestens zwei Wochen wieder zurück. Bleib in

London. Lord Browne ist auf Jamaika, wir können hier so lange wohnen, wie wir wollen.«

»Geht Jenour mit?«

»Ja, er wartet in Dover auf mich.«

»Dann hat er mehr Glück als ich!«

Er spürte, wie sie sich an ihn drängte, als draußen Kutschräder über das Pflaster rollten. »Ozzard wird sich um deine Wünsche kümmern, und Yovell wird dir alles sagen, was du wissen willst. Ich würde dir gern auch Allday lassen, aber . . .«

»Das würde ich nie erlauben. Du ohne deinen Schatten, nein!«

Die Tür öffnete sich einen Spalt breit, und ein Diener meldete: »Die Kutsche ist da, Sir Richard!«

Bolitho legte ihr den Arm um die Schultern. »Komm«, sagte er, »wir gehen zusammen hinunter. Ich habe dir noch soviel zu sagen, aber es wird mir erst auf dem Weg nach Dover einfallen.«

Catherine sah die Treppe an und erinnerte sich, wie Bolitho sie hier zärtlich nach oben getragen hatte, nachdem er sie aus dem Gefängnis befreit hatte: eine barfüßige, schmutzige Frau. Jetzt sah sie den anderen Bolitho – den Mann in Uniform.

Der Abend war kühl. Bolitho nahm sie in den Arm. »Nichts kann uns trennen, aber dieser Einsatz muß sein. Vielleicht läßt Val Keene sich hier sehen, ich habe ihm geschrieben.« Hinten auf der Kutsche sah er den vierschrötigen Umriß Alldays sitzen.

Sie bückte sich und reichte ihm ein Blatt, das der Wind gegen ihren Fuß geweht hatte. »Erinnerst du dich an das Efeublatt? Dies hier soll dich zu mir zurückbringen. Komm bald wieder, Liebster! Ich habe dich doch gerade erst gefunden.«

Er küßte sie, als könne er sich nie mehr von ihr lösen. Und dann waren sie plötzlich getrennt. Allday grüßte und hielt den Wagenschlag auf. Bolitho bemerkte weder Initialen noch Wappen auf der Tür. Man behandelte seinen Auftrag in der Tat als Geheimsache.

Catherine reichte Allday Bolithos Bootsmantel. »Bitte kümmere dich um ihn, Allday, so treu wie immer.«

Allday lächelte mitfühlend. »Wir sind schneller zurück, als Sie glauben, Mylady.« Er stieg auf seinen Sitz.

Bolitho beugte sich aus dem Fenster. »Mein Herz bleibt bei dir«, sagte er, »ich . . .« Doch da lösten sich schon die Bremsen, die Peitsche knallte und das Geschirr der Pferde klirrte. Die Kutsche rollte über die Steine davon.

Catherine sah ihr lange nach. Als die Abendkühle sie schaudern ließ, trat sie ins Haus. Wie leer es ohne ihn war! Sie würde also nicht nach Falmouth zurückkehren, sondern hier auf ihn warten. Sein geringes Gepäck deutete in der Tat auf eine kurze Reise. Für einen längeren Auftrag hätte er mehr von den Seidenhemden mitnehmen müssen, die sie ihm in London gekauft hatte.

In der Halle traf sie Yovell. »Würden Sie mir bitte einen Gefallen tun?« fragte sie ihn. »Und heute abend mit mir essen?«

Er war überrascht. »Das ist eine große Ehre für mich«, sagte er schließlich und versuchte, den Blick von ihrem offenen Haar zu wenden, von ihren lächelnden Augen.

»Sie müssen aber auch dafür bezahlen«, sagte sie. »Sie müssen mir dabei alles über den Mann erzählen, den ich liebe.«

Er setzte seine Brille ab und polierte sie. Dann nickte er. Was war das nur für eine wunderbare Frau, die der Admiral da gefunden hatte, dachte er. Alles Gerede, all die Gerüchte konnten seinetwegen zum Teufel gehen.

Um vier Uhr morgens stieg Bolitho in Dover aus der Kutsche. Die schnelle Fahrt hatte ihn durchgeschüttelt. Er reckte die steifen Glieder und schmeckte die salzige Luft.

Zwei Seeleute waren aus der Dunkelheit aufgetaucht und trugen unter Alldays Aufsicht seine Seekiste ins Wachhäuschen. Er blickte zum Himmel. Dover Castle dort oben sah aus wie ein Teil des Berges und erinnerte ihn an den Tafelberg bei Kapstadt.

Allday keuchte und unterdrückte einen Hustenanfall. Der war sicher genauso froh, heil in Dover angekommen zu sein. Die Straße war zum Glück leer gewesen, denn der Kutscher hatte die Pferde wie wild angetrieben. Offenbar war er solche nächtlichen Fahrten mit Kutschen gewöhnt, die niemand sehen sollte und die weder Namen noch Wappen trugen.

»Halt! Stehenbleiben! Wer da?«

Bolitho ließ den Mantel von den Schultern gleiten, trat in den Lichtschein einer erhobenen Laterne und zeigte seine Schulterstücke. Gleich darauf hörte er Jenours Stimme und sah seine hellen Kniehosen ihm entgegeneilen. »Willkommen, Sir Richard! Wer hat Ihnen denn Flügel verliehen?«

Er schüttelte Jenours Hand, die so kalt war wie seine. Der kühle Herbst kündigte einen nahen Winter an.

Der Leutnant der Wache trat zu ihnen und tippte grüßend an seinen Hut. »Willkommen in Dover, Sir Richard.«

Bolitho spürte in der fremden Stimme Eifer und Neugier. Er hatte Dover nie sonderlich gemocht. Schon vor dreizehn Jahren war er hier gewesen, kurz vor Ausbruch des Krieges. Das Fieber, das ihn in der Südsee überfallen und beinahe getötet hatte, schwächte ihn damals noch. Trotzdem hatte er den undankbaren Auftrag bekommen, Seeleute zu rekrutieren und Deserteure zu fangen, die sich als Schmuggler betätigten. Aber vor allem hatte er damals in Dover gegen Geschäftemacher gekämpft, die mit den Schmugglern unter einer Decke steckten.

Jetzt merkte er erschreckt, daß die anderen auf ihn warteten. »Welches Schiff?« fragte er den Wachoffizier.

»Die *Truculent*, Sir Richard, unter Kapitän Poland. Sie liegt draußen vor Anker.«

So war das also. Entweder verlor man ein Schiff ganz aus den Augen, oder man traf es immer wieder. Er wußte, daß *Truculent* und *Zest* seinem Nordseegeschwader zugeteilt worden waren. Aber wann wurde die *Black Prince* endlich fertig? Und gab es irgendetwas bei diesem Geschwader, das Keen zum Schweigen brachte?

»Hier ist das Boot, Sir Richard.« Der Wachoffizier ging mit der Laterne voran. Sie war abgeblendet, als wimmle der Hafen von holländischen Spionen und französischen Agenten. Froh, wieder bei Bolitho zu sein, nahm Jenour seinen schnellen Schritt auf. Er hatte bei seinen Eltern in Southampton Urlaub gemacht und sich, als der Bote aus London kam, fast erleichtert gefühlt.

Als sie um die Ecke eines Proviantschuppens bogen, packte sie der Seewind mit gewohnter Macht. Bolitho verharrte an der Mole und musterte die Schiffe im Hafen. Der Gedanke ließ ihn frösteln: Von hier war der Feind keine zwanzig Meilen entfernt. Dover mußte ihm standhalten unter seinem dünnen Schirm von Kanonenbooten und einer schwachen Landwehr. Die Menschen an der Südküste dankten wahrscheinlich mehr als alle anderen in England den Blockadeschiffen, daß sie die Franzosen in ihren Häfen festhielten.

»Wie läuft die Tide?«

»Hochwasser in zwei Stunden, Sir Richard.« Der Mann schien überrascht von der präzisen Frage.

Also ein schneller Start. Aber wer würde ihm die Nachricht bringen, auf die es ankam?

»Seien Sie weiter wachsam, Leutnant. Das zahlt sich hier immer aus.«

Damit stieg er ins Beiboot, das ihm so gut bekannt war, setzte sich und begrüßte den Leutnant im Heck: »Sie haben wohl nicht erwartet, mich so bald wiederzusehen, was, Mr. Munro?«

Jenour hatte seinen Eltern immer wieder beschrieben, wie wichtig Bolitho seine Leute nahm. Sie dankten es ihm, wenn der Admiral sich an ihre Namen erinnerte und an das letzte Zusammentreffen. Auch Munro, der junge Zweite Offizier, würde nicht vergessen, daß der Admiral ihn mit Namen angesprochen hatte. Jenour schauderte trotz seines warmen Mantels. Eine durchwachte Nacht, Schiffe unbeleuchtet vor der Küste, ein geheimer Auftrag: dahinter konnte Gefahr und Tod lauern. Wie hielt Bolitho diese Spannung auf die Dauer aus?

»Da ist sie, Sir Richard!«

Bolitho drehte sich um, Wasser spritzte ihm von den Riemen ins Gesicht und vertrieb die Müdigkeit aus seinem Kopf. Über sich sah er Masten vor den ziehenden Wolken aufragen, hörte die Geräusche des Schiffes, das auf ihn wartete. Befehle hallten durch die Nacht, getragen von einem Wind, der bald kräftig zulegen und auf Südwest drehen würde. Blöcke quietschten und Pfeifen schrillten, signalisierten den Männern auf dem schlüpfrigen Deck oder auf den nassen Rahen, was sie zu tun hatten. Bolitho schaute hoch. Da oben war kein Platz für Ungeübte. Jemand schrie auf vor Furcht, aber ein Schlag ließ ihn verstummen. Kapitän Poland hatte hier sicherlich seine Besatzung aufgefüllt. Jedenfalls waren Landratten an Bord, die nun auf schmerzhafte Weise zu lernen begannen.

Bolitho dachte an Catherine. Die Zeit mit ihr war wieder viel zu kurz gewesen. Er hatte nicht lange genug nach einem Schmuck für sie suchen können, auch für eine Konsultation beim Arzt hatte die Zeit nicht gereicht, so wenig wie für seine Tochter Elisabeth, die er vor Jahren das letzte Mal gesehen hatte: ein Püppchen, das ihm kaum einen Blick schenkte.

»Boot ahoi!« scholl es durch die Nacht.

Alldays kräftige Stimme antwortete: »Flagge. Für *Truculent*!«

Bolitho konnte sich vorstellen, was jetzt an Bord geschah. Ohne Zweifel würde Kapitän Poland Offiziere und Männer auf Trab bringen, um den Admiral gebührend begrüßen zu können.

Der Buggast hakte an den Großrüsten ein, andere packten zu, um das Dümpeln des Bootes in der kräftigen Strömung zu dämpfen. Bolitho kletterte hinauf und trat durch die Pforte. Poland stand mit seinen Offizieren wie erwartet da, dem Anlaß entsprechend in großer Uniform – selbst zu dieser Nachtstunde.

Er schüttelte Poland die Hand. »Ich gratuliere Ihnen, Kapitän Poland.«

Im schwankenden Licht einer Laterne glitzerten jetzt zwei Epauletten auf den Schultern des Kommandanten. Er hatte endlich seinen vollen Kapitänsrang erreicht.

»Besten Dank, Sir Richard. Ihrem Bericht verdanke ich meine Beförderung.«

Bolitho sah, wie die Gig hochgehievt, über die Netze gehoben und in ihren Klampen festgezurrt wurde. Er spürte, wie schnell alles ging und wie eilig es die Fregatte hatte, Anker zu lichten.

»Das hier wird ganz anders als in Afrika«, sagte er.

Poland richtete sich auf, schien kurz zu prüfen, ob in Bolithos Worten eine Falle steckte, fand keine und gab zu: »Ich weiß nur das Ziel unserer Reise, Sir Richard, mehr nicht.«

Tröstend berührte Bolitho seinen Arm. Armer Poland. Wie so viele Kapitäne hatte er geglaubt, mit diesem Rang nun zum Kreis derer zu gehören, denen die da oben alles mitteilten. Aber dem war nicht so. Man bekam mit der zweiten Epaulette nur mehr Verantwortung, nicht mehr Informationen.

Poland wandte sich an seinen Ersten: »Stellen Sie genügend Männer ans Ankerspill. Wir segeln, sobald die Tide kentert.« Und an Bolitho gewandt: »Wenn Sie mir bitte folgen würden, Sir Richard? Ein Gast wird mit uns reisen.«

Während die Fregatte in der Dunkelheit zum Leben erwachte, betrat Bolitho die Achterkajüte, die er in langen einsamen Wochen so gut kennengelernt hatte. Als erstes entdeckte er eine gelockte Perücke auf einem Ständer, dann sah er einen Mann auf sich zukommen, der sich offensichtlich noch nicht an die Bewegungen des Schiffs gewöhnt hatte.

Er sah älter aus, gebeugter. Oder lag das nur an den schwankenden Laternen? Sein schütteres Haar war zu einem altmodischen, dünnen Zopf geflochten. Der Mann war bestimmt sechzig, wenn nicht älter. Er legte den Kopf schräg und beäugte Bolitho wie ein neugieriger Vogel. »Es ist Jahre her, seit wir uns das letzte Mal sahen, Sir Richard.«

Bolitho ergriff die ausgestreckte Rechte mit beiden Händen. »Charles Inskip! Wie könnte ich das jemals vergessen. Sie berieten mich damals, als ich in diplomatischem Auftrag unterwegs war – ebenfalls nach Kopenhagen.«

Sie betrachteten einander lächelnd. »Der König hat geruht, meine Dienste ebenso zu honorieren wie die Ihren, Sir Richard. Ich bin jetzt Sir Charles Inskip – dank seiner Güte!« Sie lachten beide.

»Ja, diese Zeremonie kostet Nerven!« Ob Seine Majestät in dem Augenblick, als er Inskip geadelt hatte, seinen Namen genauso vergessen hatte wie zuvor den Bolithos?

Kopenhagen . . . Bolitho war damals hingeschickt worden, um mit den Dänen zu verhandeln. Napoleon hatte verlangt, daß die gesamte dänische Flotte den französischen Admirälen übergeben wurde. Man konnte sich nicht einigen, und so kam es zur Schlacht von Kopenhagen. Dabei hatte Nelson den Befehl seines Oberkommandierenden mißachtet und den Angriff allein vorgetragen.

Rufe ertönten von oben und dann das Knattern von Leinwand, die endlich befreit wurde. Er spürte, wie die *Truculent* sich überlegte und Fahrt aufnahm.

Inskip beobachtete ihn. »Sie wären wohl selber gerne oben und würden das Schiff führen?« Bolitho nickte und setzte sich. Ein Diener trat ein, ein Tablett mit Gläsern und Weinkaraffe balancierend.

Inskip seufzte. »Wir kehren an den Ort unserer Taten zurück, Sir Richard.« Er schlug auf seine Rocktaschen. »Hier trage ich eine Zusage, in der anderen eine Drohung. Ich werde Ihnen sagen, um was es diesmal geht.« Er unterbrach sich, als die Fregatte sich stark überlegte. »Oh – ich war wohl zu lange an Land. Mein Magen läßt mich wieder im Stich.«

Auch der Diener, offensichtlich mit Inskip aus London gekommen, hatte seine Schwierigkeiten. Mit unbewegtem Gesicht bemühte er sich, den Wein ohne Pannen einzuschenken.

Bolitho tastete in seiner Tasche nach dem Fächer, den

Catherine ihm als Souvenir mitgegeben hatte. »Ich höre Ihnen gerne zu, Sir Charles, aber welche Rolle ich dabei spielen soll, ist mir noch schleierhaft.«

Inskip hob das Glas gegen das Licht. Er war ein erfahrener Regierungsvertreter für skandinavische Angelegenheiten, doch in diesem Augenblick sah er aus wie ein Dorfschulmeister.

»Sie kennen ja die Dänen«, begann er. »Es gibt vernünftige Männer in Kopenhagen, aber leider auch viele, die einen Kompromiß mit Napoleon befürworten. Doch das wäre nur ein anderes Wort für Unterwerfung, denn Napoleons Armee steht an den Grenzen Dänemarks.«

Bolitho sah auf das Gold an seinem Ärmel nieder. Also wieder einmal eine undankbare Aufgabe.

Im ersten Morgengrauen stand der Vizeadmiral auf der Luvseite des Achterdecks und sah sich um. Die nachlaufenden Seen ließen das Schiff unruhig gieren, und immer wieder schlug Spritzwasser an Deck. Kapitän Poland kam in triefendem Ölmantel über die glatten Planken heran.

»Wir werden bei Tagesanbruch im Kleinen Belt stehen, Sir Richard«, rief er. Seine roten Augen verrieten Mangel an Schlaf. Für ihn war es eine harte Reise gewesen. Kein weiter Ozean unter freundlich blauem Himmel mit stetigem Passatwind, kein Tafelberg als weithin sichtbare Landmarke. *Truculent* war durch den engen Kanal geprescht und hatte dann mit Nordostkurs die Nordsee überquert, auf Dänemark zu. Unterwegs waren ihnen nur ein englischer Schoner und eine englische Fregatte begegnet. Erkennungssignale wurden ausgetauscht, dann hatten Regenböen die Schiffe verschluckt. Sie mußten sehr sorgfältig navigieren, vor allem als sie ins Skagerrak liefen und dann nach Süden abdrehten. Es war bitterkalt, Bolitho schauderte unter seinem Bootsmantel. »Eine schwierige Passage, Kapitän«, sagte er. Polands rotgeränderte Augen musterten ihn fragend, suchten vergeblich nach verborgener Kritik. »Ich gehe unter Deck. Rufen Sie mich, wenn Sie etwas Wichtiges sichten.«

Catherine würde sich grämen, denn die Reise dauerte doch länger. Eine ganze Woche hatten sie allein bis hierher gebraucht.

Unter Deck war es sehr ruhig nach dem heulenden Wind und dem Gurgeln der Seen. Am Posten vorbei betrat Bolitho seine Kajüte. Auch sie war feucht und kühl, und die Heckbank unter den Fenstern glänzte naß, als stünde sie oben an Deck.

Sir Charles Inskip saß am Tisch unter der schwankenden Lampe und las Papiere, die ihm sein Diener reichte. Er sah auf, als Bolitho sich dazusetzte. »Kommt dieses Schiff denn nie zur Ruhe?«

Bolitho reckte die Arme, um sich zu entspannen. »Schauen Sie mal auf die Karte«, riet er Inskip. »Da, wo ich gestern ein Kreuz machte, stehen wir jetzt. Bald werden wir Helsingör sehen.«

»Dort erwartet uns ein dänisches Begleitschiff.« Inskip schien nicht sehr glücklich darüber. »Danach sind wir ganz in ihren Händen. Hoffentlich nicht allzu lange!«

Sie sahen alle auf, als draußen ein Schrei ertönte, den der Wind davontrug. »Was war das?« fragte Inskip.

»Land in Sicht«, lächelte Bolitho.

Inskip bat seinen Diener, ihm den schweren Mantel zu holen. »Ich gehe nach oben.«

Allday legte ein Handtuch um Bolithos Hals. Poland würde sich erst melden, wenn es wirklich Helsingör war. Während Allday ihn rasierte, schloß Bolitho die Augen. Wie der erste Becher Kaffee am Morgen, so war ihm auch die Rasur ein Anlaß, sich zu sammeln und nachzudenken. Allday hob die Klinge und wartete, daß die Schiffsbewegungen ruhiger wurden. Er hatte sich immer noch nicht an Bolithos kurzen Haarschnitt gewöhnt. Aber er hatte den abgeschnittenen Zopf gerettet, ungesehen in einem Tabaksbeutel nach Hause gebracht und ihn Lady Catherine überreicht. Ihre Augen hatten vor Freude und Überraschung geblitzt.

Als Allday nach getaner Arbeit sein Messer zusammenklappte, trat Poland ein. »Wir haben Helsingör voraus, Sir Richard.« Eine Pfütze bildete sich um seine Füße, er wartete.

»Sehr gut. Ich komme gleich.« Poland verschwand, und Bolitho ließ sich in seinen schweren Mantel helfen. Wieder schlug ein Schwall Wasser übers Skylight.

Die Tür ging auf, Inskip und sein Sekretär kamen von Deck zurück. Sie öffneten ihre Seekisten und riefen nach dem Diener. Für die erste Begegnung mit den Dänen wollten sie die passende Kleidung tragen.

Inskip sagte atemlos: »Wir haben ein Schiff gesichtet. Gewiß unseren dänischen Begleiter.«

Bolitho hörte das Poltern der Lafetten, Poland ließ also die Laschings der Kanonen lösen und sie für alle Fälle laden. Typisch für ihn - er ging kein Risiko ein.

»Dann wollen wir mal«, sagte Bolitho. Allday zupfte ihm ein Fädchen vom Rock und schritt prüfend um seinen Admiral. Die breiten goldenen Litzen, die Medaille für die Teilnahme an der Schlacht von Abukir, der alte Degen - Bolitho sah aus wie einer seiner Vorfahren auf den Porträts im alten Herrenhaus.

»Dann wollen wir mal sehen«, meinte er, »was da auf uns zukommt.«

XII Sturmwarnung

Sir Charles Inskip sah übellaunig aus dem schmalen Fenster, dessen Scheiben unter einer Regenbö zitterten. »Diese Behandlung hätte ich nicht erwartet«, schnaufte er.

Bolitho trat neben ihn und sah auf die Schiffe hinaus, die vor ihnen im Hafen ankerten. Die dicken Eisengitter vor den Fenstern gefielen ihm nicht, ebensowenig die Art, jeden Dänen von ihnen fernzuhalten. Zwar waren ihre Räume in der Festung recht bequem, doch abends wurden die Türen abgeschlossen. Er sah drunten *Truculent* an ihrer Ankertrosse zerren, sie sah einsam und verletzlich aus. Die große dänische Fregatte *Dryaden*, die sie hierher eskortiert hatte, ankerte nur zwei Kabellängen entfernt. Bolitho lächelte. Das war nicht gerade ein Zeichen des Vertrauens. Ebensowenig, daß *Truculent* ein Ankerplatz genau unter den größten Kanonen der Festungsbatterie zugewiesen worden war. Kein sehr gesunder Platz, falls es zum Schlimmsten kam.

Sie warteten schon volle sieben Tage. Bolitho zwang sich, nicht ständig darüber nachzudenken. Inskip hatte ihm immer wieder versichert, sie lägen hier auf Wunsch eines dänischen Ministers. Dieser Christian Haarder wollte angeblich unbedingt verhindern, daß sein Land in den Krieg hineingezogen wurde - gleichgültig, ob auf Englands oder auf Frankreichs Seite. Dänemark besaß eine stolze Flotte trotz der schweren Verluste, die es vor fünf Jahren in diesen Gewässern erlitten hatte. Die Dänen hatten sicher alle ihre Schiffe von den Inseln und vom Festland hier versammelt und unter ein Oberkommando gestellt. Ein kluges Vorgehen.

»Ich habe zwei Botschaften an ihn geschickt. Auch der Hof ist informiert, aus Höflichkeit. Meine Briefe hätten längst zu einem Gespräch führen müssen!« Inskip war ungehalten.

»Die Leute werden sich fragen, was ein englisches Kriegsschiff hier will.« Bolitho beobachtete eine schnittige Galeere, die langsam an der *Truculent* vorbeiruderte. Die langen roten Riemen hoben und senkten sich im Gleichtakt, als käme die Besatzung geradewegs aus der Antike. Doch diese Galeeren waren gefährlicher, als sie aussahen. Sie konnten jedes Segelschiff ausmanövrieren, wie Bolitho aus eigener böser Erfahrung wußte. Ihre schwere Bugkanone konnte das Heck jedes Kriegsschiffes zertrümmern, ohne Gegenwehr fürchten zu müssen. Wen mehrere Galeeren gleichzeitig angriffen, der wurde schnell zu einem Wrack, das diese behenden Wölfe der See zerrissen.

»Die Leute werden es bald erfahren, wenn wir hier noch länger liegen müssen«, knurrte Inskip.

Allday sammelte die Kaffeebecher ein, obwohl das eigentlich die Aufgabe von Inskips Diener gewesen wäre, der sich im Nebenraum zu schaffen machte. Bolitho sah auf die Uhr. Jenour hätte längst zurück sein müssen. Inskip hatte ihn vor Stunden mit einem weiteren Brief losgeschickt.

»Glauben Sie, daß die Franzosen in die Sache involviert sind?«

Inskip brachte seine Gedanken in Kiellinie. »Die Franzosen? Sie sehen die wohl überall, Bolitho. Aber vielleicht ist es tatsächlich so.«

Er unterbrach sich, als Agnew, sein Diener, mit vor Kälte roter Nase durch den Türspalt spähte. »Der Leutnant kehrt zurück, Sir Charles.«

Inskip rückte seine Perücke zurecht und stellte sich in Positur. »Er kommt nicht allein, wie man hört.«

Die Tür flog auf, Jenour trat ein. Hinter ihm erschien der Kommandant der *Dryaden* und ein großer Mann in dunklem Samtmantel, der nur Minister Haarder sein konnte.

Man begrüßte einander mit Verbeugungen, doch nur Inskip bot Haarder die Hand. Wie alte Gegenspieler standen sie sich gegenüber, dachte Bolitho, und schienen sich abzutasten.

Dann blickte Haarder Bolitho an. »An Sie erinnere ich mich noch von Ihrem letzten Besuch hier.«

Bolitho hörte keinen feindlichen Unterton in den Worten des Ministers. »Damals wurde ich mit großer Höflichkeit empfangen«, sagte er, und jedermann verstand, was er unausgesprochen ließ: aber diesmal nicht!

Haarder zuckte mit den Schultern. »Wir machen uns keine Illusionen, Admiral. Die dänische Flotte ist wieder eine Beute, die sich jeder gern einverleiben«, seine Augen funkelten, »oder auf den Grund des Meeres schicken würde, falls ihm ersteres nicht gelingt.« Ernst sah er sie an. »Meine Ministerkollegen sind von Ihren guten Absichten nur schwer zu überzeugen.« Er hob die Hand, um Inskips Protest zu unterdrükken. »Falls es stimmt, daß die Franzosen den Oberbefehl über unsere Flotte anstreben, und das unterstellen Sie ja wohl – was sollen wir dagegen tun, meine Herren? Sollen wir gegen sie kämpfen? Und könnten wir diesen Kampf gewinnen, wenn doch das starke England schon zwölf Jahre lang vergeblich gegen Frankreich anrennt? Ehe Sie uns verurteilen, denken Sie lieber über unsere Lage nach. Wir wollen nur Frieden, selbst mit unseren alten Gegnern, den Schweden. Wir wollen Handel, nicht Krieg – kommt Ihnen das so fremd vor?«

Inskip lehnte sich zurück. »Sie können oder wollen uns in dieser Sache also nicht helfen?«

Haarder sah ihn mitfühlend an. »Ich hatte darauf gehofft. Aber meine Stimme ist nur eine gegen viele.«

Bolitho gab noch nicht auf. »Nie wieder sollte Dänemark solche Verluste einstecken müssen wie beim letzten Mal«, sagte er. »Darin werden Sie mir sicher zustimmen.«

Haarder erhob sich. »Ich werde es noch einmal versuchen«, antwortete er. »Inzwischen wird Kommandant Pedersen von der *Dryaden* Sie in offene Gewässer zurückbegleiten.« Er überreichte Inskip einen versiegelten Umschlag. »Für Ihren Premierminister von jemandem, der viel mächtiger ist als ich.«

Inskip starrte auf den Umschlag. »Lord Grenville mag solche Provokationen ebensowenig wie damals Mr. Pitt.« Er streckte dem Dänen die Hand hin. »Aber wir sind ja noch nicht am Ende.«

Haarder schüttelte sie nachdrücklich und sagte betont: »Wir haben noch nicht mal angefangen, alter Freund.« Zu Bolitho gewandt, fuhr er fort: »Ich bewundere, was Sie auf See und an Land erreicht haben. Mein König hätte Sie gern empfangen, aber wir sind da in der Klemme. Wer dem einen einen Vorteil gewährt, muß ihn auch dem anderen bieten, verstehen Sie?«

Verbeugungen, Händeschütteln, und dann war Haarder gegangen. Höflich meldete sich der dänische Kapitän: »Erlauben Sie?« Einige bewaffnete Seeleute betraten den Raum, um das Gepäck der Gäste an Bord zu schaffen. »Eine Gig wird Sie auf Ihr Schiff zurückbringen. Danach«, er sprach höflich, aber deutlich, »werden Sie bitte meine Anweisungen befolgen!«

Als der Kommandant den Raum verlassen hatte, fragte Inskip: »Warum haben sie uns bloß auf ihre Entscheidung so lange warten lassen? Wozu sieben Tage, wenn uns Haarder nur ausrichten sollte, daß Dänemark neutral bleibt?«

Bolitho sah sich um, als suche er Allday, aber er wollte nur vermeiden, daß Inskip sein Gesicht sah. Denn eine scheinbar hingeworfene Bemerkung Haarders war in seinem Kopf explodiert wie eine Mörsergranate. Oder hatte der Däne nur mit Worten gespielt? Hatte er da etwas gesagt, was nur ein Seemann, kein Diplomat verstehen konnte?

»Klemme«, hatte er gesagt. Und: Vorteil für den einen, Vorteil für den anderen. War das eine Warnung gewesen?

»Wenigstens werden wir bald nach England zurückkehren«, meinte Jenour. »Noch ehe die Winterstürme einsetzen. Immerhin ein Trost.«

Bolitho führte ihn am Arm zum Fenster. »Stephen, man hat uns hier mit Absicht so lange warten lassen. Das war kein Zufall.« Er sah, daß Jenour ihn verstand. »Aber kein Wort darüber, zu niemandem! Sorgen Sie nur dafür, daß wir so schnell wie möglich ankerauf gehen und auslaufen.«

Allday beobachtete sie und erkannte, wie hellwach Bolitho plötzlich geworden war, wie sich der junge Leutnant straffte. Jenour konnte seine Gefühle noch nicht ganz verbergen. Er legte Bolitho das Gehenk um. »Den Degen werden Sie wohl sicher bald brauchen, Sir Richard.«

Inskip kam in den Raum zurück und sah sie beide an. »Sie halten das sicher für einen vergeblichen Ausflug?«

Bolitho verbarg seinen Grimm, jetzt, da er die Gefahr erkannt hatte. »Wollen hoffen, daß es wirklich nur ein Ausflug gewesen ist.«

Eine Kutsche brachte sie unter Bewachung das kurze Stück zur Mole, wo die Gig wartete. Inskip wickelte sich in seinen Mantel, nickte dem dänischen Kapitän kurz zu und setzte sich ins Heck, offensichtlich noch in Gedanken bei dem, was ihm Haarder mitgeteilt und was er verschwiegen hatte.

Bolitho sah zu, wie das Gepäck verstaut wurde. Die regenverhangene Stadt wirkte mit ihren grünen Türmen und schönen Giebeln wie ein Aquarell, dessen Farben im Regen verliefen. Catherine hätte den Anblick gemocht. Der Kommandant beobachtete ihn. War es nur Neugier auf den seit Nelsons Tod jüngsten Vizeadmiral der Royal Navy? Oder sollte er verhindern, daß Bolitho Kontakt zu Leuten an Land aufnahm?

»Ich wünsche Ihnen eine gute Heimreise, Sir Richard. Werden wir uns wiedersehen?«

Nein, dieser Kapitän ahnte sicher nicht, warum man sie hatte so lange warten lassen. »Hoffentlich in friedlicheren Zeiten, Captain Pedersen.« Damit kletterte er ins Boot.

Die Passagiere schwiegen während der kurzen Überfahrt, man hörte nur die Kommandos des Bootsführers. Ein Wachboot ruderte vorbei, der Leutnant grüßte. Alles geschah nach Vorschrift, ganz wie im Frieden. Dabei war Bolitho fast sicher, daß er nächstes Mal Captain Pedersen über den Mündungen ausgerannter Kanonen wiedersehen würde, kurz vor einer Breitseite.

Kapitän Poland und seine Offiziere begrüßten die Ankömmlinge erleichtert an Bord der *Truculent.* In einem eiskalten Regenschauer löste sich die dänische Gig von ihren Großrüsten und verschwand.

»Bitte gehen Sie sofort ankerauf, Kapitän Poland«, befahl Bolitho. »Die *Dryaden* wird uns zwar durch den Belt begleiten, aber die *Truculent* ist schneller. Sobald wir die Enge hinter uns haben, muß die *Truculent* so schnell sein wie damals auf der Reise nach Kapstadt.« Wenn Poland ihn doch bloß nicht so anstarren wollte! »Ich erkläre Ihnen alles später genauer, aber ich fürchte, wir werden bald kämpfen müssen.«

Poland fuhr hoch. »Natürlich, Sir Richard!« Sein Blick suchte den Ersten Offizier. »Wenn es zum Kampf kommt, wird mein Schiff Sie nicht enttäuschen.« Doch da hatte der Vizeadmiral ihn bereits verlassen.

In der Achterkajüte ging Bolitho sofort zur Seekarte. Wassertropfen aus Haar und Mantel fielen auf das Papier. Das Ankerspill klickte, am Vorschiff sang ein Shantymann, Wasser gurgelte um das Ruder. Das Schiff erzitterte. Gleich mußte Poland den Anker frei haben. Er würde das Schiff sicher aus dem Hafen und dem Belt führen.

Das andere war dann nicht mehr seine Sache. Bolitho beugte sich über die Karte.

Eine Hand auf der Schulter weckte ihn. Sein Flaggleutnant stand neben der Koje, eine Lampe in der Hand, das Gesicht regennass. »Erstes Tageslicht, Sir Richard. Sie wollten geweckt werden.« Jenour schluckte und schlug die Hand vor den Mund. »Mir ist schlecht . . .«

Bolitho hörte das Tosen von Wind und Wellen, das Stöhnen und Knarren des Holzes. Die Fregatte kämpfte sich durch einen ausgewachsenen Sturm. Er hörte jemanden stöhnen, wahrscheinlich Inskip nebenan. Jetzt sah er auch Alldays Gestalt im Hintergrund der Kajüte, schräg geneigt wie ein Baum im Wind. Er näherte sich mit einem halbvollen Becher Kaffee. »Der letzte für lange Zeit, Sir Richard. Die Kombüse steht unter Wasser.« Dann sah er Jenour an und spottete: »Sie brauchen wohl ein Stück Speck am Faden?«

Jenour verschwand eiligst.

Bolitho trank den heißen Kaffee in kleinen Schlucken. »Was liegt an?«

Allday fand Halt an einem Deckenbalken. »Wir laufen noch immer unter gerefften Marssegeln und Klüver. Der Kommandant wollte nicht Segel kürzen, bis ihm das Großbramsegel in Streifen davonflog. Der Master sagt, der Däne hat jetzt abgedreht.«

Bolitho glitt aus der Koje, und Allday nahm die Blenden von der Lampe, als er sich über die Karte beugte. Poland machte gute Fahrt trotz des schlechten Wetters, das sie hinter der Enge erwartet hatte. Die *Truculent* stand jetzt im nördlichen Kattegat und würde bald halsen, um mit Südwestkurs durchs Skagerrak in die Nordsee zu laufen, sich freizusegeln von der Küste und den Fischern, die sich bei diesem Hundewetter immer noch hinaus wagten.

»Der Wind hat seit der ersten Wache gedreht«, berichtete Allday weiter. »Jetzt haben wir einen steifen Nordost, direkt vom Nordpol und stark genug, um jede Spiere zu brechen.« Er half Bolitho in den schweren Ölmantel.

Oben an Deck klammerten sie sich beide an einen Neunpfünder. Allday spürte in der beißenden Kälte plötzlich seine alte Wunde, sie schmerzte wie ein frischer Schnitt quer über die Brust. Bolitho streckte ihm den Arm hin. »Halt dich fest!«

Der Schmerz verebbte. »Scheißwunde«, knirschte Allday und versuchte ein grimmiges Lächeln. »Piesackt mich, wann sie will, ohne daß man's vorher ahnt.«

»Du kennst meinen Vorschlag«, antwortete Bolitho, »er gilt immer noch. Du kannst dich jederzeit in Falmouth zur Ruhe setzen.« Er merkte, wie Allday seine Kräfte sammelte. »Du hättest es jedenfalls längst verdient nach allem, was du für dein Land getan hast. Und für mich.«

Allday wartete, bis das Deck sich wieder hob. »Und dann, Sir Richard? Soll ich in der Kneipe rumhängen und Garn spinnen wie die anderen Teerjacken? Oder den Schafhirten spielen? Vielleicht eine reiche Witwe heiraten? Von denen gibt's ja genug nach zwölf Jahren Krieg.«

Bolitho gab es auf. Es hatte keinen Sinn, Allday überzeugen zu wollen. Außerdem raubte ihm der Wind fast den Atem. Beide Wachen waren an Deck, reagierten auf die Kommandofetzen und schlitterten durchs Wasser, das die Seitendecks spülte.

Poland hielt sich an der Achterreling fest. »Tut mir leid, Sir Richard, daß Sie so unsanft geweckt wurden.«

Bolitho lächelte. »Das Wetter kann man Ihnen wirklich nicht anlasten.« Hatte Poland das überhaupt gehört? Lauter fragte er: »Wo stehen wir jetzt?«

Poland deutete nach Lee voraus. »Da liegt Kap Skagen. In einer halben Stunde halsen wir.« Seine Stimme war rauh vom

Befehlen in der stürmischen Nacht. »Wir haben kaum eine Stunde verloren.«

Bolitho nickte. »Ich weiß. Sie führen das Schiff sehr gut.«

»Die *Dryaden* hat in der Nacht eine Marsrah verloren und ihren Besan«, sagte Poland zufrieden. »Die sehen wir so bald nicht wieder.«

Bolitho fror. Gut, daß er wenigstens seinen Morgenkaffee getrunken hatte, den letzten für lange Zeit, wenn Allday recht behielt.

Die dänische Fregatte war also außer Sicht, allenfalls noch vom Masttopp aus zu entdecken. Aber wer mochte bei diesem Sturm da oben Ausguck gehen?

Poland rief etwas, als vier Männer an ihm vorbeirannten, um die Gig festzuzurren, die sich loszureißen drohte. Sie wateten hüfttief durch das eiskalte Wasser und schienen im nächsten Augenblick höher zu sein als das Achterdeck.

»Drei Männer liegen unten mit Verletzungen«, rief Poland Bolitho zu. »Keine Drückeberger, der Schiffsarzt hat mir das bestätigt!«

Bolitho duckte sich vor einem Schwall Gischt. Das war wieder mal typisch Poland, dachte er und rief: »Wenn wir erst aus dem Skagerrak sind, hilft uns dieser Wind sehr.« Poland nickte, ohne ihn zu verstehen. »Über die Nordsee wird uns jemand begleiten. Sie können dann die Segel kürzen, eventuelle Reparaturen ausführen und das Feuer in der Kombüse wieder anzünden lassen.«

Poland war keineswegs überrascht, daß Bolitho von dem gelöschten Herdfeuer wußte. »Sie haben sicher die *Zest* hierher befohlen, nicht wahr?«

Bolitho nickte. Es war gut, daß er für diesen Fall vorgesorgt und Varian mit der *Zest* vors Skagerrak beordert hatte. Falls seine Annahme nicht stimmte, hatte er nichts verloren. Doch wenn sie stimmte . . .

»An Deck! Der Däne dreht ab!«

Poland bewegte sich mit der Leichtigkeit des erfahrenen Seemanns, als eine gewaltige See die *Truculent* vorn anhob, sie steil klettern und dann schnell ins Tal gleiten ließ. Kalter, beißender Gischt sprühte auf. Bolitho trat an die Seitenreling und suchte mit zusammengekniffenen Augen die Kimm an Backbord ab. Da lag der Schimmer von Land, näher als zwei Meilen. Poland lief so hoch er konnte, um Skagen sicher zu runden.

»Alle Mann an Deck! Klar zum Halsen!«

Wie alte müde Männer taumelten Matrosen und Seesoldaten an die Schoten und Brassen, zermürbt von der unbarmherzigen See und dem fauchenden Wind.

»Mr. Williams, Ihre besten Toppgasten nach oben! Ich möchte auf dem neuen Kurs sofort die Bramsegel setzen.« Poland sah Hull, den Master, fast drohend an.

Williams hob das Sprachrohr. »Klar auf dem Achterdeck!« Er wartete, schätzte den richtigen Augenblick ab. »Fall ab drei Strich nach Backbord.« Ärgerlich drohte er mit dem Sprachrohr, als eine See zwei Männer in die Netze fegte. Sie kletterten wasserspuckend zurück.

»Mr. Lancer! Noch vier Mann an die Leebrassen!«

Poland nickte, das Kinn auf die Brust gesenkt.

»Ruder nach Luv!«

Mit donnernden Segeln und quietschenden Blöcken ging die *Truculent* mit dem Heck durch den Wind. Einen Augenblick hielt er sie fast aufrecht, dann lag sie auf dem anderen Bug, und der Sturm preßte sie wieder ins Wasser.

Poland sah prüfend auf den Kompaß. »Halten Sie genau diesen Kurs, Mr. Hull!«

Grimmig meldete der Master: »West zu Nord liegt an, Sir.«

»An Deck!«

Poland sah mit seinen geröteten Augen genervt nach oben. »Was gibt's?«

»Segel an Steuerbord voraus!« brüllte der Ausguck herunter.

Bolitho nickte vor sich hin. »Schicken Sie einen guten Mann mit einem Fernglas nach oben, Mr. Williams!« befahl Poland und fragte sich, woher Bolitho gewußt hatte, daß hier ein Segel auftauchen würde.

Hulls bester Gehilfe enterte auf. Und dann gellte seine Stimme durch den Lärm: »Kriegsschiff, Sir!« Eine lange Pause. »Kleines Schiff, Sir. Eine Korvette – ja, eine Korvette!«

Hull bestätigte: »Wenn er Korvette sagt, dann ist es eine.«

Poland näherte sich Bolitho, tippte grüßend an den Hut. »Ein Franzose, Sir Richard. Korvette.« Und nach kurzem Zögern: »Zu klein, um uns gefährlich zu werden.«

»Aber groß genug, um sich an uns zu hängen. Wir werden bald sehen, was passiert.«

Bolitho blickte erwartungsvoll nach Steuerbord. Natürlich hatte Poland recht, keine Korvette würde sich an eine Fregatte wagen, die sechsunddreißig Kanonen trug. Ihr Kommandant war also sicher, daß irgendwo hinter der Kimm Verstärkung wartete. Bolitho sagte: »Lassen Sie die Kombüse klar machen und das Herdfeuer wieder in Gang bringen.« Poland sah ihn verständnislos an; an die Kombüse hätte er bei diesem Wetter als letztes gedacht. »Ihre Männer sind jetzt zu erschöpft, um zu kämpfen. Aber eine heiße Mahlzeit und eine doppelte Portion Rum für jeden, Mr. Poland, und Sie haben wieder eine Besatzung, die im Gefecht nicht zaudern wird.« Poland nickte. »Ich gehe Sir Charles Inskip verständigen. Auf ihn wartet wieder eine unangenehme Überraschung.«

Allday hörte, wie ein Matrose in der Nähe seinem Nachbarn in die Rippen stieß und sagte: »Unser Dick macht sich keine Sorgen. Warum sollten wir?«

»Aha, unser Dick«, dachte Allday. Jetzt also waren sie wirklich Bolithos Männer. Er leckte sich die Lippen. Ein Schluck Rum war immer willkommen, vor allem, wenn es vielleicht der letzte im Leben sein würde.

Catherine verhielt am Fuß der Treppe und musterte die Straße mit ihren eleganten Häusern hinter den entlaubten Bäumen. Obwohl es erst später Nachmittag war, führten die Kutschen schon Laternen. Sie hatte in Begleitung Yovells einige Einkäufe gemacht. Nun winkte sie dem Kutscher. »Heute brauche ich Sie nicht mehr, danke!« Der Kutscher grüßte mit erhobener Peitsche. Er hatte sie von Falmouth nach London gebracht und war wie die Kutsche ein Stück Heimat in der fremden Stadt. Heimat? Catherine lächelte. Falmouth und das große graue Steinhaus waren tatsächlich ihre Heimat geworden.

Eine von Lord Brownes Dienerinnen eilte die Treppe hinunter ihr entgegen, aber Catherine war schon in der Halle. Durch die offene Tür sah sie vor dem brennenden Kamin in der Bibliothek einen Mann in Uniform stehen.

Als ihr Puls sich wieder beruhigt hatte, erkannte sie: Es war nicht Bolitho. Der Mann drehte sich um. Ein Kapitän, groß, mit hellem Haar, blauäugig. Valentine Keen! Er beugte sich über ihre Hand. »Ich hatte in der Admiralität zu tun und wollte Sie besuchen.«

Sie hängte sich an seinen Arm, und zusammen traten sie vor das wärmende Feuer. »Sie sind immer willkommen, Val.«

Auch er kannte Richard schon viel länger als sie, hatte unter ihm als Midshipman und später als Leutnant gedient und war schließlich sein Flaggkapitän geworden. »Bitte nennen Sie mich Catherine, wir sind doch alte Freunde.« Sie setzte sich und wies auf einen anderen Stuhl. »Irgendetwas bedrückt Sie, Val. Wir haben uns Sorgen um Sie und Zenoria gemacht. Kann ich irgendwie helfen?«

Er schien ihre Frage überhört zu haben. »In der Admiralität sprach man von Sir Richard.« Er schaute sich um, als erwarte er ihn. »Ist er noch nicht zurück?«

Sie schüttelte den Kopf. »Es dauert viel länger als geplant. Heute vor vier Wochen hat er London verlassen.«

Was für eine schöne Frau, dachte Keen, als sie sich abwandte und ins Feuer starrte. Aber sie konnte nicht verbergen, daß sie sich um Richard große Sorgen machte.

»Einer von Lord Godschales Sekretären erklärte mir, daß Richard in wichtigem Auftrag unterwegs ist. Aber das Wetter spielt nicht mit. Vor allem in der Nordsee ist es winterlich rauh. Ich denke, sie wettern nur einen Sturm ab.« Keen spürte, daß seine Worte sie ein wenig beruhigten.

»Und was machen Ihre Heiratspläne?«

»Zenoria ist nach Cornwall gefahren, zu einem Onkel, dem sie seit ihrer Kindheit sehr vertraut. Er war lange in Westindien und ist erst kürzlich zurückgekehrt. Aber wo die beiden sich jetzt aufhalten, weiß ich nicht.«

Catherine fühlte seine Verzweiflung mit. »Sie lieben sie?«

Er nickte, verlegen wie ein Schuljunge.

»Und ich weiß, daß Zenoria Sie liebt. Sie haben ihr nicht nur das Leben gerettet, Sie haben sich auch um sie gekümmert, als andere sie verstießen. Machen Sie sich keine Sorgen, ich werde sie suchen und finden. Sie muß lernen, was es heißt, mit einem Seemann verheiratet zu sein. Und Sie, lieber Val, dürfen nicht vergessen, was Zenoria an Schwerem erlebt hat: das Urteil, das Sträflingsschiff, die Peitsche. Vielleicht braucht sie noch ein wenig Zeit, Val.«

Er nickte dankbar. »Ich war bei Godschale, um mich zurückzumelden. Richard hat mir geschrieben. Ich werde sein Flaggkapitän auf der *Black Prince.*«

Sie stand auf und legte ihm die Hand auf die Schulter, neben die einzelne Epaulette. »Das freut mich, Val. Jetzt geht es mir schon viel besser.«

Die Tür öffnete sich, von draußen wehte Kühle herein.

»Was ist, Maisie?«

Das Mädchen starrte erst sie an, dann Keen. »Entschuldigung, Mylady, aber da ist ein Bote für den Herrn Kapitän.«

Keen erhob sich. »Ich habe in der Admiralität hinterlassen, daß man mich hier erreichen kann.«

Erschreckt sah sie ihn an. »Bestimmt ist etwas passiert!«

Keen ging hinaus, kam aber schon kurz darauf wieder. Als er Catherines Hände ergriff, fühlten sie sich an wie Eis.

»Es war tatsächlich ein Bote von der Admiralität«, sagte er und griff fester zu, als sie ihre Hände wegziehen wollte. »Bitte, hören Sie mir zu. Richard möchte sicher, daß Sie dies wissen.« Er sah eine Ader an ihrem schönen Hals aufgeregt klopfen. »Es gab ein Seegefecht, und Richards Schiff war hineinverwickelt, schon auf dem Weg zurück nach England.

Mehr weiß man noch nicht. Ein Schoner brachte die Nachricht nach Dover.«

Sie sah sich in dem großen Zimmer um wie ein gefangenes Tier. »Ist er verletzt? Was kann ich tun? Ich kann doch nicht hier sitzen und warten!«

Er führte sie zu ihrem Stuhl zurück. Ihre Stärke und ihr Mut hatten sie nicht verlassen, sie brauchte nur eine Richtung für ihr Tun.

»Sie bleiben hier, Catherine.« Als sie widersprechen wollte, fuhr er fort: »Richard würde genau das von Ihnen erwarten. Und ich bleibe hier bei Ihnen, bis wir mehr wissen.«

»Wann wird das sein?« fragte sie leise.

»Bald. Morgen oder übermorgen.«

Sie sah ins Feuer. War es das Ende? Das Ende seines Lebens, das Ende ihrer Liebe? Ein Bote kam und lieferte eine Meldung ab - aus. Plötzlich mußte sie an Nelson denken und an Emma Hamilton. Die am lautesten seinen Tod beklagten, dachten am wenigsten an die Frau, die Nelson geliebt hatte. Emma Hamilton war schon jetzt vergessen, niemand wußte, wo sie sich aufhielt.

Sie stand auf. »Ich möchte mich ein bißchen zurückziehen, um an Richard zu denken. Das verstehen Sie doch, Val?«

XIII In auswegloser Lage

Beißendes Licht kroch über den Morgenhimmel. Bolitho stützte sich auf die Reling des Achterdecks, sie fühlte sich vom vielen Salz so rauh an wie Sandstein. Die *Truculent* bewegte sich auf dem neuen Kurs etwas gleichmäßiger.

Die Sonne suchte den Dunst zu durchbrechen, der über der Kimm stand. Einzelne Wolken trieben am Himmel, so zerfasert wie die Nebelbänke daheim in Cornwall. Aus der Kombüse roch es noch immer nach heißem Fett. Die Männer, die an Deck arbeiteten, sahen jetzt besser aus nach einem warmen Frühstück und einer doppelten Portion Rum.

Bolitho stellte sich die Seekarte vor. Die Fregatte segelte mit Südwestkurs platt vor dem Wind und schien über die mitlaufenden Seen zu hüpfen. Vierzig Meilen entfernt an Steuerbord lagen die düsteren Fjorde Norwegens und jenseits davon die offene See und die Arktis, die ihnen diesen beißenden Wind schickte. Dreißig Meilen voraus, so die Schätzung des Masters, lag an Backbord immer noch ein Stückchen Dänemark. Bis dahin reichte das Patrouillengebiet der *Zest.*

Bolitho schirmte die Augen ab und blickte achteraus. Ihr Verfolger war vom Deck aus nicht mehr zu sehen.

Inskip tauchte an seiner Seite auf, und er erkundigte sich höflich: »Geht es Ihnen jetzt besser, seit wir die offene See gewonnen haben?«

»Ja, aber das liegt mehr an Ihrem Mann Allday als am Seegang.«

Inskips sonst so blasses Gesicht war kräftig gerötet, und sein Atem roch nach Rum. Er räusperte sich umständlich. »Das Rezept hat er selbst erfunden, nehme ich an: heißer Haferschleim mit viel Rum.«

Ein paar Schritte entfernt standen Poland und der Erste ins Gespräch vertieft. Immer wieder blickten sie zur Mastspitze hoch, und schließlich schickte Williams einen Decksoffizier mit einem Teleskop nach oben.

Inskip fragte beunruhigt: »Was hat das zu bedeuten?« Er deutete achteraus. »Der Franzose kann uns doch nicht mehr gefährlich werden?«

Bolitho rieb sich das Kinn, sah im Geiste wieder die Seekarte vor sich. »Die Korvette folgt uns wie ein Jagdhund. Oder wie ein Aasgeier, der wartet, was auf dem Schlachtfeld für ihn abfällt.«

Er hörte Poland rufen: »Klar bei Großsegel, Mr. Williams! Diesen Damenwind wollen wir doch nicht verschenken.«

Durch das Schiff ging ein Ruck, als der Wind in die zusätzliche Segelfläche faßte und es noch schneller durch die Seen jagte. Jenour stand am Kompaß. Ob er ahnte, warum Poland mehr Segel gesetzt hatte?

»Sie nehmen an, wir laufen in eine Falle?« Der Rum machte Inskips Fragen direkter. »Wie wäre das möglich – und wo ist sie gestellt?«

Leise antwortete Bolitho: »Man hat uns eine ganze Woche in Kopenhagen warten lassen. Warum wohl?«

Inskip dachte nach. »Es war eine schwierige, geheime Mission. Konnte da eine Woche dem Feind nutzen?«

»Erinnern Sie sich: Am 4. November letzten Jahres machte der Schoner *Pickle* in Falmouth fest und brachte uns die erste Nachricht vom Sieg bei Trafalgar und von Nelsons Tod.« Bolitho ließ sich Zeit mit seiner Erläuterung, es war wichtig, daß Inskip alles begriff. »Von Falmouth nach London reiste der Kommandant mit der Expreßkutsche, und am Morgen des 6. November erreichte er die Admiralität. Für diesen langen Weg brauchte er nur zwei Tage. Was glauben Sie, schaffen also französische Spione in einer ganzen Woche?«

Er blickte zum Himmel auf. Die Wolken wurden dünner, zwischen ihnen blinkte gelegentlich helles Blau.

»Kurs Südwest liegt an!« meldete der Rudergänger.

»Südwest ist gut, Sir Charles, aber wir haben noch vierhundert Meilen vor uns.«

Poland kam auf sie zu. »Ich würde gern mehr südlich laufen, Sir Richard.« Er schaute nach vorn in den Schaum, den ihre Galionsfigur beim Einsetzen aufwarf. »Der Weg ist dann zwar länger, aber . . .«

»Dann würden wir niemals auf Leutnant Varian treffen, das wissen Sie doch. Warum also dieser Vorschlag?« Poland hielt sich sonst mit Empfehlungen immer zurück. Warum jetzt nicht mehr? »Haben Sie Grund, an Leutnant Varian zu zweifeln? Dann wäre es Ihre Pflicht, mir das zu melden, Kapitän!«

Poland sah unglücklich drein, aber der Admiral würde ihn jetzt nicht mehr davonkommen lassen. Also begann er: »Vor ein paar Jahren war ich als Erster Offizier unter Varian in der Karibik. Wir liefen nach Jamaika, auf Anforderung des dortigen Gouverneurs. Auf der Insel tobte ein Sklavenaufstand, und einige Weiße waren auf ihren Plantagen in höchster Gefahr.«

Bolitho erinnerte sich. Der Aufstand war in der Zeit des unsicheren Friedens von Amiens ausgebrochen, als man glaubte, der Krieg sei endgültig zu Ende und England und Frankreich seien ausgeblutet. Das bot eine Chance für die Sklaven auf der Insel, allerdings keine für die Offiziere, denn im Frieden wurden sie kaum befördert. Da kam ihnen ein Aufstand gerade recht – als langersehnte Chance, sich auszuzeichnen.

»Ich habe davon gehört«, sagte Bolitho. »Es gab viele Tote und eine blutige Rache.«

Poland schien ihn nicht gehört zu haben. »Ein Händler hatte gemeldet, ein großer Sklavenhaufe belagere eine Plantage. Sie lag zu weit von der Küste, wir konnten unsere Kanonen nicht einsetzen. Varian befahl mir deshalb, die Sklaven mit einer Gruppe bewaffneter Matrosen auszulöschen.« Er wischte sich den Mund. »Als wir ankamen, trafen wir auf keinen Haufen, sondern auf eine blutrünstige kleine Armee. Alle Weißen waren zerhackt worden. Und die Frauen«, er schauderte in der Erinnerung, »waren sicher dankbar gewesen, als sie endlich sterben durften.«

»Varian ging ankerauf und ließ Sie im Stich, nicht wahr?«

Poland sah ihn verblüfft an. »Aye, Sir Richard. Er nahm an, wir seien genauso zerstückelt worden wie die armen Leute auf der Plantage. Mit einer Niederlage wollte er auf keinen Fall in Verbindung gebracht werden. Also segelte er davon, berichtete dem Admiral, er hätte den Kontakt zu uns verloren und uns von See aus nicht mehr helfen können. Wenn nicht örtliche weiße Miliz uns schließlich rausgehauen hätte, wären wir wirklich zerstückelt worden.«

»An Deck! Die Korvette setzt mehr Segel!«

Poland schien den Ruf nicht gehört zu haben. Im selben sachlichen Ton fuhr er fort: »Varian war noch nie in einem richtigen Gefecht. Er hat Schmuggler gejagt und Piraten aufgebracht, mehr nicht.« Dann richtete sich Poland auf, seine alte Förmlichkeit schien zurückzukehren. »Ich hätte den Vorfall damals sofort melden müssen, unterließ es aber. Varian empfahl mich für ein eigenes Kommando, ich bekam die *Truculent* – und schwieg.«

Bolitho drückte sich den Hut tiefer in die Stirn. Selbst wenn nur die Hälfte von dem stimmte, was er soeben gehört hatte, war Kommandant Varian mit seiner *Zest* eine Gefahr für jeden, der sich auf ihn verließ. Seine *Zest* war auch am Kap der Guten Hoffnung nicht auf ihrer Station gewesen. Hätte die *Miranda* sonst überlebt? War Varian ein Feigling?

»An Deck! Segel in Luv voraus!«

Poland starrte nach oben und sah dann Bolitho an. »Tut mir leid, Sir Richard, ich habe Leutnant Varian diesmal wohl zu unrecht verdächtigt.«

Fürchtete er jetzt etwa die Folgen seines späten Bekenntnisses?

Inskip meldete sich räuspernd. »In Varian irren Sie sich beide. Der ist bestimmt da, wo wir ihn erwarten, und macht den Franzosen Beine.«

»An Deck! Das Schiff in Luv ist eine französische Fregatte, Sir!«

Die Stimme aus dem Ausguck war im ganzen Schiff zu hören. Bolitho bemerkte, wie alle Gesichter sich zu ihm kehrten, nicht zum Kommandanten.

Zest erwartete sie also nicht. Sie saßen in der Falle.

Bolitho sah in Inskips gerötetes Gesicht. »Ich fürchte, wir haben uns nicht geirrt, Sir Charles.« Er drehte sich zu Poland um. »Klar Schiff zum Gefecht, bitte.«

»An Deck! Zweites Segel hinter dem ersten!«

Der Rudergänger stöhnte laut auf.

»Die Korvette hat die Trikolore gesetzt!«

Poland fuhr sich mit der Zunge über die Lippen. Also zwei feindliche Schiffe auf Annäherungskurs und ein drittes wie ein Jagdhund in ihrem Kielwasser. An Steuerbord drückte der Wind mit ganzer Kraft, an Backbord drohte die dänische Küste. War die *Truculent* jetzt gefangen? Sollte er auf Land zulaufen bis zur Strandung – oder sollte er sich stellen, um von dieser Übermacht zerschossen zu werden? Mit erloschenem Blick befahl er seinem Ersten Offizier: »Alle Mann an Deck und dann klar zum Gefecht!«

Die Trommler der Seesoldaten rannten an ihre Plätze. Allday überquerte das Deck, das Entermesser achtlos im Gürtel. Jenour rückte seinen Degen gerade und blickte entschlossen nach achtern, als die Trommeln zu wirbeln begannen.

»Und wenn die *Zest* doch noch kommt?« Nur Bolitho hörte Inskips Frage, als die Männer durch die Decks rannten und überall Zwischenwände abgeschlagen wurden, damit sie niemanden behinderten. »Warum sind es gleich drei Schiffe?« klagte er.

Bolitho sah an Gaffel und Großmast ihre Kriegsflagge auswehen. Die Aufforderung zum Gefecht war angenommen.

»Die Franzosen wußten von unserem Auftrag«, sagte er zu Inskip. »Einer der erfahrensten Gesandten Seiner Majestät war unterwegs nach Dänemark mit einem Flaggoffizier. Darauf hatten die Franzosen nur gewartet. Wenn man uns hier gefangennimmt, kann Napoleon die Dänen wegen ihrer Geheimgespräche mit uns unter Druck setzen. Und damit vielleicht Schweden und Rußland bewegen, auf seine Seite überzugehen.«

Inskip schwieg bedrückt und beobachtete die Männer an den Kanonen, wie sie die Zugseile lösten und mit Handspaken die Rohre in die richtige Position drückten. Quer über das Oberdeck wurden oben Netze aufgeriggt, um die Besatzung vor fallenden Trümmern zu schützen. Auch die Boote wurden von ihren Klampen gehievt und zu Wasser gebracht. Bei Beschuß waren sie eine Quelle gefährlicher Splitter – und nach dem Gefecht eine zusätzliche Beute für den Sieger. Für die meisten Matrosen aber bedeuteten sie eine Chance zu überleben, und mancher sah ihnen düster nach.

Die Seesoldaten luden ihre Musketen und pflanzten die

Bajonette auf. Sie würden auch auf die eigene Besatzung schießen, falls einer in Panik davonlief.

»Schiff ist klar zum Gefecht!« meldete Williams mit entschlossenem Blick.

»Sehr gut, Mr. Williams«, antwortete Poland distanziert. »Aber noch nicht laden und ausrennen.« Seine Augen waren so starr, als sei er bereits tot.

Inskip berührte Bolitho am Ärmel. »Wollen Sie wirklich gegen drei Schiffe kämpfen?«

Bolitho antwortete ihm nicht direkt. »Heißen Sie meine Flagge im Vortopp, Kapitän Poland. Damit man weiß, wer an Bord ist.«

Inskip ließ die Schultern sinken. Deutlicher hätte die Antwort nicht ausfallen können.

Der Himmel klarte in der nächsten Stunde auf, die Sonne durchbrach die Wolken, brachte aber keine Wärme. Schaumflocken flogen über die Netze, und wen sie trafen, der erschauerte wie unter dem Anprall von Eis.

Bolitho bat den ältesten Midshipman um sein Teleskop und ging zu den Besanwanten. Ohne Hast enterte er in die Webleinen auf und beobachtete den Feind durchs Glas.

Die erste französische Fregatte war auf ihrem konvergierenden Kurs gut zu erkennen. Jedes Segel war gesetzt und stand prall im Wind. Sie war groß, Bolitho schätzte sie auf vierzig Kanonen. Die zweite war kleiner, etwa so groß wie die *Truculent.* Unschwer konnte er sich auf ihr den Lärm vorstellen, das gleiche Quietschen der Lafetten, die gleiche Ungeduld der Männer, die auf den Befehl zum Ausrennen warteten.

Um sich herum spürte er Stille. Jedermann an Deck beobachtete ihn, während er den Feind abschätzte. Die Franzosen ließen sich Zeit.

Er schob das Rohr zusammen, stieg nach unten und gab es dem Midshipman zurück. »Vielen Dank, Mr. Fellowes.« Der junge Mann lächelte geschmeichelt, denn der Admiral hatte sich an seinen Namen erinnert. Bolitho überquerte das Achterdeck. Neben Poland standen Inskip und Agnew, der kummervolle Sekretär. Alle drei erwarteten sein Urteil über die Lage.

Bolitho sprach nur mit Poland. »Lassen Sie bitte mehr Segel setzen.« Er sah nach oben in die Rahen. »Der Wind hat etwas nachgelassen, wir werden die *Truculent* also dadurch nicht entmasten.«

Er erwartete Protest, ein Gegenargument, doch dann sah er, als Poland sich an seinen Ersten wandte, etwas wie Erleichterung im Gesicht des Kapitäns. Die Toppgasten hasteten in die Takelage, und Bolitho sah die Großrah sich im achterlichen Wind spannen wie ein riesiger Bogen; Leinwand knallte, als die Royals gesetzt wurden.

Poland kam keuchend zurück. »Befehle, Sir?«

Bolitho wußte, er würde das kommende Gefecht durchstehen, egal wie es ausging. »Die Franzosen werden nach ihrer üblichen Taktik vorgehen«, erläuterte er. »Die erste Fregatte wird nahe heransegeln und uns mit ihrem großen Kaliber bestreichen.« Polands düsterer Blick folgte seinem ausgestreckten Arm, als könne er auf der gegnerischen Fregatte schon die Mündungsfeuer sehen. »Ich glaube, daß ihr Kommandant seiner Sache sehr sicher ist. Vielleicht zu sicher.«

»Das wäre ich an seiner Stelle auch«, warf Inskip ein, aber Bolitho überhörte ihn.

»Er wird versuchen, die *Truculent* manövrierunfähig zu schießen, uns mit Ketten- oder Stangenkugeln die Rahen und Masten abzurasieren. Die zweite Fregatte wird unser Heck beharken wollen, denn so fahren die Franzosen üblicherweise einen Angriff mit zwei Schiffen gegen eins. Aber heute werden wir das verhindern.« Poland zuckte zusammen, denn an einem Mast war mit einem Knall wie ein Pistolenschuß eine Leine gebrochen. »Wenn sie uns erst entern, haben wir keine Chance mehr.« Er deutete nach achteraus. »Vergessen Sie nicht, da gibt es immer noch den lauernden Aasgeier, der auch seinen Teil zum Sieg beitragen möchte.«

»Was also tun wir?« fragte Poland mit trockenen Lippen.

»Kapitulieren, wenn Sie mich fragen!« warf Inskip ein.

Bolitho sah ihn direkt an. »Ich frage Sie aber nicht, Sir Charles. Wenn Sie sonst nichts zur Lösung beitragen können, schlage ich vor, Sie verschwinden mit Ihrem Sekretär unter Deck und bereiten sich darauf vor, dem Schiffsarzt zu helfen.« Mit Genugtuung sah er den Ärger in Inskips Gesicht. »Und falls Sie jemals wieder London erreichen, sollten Sie Ihren und meinen Dienstherren schildern, was sie von den Männern da unten verlangen – jedesmal, wenn ein Schiff des Königs ins Gefecht segelt!« Er deutete mit dem Arm auf die Artilleristen, die hinter ihren Kanonen hockten. Als er sich wieder umdrehte, waren Inskip und sein Sekretär verschwunden.

»Damit wären wir unter uns«, wandte er sich an den erstaunten Poland. »Ich ließ mehr Segel setzen, Kapitän, damit die Franzosen glauben, wir wollen fliehen. Nun setzen sie jeden Fetzen Leinwand, um uns aufzubringen. Eine gute Fregatte als Prise – das wollen sie sich nicht entgehen lassen.«

Langsam verstand Poland. »Sie wollen anluven und wenden, Sir Richard?«

»Ja. Lassen Sie uns ein bißchen auf und ab gehen, es dauert noch mindestens eine halbe Stunde, bis der Feind nahe genug ist. Ich finde, Bewegung lockert nicht nur die Muskeln, sondern auch die Gedanken.« Er lächelte. Die Besatzung sollte sehen, wie gelassen ihr Kommandant das alles nahm.

»Das Manöver muß dann ungeheuer schnell geschehen. Wenn Ruder gelegt wird, müssen die Segel schon gerefft sein. Dann können wir zwischen ihnen durchlaufen und beide unter Feuer nehmen!«

Poland nickte. »Sie wissen, daß meine Männer gut gedrillt sind.«

Bolitho verschränkte die Hände auf dem Rücken. Poland verstand. Er brauchte sich nur auf dieses erste Manöver zu konzentrieren.

»Ich würde vorschlagen, der Erste Offizier steht am Fockmast. So kann er jede Kanone kontrollieren und sie notfalls selber richten. Wir werden keine Zeit haben für einen zweiten Versuch.«

Als Poland zu Williams ging und die beiden miteinander sprachen, forderte Bolitho Jenour auf: »Begleiten Sie mich. Ich fürchte, es wird ein heißer Tag, also bleiben Sie immer in Bewegung.«

Allday rieb sich die Brust, denn die alte Narbe machte sich wieder bemerkbar. Plötzlich dachte er an Bolithos Angebot. Eine kleine Kneipe in der Nähe von Falmouth, mit einer rotbäckigen Witwe, die man in den Arm nehmen konnte ... Nicht schlecht. Keine Gefechte mehr, nicht mehr den Donner der Kanonen, nicht mehr das Schreien der Sterbenden, das Brechen der Spieren ...

»Das erste Schiff rennt aus!«

Poland schaute nur kurz zu Bolitho hin, dann kam sein Befehl: »Stückpforten auf! Steuerbordbatterie laden und ausrennen!«

Er hatte verstanden und tat das Richtige. Hätte er beide Batterien ausfahren lassen, hätte der Gegner seine Absicht so klar erkannt, als hätte er sie ihm durch Flaggensignale mitgeteilt.

»Noch nicht feuern!«

Quietschend wie eine aufgescheuchte Schweineherde rollten die Achtzehnpfünder zu ihren Pforten und steckten die Rohre ins Freie. Die Mannschaften beobachteten einander genau, damit die Breitseite gleichzeitig abgefeuert werden konnte.

Weit entfernt krachte es dumpf, und Augenblicke später stieg eine Wassersäule fünfzig Meter an Steuerbord voraus auf: ein Probeschuß, um die Entfernung zu messen.

Poland fuhr sich übers Gesicht. »Klar zur Wende, Mr. Hull!«

Bolitho ging langsam an den gespannt wartenden Rudergasten vorbei. Die Männer wußten, daß sie schon der kleinste

Fehler bei soviel gesetzter Leinwand unter einem Berg gebrochener Masten und Spieren begraben würde. Der junge Zweite am Kartentisch richtete sich auf, als Bolithos Schatten über das Logbuch fiel, in das er gerade den Zeitpunkt des ersten Schusses eingetragen hatte.

»Kann ich etwas für Sie tun, Sir Richard?«

»Ich habe nur aufs Datum gesehen. Vielen Dank.« Bolitho berührte das Medaillon unter seinem Hemd. Heute war Catherines Geburtstag. *Möge die Liebe dich immer schützen*, stand auf dem Medaillon eingraviert, das sie ihm geschenkt hatte. Ihm war, als höre er sie diese Worte laut aussprechen.

Polands Faust knallte in die offene Hand. »Jetzt. Ree!« Sekunden später waren die Segel dichtgeholt, und die See lag vor ihnen wie eine Bühne, vor der sich ein Vorhang gehoben hatte.

»Ruder nach Lee. Hart nach Lee, verdammt noch mal!«

Rufe schallten übers Deck, als die Männer sich in die Brassen warfen, um die Rahen rundzuholen, bis das Deck sich nach dem abrupten Kurswechsel auf die andere Seite neigte. Mannschaften verließen ihre Kanonen und rannten nach Backbord, um den Kameraden dort zu helfen. Als die Pfortendeckel aufschlugen, rannten sie die Kanonen aus, was auf dem schräg nach unten geneigten Deck leichter ging. Gischt sprühte durch die Luken, und mancher glotzte verwundert, als vor seinen Augen eine Fregatte auftauchte, die eben noch auf der anderen Seite gewesen war.

»Ziel erfassen!« Leutnant Williams hob seinen Degen, während er von der Bugkarronade aus seine Geschütze musterte. »Eine Guinee für den ersten Treffer!«

Midshipman Brown neben ihm schrie: »Ich verdopple den Preis!« Sie grinsten einander an.

»Feuer!«

Die Batterie krachte wie eine einzige Kanone. Die ohrenbetäubenden Stimmen der langen Achtzehnpfünder übertönten die Antwort des Feindes. Der französische Kommandant wurde durch das Manöver der *Truculent* völlig überrascht, nur die Hälfte seiner Kanoniere hatte überhaupt ein Ziel erfaßt. Seine Segel waren nur ein Berg wild killender Leinwand. Die Toppgasten versuchten, sie zu zähmen, um der *Truculent* auf ihrem neuen Kurs zu folgen.

Am Kompaßhäuschen fühlte Bolitho das Deck zittern, als einige Kugeln des Franzosen in den hölzernen Rumpf schlugen. Das Wasser spritzte hoch auf, als die Kettenkugeln wirkungslos herabfielen, die dem Rigg der *Truculent* gegolten hatten.

»Ziel erfassen an Steuerbord, Mr. Williams!« rief Poland nach vorn. Die Männer eilten an ihre Geschütze zurück, wie sie es oft genug exerziert hatten. Die Entfernung zur zweiten Fregatte war viel größer. Auch sie lag mit flatternden Segeln im Wind, ihr Kommandant versuchte das gleiche Manöver.

Williams musterte die Steuerbordbatterie, dann schnitt sein Degen durch die Luft.

»Feuer!«

Bolitho hielt den Atem an, als das Mündungsfeuer der Breitseite aus den Kanonen leckte. Eine gut geplante Salve, doch der Gegner lag noch im Wind und zeigte sich von vorn: ein schmales Ziel auf zwei Kabellängen Entfernung.

Wie ein großer Baum neigte sich der Fockmast der zweiten Fregatte langsam unter dem Druck des Windes nach vorn. Er neigte sich weiter, zog brechende Wanten und Stagen hinter sich her, und dann rauschte auch der Großmast nach unten und begrub das ganze Deck unter Leinwand und Trümmern. Wahrscheinlich hatte die letzte Breitseite der *Truculent* das besorgt. Doch auch ein einziger Glückstreffer aus einem Achtzehnpfünder reichte aus dafür.

Bolitho sah Poland ins rauchverschmierte Gesicht. »Jetzt stehen unsere Chancen schon besser, Kapitän.«

Die Matrosen an den Neunpfündern auf dem Achterdeck jubelten heiser. Allday sah durch den Pulverrauch, daß die erste Fregatte langsam wieder Fahrt aufnahm. Sie lag jetzt an Backbord, ihr Großsegel war aufgetucht, die anderen Segel hatten Kanonenschüsse durchlöchert. Bolitho hatte den Franzosen den Windvorteil genommen. So war das damals auch bei den Saintes gewesen auf ihrem ersten Schiff, der *Phalarope*. Bolitho war immer noch der wagemutige Schiffsführer von damals, trotz seines hohen Ranges.

Aber die Männer jubelten zu früh. Allday sah nach drüben und packte sein Entermesser fester. Hier kommt die Antwort, dachte er.

Williams hob seinen Degen und blickte nach achtern. »Feuerklar an Backbord, Sir!«

»Feuer!«

Das Schiff wankte und legte sich unter dem Rückstoß der Kanonen auf die Seite. Der Wind trug ihren Pulverrauch zum Feind hinüber. Dann hörte es sich an, als rutsche die *Truculent* über ein Riff oder grabe sich in eine Sandbank. Aber es war die Breitseite des Gegners, die ihren Rumpf traf und durchs Rigg jaulte. Blöcke und gebrochenes Tauwerk fielen auf die Netze. Ein Seesoldat in rotem Rock stürzte vom Großmast und blieb mit ausgebreiteten Armen und Beinen im Netz über einer Stückmannschaft hängen.

Bolitho hustete wegen des Rauchs. Was Inskip unten in der Dunkelheit des Orlopdecks wohl machte? Die ersten Verwundeten wurden schon nach unten getragen, aber wie durch ein Wunder war nichts Wichtiges am Schiff getroffen worden. Nur Jenour schien aus der Fassung gebracht, er wischte sich immer wieder das Gesicht.

»Kapitän Poland, bitte ändern Sie Kurs und laufen Sie genau West«, befahl Bolitho. Aber als er durch den dünner werdenden Rauch nach ihm sah, lag Poland auf den Planken, ein Bein seltsam verbogen unter sich. Mit beiden Händen griff er sich an die Kehle, als wolle er das Blut stillen, das wie rote Farbe über seine Uniform strömte. Bolitho kniete sich neben ihn. »Bringen Sie ihn nach unten!« Aber Poland schüttelte so heftig den Kopf, daß Bolitho die offene Halswunde sah, die ihm ein Splitter gerissen hatte. Er starb, erstickte beim Sprechen an seinem eigenen Blut. »Gott verdamme Varian, den feigen Hund!« waren seine letzten Worte.

Leutnant Munro stand bleich neben Bolitho. »Ihr Kapitän ist gefallen«, sagte dieser. »Melden Sie das dem Ersten!«

Selbst noch im Tod blickten Polands Augen zornig und ablehnend. Er war mit einem schrecklichen Fluch auf den Lippen gestorben.

Bolitho sah zu Williams nach vorn – er stand da ohne Hut, mit dem Degen noch in der Faust. Ein Matrose bedeckte die Leiche Polands mit einem Stück Segeltuch.

Bolitho erhob sich und trat an die Querreling. Das Schiff erzitterte unter ihm, als eine weitere Breitseite abgefeuert wurde. »Varian ist wirklich ein feiger Hund«, murmelte er.

»Die Korvette, Sir!« meldete Jenour. »Sie greift uns an.«

»Danke, ich seh's. Melden Sie's der Steuerbordbatterie und auch den Seesoldaten. Niemand wird dieses Schiff entern. Mein Befehl gilt: niemand!«

Jenour gab den Befehl weiter an einen Gehilfen des Bootsmannes. Er hatte einen Bolitho gesehen, den er bisher nicht kannte: einen Mann ohne Furcht, ohne Haß, aber auch ohne Hoffnung. Jetzt suchte Bolithos Blick in den Rauchschwaden seinen Bootssteurer Allday. Jenour sah, wie die beiden einander zulächelten, als die Kanonen feuerten. Wie zwei uralte Freunde, die wußten, was kam, ohne sich davor zu fürchten.

Bolitho hatte Jenours Erstaunen bemerkt, vergaß es aber sofort. Die Kanonen fingen sich beim Rückstoß in ihren Brocktauen. Wie Besessene stürzten sich die Kanoniere über sie, wischten die rauchenden Rohre aus, rammten Pulverladungen hinein und schließlich die bösartig glänzenden Kugeln. Pulverrauch hatte ihre nackten Rücken geschwärzt, und trotz des scharfen Windes schnitt Schweiß dünne Rinnsale in den Schmutz.

Blut färbte das Deck, das von den französischen Kanonenkugeln tiefe Risse davongetragen hatte. Einer der riesigen Achtzehnpfünder war umgestürzt und hatte einen Mann unter sich begraben. Seine Haut rauchte noch unter dem glühend heißen Lauf. Andere Tote waren zur Seite gezerrt worden, um Platz für die Pulverjungen zu machen, die von

Kanone zu Kanone hetzen und ihre Kartuschen fallen ließen, ohne nach links und rechts zu sehen. Zwei Körper, die fliegende Metallsplitter so zugerichtet hatten, daß nichts an ihnen mehr an einen Menschen erinnerte, wurden über die Netze gehoben und ins Wasser geworfen. Ihre Bestattung war ebenso brutal wie der Tod im Gefecht.

Im Teleskop beobachtete Bolitho die andere Fregatte. Sie war bestimmt so oft getroffen worden wie die *Truculent*, aber sie schoß immer noch. Bolitho spürte die Einschläge unter sich im Rumpf. Dazwischen hörte er das Arbeiten der Pumpen. Wenn Poland noch lebte, hätte er jetzt sicher einem seiner Offiziere befohlen, für noch schnelleres Lenzen zu sorgen.

Auf dem Achterdeck seines Gegners entdeckte Bolitho im Glas den französischen Kommandanten, der ihn selber mit dem Teleskop beobachtete. Er bewegte das Glas und sah drüben am Ruder Tote und Sterbende. Williams Breitseiten hatten also fürchterliche Ernte gehalten. Doch die *Truculent* mußte weiterfeuern, die Fregatte manövrier- oder kampfunfähig machen, damit sie nicht selber zusammengeschossen wurde.

Er senkte das Glas und rief Williams zu: »Zielen Sie hinter ihren Großmast! Feuern in der Aufwärtsbewegung!«

Einschläge übertönten seine Worte, aber ein Unteroffizier hatte sie verstanden und rannte mit dem Befehl nach vorn. Mit gefletschten Zähnen grüßte Williams bestätigend. Rechnete er damit, das Kommando zu übernehmen? Hatte er Furcht vor dem Tod? Bolitho wußte wenig von diesem Mann da vorn im feindlichen Feuer.

Stücke des Schanzkleids surrten durch die Luft und wirbelten angesengte, aufgeschlitzte Hängematten wie kopflose Körper übers Deck. Metall schlug gegen eine Kanone, Männer daran brachen zusammen und wanden sich zuckend in ihrem eigenen Blut. Der junge Midshipman neben Williams wurde mit weggerissenem Gesicht beiseitegeschleudert.

Bolitho dachte an die Grabsteine auf dem Friedhof von

Falmouth. Für den jungen Midshipman würde man sicher auch einen errichten, wenn die Nachricht von seinem Tod in England eintraf: gefallen für König und Vaterland. Wie würden es seine Angehörigen aufnehmen?

»In der Aufwärtsbewegung!« Die Kanonen brüllten, Bolitho wurde fast von den Füßen geschleudert. Spieren regneten aus dem Kreuzmast des Franzosen, ein weiteres Marssegel flog in Fetzen davon. Aber seine Flagge wehte noch, der Kampf ging weiter.

»Sie kommt näher, Sir Richard!« schrie Leutnant Munro. Bolitho nickte und zuckte zusammen, als eine Kugel einen Seesoldaten in zwei Teile riß. Er hatte den Niedergang bewacht, der unter Deck führte. Midshipman Fellowes stopfte sich die Faust in den Mund, um nicht zu erbrechen oder nicht zu schreien - beides wäre verständlich gewesen.

Munro senkte sein Glas. »Die andere Fregatte treibt, aber sie kappen die Trümmer.«

»Ja. Wir müssen die hier erledigen, ehe sie wieder in den Kampf eingreifen kann.«

Es krachte laut hinter ihnen. Splitter heulten durch die Luft und schlugen ins Holz. Etwas traf Bolithos linke Epaulette und riß sie fort. Sie fiel an Deck wie ein verächtlich weggeworfenes Taschentuch. Nur einen Fuß tiefer, und der Eisensplitter hätte sein Herz durchschlagen. Er streckte stützend die Arme aus, als Munro gegen die Reling sank, eine Hand unter der Jacke. Helles Blut strömte darunter auf seine weiße Weste und seine weißen Breeches. Allday fing Munro auf und legte ihn sanft auf das Deck.

»Laß den Arzt kommen!« befahl Bolitho.

Der Leutnant starrte mit weitgeöffneten Augen in den leeren blauen Himmel, als begreife er nicht, was geschah.

»Nein, Sir, bitte nicht.« Er keuchte, als der Schmerz kam, Blut lief ihm aus einem Mundwinkel. »Ich will in Ruhe sterben.«

Allday stand auf und sagte heiser: »Keine Chance, Sir Richard. Glatt durchschossen!«

Jemand rief um Hilfe, ein anderer schrie auf vor Schmerz, als wieder Kugeln in den Rumpf schlugen. Bolitho fühlte sich wie gelähmt. Das alles war wie damals auf der *Hyperion.* Wie damals hielt er die Hand eines Sterbenden, der erstickt stammelte: »Warum ich?«

»Ich bin ja da, Mr. Munro«, sagte Bolitho. »Gleich geht es Ihnen besser.«

Munros Augen wurden groß, dann wich alles Verstehen aus ihnen.

Hull, der Master, der mit Wind und Ruder sein eigenes Gefecht geführt hatte, rief: »Korvette nimmt Fregatte in Schlepp, Sir!«

Bolitho erhob sich. »Warum denn das?« Er stellte die Schärfe seines Glases nach.

Hinter Rauchfahnen entdeckte er die beiden Schiffe. Ein Beiboot brachte die Schlepptrosse zur Fregatte. An einer Rah der Korvette wehten Signalflaggen aus, und als er sich umdrehte, sah er Signalflaggen auch über den Mündungsblitzen der kämpfenden Fregatte. Dieser Kommandant gab den Kampf bestimmt nicht auf, warum also schleppte die Korvette das große Schiff aus dem Feuerbereich? Das war doch unsinnig.

Die Rahen des Franzosen bewegten sich plötzlich, und wie durch Zauberei blähten sich alle seine Segel.

»Die Fregatte wendet, Sir Richard!«

Bolitho brüllte durch die hohlen Hände nach vorn: »Mr. Williams, feuern Sie auf ihr Heck, wenn sie wendet!«

Allday schien genauso verblüfft. »Warum bricht sie den Kampf ab? Wenn die drei uns . . .«

Plötzlich war es fast still. Man hörte nur die Kommandos der Stückführer und das Saugen der Pumpen. Von irgendwo oben kam die Stimme eines Seesoldaten: »An Deck! Segel in Luv!«

Der Franzose nahm Fahrt auf, während er drehte. Bleiches Sonnenlicht lag auf seinem zerschossenen Heck. Der Name *L'Intrépide* war zum erstenmal zu erkennen.

»Nach oben, Mr. Lance, so schnell Sie können! Ich möchte wissen, wer sich da nähert«, befahl Bolitho.

Der Leutnant enterte in wilder Hast auf. Nur einmal verhielt er, als Williams Kanonen wieder schossen und Qualm nach oben stieg.

»Die setzen noch mehr Segel«, rief Allday.

Männer traten verwirrt an die Reling. Was sollte das bedeuten? Verwundete krochen übers Deck, um zu erspähen, was drüben geschah. Sie blieben ohne Antwort.

»Achtung - sie will uns mit den Heckkanonen bestreichen!« rief Bolitho warnend. Er hatte gesehen, wie sich im Heck der Fregatte zwei Klappen öffneten und zwei Mündungen sich hervorschoben. Sie zielten auf die *Truculent*, obwohl sich die Entfernung zwischen den beiden Schiffen schnell vergrößerte.

»Klar zum Feuern!« brüllte Williams wieder.

Als ob ihn der Kampf da unten überhaupt nichts anginge, meldete sich Leutnant Lance von oben: »Es ist eine englische Fregatte. Setzt gerade ihre Kennung.«

»Bestimmt die *Zest*«, knurrte Allday. »Aber verdammt zu spät!«

Lancer, der sein Signalbuch mit nach oben genommen hatte, rief verblüfft herunter: »Es ist die *Anemone*, Sir Richard. Unter Kapitän Bolitho!«

In diesem Augenblick feuerte *L'Intrépide* beide Heckkanonen ab. Eine Kugel schlug ins Achterdeck, streckte zwei Rudergänger nieder, deren Blut Hull bespritzte, und zertrümmerte die Reling. Die letzte Kugel traf den Kreuztopp und ließ gebrochenes Holz und Blöcke herabregnen. Lance blieb oben.

Bolitho fühlte sich fallen, aber keinen Schmerz. Er versuchte zu verstehen, was Lance da gerufen hatte, doch das Denken fiel ihm zu schwer.

Kräftige Hände hielten ihn besorgt und zartfühlend. »Langsam, Sir«, hörte er Alldays Stimme. »Ein Block hat Sie getroffen.«

Dann eine fremde Stimme, ein unbekanntes Gesicht. Der Schiffsarzt tastete seinen Kopf ab. »Ist nicht schlimm, Sir

Richard. Aber wenn er Sie voll erwischt hätte, hätte er selbst Ihren harten Schädel zertrümmert.«

Er hörte Männer jubeln. Da ließ er sich von Jenour und Allday vorsichtig hochheben und stützen. Jetzt kam auch der Schmerz. Bolitho stand zwischen den Trümmern, die der letzte Schuß des Franzosen auf der *Truculent* hinterlassen hatte, und mußte sich übergeben.

Williams schrie: »Eine englische Fregatte, Männer! Wir haben gewonnen.«

»Es ist nur eine Gehirnerschütterung, Sir Richard«, sagte Allday beruhigend.

Bolitho deckte sein linkes Auge ab und wartete darauf, daß der Rauch des Gefechts sich verzog.

Adam war gekommen und hatte sie gerettet.

Er drehte sich zu Allday um. »Es hat geblitzt!«

»Wieso geblitzt? Ich verstehe nicht.« Allday war verwirrt.

»In meinem Auge«, sagte Bolitho. »In meinem Auge ist etwas passiert. Ich kann nicht mehr klar sehen.«

»Halten Sie ihn fest«, sagte Allday zu Jenour. »Ich besorge uns einen Schluck, den brauchen wir jetzt alle. Captain Adam ist gleich da, Sir Richard.«

Er sah über die zerrissenen, blutigen Planken, über die Toten und Verwundeten hinaus auf die kalte Nordsee. Irgendwo schrie ein Mann vor Schmerzen.

Das war die Wirklichkeit. Wenn der Sieg schon vergessen war, blieb immer noch der Schmerz.

XIV Ehrenhändel

»Nun, das hat Ihnen doch nicht viel ausgemacht, Sir Richard. Ihnen als altem Krieger . . .« Sir Piers Blachford schob die Ärmel noch weiter hoch und wusch seine knochigen Hände in einer Schüssel heißen Wassers, die ein Diener in das hohe, kühle Zimmer gebracht hatte. Er lächelte dabei.

Bolitho lehnte sich im Sessel zurück und entspannte sich

langsam. Der Himmel trug schon die Rottöne des nahenden Abends, obwohl es erst drei Uhr nachmittags war. Immer wieder prasselte Regen gegen die Fenster, und von der Straße drang das Klappern der Hufe und Knarren der Räder herauf.

Bolitho hob die Hand an sein verletztes Auge. Es fühlte sich wund und entzündet an nach der gründlichen Untersuchung durch Blachford. Er hatte auch eine Flüssigkeit benutzt, die erbarmungslos brannte.

Blachford sah ihn streng an. »Bitte nicht reiben! Noch nicht!« Er trocknete seine Hände an einem weißen Handtuch ab und winkte den Diener herbei. »Kaffee für Sie?«

Bolitho verneinte. Unten wartete Catherine und machte sich Sorgen. »Ich muß leider gehen. Aber sagen Sie mir jetzt, was Sie herausgefunden haben.«

Blachford schüttelte den Kopf. »Sie sind immer noch derselbe ungeduldige Mann wie damals auf der *Hyperion*. Erinnern Sie sich? Damals hat es noch Hoffnung gegeben.«

Bolitho hielt Blachfords Blick stand. Dieser dürre Mann mit dem grauen Stoppelhaar war auf der *Hyperion* bis zum Ende dabeigewesen und hatte viele Leben gerettet. Damals wie heute erinnerte er Bolitho an einen Reiher, der am Flußufer geduldig wartete, bis er zupacken konnte.

Catherine war sofort zu Blachford gefahren, noch während Bolitho in der Admiralität Bericht erstattete. Trotz seiner vielen Verpflichtungen und Operationen hatte sich Sir Piers Zeit genommen für den Admiral. Bei der Untersuchung half ihm ein kleiner energischer Arzt, der mit kehligem Akzent sprach. Bolitho glaubte in ihm, der sich Rudolf Braks nannte, einen Deutschen oder geflohenen Holländer zu erkennen. Beide Ärzte hatten Nelsons Augenverletzung sehr genau gekannt und einiges darüber veröffentlicht.

Blachford lehnte sich zurück. »Ich möchte mich zuerst mit meinem berühmten Kollegen beraten«, sagte er. »Ihr Auge ist eher sein Gebiet als meins. Wir müssen Sie sicher noch einmal untersuchen, Sir Richard. Sie sind doch hoffentlich noch eine Zeitlang in London?«

Bolitho dachte an Falmouth. Der Winter kam näher, er mußtc dorthin zurück. Er hatte zwar damit gerechnet, auf der *Truculent* zu fallen, aber jetzt rief ihn Cornwall.

»Ich wollte eigentlich nach Hause, Sir Piers.«

Ein kurzes Lächeln. »Also haben wir nur noch ein paar Tage. Wie ich höre, bekommen Sie ein neues Flaggschiff?« Er verriet nicht, woher er das wußte. Bolitho erinnerte sich an Admiral Godschales scheinheiliges Mitgefühl. Dabei hatte er wahrscheinlich schon einen Ersatz parat gehabt, falls Bolitho nicht zurückgekehrt wäre. Hatte Godschale mit Blachford gesprochen?

»Ein paar Tage bin ich noch hier, Sir Piers. Vielen Dank für Ihre Bemühungen. Und vor allem für Ihre Freundlichkeit Lady Catherine gegenüber.«

Blachford erhob sich. »Selbst wenn ich aus Stein wäre, was ja manche behaupten, hätte ich ihrem Wunsch nachgeben müssen. Eine Frau wie sie trifft man nur selten.« Er streckte ihm seine knochige Rechte entgegen. »Ich melde mich wieder.«

Bolitho verließ den Raum und stieg die große Freitreppe hinunter. Unten öffnete ihm ein Diener die Tür zum Wartezimmer. Catherines dunkle Augen waren voller Fragen. Er küßte sie und drückte sie an sich. »Es ist kein schlimmes Urteil«, beruhigte er sie.

Sie suchte in seinem Gesicht nach einem verborgenen Sinn und fand keinen.

Bolitho sah nach draußen in den Regen. »Wollen wir den Kutscher nicht nach Hause schicken und zu Fuß gehen? So weit ist es gar nicht.«

Als sie dann unter seinem weiten Mantel über das nasse Pflaster schlenderten und sich weder von Kutschen noch einem Trupp Kavallerie stören ließen, erzählte sie, daß sie die *Naval Gazette* gelesen hatte. »Kein Wort über Charles Inskip oder dich!«

Er hatte ihr von dem Gefecht berichtet und von *Anemones* rechtzeitigem Auftauchen, das sie alle gerettet hatte, und von

Varians schändlichem Verschwinden. »Der Mann wird mir dafür hängen!« hatte er gedroht.

Jetzt erzählte er ihr mehr. »Weder Sir Charles noch ich waren offiziell an Bord. Das wird man vielleicht nicht glauben, aber es verbreitet doch Unsicherheit. Und vor allem – die Franzosen können unseren Besuch nicht gegen die Dänen verwenden.«

»In dem Bericht heißt es, Poland habe die beiden Fregatten bekämpft, bis dein Neffe erschien. Aber in Wirklichkeit hast doch du das Gefecht geführt!«

Bolitho zuckte die Schultern. »Poland war tapfer. Aber er ahnte wohl, daß er fallen würde. Er hat Varian verflucht, ehe er starb.«

Bolitho schwieg und dachte an Sir Charles Inskip, seinen Sekretär und seinen Diener. Die drei hatten einsilbig und schnell die *Truculent* verlassen.

Sie kamen vor Lord Brownes Haus an, als der Regen heftiger wurde. »Nanu, zwei Kutschen? Ich dachte, wir haben diesen Abend für uns.«

Die Tür öffnete sich, als sie auf der ersten Stufe standen. Mrs. Robbins, die Lord Browne den Haushalt führte und während seiner Abwesenheit auf seinem Herrensitz in Sussex wohnte, begrüßte sie. Sie hatte sich damals rührend um Catherine gekümmert, aber als echte Londonerin eine feste Meinung, was sich schickte und was nicht.

Catherine nahm den Hut ab. »Schön, Sie wiederzusehen, Mrs. Robbins!«

Doch die Haushälterin blickte an ihr vorbei. »Ich wußte nicht, wo Sie sind, Sir! Mr. Allday ist nicht da, Ihr Leutnant ist in Southampton – so geht's doch nicht!«

Bolitho hatte sie noch nie so erregt gesehen. Er nahm ihren Arm. »Was ist denn passiert, Mrs. Robbins?«

Sie vergrub das Gesicht in der Schürze. »Seine Lordschaft – er braucht Sie.« Sie sah die große Treppe hinauf. »Der Arzt ist jetzt bei ihm. Bitte, beeilen Sie sich!«

Catherine wollte schon zur Treppe eilen, doch Bolitho

sah, wie die Haushälterin den Kopf schüttelte. Da sagte er: »Bleib hier, Kate, und kümmere dich um Mrs. Robbins. Laßt euch was Heißes zu trinken bringen. Ich bin bald wieder unten.«

Ein älterer Diener saß oben vor der großen Tür, zu betroffen, um zu grüßen. Bolitho erinnerte er an Allday.

In dem großen Raum war es dunkel, drei Männer saßen im Lichtschein der Lampe an Brownes Bett. Einer, offensichtlich der Arzt, hielt seine Hand und zählte den Puls.

Ein anderer sagte leise: »Er ist gekommen, Oliver.«

Sie machten ihm Platz, und Bolitho setzte sich auf die Bettkante. Da lag der Mann, der sein Flaggleutnant gewesen war, bis er seines Vaters Adelstitel und Besitz geerbt hatte. Er trug ein Tageshemd, und seine Haut glänzte vor Schweiß. Seine Augen weiteten sich, als er Bolitho erkannte. Er flüsterte: »Es geht dir gut – schön. Ich dachte schon, du lebst nicht mehr.«

»Nur ruhig, Oliver, ruhig. Was ist denn passiert?« fragte Bolitho den Arzt.

Wortlos hob dieser einen Verband an. Das Hemd war aufgeschnitten, die Brust mit Blut bedeckt.

Eine Schußwunde. »Wer war das?« fragte Bolitho.

»Näher, komm näher!« Brownes Stimme trug nicht mehr weit.

Bolitho senkte das Ohr dicht an den Mund des jungen Mannes. Wie oft war er unbewegt mit ihm über das Achterdeck geschritten, wenn um sie herum die Hölle tobte. Ein tapferer junger Mann, der hier seinen letzten Kampf verlor.

»Es war Somervell. Ein Duell . . .« Jedes Wort schmerzte ihn, doch er gab nicht nach. »Deine Lady ist jetzt Witwe.« Er biß sich auf die blutleeren Lippen. »Aber mich hat's auch erwischt.«

Verzweifelt fragte Bolitho den Arzt: »Können Sie denn nichts für ihn tun?«

Der schüttelte den Kopf. »Daß er so lange überlebt hat, ist schon ein Wunder.«

Browne griff nach Bolithos Arm. »Der verdammte Somervell hat damals auch meinen Bruder getötet«, flüsterte er mühsam. »Jetzt hab' ich's ihm heimgezahlt.« Sein Kopf rollte zur Seite, er hatte seine letzte Kraft verbraucht und war für immer verstummt.

Bolitho drückte ihm die Augen zu. Nach einer Weile stand er auf. »Ich sage es jetzt Catherine, Oliver.« Sein Auge schmerzte ihn stärker als je zuvor. Er ging zur Tür, wollte noch etwas sagen, spürte aber, daß niemand ihm zuhörte, und schloß die Tür leise von außen.

Unten wartete Catherine auf ihn mit einem Glas Brandy. »Ich weiß es schon«, sagte sie. »Allday ist wieder da und hat es mir erzählt. Browne hat meinen Mann getötet und wurde dabei selbst tödlich verwundet. Es tut mir so leid um deinen Freund, aber für meinen Mann empfand ich schon lange nur noch Abscheu.« Sie reichte ihm das Glas.

»Oliver prägte das Wort von den wenigen Beglückten«, sagte er. »Diese Schar ist mit seinem Tod noch viel kleiner geworden.«

In der Küche saß Allday vor einer Lammpastete, von der er nur die Hälfte geschafft hatte, stopfte seine Pfeife und sagte: »Ein Krug Bier wäre jetzt willkommen, liebe Mrs. Robbins. Und bei längerem Nachdenken auch noch etwas von dem schönen Rum da drüben!«

Die Haushälterin war betroffen vom Tod ihres Herrn und besorgt um ihre eigene Zukunft. Lord Oliver, wie man ihn in der Küche nannte, war der letzte der Familie. Nach seinem Tod würden Titel und Besitz an einen entfernten Cousin übergehen - und was wurde dann aus ihr?

»Wie können Sie nur in dieser traurigen Stunde so unbeschwert essen, trinken und rauchen?« fragte sie böse.

Allday sah sie aus rotgeränderten Augen an. »Das will ich Ihnen erklären. Ich habe überlebt«, er zeigte nach oben, »wir haben überlebt. Ich vergieße für jeden toten Kameraden eine Träne, aber wirklich kümmern tu' ich mich nur um uns!«

Sie schob ihm den Steinkrug zu, obwohl er schon angetrunken war. »Benehmen Sie sich bloß anständig, wenn die Bestatter nachher die Leiche abholen. Adel oder nicht, das Duell war gegen das Gesetz!«

Schnell zog sie den Becher Rum weg, als Alldays Kopf auf den Tisch fiel. In diesem Haus war der Krieg immer sehr weit entfernt gewesen, hier hatte nie Mangel geherrscht. Nur wenn Lord Oliver selbst auf See gewesen war, hatte man an den Krieg gedacht. Doch mit Alldays letztem Satz war er wieder zurückgekehrt.

Sie hörte eine Tür klappen. Sicher gingen die beiden jetzt zur Totenwache nach oben. Ihre strengen Züge wurden mild. Lord Oliver hätte es gefreut, so gute Freunde an seiner Bahre zu wissen.

Der Arzt, der beim Duell dabeigewesen war, machte kein Hehl daraus, daß er es eilig hatte, das Haus zu verlassen. Er konnte nichts mehr tun, beide Duellanten waren tot.

»Oliver hat also in einem Brief hinterlassen, daß er in Sussex bestattet werden wollte?« fragte Bolitho. »War er denn so sicher, daß er sterben würde?«

Der Arzt sah kummervoll zu Catherine am Kamin hinüber und antwortete leise: »Viscount Somervell galt als erfahrener Duellant. Lord Brownes Brief war nur eine kluge Vorsorge.«

Unten an der Treppe wurde geflüstert, Türen öffneten und schlossen sich. Man bereitete alles für die Überführung des Toten auf den Familiensitz in Sussex vor.

Catherine sagte: »Mein letzter Dienst an Somervell ist hoffentlich bald getan. Keine Sorge, Richard, ich werde dich dabei nicht enttäuschen.« Sie nahm seine Hand, als seien sie beide allein im Raum.

Wieder einmal war Bolitho überrascht von ihrer Kraft. Mit Hilfe des Doktors hatte sie Somervells Leiche bereits in das große Haus am Grosvenor Platz bringen lassen. Mußte sie nun in jenem Haus alle Vorkehrungen für die Beerdigung ihres Mannes treffen? Er streichelte ihre Hand. Wenn sie das tun mußte, würde er ihr dabei helfen. Den Skandal konnte das kaum noch verschlimmern.

Ein Diener mit verweinten Augen öffnete die Tür. »Pardon, aber der Leichenwagen ist jetzt da.«

Neue Stimmen, viele Schritte, dann trat ein kräftiger Mann in dunkler Kleidung ein und stellte sich als Hector Croker vor, der Verwalter des Browneschen Landsitzes. Er mußte sofort aufgebrochen und ohne Rast und Ruh über die gewundenen Landstraßen nach London gejagt sein. Der Arzt übergab ihm einen Umschlag mit Papieren, offensichtlich sehr erleichtert.

Croker sah Mrs. Robbins zwischen ihren Taschen und Koffern stehen. »Sie fahren mit uns. Seine Lordschaft hat bestimmt, daß Sie auf dem Gut bleiben.« Mrs. Robbins verschwand ohne langen Abschied.

Im Erdgeschoß beobachteten sie, wie dunkelgekleidete Männer den Sarg durch die Halle und in den Wagen trugen. Bolitho folgte ihnen und gab ihrem Vormann ein paar Münzen. Catherine trat zu ihm vor die Tür und schob eine Hand unter seinen Arm. »Auf Wiedersehen, Oliver. Ruhe in Frieden.«

Ein Regenschauer jagte heran, aber sie blieben mit entblößten Häuptern draußen stehen, bis der Wagen abgebogen war.

Im Haus wandte sich Yovell an Bolitho: »Soll ich packen, Sir Richard?«

Catherine kam seiner Antwort zuvor. »Ich packe selber, Sie werden anderweitig viel zu tun haben.« Sie sah Bolitho an: »Du willst doch bestimmt an Val schreiben, aber auch an Konteradmiral Herrick.«

»Ja«, sagte Bolitho nachdenklich. »Sie kannten Oliver so gut wie ich.«

Valentine Keen war in Chatham dabei, die *Black Prince* in Dienst zu stellen. Das Schiff war inzwischen vom Stapel gelaufen, doch nun begann die aufreibendste Arbeit. Erfahrene Seeleute und Unteroffiziere mußten gesucht werden, es gab endlose Verhandlungen mit den Proviantverwaltern. Wenn man nicht alles kontrollierte, wurde oft schlechtere Ware als bestellt angeliefert, auf daß sich Krämer und Zahlmeister den Gewinn teilen konnten. Aus einem Eichenwäldchen ein gut funktionierendes Kriegsschiff zu machen, einen Baustein in den hölzernen Mauern, die England schützten, das war eine kräftezehrende, schier endlose Aufgabe.

Bolitho mußte auch Adam benachrichtigen, der die lecke *Truculent* mit seiner *Anemone* in den Hafen geschleppt, aber dort kaum Zeit zum Ankern gehabt hatte, so schnell wurde er wieder auf See gebraucht. Auch Adam war einer von Bolithos früheren Flaggleutnants. Mehr als andere wußte gerade er, wie sehr dieser Posten den Mann an den Admiral band.

Catherine sagte in seine Gedanken: »Mit Somervells Tod ändert sich für uns nichts, Liebster.«

Bolitho nickte. Catherine war frei, aber er nicht. Belinda würde in eine Scheidung niemals einwilligen. »Ich werde bei dir bleiben und dir helfen«, versprach er.

»Er hatte kaum Verwandte. Und die auch nur in Übersee.«

»Aber Freunde bei Hofe hatte er«, sagte Bolitho. Ihm fiel auf, daß sie ungern Somervells Namen nannte.

Sie nickte. »Allerdings war der König ungehalten über seine wilden Launen und seine Spielsucht. Er hat alles verspielt, was ich je besaß. Und nun werde ich erben, was von seinem Besitz noch übrig ist. Seltsam, nicht wahr?«

Nachmittags traf Jenour ein, außer Atem und schmutzbespritzt. Er hatte sechs Pferde auf dem Weg von Southampton nach London müde geritten, nachdem er dort von Lord Brownes Tod gehört hatte. »Mein Platz ist jetzt wohl bei Ihnen«, sagte er zu Bolitho. »Ich weiß, wie sehr Sie ihn geschätzt haben.«

Catherine war in Yovells Begleitung zu Somervells Notar gegangen und hatte Bolitho nicht mitnehmen wollen. Sie war also wieder frei und vielleicht sogar finanziell unabhängig, wenn Somervell Besitztümer hatte. Ob da Falmouth bei seiner häufigen Abwesenheit wirklich ein Ersatz für das Leben war, das sie in London kannte – und sich vielleicht wieder wünschte? Und was blieb ihr, wenn er fiel? Vorsichtig berührte er sein linkes Auge.

»Was kann ich für Sie tun, Sir Richard?«

Bolitho hatte Jenour fast vergessen. »Wir brechen nach Chatham auf, zu unserem neuen Flaggschiff. Und dann müssen wir noch zur Kriegsgerichtsverhandlung gegen Kapitän Varian. Er hat uns im Stich gelassen, genau wie er damals Poland auf Jamaika im Stich ließ.«

Jenour nickte.

Die Tür öffnete sich, ein Bote brachte Nachricht von Dr. Rudolf Braks, dem Augenarzt, daß sich Bolitho am nächsten Morgen um zehn Uhr bei ihm einfinden solle. Es wirkte mehr wie ein Befehl als wie eine Einladung.

Für Jenour klang der Name Braks ausländisch. Woher kannte er ihn? Sein Vater hatte ihn einmal erwähnt – aber in welchem Zusammenhang?

Bolitho bedankte sich mit einem Trinkgeld. Als er Catherine kurz darauf zurückkehren hörte, bat er Jenour: »Erwähnen Sie Braks nicht gegenüber Lady Catherine. Sie hat genug Probleme, um die sie sich jetzt kümmern muß.«

Sie begrüßte Jenour herzlich und umarmte Bolitho. »War es schlimm?« fragte er.

Sie hob die Schultern. »Noch nicht. Der Bericht des Arztes ging an die Behörden, und da beide Duellanten gefallen sind, kann niemand angeklagt werden.« Als Jenour das Zimmer verlassen hatte, fuhr sie fort: »Ich weiß, was du jetzt befürchtest, Richard, und wenn ich dich nicht so sehr liebte, wäre ich verärgert. Du hast mich aufgenommen, als ich keinen Penny besaß, jetzt kann ich auch etwas für dich tun, Liebster.« Sie blickte ins Kaminfeuer. »Wir müssen bald aufbrechen. Ich werde dieses Haus vermissen, von dem die Welt so weit entfernt war.« Sie schaute aus dem Fenster; immer noch rann Regen über die Scheiben. »Aber hier ist es dunkel geworden.«

Der Tag von Somervells Trauerfeier endete schneller, als beide dachten. In dem großen Haus am Grosvenor Square gingen Leute ein und aus, die sie kaum kannten, Freunde des Toten und Neugierige, die einen Blick auf die Leiche und Catherine werfen wollten.

Der Arzt, der an Olivers Totenbett gestanden hatte, war ebenfalls zugegen und fragte die Witwe, ob sie den Toten noch einmal sehen wolle.

Catherine schüttelte den Kopf. »Ich habe gewiß manche Fehler, aber eine Heuchlerin bin ich nicht!«

Es gab nur einen bösen Zwischenfall, als der letzte Besucher des Tages gemeldet wurde: Oberst Collyear von der Königlichen Gardekavallerie. Er war ein großer, arroganter Soldat mit grausamem Mund. »So sehen wir uns also doch noch mal«, sagte er zu Lady Catherine. »Ich fände es grotesk, Ihnen mein Beileid auszusprechen. Doch der Anstand verlangt, daß ich Ihrem toten Gatten einen letzten Gruß entbiete.«

Dann bemerkte er Bolitho und fuhr in demselben überheblichen Ton fort: »Zuerst dachte ich, Sie seien sein Gegner gewesen, Sir. In dem Fall hätte ich Sie gefordert.«

Ruhig antwortete Bolitho: »Sie finden mich jederzeit bereit, falls Sie es wagen sollten, mich oder diese Dame zu beleidigen. Zwingen Sie mich nicht dazu, den Ernst dieses Tages zu vergessen.«

Catherine sagte nur: »Bitte gehen Sie. Jedes weitere Wort wäre zuviel.«

Sporen und Säbel klirrten, als der Mann sich steif verabschiedete. Bolitho mußte an den Ersten Offizier der *Hyperion* denken, der mit dem Schiff untergegangen war. Leutnant Parris war verwundet worden und hatte sich erschossen, um nicht unter das Messer des Chirurgen zu kommen. Aber zuvor hatte er ihm noch seine unselige Leidenschaft für Somervell gestanden. Der arrogante Oberst Collyear war sicherlich auch so ein Männerfreund des Viscount gewesen.

Jenour lehnte an einer Säule. »Ist sein Steward noch im Haus?« fragte ihn Catherine.

»Ja, Mylady. Ich fand ihn in seinem Zimmer, weinend.«

»Geben Sie ihm sein Geld und schicken Sie ihn weg. Ich möchte ihn nicht mehr im Hause haben.« Sie wandte sich an Bolitho. »Dieses Haus gehört nun mir, aber mein Heim wird es nie.« Sie küßte ihn. »Ich könnte dich hier nicht umarmen.«

Als die Diener Stroh auf der Straße ausgebreitet hatten, um den Lärm vorbeirollender Kutschen zu dämpfen, und die Haustür abgeschlossen war, saßen beide immer noch vor dem Kaminfeuer, das langsam verglühte.

Ozzard legte später Holz nach, sah, daß beide auf der Couch unter Bolithos schwerem Mantel ruhten, und verließ den Raum. In der Küche stieß er auf Allday.

»Trink einen Schluck mit«, schlug der Bootssteurer vor. »Übrigens, du bist doch ein gelehrter Mann . . .«

»Wieso?« Ozzard verbarg seine Überraschung. Ahnte Allday etwas, wußte er gar, was damals im Haus des Schreibers geschehen war?

»Ich habe hier ein Buch gefunden über Schafzucht. Lies mir daraus vor.«

Der große Bootssteurer und der kleine Diener ließen sich am Küchentisch nieder.

XV Ein letzter Dienst

Kapitän Valentine Keen sah aufmerksam über sein neues Schiff, drehte sich dann um und ging nach achtern, wo im Schutz des Achterdecks hohe Offiziere und Herren der Admiralität auf ihn warteten. *Black Prince*, ein Linienschiff mit vierundneunzig Kanonen, hatte drei Monate früher als geplant in Dienst gestellt werden können. Jetzt mußten nur noch die letzten Formalitäten erledigt werden, dann unterstand dieser riesige Dreidecker ganz seinem Kommando.

Nebenan ankerte ein Linienschiff, das mit seinen vierundsiebzig Kanonen so groß war wie die alte *Hyperion*, die ihnen damals so gewaltig vorgekommen war. Jetzt wirkte der Ankerlieger neben der *Black Prince* klein. Ob sein neues Schiff wohl so gut segeln und manövrieren würde wie das alte?

Keen dachte daran, daß in dieser Werft vor vierundsiebzig Jahren auch Nelsons alte *Victory* auf Kiel gelegt worden war. Was mochte aus der Navy in den nächsten vierundsiebzig Jahren wohl werden? überlegte er. Dann lüftete er grüßend den Hut vor dem Hafenadmiral und nahm Haltung vor Bolitho an. »Das Schiff ist bereit, Sir Richard!«

Er wartete, spürte hinter sich die Stille, wo Offiziere und Mannschaften angetreten waren, um an der offiziellen Übergabe der *Black Prince* teilzunehmen. Auf nahen Mauern und Hellingen saßen Dockarbeiter im kalten Wind. Sie konnten mit Recht stolz auf ihre Arbeit sein.

Diesen Stolz gab es bei der Besatzung noch nicht. Einige Leute waren ihm überstellt worden von Schiffen, die hier zur Reparatur lagen oder neu ausgerüstet wurden. Aber den größten Teil hatten die Preßkommandos aus dem nahen Binnenland und aus kleinen Häfen gebracht: Abschaum, Herumtreiber, die durch gutes Beispiel oder Brutalität erst zu Seeleuten gemacht werden mußten.

Bolitho sah müde aus und erschöpft. Das Gefecht auf der *Truculent* hatte viel von ihm gefordert. Keen konnte sich gut vorstellen, wie Bolitho seinen hohen Rang vergessen hatte, um das Schiff anstelle des gefallenen Kapitäns zu führen. Er hatte mit Bolitho schon auf so vielen Schiffen gedient, daß er sich fragte, wie der Admiral all die Gefahren bisher überlebt hatte.

»Ich freue mich, an diesem stolzen Tag hier an Bord zu sein, Kapitän Keen«, sagte Bolitho lächelnd. Es amüsierte ihn wahrscheinlich, wie formell sie beide vor all den hohen Gästen miteinander umgehen mußten.

Keen dankte. Er musterte sein neues Schiff und fand nichts daran auszusetzen. Seine Offiziere und Decksoffiziere hatten wie er bis zum letzten Tag geschuftet. Es hatte immer wieder Stunden gegeben, in denen er glaubte, die Arbeit würde nie enden. Der Rumpf war voller Zimmerleute und

Tischler gewesen, an Deck arbeiteten die Segelmacher, überall sah man Maler; zwischen ihnen turnten die Midshipmen herum, gescheucht von Cazalet, dem Ersten Offizier. Von ihm wußte Keen wenig, nur daß er schon Erfahrung auf einem anderen Dreidecker gesammelt hatte. Er schien niemals zu ermüden und fand für jedes Problem eine Lösung. Tag für Tag hatte Keen ihn bewundernd beobachtet, wie er über die Berge von Tauwerk stieg, an den Ankern vorbei und zwischen all der Ausrüstung hindurch, die ununterbrochen auf dem Schiff abgeliefert wurde. Nichts mehr war davon zu sehen, das Tauwerk war längst da, wo es hingehörte, zu Fußpferden, Brassen, Taljen, Webleinen und Schoten verarbeitet. Das stehende Gut glänzte frisch geteert wie schwarzes Glas.

Auf dem Vorschiff standen die Seesoldaten in einem roten Quadrat, auf dem Achterdeck in einer Linie. Die Offiziere in ihren blau-weißen Uniformen waren nach Dienstalter angetreten, und hinter ihnen warteten die Midshipmen neben den Decksoffizieren. Einige der jungen Herren sahen in diesem Schiff sicherlich die Chance ihres Lebens. Andere, vor allem die kleinen, die wohl besser bei ihren Müttern geblieben wären, blickten bedrückt um sich. Zwölf Meilen stehendes und laufendes Gut mußten sie nicht nur benennen, sondern nachts im Dunkeln, bei Regen oder in einem heulenden Sturm auch sicher erklettern und bedienen können.

Und schließlich die Seeleute: Erfahrene und Anfänger, Gepreßte und Vagabunden. Sie wußten, daß ihr Leben in Keens Händen lag, daß sein Können im Gefecht über Sieg oder Untergang des Schiffes entschied. Er räusperte sich und hob die Pergamentrolle mit der runden, erhabenen Schrift und dem Siegel der Admiralität. Ihm war, als lese die Worte jemand anderer: ». . . Und nach Prüfung werden Sie an Bord gehen und als ihr Kapitän das Kommando übernehmen . . .«

Hinter ihm räusperte sich eine Dame. Er erinnerte sich, wie neugierig sie alle Bolitho beobachtet hatten und wie enttäuscht sie schienen, weil er ohne Catherine gekommen war. Also nichts, über das man zu Hause tratschen konnte. Keen hatte noch keine Gelegenheit gefunden, Bolitho nach Catherine zu fragen. »... Alle Offiziere und Mannschaften auf diesem Schiff werden Ihnen gehorchen und folgen, wenn Seine Britannische Majestät König Georg entschieden hat, das Schiff *Black Prince* in seine Dienste zu nehmen ...«

Mit einem kurzen Blick über die Rolle sah Keen seinen Bootsteurer Tojohns neben dem vierschrötigen Allday stehen. Ihre vertrauten Gesichter gaben ihm Kraft und Zuversicht, und er fuhr fort: »... Weder Sie noch einer aus Ihrem Schiff wird anderes tun, als ihm die Kriegsartikel vorschreiben. Gott schütze den König!«

Es war geschafft. Keen setzte seinen Hut wieder auf und verstaute die Rolle in seinem Rock. Der Erste Offizier trat vor und rief: »Drei Hurras auf Seine Majestät!« Etwas lauter hätten die Hochrufe ausfallen können, fand Keen, doch als er sich umdrehte, lächelte der Hafenadmiral. Man beglückwünschte einander, schüttelte Hände und war zufrieden – mit dem Schiff und mit dem Profit.

»Lassen Sie die Besatzung wegtreten, Mr. Cazalet, und kommen Sie dann bitte in meine Kajüte!«

Cazalet hob eine Augenbraue. Es war doch wohl an der Zeit, die Gäste zu bewirten. Einige sahen aus, als würde man sie nur schwer wieder loswerden.

Jenour grüßte mit der Hand am Hut. »Verzeihung, Sir. Sir Richard geht jetzt von Bord.«

»Schade. Ich hatte gehofft, er bleibt länger.« Keen sah Bolitho sich abseits von den Besuchern halten, die jetzt am glänzenden neuen Ruderrad vorbei auf das Achterdeck strömten.

»Übermitteln Sie den Gästen meine Grüße, Val. Ich muß leider gehen. Catherine wollte nicht kommen und sich anstarren lassen.« Bolitho blieb ungerührt, als eine Dame ihn mit offenem Mund betrachtete, bis ihr Begleiter sie weiterschob. »Ich danke Ihnen, daß Sie sich um sie gekümmert haben, als ich auf See war. Und sie wird auch Zenoria finden, ganz bestimmt!«

Keen hörte von achtern Gelächter, das Klappern von Tellern und das Klingen der Gläser. »Ich bringe Sie von Bord, Sir Richard.«

Sie gingen zur Seitenpforte. Keen hatte die Posten verdoppeln lassen. Ihre Musketen trugen Bajonette, ihre gekreuzten Brustriemen glänzten fleckenlos weiß gekalkt. Sie waren wachsam, denn viele Gepreßte sahen jetzt die letzte Chance zu fliehen, ehe das Schiff in See ging und der Drill begann. Keen hatte mehr Verständnis für sie als andere Kommandanten, doch er wußte auch, daß ihm an der Sollstärke noch immer fünfzig Mann fehlten. Bewaffnete Doppelposten würden jeden abhalten, sein Heil in der Flucht zu suchen.

»Wache an die Pforte!« Die neue glänzende Admiralsbarkasse dümpelte leicht im geschützten Wasser des Hafens. Allday saß im Heck, seine Männer trugen neue karierte Hemden und geteerte Hüte.

Bolitho verhielt für einen letzten Rundblick. Ein Schiff ohne Vergangenheit, ohne Erinnerungen. Ein ganz neuer Anfang. Seltsam, das alles.

»In den nächsten Tagen erhalten Sie neue Befehle«, sagte er zu seinem Flaggkapitän. »Bitte nutzen Sie die Zeit, um aus den Leuten eine Besatzung zu machen, auf die wir beide stolz sein können.«

Keen lächelte, obwohl er Bolitho nicht gern gehen sah. »Ich hatte ja den besten Lehrer.«

Bolitho drehte sich um - und merkte, daß er schwankte. Keen packte seinen Arm und hielt ihn fest. Einem Seesoldaten fiel vor Schreck die Muskete aus der Hand, sie krachte aufs Deck. Der Leutnant der Wache fuhr ihn heftig an, das gab Bolitho Zeit, sich zu fangen.

»Ihr Auge, Sir Richard?« Keen war entsetzt über Bolithos hoffnungslose Miene.

»Catherine weiß nichts davon. Aber mir kann niemand mehr helfen.«

Keen stand zwischen ihm und der Ehrenwache, die ihre Pfeifen bereits zum Signal angesetzt hatten. »Ich wette, sie weiß es längst.« Vergeblich suchte er nach tröstenden, helfenden Worten.

»Vielleicht.« Bolitho grüßte die Wache und kletterte vorsichtig die Jakobsleiter hinunter, bis Allday ihm unten in die Barkasse half.

Keen folgte ihnen mit Blicken, bis sie hinter einem ankernden Truppentransporter verschwunden waren. Die *Black Prince* war ein sauer verdientes Kommando für ihn, dienstältere Kapitäne hätten wer weiß was gegeben, es zu bekommen. Ein neues Schiff zu kommandieren, über dem bald die Flagge eines Vizeadmirals wehen würde, brachte jedem Ehre. Warum also fühlte er sich so niedergeschlagen? Ihn störte das Gelächter achtern. Den Gästen an Bord waren die Menschen, die hier dienten, herzlich gleichgültig.

Ein Leutnant stellte sich ihm in den Weg. »Verzeihung, Sir, aber ein Leichter mit Vorräten für uns legt gerade drüben ab!«

»Sind Sie der wachhabende Offizier, Mr. Flemyng? Dann machen Sie Ihre Arbeit auch richtig, Sir, oder ich suche mir jemand anderen!«

Der junge Leutnant schien vor Scham zu versinken, und Keen bereute seinen Ausbruch sofort.

»Tut mir leid, Mr. Flemyng. Mein Rang hat Privilegien, aber sein Mißbrauch ist unverzeihlich.« Erstaunt sah ihn der Offizier an. »Fragen Sie mich ruhig, sonst verstehen wir uns nicht, wenn es darauf ankommt. Aber in dem Fall informieren Sie bitte den Bootsmann und die Wache, daß Vorräte an Bord kommen.«

Der Leutnant verschwand, und Keen sah nach oben. Die Mastspitzen zeichneten winzige Kreise in den Himmel. Möwen ließen sich im Landwind treiben, spähten hungrig nach Abfällen aus.

Das also war sein Schiff!

Die leichte Kutsche, bis hoch an die Fenster mit Schlamm bespritzt, hielt auf dem Hügel an. Die beiden Pferde dampften in der Kälte.

Yovell ließ die Sitzkante los, an die er sich geklammert hatte. »Diese Wege sind eine Schande, Mylady.«

Catherine ließ die Scheibe herunter, steckte trotz des Regens, der sie von Chatham hierher begleitet hatte, den Kopf ins Freie und fragte Matthew, den Kutscher: »Wo sind wir?«

Mit hochrotem Gesicht beugte sich der junge Mann herab und antwortete: »Da drüben das Haus muß es sein, Mylady. Andere gibt es hier nicht.« Er blies die Backen auf. »Ziemlich einsam, wenn Sie mich fragen.«

»Du kennst dich hier aus?«

Er lächelte. »Gewiß, Mylady. Vor vierzehn Jahren war ich hier als Junge. Mit meinem Großvater, der auch schon bei den Bolithos diente.«

»Was hattet ihr in Kent zu tun?«

»Sir Richard war hierher abkommandiert worden, um Schmuggler zu jagen. Er schickte mich aber bald zurück nach Falmouth, als es für mich zu gefährlich wurde.«

Catherine zog den Kopf zurück. »Fahren wir weiter!« Sie schloß das Fenster, und die Kutsche rollte durch Schlamm und Pfützen hügelabwärts. In der Ferne schimmerte der Medway. Die Straße von Chatham folgte dem Fluß, der mal in großen Bögen und Windungen durch das Land floß, mal wie ein See zu ruhen schien, doch immer den Himmel spiegelte, silbern oder bleigrau mit jagenden Wolken. Catherine schauderte, als sie weit draußen Hulks liegen sah, düster und mastlos, sicherlich überquellend von Kriegsgefangenen. Das erinnerte sie an ihre eigene Zeit im Gefängnis.

Bolitho war jetzt an Bord seines neuen Flaggschiffes. Wie lange würde er noch in England bleiben können? Sie nahm sich vor, jede Minute mit ihm zu genießen. Darüber vergaß sie fast den Zweck ihrer Reise und die Sorge, ob Herricks Frau sie überhaupt empfangen würde. Sie dachte zurück an die Beisetzung Somervells auf einem Londoner Friedhof. Niemand hatte mit ihr gesprochen außer dem Pfarrer, den sie aber nicht kannte. Am Grab stand neben ihr nur Bolitho. In der Nähe am Straßenrand warteten Kutschen, aus denen sie

Gesichter beobachteten, um dann später über sie zu hecheln. Ein Mann lehnte an der Mauer und war davongeeilt, als sie den Friedhof verließen: Somervells Steward.

Matthew bremste und bog langsam in eine gut gepflasterte Allee ein. Catherine spürte plötzlich ihr Herz schlagen. Sie kam uneingeladen zu Dulcie Herrick und ohne sich angemeldet zu haben. Aber eine Anmeldung hätte vielleicht eine Absage zur Folge gehabt. Es bedrückte sie, daß Herrick sie nie akzeptieren würde. Und Dulcie?

Yovell sah nach draußen. »Ein schönes Haus. Was für ein Aufstieg!«

Damit spielte er wohl auf Herricks Herkunft an. Bolithos ältester Freund stammte aus ärmlichen Verhältnissen. Nur seine Ehe mit der über alles geliebten Dulcie war ihm Trost und Ansporn gewesen bei seinem schwierigen Aufstieg in der Navy. Als Yovell Catherine aus der Kutsche half, empfand sie Verbitterung. Bolitho hatte seinem Freund immer und überall zur Seite gestanden – hätte Herrick jetzt nicht loyal und tapfer zu ihnen beiden stehen müssen?

»Bleiben Sie beim Kutscher«, bat sie Yovell. »Mein Besuch wird wahrscheinlich nicht lange dauern.«

Matthew, der Kutscher, sagte: »Ich bringe die Pferde auf den Hof, da gibt's hoffentlich Wasser für sie.«

Catherine stieg die Treppe hinauf, hob einen glänzenden Messingklopfer und ließ ihn gegen das Holz fallen. Fast sofort wurde ihr geöffnet. Sie trat in einen dunklen Flur.

Als die beiden Männer in den Hof fuhren, hob Yovell entsetzt beide Hände. Zwei Stallburschen reinigten dort eine Kutsche, die kurz vor ihnen angekommen sein mußte. »Die gehört Lady Belinda, ich kenne sie! Ich muß ins Haus, zu Lady Catherine. Sir Richard würde es mir nie verzeihen . . .«

»Laß sie allein«, sagte der Kutscher. »Du kannst nicht zwei Stuten gleichzeitig reiten.« Er grinste. »Ich setze jederzeit auf Lady Catherine!«

Yovell sah ihn tadelnd an und ging zur Hintertür.

Nach dem Lärm der Reise wirkte der Flur auf Catherine

fast gespenstisch ruhig und kühl wie ein Grab. »Ist deine Herrin zu Hause?« fragte sie die kleine Dienerin, die ihr geöffnet hatte.

»Ja, Madam. Aber sie liegt zu Bett.« Das Mädchen deutete verlegen auf eine Tür. »Und sie hat Besuch!«

Catherine lächelte. »Bitte melde mich an. Catherine Somervell - Lady Somervell.«

Sie trat in ein Vorzimmer und sah draußen zwei Männer im Garten arbeiten. Als der Regen heftiger wurde, suchten sie Schutz unter dem Fenster. Dabei merkte Catherine, daß die beiden spanisch miteinander sprachen.

Eine Tür in der Halle schlug, Schritte ertönten, die Tür zum Vorzimmer wurde aufgestoßen - und Belinda stand ihr gegenüber.

Catherina war noch nie mit ihr zusammengetroffen, erkannte sie aber sofort an der Ähnlichkeit mit ihrem Porträt in Falmouth. »Ich wußte nicht, daß Sie hier sind«, begann sie, »sonst . . .«

»Sonst wären Sie geblieben, wo Sie hingehören«, unterbrach Belinda sie mit großer Schärfe. »Wie können Sie es wagen, hierher zu kommen!« Ihr Blick wanderte abschätzig über Catherine und blieb an ihrem Trauerkleid aus schwarzer, glanzloser Seide hängen. »Wie unverschämt von Ihnen, Trauer zu tragen!«

Von weitem hörte man schwaches Rufen.

»Ihre Meinung darüber ist mir herzlich gleichgültig.« Catherine geriet allmählich in Zorn. »Dies ist nicht Ihr Haus, und ich besuche die Hausherrin, wenn sie es erlaubt!«

»Ich verbitte mir diesen Ton!« fuhr Belinda auf.

»Das sagen ausgerechnet Sie?« Catherine blieb hart. »Sie haben sich mit einem schurkischen Betrüger zusammengetan, um mich zu beseitigen: meinem Mann! Nein, ich trauere nicht um Somervell, sondern um Richards Freund.«

»Ich werde Richard niemals freigeben!« Belinda mußte zur Seite treten, weil Catherine auf die Tür zuging.

»Freigeben? Als ob er ihnen jemals gehört hätte!«

Wieder war die leise rufende Stimme zu hören. Catherine ging ohne ein weiteres Wort an Belinda vorbei. Sie war wie erwartet: schön und herzlos. Diese Erkenntnis machte sie ärgerlich, aber auch traurig.

Das Rufen kam aus einem großen Bett mitten im Nachbarzimmer. Herricks Frau lehnte in den Kissen und musterte die Eingetretene wie vordem Belinda - doch ohne Feindschaft.

»Ich bin gleich wieder da, liebe Dulcie!« rief Belinda von draußen. »Aber im Augenblick brauche ich dringend frische Luft.« Die Haustür fiel zu.

»Bitte verzeihen Sie meinen unangemeldeten Besuch.« Catherine fröstelte trotz des Feuers im Kamin.

Dulcie deutete mit einer Hand auf den Bettrand. »Setzen Sie sich bitte, so kann ich Sie besser sehen. Mein lieber Thomas hat mich vor ein paar Tagen verlassen und segelt jetzt zu seinem Geschwader. Er fehlt mir überall.« Ihre Hand tastete sich auf Catherines zu und ergriff sie. »Ja, Sie sind wirklich schön, Lady Somervell. Ich verstehe, daß Richard Sie liebt.«

Dulcies Hand war heiß und trocken.

»Das ist sehr lieb von Ihnen. Aber bitte, nennen Sie mich Catherine.«

»Es tut mir leid, daß Viscount Somervell gestorben ist ... Regnet es noch?«

Catherines Besorgnis wuchs, denn Dulcies Gedanken liefen wirr durcheinander. »War ein Arzt bei Ihnen?« fragte sie vorsichtig.

Wie von weit her antwortete Dulcie: »Es ist so traurig ... Thomas und ich konnten keine Kinder haben.«

Catherine blieb beharrlich: »Wie lange liegen Sie schon zu Bett?«

Zum erstenmal lächelte Dulcie. Dabei sah sie zerbrechlich aus wie ein Porzellanpüppchen. »Sie ähneln Thomas«, flüsterte sie. »Der fragt auch immer und macht sich solche Sorgen. Er denkt, ich arbeite zuviel. Aber er weiß nicht, wie einsam es hier ist, wenn er auf See ist.«

»Was sind das für Männer, die im Garten arbeiten?«

Dulcie hatte die Frage offenbar nicht verstanden. »Belinda ist so lieb«, fuhr sie fort. »Sie haben eine kleine Tochter.«

Catherine sah zur Seite. Sie, das waren Richard und Belinda. »Diese Männer sprachen spanisch!« beharrte sie.

Sie hatte nicht gehört, daß Belinda zurückgekommen war. »Ach ja, Sie waren ja mal mit einem Spanier verheiratet«, sagte Lady Bolitho. »Einer von Ihren vielen Ehemännern!«

»Es sind Kriegsgefangene«, antwortete Dulcie. »Freigelassen auf Ehrenwort. Sehr gute Gärtner.« Ihre Lider flatterten. »Ich bin so müde . . .«

Catherine löste ihre Hand und stand auf. »Dann werde ich Sie jetzt verlassen. Aber ich würde mich gern ausführlicher mit Ihnen unterhalten, Dulcie.«

Belinda folgte ihr in die Halle. »Verschonen Sie Dulcie mit Ihrer Gegenwart«, sagte sie. »Man weiß ja, wer Sie sind. Müssen Sie sich auch noch den Herricks aufdrängen? Den Ruf meines Mannes haben Sie schon auf dem Gewissen. Eines Tages wird er noch bei einem Duell getötet werden!« Bosheit funkelte in Belindas Augen.

Catherine dachte an den Mann im Lustgarten am Themseufer und an Oberst Collyear. Beide hatten sie behandelt wie eine Hure und beide Male hätte sich Bolitho wirklich fast duelliert.

»Und das macht Ihnen Sorge? Sie waren doch noch nie stolz auf Richard. Warum tragen Sie überhaupt seinen Namen?« Sie ging zur Tür. »Dulcie hat Fieber. Ich habe die beiden Gärtner unter dem Fenster gehört, sie sprachen vom Kerkerfieber, das auf den Gefängnisschiffen herrscht. Vielleicht hat sich Dulcie bei ihnen angesteckt. Seit wann ist sie krank?«

Belinda war unsicher geworden. »Seit zwei Tagen. Seit ihr Mann das Haus verlassen hat.«

Catherine faßte einen Entschluß. »Ich schicke Mr. Yovell mit einer Nachricht nach London. Hier muß ein erfahrener Arzt her, nicht der Landdoktor aus dem Dorf. Und kein Wort zu den Dienern über Kerkerfieber. Die laufen sonst alle weg. Auch Sie sollten das Zimmer nicht betreten.«

»Ist es denn so ansteckend?«

Catherine sah Belinda verächtlich an. Diese Frau war ihr keine Hilfe.

»Ich bleibe hier. Kerkerfieber ist Typhus. Dulcie wird ihn nicht überleben.«

Yovell kam ungerufen in die Halle, und Catherine erklärte ihm leise die Lage.

»Das ist ja schrecklich, Mylady! Wir brauchen sofort einen erfahrenen Arzt!«

Sie sah die Furcht in seinen Augen und legte ihm beruhigend die Hand auf den Arm. »Für Dulcie käme er zu spät, aber die anderen hier brauchen ihn. Ich kenne Typhus. Man hätte sie viel früher behandeln müssen, jetzt ist es wohl hoffnungslos. Sie hat Schmerzen und schon einen Ausschlag am Hals, wie ich sehen konnte, als sich ihr Schal verschob. Ich bleibe bei ihr. Niemand sollte einsam sterben.«

Belinda ging mit fahrigen Bewegungen in der Halle auf und ab. »Ich muß nach London zurück, meine Tochter wartet.«

»Dann verschwinden Sie endlich!«

Grußlos eilte Belinda davon. Catherine lächelte. »Begreifen Sie, Daniel, daß ich hier gebraucht werde? Sagen Sie das bitte Sir Richard.«

Der Schreiber verbeugte sich und verschwand. Gleich darauf klapperte die Kutsche in den Regen hinaus. Richard würde ihre Entscheidung verstehen. Als ihn seinerzeit ein Fieber bis zur Bewußtlosigkeit gequält hatte, war sie nackt zu ihm ins Bett geschlüpft, um seinen zitternden Körper zu wärmen.

Belinda kam mit ihrem Gepäck die große Treppe herunter, fixierte Catherine böse und warf im Vorbeigehen hin: »Ich hoffe, Sie sterben hier!«

»Auch dann wird Richard nicht zu Ihnen zurückkehren«, antwortete Catherine kühl.

Dann rollte auch Belindas Kutsche davon.

Die kleine Dienerin, die ihr die Tür geöffnet hatte, stand plötzlich verschreckt vor Catherine.

»Hol bitte die Haushälterin und die Köchin«, befahl sie. »Wie heißt du?«

»Mary, Mylady.«

»Gut, Mary. Wir beide werden uns um deine Herrin kümmern. Das wird es ihr leichter machen.«

»Was leichter machen, Madam?«

»Schon gut. Hol die beiden, und dann sage ich euch, was wir brauchen.«

Als das Mädchen gegangen war, ließ Catherine sich auf einen Stuhl sinken. Was da auf sie zukam, verlangte Umsicht und Stärke. Das Leben hier im Haus konnte zu einem Alptraum werden. Wieder hörte sie Dulcie rufen; es klang wie der Name Thomas.

»Ich hoffe, Sie sterben hier«, hatte Belinda ihr gewünscht. Seltsamerweise gab ihr dieser Wunsch Kraft. Und als die Köchin und die Haushälterin kamen, sprach sie ruhig und ohne zu zögern mit ihnen.

»Eure Herrin muß gebadet werden, das werde ich tun. Sie kochen ihr bitte eine nahrhafte Suppe. Und dann brauche ich Brandy.«

Die Köchin verschwand. Die Haushälterin sagte leise: »Ich bleibe hier, bis es vorbei ist. Madam hat mich immer gut behandelt und ins Haus aufgenommen, als mein Mann starb.« Sie schaute zu Catherine auf. »Er ging unter die Soldaten und ist in Indien am Fieber gestorben.«

»Also wissen Sie, was Mrs. Herrick hat?«

»Ich konnt's mir denken. Obwohl Lady Bolitho eben sagte, ich sei wohl närrisch. Sie ist ja schnell verschwunden!«

Catherine rollte die Ärmel hoch. »Also fangen wir an! Und schicken Sie jemanden zum Arzt, er muß Bescheid wissen.«

Die Haushälterin musterte Catherines teure schwarze Robe. »Ich hab' noch irgendwo abgelegte Kleider von einem Hausmädchen. Die sollten Sie anziehen. Wir müssen sie ja hinterher verbrennen.«

Es wurde später als geplant und schon dunkel, bis Matthew die Kutsche durch das vertraute Stadttor lenken konnte. Als sie über das Kopfsteinpflaster ratterten, schaute Bolitho hinaus. Was hatte sich seit seinem letzten Aufenthalt in Falmouth verändert? Es war immer wieder schön, hierher zurückzukehren, auch wenn jetzt Schnee in der Luft lag.

Aus einigen Fenstern und sogar einigen Läden schien noch Licht. Als die Kutsche dann den Berg hinauffuhr, betrachtete er die Bauernhäuser. Kerzen brannten in manchen Fenstern, an den Scheiben hingen bunte Papierblumen und grüne Zweige als Schmuck: Weihnachten zu Hause.

Catherine in ihrem warmen Mantel mit der Pelzhaube schaute neben Bolitho aus dem Fenster. Hinter ihr lagen schwere Tage, an denen sie geglaubt hatte, Falmouth nie wiederzusehen.

Yovell war mit der Kutsche zu spät vor dem Gasthaus in Chatham angekommen, in dem sie Zimmer gemietet hatten. Unterwegs hatten sie ein Rad verloren und deshalb einen Tag länger als sonst gebraucht. Bolitho war außer sich vor Sorge gewesen und hatte Pferde für sich und Jenour satteln lassen. Dann waren sie ohne Pause zu Herricks Haus geritten, aber Dulcie war schon gestorben. Ihr schwaches Herz hatte aufgehört zu schlagen, noch ehe das furchtbare Fieber sie umbringen konnte. Catherine lag unter einer Decke nackt im Bett, denn die Haushälterin hatte alle Kleider verbrannt. Wie leicht hätte sie sich anstecken können, während sie Dulcie bis zu ihrem letzten Atemzug betreute. Der Arzt hatte ihr nicht viel helfen können, er war ein schwächlicher Mensch und völlig überfordert.

Und nun die lange Fahrt nach Falmouth – sechs Tage hatten sie bis nach Hause gebraucht.

Die Kutsche hielt.

Ferguson und seine Frau erwarteten sie an der Treppe, andere vertraute Gesichter tauchten im Licht der Kutschenlampen auf. Das Gepäck wurde abgeladen. Ferguson hatte das Haus gut vorbereitet. Große Feuer flackerten in den

Kaminen, selbst in dem in der Halle, denn Wärme war jetzt sehr willkommen.

Als sie endlich in ihrem Zimmer waren, von dem aus man auf das Meer blicken konnte, bat Catherine um ein heißes Bad. »Ich möchte alles abwaschen«, sagte sie.

Ozzard kam mit vielen Kannen voll heißem Wasser.

Sie rief durch die Badezimmertür: »Wie wird Thomas von Dulcies Tod erfahren?«

Bolitho trat ans Fenster: bedeckter Himmel, keine Sterne. Draußen sah er ein winziges Licht. Ein kleines Boot, das noch rechtzeitig zum Weihnachtsabend den Hafen erreichen wollte. Er dachte daran, wie Herrick ihm damals die Nachricht von Cheneys Tod gebracht hatte. »Admiral Godschale schickt ihm eine Depesche«, antwortete er, »mit dem ersten Kurierschiff, das zu Thomas' Geschwader ausläuft. Ich habe ihm einen Brief beigelegt - von uns beiden.« Er hörte ihre Zustimmung. »Du bist wirklich sehr mutig gewesen. Wie leicht hättest du selber sterben können!«

Sie trat ins Zimmer, in einen Bademantel gehüllt. Ihr Gesicht glühte. »Dulcie hat im Fieber immer wieder Thomas' Namen gerufen. Sie wußte, daß sie sterben mußte.«

Bolitho hielt sie so, daß sie sein Gesicht nicht sehen konnte. »Ich muß bald auf die *Black Prince* zurück, Kate. Vielleicht schon in zwei Wochen, vielleicht noch früher.«

Sie lehnte den Kopf an seine Schulter. »Ich weiß. Aber denk nicht daran. Nicht jetzt.«

Er blickte ins Feuer, in dem ein Schwarm Funken aufstieg. »Noch etwas, Kate. Es war soviel zu tun nach Olivers und dann noch Dulcies Tod, deshalb kam ich nicht dazu, es dir zu sagen. Verstehst du?«

Sie bog sich in seinen Armen zurück, als suche sie die Gedanken hinter seiner Stirn. »Du siehst aus wie ein kleiner Junge, der ein Geheimnis hat«, flüsterte sie.

»Die Ärzte können nichts mehr für mein Auge tun«, berichtete er sachlich. Und atmete erleichtert auf, weil es nun endlich gesagt war.

Sie löste sich aus seinen Armen, führte ihn zum Fenster und stieß es auf. »Kirchenglocken, Liebling, hörst du? Die Weihnachtsglocken!«

Sie hielten einander fest, während die Glocken der Kirche von Charles the Martyr ihr fröhliches Geläut über Stadt und Hügel ertönen ließen. »Küß mich«, sagte sie, »es ist Mitternacht. Weihnachtsmorgen!«

Danach schloß sie leise das Fenster und sagte: »Sieh mich an, Richard. Wenn mein Auge verletzt wäre, was würdest du tun? Es würde dich genausowenig stören wie mich deines. Wir leben weiter und geben die Hoffnung nicht auf. Kein Arzt ist unfehlbar.«

Es klopfte an der Tür, Ozzard stand vor ihnen mit einer Flasche und zwei Gläsern. Verlegen sah er sie an. »Ich dachte, das wäre jetzt das Richtige für Sie, Mylady.« Es war Champagner, gekühlt mit dem Eis des Flusses.

Bolitho dankte Ozzard, der schnell den Raum verließ, und öffnete die Flasche selber.

»Das einzig Gute, das aus Frankreich kommt!« Catherine warf den Kopf zurück und lachte wie damals im Lustgarten.

Bolitho sagte: »Weißt du, daß dies seit meiner Kadettenzeit das erste Weihnachten ist, das ich zu Hause verlebe?«

Sie schlug die Bettdecke zurück, das halbvolle Glas noch in der Hand. Dann stellte sie es ab, ließ den Mantel fallen und sah ihn aus ihren dunklen Augen an. »Komm, das wollen wir feiern.«

Bolitho küßte ihre Brüste, benetzte sie mit Champagner, küßte sie wieder.

»Komm!« flüsterte sie. »Bin ich denn ein Stein, daß du mich so lange warten läßt?«

Ferguson und Allday überquerten den Hof, um noch ein Glas zu trinken, ehe im Haus die Festlichkeiten losbrachen. Allday sah oben Kerzenlicht hinter einem Fenster brennen und seufzte. Ferguson, sein Freund seit den Tagen auf der

Phalarope, ahnte, was in ihm vorging. Dem Bootssteurer fehlte eine Frau, in deren Arme er Liebe gefunden hätte.

»Erzähle, John«, lenkte er ihn ab. »Was ist geschehen? Wir haben nur Gerüchte gehört.«

Allday berichtete. »Und dann ist Herricks Frau gestorben. Von unserer Lady bis zuletzt gepflegt. Soll man's glauben?«

Ferguson zog ihn durch eine Tür. Seine Frau Grace war schon zu Bett gegangen. »Hier, das ist unser bester Rum.«

Allday trank und hustete. »Der bringt aber Wind in die Segel! Woher hast du den?«

»Von einem Schiffer, der ihn aus Port Royal mitbrachte.« Ferguson hob sein Glas. »Willkommen zu Hause, alter Freund!«

Allday grinste. Das hätte auch Bolitho sagen können. »Und einen Schluck auf die, die nie mehr zurückkehren!« Er lachte kollernd, und die Katze, die vor dem Kamin schlief, öffnete erschrocken die Augen.

»Auch einen auf die Offiziere - jedenfalls auf einige von ihnen!«

Als Ferguson die zweite Flasche öffnete, sagte Allday leise: »Gott schütze euch!«

Kurz darauf wurde das Fenster drüben dunkel. Von fern klang das Rauschen der See durch die Nacht.

XVI Das Nordseegeschwader

Seiner Britannischen Majestät Schiff *Black Prince* schien einen Augenblick zu zögern, ehe es seine eintausendachthundert Tonnen ins nächste Wellental hinabgleiten ließ. Achtern in der großen Tageskajüte trank Bolitho seine letzte Tasse Morgenkaffee und staunte immer noch, wie leicht das gewaltige Schiff diese schwere See nahm. Es war jetzt acht Uhr morgens, und er hörte die Stimmen der ablösenden Wache oben nur sehr gedämpft. Auf dem Dreidecker lag die Admiralskajüte weit entfernt vom Dienstbetrieb, er schien hier geschützter zu leben; die Offiziersmesse lag unter ihm und Kommandant Keens Kajüte über ihm. Und zum ersten Mal genoß er den Luxus einer privaten Heckgalerie.

Seine Tageskajüte war mit wertvollen Hölzern getäfelt und auf das sorgfältigste ausgemalt worden. Die Bank unter den Heckfenstern war mit grünem Leder gepolstert, ebenso die Stühle. Catherine mit ihrem sicheren Geschmack hätte nichts Besseres auswählen können, dachte er. Doch überall auf dem Leder glitzerte Feuchtigkeit, die Luft war kalt und ungemütlich. Den siebenhundert Seeleuten und einhundert Soldaten an Bord würde es noch schlimmer gehen. Sie waren erst dabei, sich mit dem riesigen Schiff vertraut zu machen.

Allday trat ein und meldete: »Eis bildet sich an Deck, Sir Richard. Und das am 1. Februar!«

»Und sonst, Allday?« fragte Bolitho den Mann, der auf dem Schiff sein Auge und Ohr war.

Allday hob die Schultern und verzog das Gesicht. Seine Wunde schmerzte in der Kälte häufiger. »Die Leute sind noch unruhig und unsicher. Aber ich muß schon sagen, Sir Richard, für ein so großes Schiff segelt sie verdammt schnell. Noch ein paar Wochen Drill, dann hat Kapitän Keen eine sehr gute Besatzung.«

Bolitho verstand. Auf neuen Schiffen mußte auch die Crew alles von neuem lernen. *Black Prince* war keine wendige Fregatte. Mit ihrem hohen Rumpf, den vierundneunzig Kanonen in drei Batteriedecks und den je zwei Karronaden vorn und achtern verlangte sie eine gut eingespielte Mannschaft.

»Ich habe Pfeifen gehört. Um was geht's?«

Ozzard machte sich an dem Schrank zu schaffen, den Catherine ihm für die neue Kajüte geschenkt hatte. Ein Schrank aus Mahagoni mit einem Kühler für kostbare Weine und makellos glänzenden Türen, in die das Wappen der Bolithos eingelegt war.

»Es hieß alle Mann an Deck als Zeugen einer Bestrafung, Sir Richard.«

Bolitho sah ihn nachdenklich an. Keen haßte sonst Auspeitschungen, im Gegensatz zu vielen anderen Kapitänen, die es gern mit der neunschwänzigen Katze hielten. Erst kam bei ihnen die Strafe, später die Untersuchung.

Vor der Tür stieß der Posten den Gewehrkolben auf den Boden. Um diese Stunde kam gewöhnlich Keen, nachdem er das Log geprüft hatte, die neue Wache aufgezogen war und er das Tagespensum mit dem Ersten Offizier besprochen hatte.

Er trat ein und meldete zur Begrüßung: »Ein steifer Nordwest, Sir Richard.« Er nickte Allday zu. »Aber die Decks sind trocken. Das Schiff fühlt sich wohl in solchem Wetter.« Trotzdem sah er erschöpft aus und hatte dunkle Schatten unter den Augen. »Wenn der Wind durchsteht, werden wir das Geschwader gegen Mittag erreichen.«

Bolitho merkte, daß Ozzard und Allday die Kajüte verlassen hatten. »Nehmen Sie Platz, Val. Ist sonst alles in Ordnung?«

Keen sah durch die salzverkrusteten Fenster. »Es gibt ein paar alte Bekannte an Bord. Das sollten Sie wissen, ehe Sie zufällig auf sie treffen.«

Hinter den dicken Scheiben hob sich die See fast lautlos und sackte wieder weg. So war es immer, auf jedem Schiff traf man Bekannte. Die Navy war da wie eine Familie oder wie ein Gefängnis. Und mit den bekannten Gesichtern kamen die alten Erinnerungen wieder.

»Danke, Val, das ist richtig. Ich habe mich an Deck kaum sehen lassen, mit Absicht.«

Ein Deck tiefer erzitterte der Ruderschaft unter dem Anprall eines Brechers. Das war bis hier oben zu spüren.

»Wie hat sich mein Neffe zurechtgefunden? Mit seinen Erfahrungen im Dienst der East India Company müßte er sich bald zum Leutnantsexamen melden können.«

Keens Stirn legte sich in Falten. »Darf ich offen sprechen, Sir Richard? Wir kennen uns doch lange und gut genug . . .«

»Das erwarte ich auch von Ihnen, Val. Wir sind Freunde, und das hat mit unserem Dienstrang nichts zu tun.« Er sah die Unsicherheit in Keens Gesicht. »Sie haben an Bord das Kommando, nicht ich.«

»Ich mußte eine Auspeitschung anordnen. Der Delinquent namens Fittock hatte angeblich Midshipman Vincent widersprochen, Ihrem Neffen. Und sein vorgesetzter Leutnant besitzt noch nicht viel Erfahrung.«

»Aha. Er hat sicherlich gedacht, es sei besser, die Aussage von Midshipman Vincent nicht zu bezweifeln. Schließlich ist er der Neffe des Admirals!« Bolitho wurde ärgerlich.

Keen hob die Schultern. »Es ist nicht leicht auf einem neuen Schiff. Die vielen unerfahrenen Männer würden jedes Nachgeben falsch verstehen und sofort hemmungslos ausnutzen.«

»Trotzdem - Vincent hat den Matrosen provoziert?«

»Ich denke schon. Fittock ist ein guter Toppgast. Es könnte schaden, einen so erfahrenen Matrosen vor gepreßten Männern auszupeitschen.«

Bolitho erinnerte sich an den Kommandanten der *Hyperion*, den Vorgänger von Keen. Der hatte durchgedreht und seinen Ersten Offizier erschießen wollen. Er dachte auch an den kranken, überarbeiteten Kommodore Warren am Kap der Guten Hoffnung und an Varian, den eine zweite Verhandlung erwartete, die leicht zu einem Todesurteil führen konnte. Alles Männer, die unter der schweren Last des Dienstes zusammengebrochen waren.

»Vielleicht ist Vincent nur unerfahren«, versuchte er zu vermitteln. »Oder er wollte jemanden beeindrucken.«

Sanft korrigierte Val: »Das glauben Sie doch nicht wirklich.«

Bolitho nickte. »Stimmt, es ist unwahrscheinlich. Aber was können wir tun? Wenig. Sie haben hier das Kommando. Nehmen wir mal an, ich würde mich einmischen, dann würde man daraus schließen, daß der Admiral seinem Flaggkapitän mißtraut. Wenn Sie Vincent nicht decken, wäre das Ergebnis ähnlich. Dann hieße es, daß die jungen Offiziere an Bord keinen Schuß Pulver wert seien.«

Keen seufzte. »Manch einer hielte dieses Problem für unbedeutend, Sir Richard, aber die Mannschaft ist noch nicht zusammengewachsen. Von Loyalität ist noch nichts zu spüren.«

Bolitho stimmte ihm zu. »Und wir haben so wenig Zeit.«

Keen erhob sich. »Ich werde es auch mit Mr. Cazalet besprechen, dem Ersten Offizier. Er ist schon wie mein rechter Arm. Aber man wird ihn bald versetzen und ihm das Kommando über ein eigenes Schiff geben.«

»Augenblick noch, Val. Ich soll Ihnen sagen, daß Catherine Zenoria besuchen wird. Sie standen einander früher sehr nahe und haben ähnliches durchgemacht. Also nur Mut, Sie werden Zenoria wiederfinden.« Keen schwieg.

»Werden Sie Konteradmiral Herrick auf der *Benbow* besuchen?« fragte er schließlich. »Er reagierte sehr verzweifelt auf die schlimme Nachricht, die man ihm brachte. Aber niemand sollte vom Tod seiner Frau nur aus einem Brief der Admiralität erfahren. Verzeihen Sie, Sir Richard, vielleicht hätte ich das nicht sagen sollen?«

Bolitho strich sich den Ärmel glatt. »Ja, ich werde mit Herrick sprechen.«

Es klopfte an der Lamellentür, und der Posten meldete: »Midshipman der Wache, Sir!«

Ozzard erschien wieder und öffnete dem Midshipman die Tür.

»Noch einer, der Ihnen viel zu verdanken hat, Sir Richard«, sagte Keen leise.

Bolitho sah dem blassen jungen Mann entgegen, der seine Wiedersehensfreude kaum verbergen konnte.

»Ich freue mich, Sie auf diesem Schiff zu wissen, Mr. Segrave.« Er wirkte älter als damals, als er Leutnant Tyacke geholfen hatte, die brennende *Albacora* zwischen die ankernden Versorger zu segeln.

»Ich - ich habe Ihnen geschrieben, Sir Richard, um mich für Ihre Unterstützung zu bedanken. Mein Onkel, der Admiral, bewundert Sie sehr.« Erst jetzt wandte sich Segrave an

Keen: »Mr. Cazalet läßt ausrichten, der Ausguck hat im Nordosten ein Segel gesichtet!«

»Danke. Ich komme gleich an Deck.«

Als die Tür hinter Segrave zufiel, sagte Keen: »Ich weiß Bescheid über den Jungen und die Prügel, die er auf seinem ersten Schiff bezogen hat. Leutnant Tyacke ist in seinen Augen der Größte!« Er lächelte, sein Gesicht sah jetzt endlich entspannt aus. »Nach Ihnen natürlich, Sir Richard.«

Es tat gut, Keen fröhlich zu sehen. Zu all den Lasten, die ein neues Kommando auf einem neuen Schiff mit sich brachte, bedrückte ihn sicher auch die Sorge um Zenoria. Suchte sie Keen im Schlaf ebenso heim wie das Catherine tat, wenn Bolitho zu lange auf See gewesen war?

»Leutnant Tyacke ist ein bemerkenswerter Mann«, sagte er. »Wenn man ihn erst besser kennt, empfindet man statt Mitleid große Bewunderung.«

Sie gingen zusammen nach oben zu ihrem Morgenspaziergang auf dem Achterdeck. Die Achterdeckswache wich ihnen respektvoll aus und bewegte sich auch sonst mit größter Vorsicht, um sie ja nicht zu behindern.

Der Himmel war tiefgrau, Masten und Segel standen dunkel davor. Unter Mars- und Großsegel laufend, lag die *Black Prince* nur wenig nach Lee über.

»An Deck!« Nach der *Truculent* klang der Ruf von oben, als sei der Ausguck Meilen entfernt. »Es ist eine Fregatte, Sir!«

Keen schlug den Mantelkragen gegen den beißenden Wind hoch. »Also kein Franzose, denn der würde mit Vollzeug davonsegeln!«

Bolitho hielt sich gerade noch davor zurück, sein verletztes Auge zu reiben. Man beobachtete jede seiner Bewegungen, und viele sahen ihn jetzt zum ersten Mal. Ein neues Schiff, ein bekannter Flaggoffizier - nur zu leicht konnte er das Vertrauen der Männer verspielen.

Ein großer, dunkelhaariger Midshipman, dessen Stimme alles übertönte, befahl: »Nach oben mit Ihnen, Mr. Gough! Und nehmen Sie ein Fernglas mit!« Ein kleiner Kadett kletterte eilends die Webleinen empor und war im Gewirr des Riggs schnell verschwunden. Bolitho lächelte innerlich. Der große Midshipman hieß Bosanquet und gehörte zur Gang des Stückmeisters. Er sollte bald seine Leutnantsprüfung ablegen.

»An Deck!« Einige Matrosen grinsten, als sie die piepsige Stimme des Jungen von oben hörten. »Sie setzt das Erkennungssignal!«

Cazalet, der Erste Offizier, hob das Sprachrohr; seine dunklen Augenbrauen zitterten. »Wir sind alle schon sehr gespannt, Mr. Gough.«

Wieder piepste der Midshipman aus luftiger Höhe: »Die Zahlen lauten fünf, vier, sechs, Sir!«

Bosanquet hatte schon das Signalbuch aufgeschlagen. »Die *Zest.* Vierundvierzig Kanonen, Kommandant Kapitän Varian.«

Jenour trat neben ihn und schaute zu Bolitho hinüber. »Korrigieren Sie bitte das Buch. Varian ist nicht mehr ihr Kommandant.«

Keen befahl: »Bitte antworten Sie der *Zest*!«

Bolitho trat an die Querreling. Einige sahen in ihm sicherlich Varians Henker. Unten auf dem Hauptdeck riggten der Bootsmann Ben Gilpin und seine Gehilfen in Lee eine Gräting auf. Sie bereiteten die Auspeitschung vor. Für alle, die frisch an Bord gekommen waren, mußte dieser Strafvollzug ein furchtbarer Anblick sein. Und die anderen würde er noch brutaler werden lassen.

Bolitho straffte sich, als er Felicitys Sohn ganz in der Nähe stehen sah. In seinem Blick lag zuviel grausame Vorfreude.

»Fallen Sie zwei Strich ab, Mr. Cazalet. Wir wollen auf die *Zest* warten«, befahl Keen.

Jenour hatte gesehen, wie Bolitho sich über das linke Auge strich. In seiner Familie gab es einige Ärzte, und einem davon, seinem Onkel, hatte er den fremd klingenden Namen des Arztes genannt, der Bolitho behandelt hatte: Rudolf Braks. Sein Onkel kannte den Namen gut. »Der hat Lord Nelson behandelt«, sagte er, »und er behandelt auch den

König, dessen Augenlicht immer schlechter wird. Wenn Braks deinem Admiral nicht helfen konnte, dann kann es keiner.«

Jetzt hörte er den Ersten Offizier melden: »Alle Mann an Deck angetreten, Sir.«

Keen antwortete kurzangebunden: »Überwachen Sie die leidige Sache.«

Bolitho hörte die Bitterkeit in Keens Ton. Er erinnerte sich wahrscheinlich an den Sträflingstransport. Damals hatte er Zenoria vor der Peitsche gerettet und später ihre Unschuld nachgewiesen. Aber ein Hieb hatte sie noch getroffen und ihre Haut von der Schulter bis zur Hüfte aufgerissen. Die Narbe würde sie nie mehr verlieren.

Bolitho ging nach unten in seine Tageskajüte und setzte sich auf die Bank unter den Fenstern. Er ballte die Faust, als er, gedämpft durch die Decks, die Trommeln wirbeln hörte. Das ferne Knallen der Peitsche traf ihn fast ebenso wie den Delinquenten. Er versuchte an Herrick zu denken und an das Geschwader, das er von ihm übernehmen würde. Fünf Linienschiffe, doch nur zwei Fregatten. Diese Aufklärer fehlten eben überall.

Allday trat ein und ging quer durch die Kajüte. »Die Bestrafung ist vorüber, Sir Richard.«

Bolitho hörte ihn kaum, er dachte an Vincent. Und an die abweisende Art, wie seine Mutter Catherine behandelt hatte.

»Weißt du, alter Freund«, sagte er wie zu sich selber, »wer helfen will, tut manchmal das Falsche.«

»Zugleich!« Allday beugte sich an der Pinne vor, als ritte er über holperige Straßen, statt die Barkasse der *Black Prince* zu steuern. Trotz seiner großen Erfahrung machte ihm dieses Übersetzen von einem Flaggschiff zum anderen zu schaffen. Er hielt sich zurück, um in Gegenwart seines Admirals nicht laut zu fluchen, aber später würde er es dafür um so mehr tun. Die untrainierten Rudergasten fürchteten zu Recht Alldays Ungeduld mehr als den hohen Gast im Heck.

Bolitho sah zum ersten Mal sein Flaggschiff vom Wasser

aus. Im Februarlicht glänzte der mächtige Dreidecker wie poliertes Glas. Sein schwarz-beiger Rumpf mit den weißen Kanonenpforten war der einzige Farbfleck auf der grauen Nordsee. Weit achteraus drehte die *Zest* auf ihren Platz im Geschwader ein.

Das Schiff lag gut im Trimm. Keen hatte sich rundum rudern lassen, ehe es das erste Mal auf See ging und noch einmal danach. Er hatte Ballast und Vorräte umstauen lassen, bis der Bug höher aus dem Wasser kam. Unter dem Bugspriet drohte mit gezogenem Schwert die Galionsfigur, der Schwarze Prinz, Sohn König Edwards III., in seinem Kettenhemd, geschmückt mit Lilie und englischem Löwen. Unter dem schwarzen, gekrönten Helm starrte er wie lebensecht nach vorn. Der Holzschnitzer war einer der besten Englands gewesen, der hochbetagte Aaron Mallow aus Sheerness.

Vor ihnen lag jetzt die *Benbow*, Herricks Flaggschiff. Sie führte vierundsiebzig Kanonen wie die *Hyperion*, war jedoch schwerer, denn sie war gebaut worden, als England noch Eichen für seine hölzernen Mauern in Fülle besaß. Jetzt waren die Wälder in Kent und Sussex, in Hampshire und im Westen abgeholzt, denn der Krieg, ewig hungrig, fraß nicht nur die Männer, sondern auch die Bäume.

Von drüben leuchtete ihnen das Rot der angetretenen Seesoldaten entgegen, Metall blitzte auf. Bolitho mußte wieder an den Toppgast denken, der ausgepeitscht worden war.

Keen hatte ihm berichtet: Mit nacktem Oberkörper war er an die Gräting gefesselt worden und hatte ohne Schmerzensschrei die zwölf Hiebe ausgehalten – nur die Luft hatte ihm die Peitsche aus den Lungen gepreßt. Aber als man ihn losband, hatte eine Stimme aus der stummen Menge geschrien: »Das zahlen wir denen heim, Jim!« Natürlich konnte weder der Waffenmeister noch der Profos den Rufer finden. Seither war der bis dahin unbekannte Matrose Jim Fittock an Bord so etwas wie ein Märtyrer geworden – wegen Felicitys Sohn Miles Vincent. Das durfte sich auf keinen Fall wiederholen.

Dann ragte der Rumpf der *Benbow* über ihnen auf, und

Allday wurde noch zorniger, weil der Buggast einige Male vergeblich an den Großrüsten einzuhaken versuchte. Schließlich kletterte Bolitho die salzverkrustete Treppe empor. Bei diesem trüben Licht hätte er stolpern können, ohne daß jemand wegen seines Auges Verdacht schöpfte. Der Wirbel der Trommeln, das Schrillen der Pfeifen und die gebrüllten Kommandos zu seinem Empfang schmerzten ihn fast. Aber in diesen wenigen Minuten erkannte er vertraute Gesichter an Bord wieder, die vorschriftsmäßig geradeaus starrten, unter ihnen Hector Gossage, Herricks Flaggkapitän. Er stand wie ein Fels vor den anderen Offizieren. Ein neuer Mann hatte De Broux ersetzt, den Flaggleutnant mit dem »verdammten französischen Namen«, wie Herrick immer gesagt hatte. Der Neue war plump und schien weder besonders intelligent noch besonders interessiert zu sein. Und dann sah er Herrick – und erschrak zutiefst.

Sein Haar, früher braun und noch kürzlich nur mit wenigen grauen Fäden durchzogen, hatte alle Farbe verloren. Tiefe Falten entstellten das vertraute Gesicht. Sie hatten einander doch erst vor kurzem in der Admiralität getroffen. Konnte ein Mann in kurzer Zeit so altern?

»Willkommen an Bord, Sir Richard!« Herricks Händedruck war so fest wie immer. »Sie erinnern sich sicher an Kapitän Gossage?«

Bolitho nickte, ließ aber Herricks Hand nicht los. »Ich fühle mit dir, Thomas.«

Herrick zuckte mit den Schultern, wollte seine Gefühle verbergen. »Lassen Sie wegtreten, Kapitän Gossage«, befahl er. »Bleiben Sie in der Nähe der *Black Prince* und informieren Sie mich, falls sich das Wettter verschlechtert.« Er führte Bolitho nach achtern, und dieser fragte sich dabei, ob Herrick schon immer so gebückt gegangen war.

In der Tageskajüte, wo er so oft auf und ab geschritten war, sah sich Bolitho um. Gab es noch Spuren von ihm? Nein, keine. Diese Kajüte hätte genausogut auf jedem anderen Linienschiff sein können.

Ein Diener, an den er sich nicht erinnerte, brachte Brandy. Herrick sah Bolitho an. »Ich bin froh, daß du mich hier ablöst, damit die *Benbow* endlich daheim ins Dock kann. Wir haben im letzten Sturm fast das Ruder verloren. Damals warst du wohl noch an Land. Die See riß einen Mastergehilfen und zwei Matrosen über Bord - wir hatten gar keine Chance, sie aufzufischen.«

Bolitho unterbrach ihn nicht. Herrick mußte sich immer erst freireden, ehe er zur Sache kam, das war er gewöhnt. Aber Brandy um diese Stunde, das war neu. Ingwerbier oder Wein - das kannte er bei Herrick. Vielleicht hatte er mit dem Trinken begonnen, nachdem Dulcie gestorben war.

»Ich habe deinen Beileidsbrief bekommen, er tat mir gut.« Harsch fuhr er den Diener an: »Lassen Sie die Flasche hier, Mann! Ich komme schon alleine klar.« Der alte Herrick hätte so nie gesprochen; nicht umsonst war er immer der beliebteste Offizier bei den Besatzungen gewesen. Seine Hand zitterte leicht, als er die Gläser nachfüllte und ein paar Spritzer Brandy auf den Teppich verschüttete. Er schien es nicht zu bemerken.

»Guter Stoff. Stammt von einem Schmuggler.« Nur die Augen waren so klar und blau, wie Bolitho sie kannte. Ihm war, als schaue ihn ein Bekannter aus einem fremden Körper an.

»Verdammt noch mal, ich war nicht bei ihr, als sie mich am nötigsten brauchte!« brach es aus Herrick heraus. »Ich hatte ihr doch gesagt, sie solle sich nicht um die Gefangenen kümmern! Jetzt möchte ich sie am liebsten alle aufhängen.« Er trat an die Wand, an der sein Degen hing und mit dem Schwanken des Schiffes am Holz scheuerte. Doch er übersah die Waffe und berührte fast zärtlich das Teleskop daneben in seiner Halterung, das Dulcie ihm einst in London geschenkt hatte. »Aber ich wäre auf jeden Fall zu spät gekommen.«

Herrick leerte sein Glas in einem Zug. »Lady Bolitho hat mir von den verdammten Spaniern erzählt, die überall in

Haus und Garten arbeiteten. Sie hätte sie auf den Hulks lassen sollen!« Er sah Bolitho an und fragte plötzlich: »War bei der Beerdigung alles so, wie es sein sollte?«

»Ja. Deine Schwester war da und viele von Dulcies Freunden.«

»Und ich konnte nicht kommen! Sie starb allein.«

Der Satz hing in der Luft, bis Bolitho sagte: »Dulcie war nicht allein. Catherine war bei ihr und hat sie gepflegt, bis der Tod sie erlöst hat. Das war mutig von ihr, denn Typhus ist sehr ansteckend.«

Herrick trat an den Tisch und griff zur Brandyflasche. »Nur Catherine?«

»Ja. Sie ließ nicht einmal die Haushälterin ins Zimmer.«

Herrick rieb sich die Augen, als schmerzten sie ihn. »Du denkst jetzt bestimmt, daß sich Catherine dafür meine Anerkennung verdient hat.«

Bolitho zügelte seinen Zorn. »Ich bin nicht hergekommen, um aus deinem Schmerz Gewinn zu schlagen, Thomas. Ich weiß noch sehr genau, wie du mir damals die schreckliche Nachricht über Cheneys Tod brachtest. Ich fühle mit dir, Thomas, denn ich weiß, was es heißt, einen geliebten Menschen zu verlieren.«

Herrick ließ sich schwer in seinen Stuhl fallen und füllte sich schon wieder das Glas. »Aber du hast jetzt Catherine – und ich habe alles verloren. Dulcie gab mir die Kraft zum Vorwärtskommen. Es war ein langer Weg vom armen Kadetten zum Konteradmiral.« Als Bolitho schwieg, beugte er sich über den Tisch und sprach lauter. »Aber du hast das ja nie verstanden! Dein Neffe auch nicht, niemand. Ihr Bolithos denkt immer nur an euch!«

»Ich gehe jetzt, Thomas.« Es war schrecklich zu beobachten, wie der Schmerz diesen Mann zerstörte. Was brach da aus ihm heraus? Hatte er diesen Vorbehalt gegen Bolitho etwa jahrelang in seiner Seele verborgen? Später würde er diese Worte sicherlich bereuen.

»Wenn du in England bist, erinnere dich an all das Schöne,

das du mit Dulcie zusammen erlebt habt. Hoffentlich sehen wir uns bald wieder.«

Herrick erhob sich unsicher. »Was macht dein Auge? Geht es dir besser?« Trotz Alkohol und Trauer erinnerte er sich plötzlich daran, daß Bolitho auf diesem Schiff fast gefallen wäre.

»Danke, es geht, Thomas.« Bolitho nahm Hut und Mantel.

Die Tür öffnete sich einen Spalt, und Kapitän Gossage schaute herein. »Ich wollte dem Konteradmiral melden, daß der Wind auffrischt.« Er sah zu Herrick hinüber, der zusammengesunken auf der Heckbank saß und sich nicht rührte. »Ich lasse die Fallreepswache antreten, damit Sir richtig verabschiedet werden, Sir Richard.«

»Nein, lassen Sie nur meine Barkasse rufen.« Dann drückte er die Tür zu und sagte so leise, daß der Posten es nicht hören konnte: »Kümmern Sie sich bitte um den Admiral. Da sitzt ein tapferer Mann, der schwer getroffen wurde – wenn auch nicht durch feindliches Feuer.«

So grimmig und traurig hatte Jenour seinen Admiral noch nie gesehen. Als dieser wieder an Deck kam, unterließ er jede Frage, warum ihn der Konteradmiral nicht gebührend verabschiedete, und meinte nur mit etwas erzwungener Fröhlichkeit: »Da drüben liegt die holländische Küste, jetzt leider wegen eines Schauers außer Sicht.«

Bolitho betastete sein Auge, als Schmerz es durchzuckte wie eine böse Erinnerung. »Liegt die Barkasse längsseits, Stephen?« Als Jenour ging, um nachzuschauen, murmelte er: »Ich wünschte, es wäre nicht Holland, sondern Cornwall!«

Dann kletterte er die Leiter hinunter in die schaukelnde Barkasse. Die See hatte ihn wieder.

Leutnant Stephen Jenour klemmte sich den Hut unter den Arm und betrat Bolithos Tageskajüte. Oben an Deck war es noch immer sehr kalt, doch ein Atemschöpfen des Windes hatte die Wellen etwas beruhigt. Wäßriges Sonnenlicht brachte einen Anschein von Wärme in die vollen Messedecks, und auch hier in der großen Kajüte meinte Jenour, sie zu spüren. Bolitho beugte sich über eine Karte mit dem Operationsgebiet des Geschwaders. Er sah müde aus, aber ruhiger als beim Abschied von seinem Freund auf der *Benbow*. Jenour ahnte nur, was zwischen den beiden vorgefallen war und wie sehr es Bolitho getroffen hatte.

Durch die großen Heckfenster sah er zwei Vierundsiebziger des Geschwaders, die *Glorious* und die alte *Sunderland*, die keinen Seekrieg ausgelassen hatte. Sie mußte jetzt, überlegte Jenour, etwa so alt sein wie die *Hyperion*.

Nach *Benbows* Ausscheiden unterstanden Bolitho neben der *Black Prince* noch fünf Linienschiffe, und zwei weitere, die *Tenacious* und die *Valkyrie*, lagen in England im Reparaturdock. Jenour wunderte sich, daß Konteradmiral Herrick die Schiffe nach Hause geschickt und damit das Geschwader geschwächt hatte, ohne erst Bolithos Ansicht darüber abzuwarten. Aber er hielt sich mit seinen Fragen zurück.

Plötzlich merkte Jenour, daß Bolitho ihn schon eine ganze Weile lang anschaute. Er meldete errötend: »Ihre Kommandanten sind jetzt an Bord versammelt, Sir Richard. Lediglich der Kommandant der *Zest* fehlt, er macht Wachdienst wie befohlen.«

Bolitho nickte. Vor vierzehn Tagen war Herrick nach England abgesegelt. Seither herrschte besseres Wetter, deshalb hatte er sein Geschwader zusammenziehen können. Die Schiffe dümpelten auf der silbern glänzenden Nordsee. Zum erstenmal waren alle Kommandanten gleichzeitig an Bord der *Black Prince*.

»Was macht unsere Kurierbrigg?«

Wieder einmal errötete Jenour. Konnte Bolitho ahnen, daß der Ausguck im Masttopp der *Glorious* die Brigg bereits gemeldet hatte? Seit seinem Morgenspaziergang auf dem Achterdeck war er doch in seiner Kajüte geblieben.

Bolitho sah Jenours Verwirrung und lächelte. »Das Signal wurde an Deck wiederholt, und ich war draußen auf der

Heckgalerie. Sie hat ihre Vorteile, man hört dort vieles, auch was nicht unbedingt für den Admiral bestimmt ist.«

Er hatte die Hoffnung, daß die kleine Kurierbrigg *Mistral* vielleicht einen Brief von Catherine mitbrachte. Aber sie hatte bestimmt noch keine Zeit gefunden, ihm so bald nach seiner Abreise zu schreiben.

»Der Kommandant der Brigg wird sich sofort an Bord melden, wenn er heran ist«, antwortete Jenour.

Bolitho dachte an die Kommandanten, die draußen darauf warteten, ihn kennenzulernen: alles erfahrene Männer, doch keiner ein Freund. Vor Jahren war er aufgeregt gewesen, wenn er als Kommandant zum ersten Mal vor seine Offiziere und Mannschaften hingetreten war. Inzwischen wußte er, daß die anderen viel aufgeregter waren als er selbst.

»Bitten Sie Kapitän Keen, die Herren zu mir zu führen. Er war übrigens ganz überrascht, die *Nicator* in unserem Geschwader zu finden. Er hat sie vor sechs oder sieben Jahren geführt, in der Schlacht vor Kopenhagen. Schon damals war sie so verrottet, daß Keen immer behauptete, von der Ewigkeit trenne ihn nur ein Kupferblech.«

»Haben wir denn immer noch zu wenig Schiffe?«

Bolitho beobachtete den Flug der Möwen draußen, die ständig ihre Farbe zu wechseln schienen. »Ja. Darum wären die dänischen Schiffe so wichtig für uns. Vielleicht wird nichts daraus, aber wer weiß?« Er wurde ungeduldig. »Bitten Sie Ozzard, unsere Gäste mit Wein zu bewirten.«

Jenour verschwand in die Anrichte, wo Ozzard und ein zweiter Diener Gläser polierten und in ihre Ständer klemmten, damit sie nicht im Seegang wegrutschten und zerbrachen.

Bolitho streichelte den kleinen Weinschrank von Catherine. Herrick mußte jetzt zu Hause sein. Bei seiner Ankunft würden ihm die Wärme und Bewunderung Dulcies am meisten fehlen. Vielleicht warf er ihm insgeheim vor, er habe die *Benbow* nur ins Dock befohlen, um endlich den Oberbefehl über dieses Geschwader zu bekommen? Er verbot sich solche Spekulationen. Wer verbittert über einen Freund war, der kam immer auf schlimme Gedanken.

Die Tür öffnete sich, Keen führte die Kommandanten herein, die sich Bolitho namentlich vorstellten. Was er sah, war eine Mischung aus Erfahrung, Können und Neugier. Bis auf einen hatten alle ihren vollen Kapitänsrang. Ozzard umschwirrte sie mit seinem Tablett, doch aller Augen wandten sich dem eintretenden jungen Kommandanten der Fregatte *Anemone* zu, der eher wie ein jüngerer Bruder als wie ein Neffe des Admirals aussah.

Bolitho gab Adam die Hand, aber dann konnte er sich nicht zurückhalten und umarmte ihn. Das gleiche dunkle Haar, die gleichen Bewegungen. Bolitho hielt Adam auf Armlänge von sich ab und studierte sein Gesicht. Der junge Mann hatte erreicht, wovon er immer geträumt hatte: Kommandant einer Fregatte zu sein. Er war jetzt sechsundzwanzig Jahre alt. Auch Bolitho war sechsundzwanzig gewesen, als er seine erste Fregatte übernommen hatte. Zufall?

Leise sagte Adam: »Ich freue mich, dich wiederzusehen, Onkel. Wir hatten viel zu wenig Zeit damals, als ich die *Truculent* in den Hafen schleppte.«

Ohne dich und deine *Anemone* hätten uns die drei Franzosen zu Treibholz geschossen und ich wäre jetzt tot, dachte Bolitho. Denn niemals wieder wäre er in Gefangenschaft gegangen.

Keen bat die Kommandanten, Platz zu nehmen. Jeder ordnete dabei, was er sah, in das Bild ein, das er sich von Bolitho gemacht hatte.

Bolitho richtete sich auf und sah sie alle der Reihe nach an. »Ich wollte Sie so schnell wie möglich kennenlernen, meine Herren. Denn ich habe festgestellt, daß einem später zu oft die Zeit fehlt, miteinander zu reden.« Einige Gesichter lächelten. »Tut mir leid, daß zwei unserer Kommandanten nicht dabei sind.« Er zögerte einen Augenblick; machte er damit nicht Herrick einen Vorwurf? Doch Herrick hatte die beiden Schiffe nach Hause geschickt, ohne auf seinen Rat zu warten. »Dies ist nicht die rechte Zeit, die Zügel locker zu lassen. Viele von uns haben den Sieg in Trafalgar miterlebt, der angeblich alle Gefahren für unser Land beseitigt hat. So hört man es jedenfalls in London und auch innerhalb der Flotte. Doch nur ein Narr könnte glauben, die Zeiten würden friedlicher, solange Napoleon regiert. Wir brauchen jedes Schiff und jeden Mann, der darauf kämpft. Die Franzosen werden ihre Terraingewinne konsolidieren, und sie haben ja bewiesen, daß ihnen kaum ein Landheer widerstehen kann. Wer weiß, welche Talente sie gegen uns in See schicken, wenn sie endlich wieder so viele Schiffe haben, wie sie brauchen? Die französische Marine wurde durch die Revolution geschwächt, die in ihrer blutigsten Zeit unter den Seeoffizieren genauso viele Opfer forderte wie unter den Aristokraten. Doch neue Anführer wachsen heran, und gegen diese müssen wir uns wappnen.« Er fühlte sich plötzlich leer und wie ausgehöhlt. »Haben Sie Fragen?«

Kapitän John Crowfoot, Kommandant der *Glorious,* ein großer, gebeugter Mann mit dem Habitus eines Landpfarrers, fragte: »Werden die Dänen ihre Flotte den Franzosen übergeben, Sir Richard?«

»Ich glaube nicht, es sei denn unter größtem Druck. Kein Däne wünscht sich Franzosen im Land.«

Kapitän George Huxley von der *Nicator,* ein gedrungener Mann mit hartem Blick, sagte selbstbewußt: »Wir brauchen dringend mehr Fregatten, Sir Richard. Ohne sie sind wir wie blind. Ein Geschwader, sogar eine ganze Flotte könnte nachts an uns vorbeisegeln, und wir würden nichts merken!« Er drehte sich zu den Fenstern um, als suche er die holländische Küste, die dreißig Meilen entfernt lag.

Bolitho antwortete: »Ich bin ganz Ihrer Meinung, Kapitän Huxley. Aber ich habe nun mal nur zwei Fregatten, die meines Neffen und die *Zest,* deren Kommandant ich noch nicht kenne.«

Keen hatte ihn vorgewarnt: Kapitän Fordyce, der Sohn eines Admirals, sei ein Leuteschinder. Ihre Lordschaften in der Admiralität hatten wahrscheinlich geglaubt, nach Kapitän Varian habe die *Zest* eine harte Hand nötig.

Es folgten noch viele Fragen – zu Reparaturen und Vorräten, zu Patrouillengebieten und möglichen Gefechten. Bolitho gestand sich ein, daß er auch nach diesem langen Treffen seine Kommandanten noch nicht richtig kannte. Aber er wollte ihnen wenigstens einige seiner Grundsätze vermitteln. »Mit unnötigen Signalen verliert man zuviel Zeit im Gefecht. Und Zeit zählt im Kampf, wie Sie alle wissen. Ich habe darüber einige Briefe mit Lord Nelson gewechselt, den ich leider, wie Sie wohl alle, nie persönlich getroffen habe.« Er sah zu Adam hinüber. »Mein Neffe ist die Ausnahme, er hatte das Glück, Nelson öfter zu treffen. Leider ist er nicht mehr unter uns, aber sein Beispiel wird uns helfen.«

Er spürte, daß alle gespannt auf seine nächsten Worte warteten. »Nelson hat einmal gesagt, daß kein Kommandant viel falsch machen kann, wenn er sein Schiff im Kampf neben das des Gegners legt.« Crowfoot von der *Glorious* nickte eifrig, und an der Tür lauschte Jenour auf jedes Wort. »Ich glaube, besser als Nelson kann man es nicht sagen.«

Sie trennten sich erst nach zwei Stunden und reichlichem Weingenuß. Beim Abschied dachten sie offenbar schon daran, was sie, an Bord zurückgekehrt, ihren Offizieren berichten würden.

Bolitho empfing noch den jüngsten Kommandanten des Geschwaders, den von der Kurierbrigg *Mistral,* den Allday später als »noch so einen zwölfjährigen Skipper« charakterisierte.

Der Nordwest war abgeflaut, die großen Linienschiffe kürzten ihre Segel für die kommende Nacht. Eigentlich hatte Keen den Admiral zu sich zum Abendessen einladen wollen, doch als er sah, daß der Kommandant der Brigg ihm einen Privatbrief übergab, verzichtete er darauf. Vorsichtig öffnete Bolitho den Umschlag und las im Licht der Kerzen Catherines Zeilen: *Liebster, erst gestern hast du mich verlassen, und schon glaube ich, es ist eine Ewigkeit her*... Bolitho sah sich in der leeren Kajüte um. Hatte er Catherines Lachen gehört, oder war es ein Murmeln der See gewesen? Er vertiefte sich wieder in ihren Brief.

XVII »Aber er hat ihre Herzen . . .«

Falls das Nordseegeschwader unter dem neuen Kommando Bolithos baldige Ablösung vom öden Blockadedienst erwartet hatte, so wurde es enttäuscht. Wochen und Monate vergingen, der Frühling vertrieb den eisigen Wind und die ewige, kalte Nässe des Nordens, und noch immer patrouillierten sie scheinbar sinnlos von den friesischen Inseln bis hoch zum Skagerrak, wo Poland seinen letzten Kampf ausgetragen hatte. Bolitho verlangte viel von ihnen, mehr als jeder andere zuvor. Segelmanöver, Kanonendrill, in Kiellinie segeln, nebeneinander segeln – alles übten sie mit so wenig Kommandos und Signalen wie möglich. Dann teilte er sein Geschwader in zwei Gruppen, ließ den würdigen Crowfoot von der *Glorious* die zweite Division übernehmen und führte sie gegeneinander. Inzwischen waren die beiden Vierundsiebziger *Valkyrie* und *Tenacious* wieder zum Geschwader zurückgekehrt und hatten einen kleinen Schoner mitgebracht, die *Radiant* unter dem Kommando eines älteren Leutnants, der früher beim Zoll gedient hatte.

Der Schoner war zwar klein, aber sehr handig. Immer wieder stieß er zwischen die Inseln vor oder kreuzte dicht an die flache Küste heran, sah sich dort um und floh erst dann aufs offene Meer hinaus, wenn ein feindliches Patrouillenschiff endlich Anker gelichtet und Segel gesetzt hatte und ihm bedrohlich nahe kam.

Eines Morgens öffnete Allday ein Heckfenster – und frühlingshafte Wärme strömte herein. Bolitho starrte bei der Rasur an die Decke und fühlte das Messer über sein Kinn kratzen. »Ich glaube, alle hassen mich wegen des Drills, zu dem ich sie zwinge«, sagte er.

Allday dachte nach, rasierte aber weiter. »Das ist auch ganz gut so, Sir Richard. Auf einem kleinen Schiff sollte man den Drill nicht übertreiben, aber auf einem Dickschiff wie diesem sollten Offiziere und Mannschaften nicht zu eng zusammenwachsen.«

Bolitho sah ihn fragend an. »Wieder eine deiner Weisheiten. Und wie ist die zu verstehen?«

»Zwischen den Decks braucht man jemanden, den man hassen kann. Das macht einen Mann so scharf wie der Schleifstein das Messer.«

Bolitho lächelte und ließ seine Gedanken wandern. Cornwall mußte nach dem trüben Winter jetzt wunderbar frisch riechen. Gelber Stechginster und große Polster von Glockenblumen blühten bestimmt neben dem Pfad auf der Steilküste. Was Catherine jetzt wohl machte?

Sie hatte Somervells Besitzungen in London veräußert und, nachdem sie seine Schulden bezahlt hatte, ein kleines Haus an der Themse gekauft. »Wenn du in London zu tun hast, haben wir hier unser Zuhause«, hatte sie erklärt, »und müssen niemanden um Zuflucht bitten.« Zusammen mit Ferguson hatte sie in Falmouth mehr Land kultivieren lassen, denn sein Besitz sollte sich nicht nur selbst tragen, sondern auch Profit abwerfen. Nicht ein einziges Mal erwähnte sie Belinda, deren aufwendiger Lebensunterhalt große Summen verschlang.

Es klopfte, Keen trat ein und meldete: »Der Schoner ist in Sicht und möchte längsseits kommen.«

Allday tupfte Bolithos Gesicht trocken und musterte dabei verstohlen sein linkes Auge. Nichts deutete auf eine Verletzung hin oder auf eine Verschlechterung. Sollte es doch heilen?

»Neuigkeiten, Val?« fragte Bolitho.

»Er kommt aus der richtigen Richtung«, antwortete Keen unverbindlich.

Es dauerte, bis der Schoner aufgekreuzt war und in Lee der *Black Prince* ein Boot zu Wasser gelassen hatte. Sein Kommandant, Leutnant Evan Evans, hatte früher einen Zollkutter befehligt und sah mehr nach einem Piraten aus als nach einem gesetzestreuen Leutnant der Königlichen Marine. Er war ein Berg von einem Mann, mit dichtem grauen Haar, das anscheinend mit einer Schafschere gekappt worden war. Sein ziegelrotes Gesicht zierten so viele Runzeln, daß es den starken Trinker verriet. Ozzard bot Rum an, und Evans leerte den Becher in einem Zug.

»Berichten Sie, was Sie beobachtet haben«, forderte Bolitho ihn auf.

Sie traten an den Tisch, auf dem die Karte und Bolithos Logbuch lagen.

Evans deutete mit einem Finger, der so dick und hart wie ein Marlspieker war, auf einen Punkt der Karte. »Hier, vor drei Tagen, Sir Richard. Sie segelte in die Deutsche Bucht, vorbei an Helgoland, jedenfalls war das die allgemeine Richtung.«

Bolitho zügelte seine Ungeduld. Evans rief seine Erinnerungen ab, und wenn er ihn hetzte, würden die Bilder ihre Schärfe verlieren. Er sprach mit starkem walisischem Akzent.

»Wer - sie?« half Keen vorsichtig weiter.

Evans sah ihn erstaunt an. »Na, ein Linienschiff, so groß wie eine Kathedrale.« Er hob die Schultern. »Dann kamen von irgendwoher aus der Sonne noch zwei Fregatten, eine davon ein Vierundvierziger.« Er runzelte die Stirn, bis seine hellen Augen fast verschwanden.

Bolitho richtete sich auf. »Haben Sie Namen erkennen können, Mr. Evans?«

»Nun ja, wir hatten's eilig, als sie mit ihrer Bugkarronade auf uns schoß. Da rissen wir die Hufe hoch und verschwanden.«

»Es war die *Intrépide,* habe ich recht?«

Evans starrte ihn an. »Woher wissen Sie das, Sir?«

»Nur eine Vorahnung.« Aber er spürte ganz deutlich, daß es bald losgehen würde. »Wie groß war das Linienschiff, was schätzen Sie?«

Evans trank einen zweiten Becher Rum, dann wischte er

sich mit dem Handrücken die Lippen. »Genau kann ich das nicht sagen.« Er maß die Kajüte mit Blicken. »Jedenfalls größer als dieses Schiff, Sir Richard.«

»Wie bitte?« Bolitho sah Keen überrascht an. »Das muß ein Irrtum sein. Kein einziges Feindschiff mit mehr als vierundsiebzig Kanonen hat Trafalgar überlebt. Entweder sanken sie in der Schlacht oder im Sturm, der folgte.« Fast anklagend sah er Evans an. »Und kein Agent hat uns vom Neubau eines so großen Schiffes berichtet.«

Der Leutnant lächelte. Er war seinen Bericht losgeworden, die Verantwortung lag jetzt bei anderen, und der Rum war gut. »Ich habe aber eines gesehen, Sir Richard. Ich fahre seit fünfundzwanzig Jahren zur See und kenne Schiffe. Ich bin kein grüner Junge mehr!«

»Ich möchte, daß Sie diese Nachricht nach Portsmouth bringen. Sie ist eilig und wichtig.«

»Die Nore wäre schneller zu erreichen, Sir Richard.«

Bolitho schüttelte den Kopf. »In Portsmouth gibt es den optischen Telegrafen, der ist schneller.« Er sah, daß Evans einen dritten Becher Rum trank. »Sie haben doch einen verläßlichen Ersten?«

Der rauhe Waliser verstand, was gemeint war. »Keine Sorge, Sie können sich auf mich verlassen, Sir Richard. Am Montag bin ich in Portsmouth.«

»Außerdem gebe ich Ihnen einen Privatbrief mit. Würden Sie ihn bitte mit der Pferdepost nach Falmouth expedieren?«

Der Mann grinste breit. »Aber sicher doch, Sir Richard. Ich kenne die Burschen am Portsmouth Point, sie sind mir noch einen Gefallen schuldig.«

Um die Mittagszeit war der Schoner wieder unterwegs, und der Neid derer folgte ihm, die wußten, daß England sein Ziel war.

Tief unten im Rumpf hatten zwei Männer, angeleitet vom Gehilfen des Zahlmeisters, ein Faß Pökelfleisch aus der Last geholt und an Deck hieven lassen. Nun saßen die beiden in der Dunkelheit unten und leerten noch eine Flasche Cognac: Fittock, der ausgepeitscht worden war, und Duthy, ein Reepschläger aus Devon, erfahrene Seeleute beide.

Sie sprachen leise, weil sie wußten, daß sie sich hier eigentlich nicht aufhalten durften. Aber wie viele erfahrene Salzbuckel haßten sie es, zusammen mit den Neulingen zu leben.

»Ich fresse einen Anker vor Freude, wenn meine Dienstzeit um ist, Jim. Wenn ich heil an Land komme, weiß ich schon, was ich mache.«

Fittock schmeckte dem Cognac nach. Kein Wunder, daß die Herren Offiziere ihn mochten. Er nickte. »*Wenn* du heil an Land kommst, das ist der Punkt!«

»Glaubst du denn, wir werden hier je ein Gefecht erleben?«

Fittock juckten die Peitschennarben auf seinem Rücken, er rieb sich an einem Faß. »Du kennst doch das alte Sprichwort: Wenn der Tod durchs Schiff rast, soll er's halten wie mit dem Prisengeld.«

Sein Freund schüttelte den Kopf. »Versteh' ich nicht, Jim.«

Fittock lachte. »Mögen die Offiziere das meiste abbekommen!«

»Was machen Sie denn hier?« schnitt da eine Stimme durch die Dunkelheit.

Beide sprangen auf, als Midshipman Vincent seine Lampe hob und schadenfroh grinste. Hinter ihm stand mit weißem Koppel und gekreuzten weißen Brustriemen der Profos.

Kalt sagte Vincent: »Abschaum wie Sie lernt es wohl nie, Fittock!«

Duthy protestierte: »Wir haben nichts Verbotenes gemacht, Sir. Haben hier unten nur gesessen und geredet.«

»Lüg mich nicht an, du Schwein!« Vincent streckte die Hand aus. »Gib mir die Flasche! Dafür werdet ihr ausgepeitscht.«

»Sie denken wohl, Sie können sich alles leisten, weil Ihr Onkel hier Vizeadmiral ist, Sie Scheißkerl? Ich habe lange unter ihm gedient, Sie gehören einfach nicht auf dasselbe Schiff wie er.«

»Korporal, nehmen Sie den Mann fest!« Vincent schrie jetzt fast. »Das ist ein Befehl!«

Der Korporal tat, als wolle er sein Gewehr von der Schulter nehmen. »Komm, Jim Fittock, du kennst die Regeln. Mach uns keinen Ärger.«

Plötzlich waren Schritte zu hören, weiße Kniehosen erschienen im Lampenlicht. Midshipman Segrave sagte ruhig: »Es wird keinen Ärger geben, Korporal.«

»Was wollen Sie, Segrave? Diese Männer haben getrunken, das ist verboten. Als ich sie entdeckte . . .«

»Waren sie sicher wieder aufsässig, nehme ich an?« Segrave war überrascht, wie leicht ihm die Maßregelung Vincents fiel. »Haut ab, ihr beiden!« Er drehte sich zum Korporal um, der ihn dankbar anlächelte. »Und Sie verschwinden hier auch, ich brauche Sie nicht.«

»Und der Cognac?« schrie Vincent. »Das ist der Beweis!«

Aber die Flasche war wie durch ein Wunder verschwunden. Im Gehen sagte Fittock leise zu Segrave: »Das werde ich Ihnen nie vergessen, Sir.«

»Noch was, Korporal!« Die gewichsten Stiefel und der weiße Beinschutz verhielten auf der Leiter. »Schließen Sie bitte die Luke, wenn Sie oben sind!«

Vincent starrte Segrave ungläubig an. »Sind Sie ganz und gar verrückt geworden?«

Segrave zog seine Jacke aus und ließ sie fallen. »Ich kannte mal jemanden wie Sie.« Er rollte seine Ärmel auf. »Er machte allen das Leben zur Hölle.«

Vincent versuchte verächtlich zu lächeln. »Und das haben Sie wohl nicht ausgehalten?«

Segrave wunderte sich, wie kühl er blieb. »Stimmt, ich habe es nicht ausgehalten. Dann traf ich eines Tages Ihren Onkel und einen Mann mit halbem Gesicht. Seitdem konnte ich mit der Angst leben – und kann es immer noch.«

Oben klappte die Luke zu.

»Schon die ganze Zeit beobachte ich, wie Sie sich hinter dem Namen Ihres Onkels verstecken und Leute quälen, die sich nicht wehren können. Kein Wunder, daß man Sie bei der Ostindischen Kompanie gefeuert hat.« Da hatte er nur geraten, aber offensichtlich ins Schwarze getroffen.

»Ich fordere Sie!« rief Vincent.

Ein Faustschlag warf ihn zu Boden, aus seiner geplatzten Lippe rann Blut. Segrave taten die Fingerknöchel weh, aber in den Schlag hatte er Jahre des Leidens gelegt. »Zum Duell, du Muttersöhnchen?« Wieder schlug er zu. »Duelle sind was für Männer. Ich duelliere mich nicht mit Zwergen.«

Vier Decks über ihnen ging Leutnant Flemyng auf und ab und schaute ungeduldig auf die Sanduhr. Schließlich fuhr er einen Gehilfen des Bootsmanns an: »Holen Sie mir Mr. Vincent! Der treibt sich bestimmt wieder irgendwo rum.«

Der Mann wollte loseilen, aber der Erste Offizier stoppte ihn. »Noch nicht, Mr. Flemyng.« Und als der Dritte ihn fragend ansah: »Mr. Vincent braucht noch etwas Zeit!«

Admiral Lord Godschale wedelte mit einem parfümierten Taschentuch vor seiner Adlernase und klagte: »Der Fluß riecht heute abend ganz widerlich!«

In seiner Paradeuniform mit den goldenen Epauletten sah er sehr beeindruckend aus. Stolz und zufrieden blickte er auf die bunte Schar seiner Gäste, die sich auf der weitläufigen Terrasse seines Hauses in Greenwich versammelt hatten.

Es war wirklich heiß, und erst der Abend würde den Offizieren in ihren blauen und roten Tuchröcken Erleichterung bringen. Auf dem Fluß, der sich hier nach Blackwall Reach hinunter wand, segelten Frachtkähne, Fischer holten ihre Netze ein, und immer wieder sah man Jollen schnell das Fahrwasser queren.

Das Haus machte großen Eindruck, und Godschale war froh, es so günstig erstanden zu haben. Sein Vorbesitzer hatte, als der Krieg mit Frankreich ausbrach, sein Land und allen Besitz verkauft und war nach Amerika geflohen. Der Lordadmiral sah zu, wie sich Sir Charles Inskip einen Weg durch die Gäste bahnte, hier ein Wort verlor, dort ein Kompliment anbrachte – ganz der geborene Diplomat. Aber Godschale fühlte sich unwohl in seiner Gegenwart.

Inskip trat neben ihn und nahm ein Weinglas vom Tablett eines schwitzenden Dieners. »Was für eine großartige Gesellschaft, Mylord!«

Godschale nickte, schließlich hatte er diesen Tag mit großer Sorgfalt geplant. Es kam eben auf die richtige Mischung an von Leuten, die gesellschaftlich etwas darstellten: Politiker ebenso wie Offiziere des Heeres und der Marine. Selbst der Premierminister hatte sein Kommen zugesagt.

Godschale sah seine Frau in vertrautem Gespräch mit zwei Freundinnen. Es fiel ihm schwer, in ihr noch das junge Mädchen zu sehen, das er als flotter Fregattenkapitän geheiratet hatte. Sie sah jetzt uninteressant aus, sogar langweilig. Wohlgefällig betrachtete er jedoch die Damen in ihrer Nähe. Ihnen kam der heiße Tag nur recht: nackte Schultern, tief ausgeschnittene Kleider – all das wäre noch vor zwei Jahren in London unvorstellbar gewesen.

Inskip bemerkte Godschales hungrige Blicke und fragte ablenkend: »Ist es wahr, daß Sie Sir Richard Bolitho zurückgerufen haben? Das hätten Sie uns sagen müssen!«

Godschale überhörte die Kritik. »Es war notwendig. Ich schickte die *Tybalt* nach ihm. Bolitho kam vor zwei Tagen in der Nore an.«

Inskip blieb unbeeindruckt. »Ich weiß nicht, was das nützen soll.«

Godschale löste seinen Blick von einer jungen Dame, die mit nacktem Busen dagestanden hätte, wäre das Dekolleté ihres Kleides nur einen Finger breit tiefer gewesen. Er sprach jetzt flüsternd. »Sie kennen die letzten Neuigkeiten? Napoleon hat einen Vertrag mit Rußland geschlossen und jetzt die verdammte Frechheit, Schweden und Dänemark zu befehlen – ich sagte: befehlen –, ihre Häfen vor uns zu schließen. Zusätzlich verlangt Frankreich, daß ihm beide Flotten unterstellt werden. Das wären an die zweihundert Schiffe, verdammt! Warum hat das niemand vorhergesehen? Ihre Leute sollten doch in Dänemark Augen und Ohren offenhalten!«

Inskip zuckte mit den Schultern. »Zaubern können wir nicht. Aber ich möchte wissen, was wir als nächstes tun.«

Godschale zupfte an seinem Halstuch, als ersticke er. »Tun? Das ist doch wohl klar!«

Inskip erinnerte sich plötzlich an Bolithos Verbitterung und Härte auf der *Truculent,* als die drei französischen Schiffe aufgetaucht waren. »Darum also ist Bolitho hier!« sagte er.

Godschale antwortete ihm nicht direkt. »Admiral Gambier stellt gerade eine Kriegsflotte zusammen, dazu so viele Transportschiffe, wie wir brauchen, um eine Armee nach Dänemark zu befördern.«

»Also eine Invasion! Aber die Dänen werden nie kapitulieren. Ich denke, wir sollten noch abwarten.«

»Wirklich?« Wütend sah Godschale ihn an. »Glauben Sie, Ihre empfindlichen Dänen liegen mir mehr am Herzen als das Überleben Englands? Und nur darüber reden wir, verdammt noch mal!« Er riß ein Glas vom Tablett eines Dieners und leerte es in zwei Zügen.

Das Orchester spielte jetzt eine muntere Gigue, aber kaum einer der Gäste hatte Lust, die Terrasse zu verlassen und zu tanzen. Und Godschale ahnte, warum. Am Morgen hatte er Bolitho in der Admiralität von dem Empfang erzählt, und dieser hatte keinen Zweifel daran gelassen, unter welcher Bedingung er kommen würde.

»Es werden viele Damen da sein. Ich nehme an, Sie befehlen mich dorthin, ohne meine einzuladen?«

Plötzlich knurrte Godschale laut: »Der Mensch stellte sich hin und sagte mir, er käme nur in Begleitung seiner Lady!«

»Überrascht Sie das?« Inskip lächelte, als er merkte, wie unwohl sich Godschale fühlte. Denn man erzählte sich, der Lord unterhalte in London gleich zwei Geliebte. »Ich weiß, was Lady Somervell für Bolitho getan hat.«

Godschale sah, daß sein Sekretär ihm zuwinkte, und rief laut: »Seine Exzellenz, der Premierminister!«

Der Herzog von Portland, ein Tory, schüttelte Hände und sah sich wohlgefällig um. »Nettes Aufgebot, Godschale. Immer dieses Gerede vom Untergang der Aristokratie – blanker Unsinn, sage ich!«

Inskip mußte an Bolithos Männer denken, die er im Gefecht hatte sterben sehen. Die Leute hier sahen dagegen aus wie Puppen im Theater.

Der Premierminister begrüßte einen ernst blickenden Herrn in perlgrauem Anzug. »Sir Paul Sillitoe.« Der Angesprochene lächelte flüchtig. »Mein geschätzter Ratgeber in dieser unvorhergesehenen Krise.«

Inskip warf ein: »Nicht ganz unvorhergesehen.«

Godschale unterbrach ihn: »Ich habe alles unter Kontrolle. Wir haben ein neues Geschwader in der Nordsee stehen. Es hat eine einzige Aufgabe: zu beobachten, ob die Franzosen Skandinavien angreifen.«

Sillitoes Augen leuchteten auf. »Unter Sir Richard Bolitho, ja. Ihn würde ich gern kennenlernen.«

»Ich nicht!« Der Premierminister betupfte sich den Mund.

Sillitoe sah ihn unbewegt an. Seine Augen lagen jetzt im Schatten, sein Gesicht verriet nichts. »Ich fürchte, dann werden Sie kaum länger im Amt bleiben als Ihr Vorgänger.« Gelassen bemerkte er die aufflackernde Wut seines Vorgesetzten. »Der französische Admiral Villeneuve sagte nach seiner Gefangennahme, bei Trafalgar sei jeder englische Kommandant ein Nelson gewesen. Ich bin zwar kein Seemann, aber ich weiß, wie Matrosen leben – kaum besser als in einem Gefängnis. Männer wie Nelson haben sie trotzdem begeistert, und für sie vollbringen sie Wunder.« Er schaute sich um. »Bolitho ist kein Nelson, aber der beste, den wir haben. Vergessen können Sie das, aber nur auf eigene Gefahr.«

Unter den Gästen kam Unruhe auf, und Godschale folgte ihren Blicken. Da entdeckte er Bolitho. Die Strähne über seiner Stirnnarbe hatte ein paar weiße Fäden mehr. Und neben ihm, eine Hand auf seinem Arm, stand eine strahlend schöne Lady Catherine. Sie hatte die Trauerkleidung abgelegt. Ihr hochgekämmtes Haar glänzte in der Sonne. Sie trug ein grünes Kleid, dessen Seide mit jedem Schritt changierte. An ihrem Handgelenk hing ein kleiner Fächer.

Sie sah weder nach rechts noch nach links. Godschale spürte schon von weitem ihre Kraft und merkte, daß sie sich nichts aus dem machte, was über sie und den hochgewachsenen Marineoffizier an ihrer Seite geflüstert wurde.

Godschale ergriff ihre Hand. »Mylady . . . In der Tat, so eine Überraschung!«

Sie erkannte den Premierminister und verbeugte sich leicht. »Machen Sie uns bekannt?«

Der Premierminister wollte sich umdrehen, doch Bolitho sagte ruhig: »Der Herzog von Portland – Lady Catherine Somervell.« Er verbeugte sich. »Welche Ehre!«

Sir Paul Sillitoe stellte sich selbst gelassen vor, dann nahm er Catherines Hand und hielt sie einen Augenblick fest. »Sie beflügeln ihn, Mylady.« Leicht berührte er ihre Hand mit seinen Lippen. »Und vielleicht beflügeln Sie England durch ihn.«

Ihr Mund verzog sich in einem ironischen Lächeln, als sie ihre Hand zurücknahm. Eine Ader an ihrem Hals klopfte heftig. Aufmerksam forschte sie in Sillitoes Gesicht, und als sie keinen Spott darin entdeckte, antwortete sie: »Sie sind sehr gütig, Sir.«

Sillitoe hatte alle Menschen um sich herum vergessen, selbst Bolitho. Er sagte leise: »Die Wolken sammeln sich wieder, Lady Catherine. Ich fürchte, Sir Richard wird bald so dringend gebraucht wie nie zuvor.«

»Muß denn immer er es sein?« fragte sie zurück. »Ich weiß von Collingwood und Duncan – und bestimmt gibt es noch mehr tüchtige Admiräle!«

Godschale wollte unterbrechen, doch Sillitoe blieb unbeirrt: »Sie alle sind gute Führer und haben das Vertrauen der Flotte.« Dann sah er Bolitho an. »Aber Bolitho hier hat ihre Herzen!«

Godschale räusperte sich, er fühlte sich nicht wohl bei

dieser Unterhaltung. Man sah von überall zu ihnen herüber, selbst das Orchester war verstummt. Laut sagte er: »Das ist eben eines Seemanns Los. Es verlangt viel von uns allen, Lady Catherine.«

Sie spürte seine Blicke auf ihrem Busen. »Aber von einigen mehr als von anderen!«

Godschale wandte sich an einen Lakai, um seinen Ärger zu verbergen: »Sag dem Orchester, wir brauchen Musik!« Er lächelte dem Premierminister entschlossen zu. »Können wir jetzt mit der Beratung anfangen, Euer Ehren?«

Portland nickte Sillitoe zu. »Sie nehmen das für mich wahr. Morgen reden wir dann darüber, Godschale. Es gibt soviel zu tun!«

Wieder wollte er gehen, doch Bolitho wandte sich noch einmal an ihn: »Ich sehe Sie also nicht mehr vor meiner Abreise? Eigentlich wollte ich Ihnen noch einige wichtige Gedanken vortragen.«

Der Premierminister beäugte ihn, als vermute er hinter seinen Worten versteckten Spott. »Später.« Er drehte sich zu Catherine um. »Einen guten Abend!«

Als Godschale seinen enteilenden Gast hinausgeleitete, flüsterte Bolitho Catherine zu: »Ich hätte dich nicht herbringen sollen. Ihre Heuchelei und ihr sattes Selbstbewußtsein machen mich krank.«

Sie lächelte. »Was viel wichtiger ist, hast du bei der Herfahrt erlebt, als die Leute uns begrüßten und uns beiden zuwinkten. Vergiß nie, Richard, sie bauen auf dich. Sie wissen, daß du sie nicht im Stich läßt.« Sie dachte an Sillitoe, den sie nicht einschätzen konnte. War er Freund oder Feind? Ehrlich war er in jedem Fall. »Du hast ihre Herzen, vergiß das nie!«

Sie schlugen einen schmalen Weg ein, der in einen ruhigen Teil des Gartens mit einem Springbrunnen führte. Hier war es leer und still. Von weitem wehte Musik herüber.

Bolitho umarmte und küßte sie. »Ich muß aber noch mit den Herren sprechen, Kate.«

Sie nickte strahlend. »Und danach fahren wir nach Hause, in unser Haus am Fluß.«

Als Sir Paul Sillitoe und Inskip mit Godschale auf die Terrasse zurückkehrten, fanden sie Bolitho allein vor. Er beobachtete, wie ein Lastkahn an der Isle of Dogs vorbei den Fluß hinunter manövrierte.

»Sie sind allein?« strahlte Godschale.

Bolitho lächelte. »Lady Catherine wandert durch den Garten. Das ist ihr lieber, als unter Fremden zu sein.«

Sillitoe sagte trocken: »Sie findet es hier wohl ein bißchen zu schwül.«

Godschale wollte antworten, doch seine Frau zog ihn am Ärmel zur Seite. »Ich hab' sie gesehen«, berichtete sie echauffiert. »Gerade eben, beim Springbrunnen. Er hat sie gestreichelt und geküßt!« Empört sah sie ihren Mann an. »Ich war so entsetzt, daß ich nicht länger hinschauen konnte.«

Godschale tätschelte ihren Arm. Für jemanden, der nicht hinschauen konnte, hatte sie gut beobachtet. »Ich muß leider zurück, Liebling. Es geht um etwas sehr Wichtiges.« Er sah, daß Sillitoe ihm auffordernd zunickte.

»Aber diese Frau dulde ich nicht in meinem Haus. Wenn sie auch nur ein Wort mit mir spricht, jage ich sie davon!«

Godschale ergriff ihr Handgelenk und sagte scharf: »Das wirst du nicht tun. Du wirst zurücklächeln und ihr freundlich antworten. Und jetzt geh zu deinen Freundinnen und überlaß uns den Krieg!« Er drehte sich auf dem Absatz um und ging neben seinem Sekretär zum Haus.

Dieser sagte sanft, bemüht um das weitere Wohlwollen seines Herrn: »Da war eine junge Dame, die Frau des Kommandanten der *Alderney* ...« Er sah, daß Godschale sich erinnerte. »Sie sprach heute wieder vor, um etwas für ihren Mann zu erbitten. Sie ist wirklich sehr attraktiv, Mylord.«

Godschale nickte. »Arrangieren Sie einen Termin mit ihr.« Als er sein Arbeitszimmer betrat, wo die anderen auf ihn warteten, war er schon wieder ganz der alte: »Also, meine Herren, was nun den Krieg angeht ...«

Bolitho öffnete die Glastür und trat hinaus auf den schmalen Eisenbalkon. Auf der Themse glitzerten die Lichter der Schiffe wie Glühwürmchen. Es war so heiß und windstill, daß sich die Vorhänge nicht bewegten. Sie hatten sich geliebt, sich total verausgabt, und doch spürte er noch immer Verlangen nach ihr.

Morgen würde er zur Nore zurückkehren, wo die *Tybalt* auf ihn wartete, um ihn zum Geschwader zurückzubringen. Er dachte an sein Geschwader, das draußen die Nordsee durchpflügte, immer noch in der Hoffnung zu erfahren, was der Gegner vorhatte. Für das, was vor ihnen lag, waren seine Erfahrung und sein Urteil entscheidend. Er war wie die Nabe eines großen Rades.

Zuerst hatte er sich mit der *Black Prince* vertraut gemacht, mit dem Schiff genauso wie mit seiner Besatzung. Er lernte Gesichter und Namen, Pflichten und Reaktionen der Männer an Bord, vor allem der Offiziere. Falls er ausfiel, mußten sie das Schiff führen: der Master, der Erste und die anderen Leutnants, die Stückführer - wie Speichen reichten diese Männer in alle Decks und Winkel des Schiffes.

Dann hatte er auch die anderen Offiziere seines Geschwaders kennengelernt, die im Kampf mit ihm segeln würden. Nur Adam mit seiner Fregatte hielt sich entfernt, weiter weg, als selbst der beste Ausguck sehen konnte, immer auf der Suche nach dem Gegner. Falls sich Napoleon die Flotten Dänemarks und Schwedens aneignen konnte, mußte England ihnen schon allein aufgrund ihrer Überzahl unterliegen. Denn noch immer waren die Lücken, die Trafalgar gerissen hatte, nicht aufgefüllt. Beide neutrale Flotten, so hörte man, hatten einhundertachtzig Schiffe.

Bolitho hatte Godschale auch nach Herricks neuer Aufgabe gefragt. Der Admiral wollte zunächst nicht mit der Sprache heraus, doch als Bolitho beharrlich blieb, antwortete er: »Herrick kommandiert die Begleitschiffe für die Versorger. Eine lebenswichtige Aufgabe!«

Lebenwichtig? Ein alter müder Commodore wie Arthur Warren hätte diese Aufgabe leicht erfüllen können.

Der Mond trat hinter einer langen Wolke hervor und legte Glanz auf den Fluß. Bolitho packte das Balkongeländer und starrte ins Licht, bis er einen glänzenden Ring um den Mond sah, breit und verschwommen. Da schaute er weg und schluckte trocken. Schlimmer war sein Auge nicht geworden. Oder bildete er sich das nur ein?

Er fühlte die Vorhänge gegen seine Beine wehen und wußte, Catherine war zu ihm getreten.

»Was ist, Richard?« Ihre Hand massierte seinen Rücken, verlockend und stark, löste seine Verspannung. Er drehte sich um und streichelte sie unter ihrer großen Stola aus den Spitzen, die er aus Madeira mitgebracht hatte. Sie zitterte wie in einer kühlen Brise, als seine Hand über ihren nackten Körper glitt.

»Ich segle morgen«, sagte er, schon vom Abschied gezeichnet. »Aber etwas wüßte ich gern noch von dir.« Sie drückte das Gesicht gegen seine Schulter. »Was denn?«

»Bei der Beerdigung von Somervell«, begann er, »habe ich gesehen, daß du ein Taschentuch ins Grab geworfen hast . . .«

Ihr Atem streifte warm seine Schulter. »Darin war sein Ring. Ich wollte nichts mehr von ihm besitzen.«

Das hatte er gehofft. »Würdest du meinen Ring tragen, wenn ich einen fände, der schön genug ist für dich?«

Sie hielt den Atem an. Der Mann, der morgen vielleicht in den Tod segeln mußte, fand Zeit, an einen Ring für sie zu denken! Sie ließ sich von ihm ins Zimmer führen und die Stola abnehmen. Ihr Körper glänzte im Licht der beiden Kerzen neben dem Bett.

»Ich wäre stolz darauf«, flüsterte sie, und er sah Tränen unter ihren Wimpern. »Aber sprechen wir nicht von morgen. Heute bin ich noch da – für dich, Liebster.«

Als der Morgen über London heraufzog, öffnete Bolitho die Augen. Catherines Kopf ruhte an seiner Schulter, ihr Haar lag ausgebreitet auf dem Kissen. Er entdeckte die roten Spuren seiner Zärtlichkeit auf ihrer Haut. Sie sah aus wie ein kleines Mädchen, als er ihr das Haar aus dem Gesicht strich.

Irgendwo läutete eine Glocke, und ein früher Wagen rollte über das Kopfsteinpflaster.

Die Zeit des Abschieds war gekommen.

XVIII Feuer und Nebel

Bolitho stand an den Heckfenstern der *Black Prince* und lauschte den vertrauten Geräuschen des Segelsetzens. Die Fregatte *Tybalt* draußen nahm gerade wieder Fahrt auf, um in der Nore neue Befehle einzuholen. Ihr Kommandant war sicher froh, seinen hohen Passagier ohne Verspätung und Zwischenfall bei seinem Geschwader abgeliefert zu haben und jetzt wieder sein eigener Herr zu sein.

Bolitho dachte an den Abschied im Haus an der Themse. Eigentlich hatte Catherine ihn nach Chatham begleiten wollen, aber zugestimmt, als er sie bat: »Fahre nach Falmouth, Kate, dort bist du unter Freunden.« Noch immer sah er sie mit ihren großen Augen auf der Treppe des Hauses stehen.

Bolitho hörte, wie Ozzard sich in der Schlafkajüte zu schaffen machte. Er schien der einzige zu sein, der sich freute, wieder an Bord zu leben. Selbst Allday war ungewöhnlich niedergeschlagen. Er hatte erzählt, daß sein Sohn, Bootssteurer auf der *Anemone,* den Dienst in der Navy quittieren wollte, weil er genug hatte vom Krieg. Er liebe zwar die See, aber der könne er auch anders dienen, zum Beispiel als Fischer. Er wollte einmal ein eigenes Boot besitzen und heiraten – jedenfalls nicht so leben wie sein Vater.

Der letzte Satz hatte Allday besonders verletzt. »Als er mir sagte, daß Leutnant Adam Bolitho einverstanden sei, hatte ich verloren«, berichtete er.

Es klopfte, und Keen trat ein. Bolitho musterte ihn neugierig. Keen sah entspannt aus, selbst die vielen Pflichten eines Flaggkapitäns schienen ihn nicht mehr zu belasten. Bolitho hatte ihm einen Brief von Zenoria mitgebracht, den ihm Catherine zu treuen Händen übergeben hatte.

Er trat an den Tisch und sagte zu Keen: »Sie können all diese Papiere hier noch genauer studieren, aber im wesentlichen geht es darum, daß sich eine große Flotte, einschließlich einiger Schiffe vom Kap, in Norfolk vor Great Yarmouth gesammelt hat, dem größten Ankerplatz, der gleichzeitig nahe genug an Dänemark liegt. Admiral Gambier hat seine Flagge auf der *Prince of Wales* gesetzt und den Oberbefehl über die fünfundzwanzig Linienschiffe übernommen. Ursprünglich wollte Gambier ja die *Black Prince* als sein Flaggschiff, aber ihre Ausrüstung dauerte ihm zu lange.«

Herrick fiel ihm wieder ein. »Dort sammeln sich auch zahlreiche Versorger und Truppentransporter. Einige haben flachgehende Leichter an Bord, um Artillerie und Truppen an Land zu setzen für eine Belagerung. Es wird die größte kombinierte Operation, seit Wolfe 1759 Quebec eroberte.« Er dachte an den General am Kap und fügte hinzu: »Lord Cathcart hat das Oberkommando über die Landstreitkräfte. Ihm unterstellt sind zehn Generalmajore, einer davon ist Sir Arthur Wellesley. Ich glaube, Cathcart und viele andere sehen diesen Angriff als ersten Schritt zu einer großangelegten Landung auf dem Festland.«

»Dann möge Gott den Dänen helfen!« antwortete Keen ernst.

Bolitho schlüpfte aus seiner schweren Uniformjacke und warf sie auf einen Stuhl. »Wir bleiben hier, bis Gambiers Flotte durchs Skagerrak gesegelt ist, und sorgen dafür, daß die Franzosen nicht den Nachschub angreifen. Das würde die Truppen in größte Schwierigkeiten bringen. Dann folgen wir als Nachhut.«

»Kapitän Crowfoot ist mit seiner *Glorious* immer noch bei unserer zweiten Division im Norden.«

»Ich weiß.« Bolitho rieb sich das Kinn. »Signalisieren Sie der *Anemone,* sie soll zum Geschwader aufschließen und Crowfoot meine Befehle überbringen. Ich halte es für besser, wenn wir alle zusammenbleiben, bis wir wissen, was hier vor sich geht.«

Als Keen schon gehen wollte, frage Bolitho noch: »Gibt's private Neuigkeiten, Val?«

Keen strahlte. »Der Brief von Zenoria, Sir . . . Wir haben jetzt das Hochzeitsdatum festgelegt. Lady Catherine wird alles arrangieren. Die beiden haben sich gut verstanden, sie hat Zenoria sogar nach Falmouth eingeladen!«

Bolitho lächelte und drückte Keen fest die Hand. »Ich freue mich sehr. Niemand hat dieses Glück so verdient wie Sie.«

Als Keen gegangen war, um die *Anemone* zum Geschwader zurückrufen zu lassen, überlegte Bolitho, was Catherine ihm von dem Treffen mit Zenoria erzählt hatte. Es klang so, als ob Zenorias Onkel, der kürzlich aus Indien zurückgekehrt war, etwas gegen ihre Heirat hatte. Wollte er die schöne junge Frau mit den Mondscheinaugen vielleicht selber ehelichen?

Dann widmete er sich wieder den Dokumenten, die er aus London mitgebracht hatte. Er hatte die Operationspläne in einer bleibeschwerten Tasche transportiert. Hätte ein Gegner die *Tybalt* abgefangen und besiegt, wäre die Tasche über Bord geflogen und versunken, statt dem Feind in die Hände zu fallen.

Bolitho sah die Realität hinter den schön geschriebenen Dokumenten: Zwanzigtausend Soldaten mit Kanonen und Mörsern würden in Dänemark landen, beschützt von kleinen Kanonenbooten und bewaffneten Briggs. Sie würden von Helsingör nach Kopenhagen vorrücken und diese schöne Stadt, sollten die Dänen sich auf eine Belagerung einlassen, mit ihren spitzen grünen Türmen in Trümmer legen. Das schien Bolitho ein Irrsinn zu sein. Die Dänen waren nicht kriegerisch, sie wollten lediglich in Ruhe gelassen werden. Er klappte die Mappe zu. Trotzdem gab es keine andere Möglichkeit.

Keen kam zurück und meldete: »Die *Anemone* wird noch vor dem Abend bei uns eintreffen, Sir Richard.«

Während sie ihre Taktik und den genauen Wortlaut der dazu nötigen Befehle besprachen, erschien Vincent, der Midshipman der Wache, und meldete, die Bramsegel der *Anemone* wären bereits in Sicht.

»Wie haben Sie sich eingelebt?« fragte Bolitho seinen Neffen. Dann sah er den Bluterguß auf seiner Backe und den Schorf um seinen Mund.

»Recht gut, Sir Richard«, antwortete Vincent wortkarg. Als er gegangen war, fragte Bolitho: »Er hatte wohl mit jemandem eine Auseinandersetzung, Val?«

Keen hob die Schultern. »Man kann nicht immer alle jungen Herren im Auge behalten.«

Bolitho merkte, daß er Keen den Rücken stärken mußte. »Vincent ist ein Tyrann, Val, er unterdrückt, wen er kann, und hat ein übersteigertes Selbstbewußtsein. Ich hoffe, Sie behandeln ihn nicht anders als den Rest, bloß weil er mit mir verwandt ist. Außerdem fürchte ich, aus dem jungen Mann wird nie ein Leutnant!«

Keen war überrascht über soviel Offenheit. »Es gab einen Kampf, Sir«, räumte er ein. »Zwei Midshipmen hatten einen Streit untereinander auszutragen. Der andere war Midshipman Segrave.«

»Das hätte ich mir denken können«, nickte Bolitho. »Niemand hat mehr Grund als er, sich gegen so einen Westentaschentyrannen zu wehren.«

Die Laternen brannten schon, als die *Anemone* in Lee der *Black Prince* beidrehte. Yovell versiegelte gerade die Befehle für Kapitän Crowfoot, als Keen Adam Bolitho in die Kajüte des Vizeadmirals führte. Dieser faßte kurz zusammen, was er mit Keen ausführlich besprochen hatte.

»Ich muß wissen, ob die Franzosen versuchen, unseren Nachschub anzugreifen. Unser Schoner wird am Morgen der *Zest* und der *Mistral* entsprechende Befehle bringen.«

»Was sagt man in London zu dem großen feindlichen Linienschiff, das hier gesichtet wurde?« wollte Adam wissen.

»Sie glauben nicht daran«, antwortete Keen.

»Ich glaube es aber«, murmelte Adam.

»Vielleicht hat sich Leutnant Evans ja wirklich geirrt, obwohl ich ihm traue.« Trotz seiner Vorliebe für Rum, dachte Bolitho.

Adam erhob sich. »Wenn es zum Gefecht kommt, paß gut auf dich auf, Onkel. Wir brauchen dich noch, wir alle!«

Bolitho umarmte seinen Neffen, und Keen ging, um Adams Boot längsseits rufen zu lassen.

»Irgend etwas bedrückt dich, Adam«, sagte Bolitho, als sie allein waren. »Du führst zwar ein Schiff des Königs, aber für mich bist du immer noch wie ein Sohn.«

Adam lächelte, sah aber dabei nicht glücklicher aus. »Es ist nichts, Onkel.«

Bolitho beharrte: »Sag es mir, dann werde ich versuchen, dir zu helfen.«

Adam wandte sich ab. »Ich weiß, Onkel, du bist immer mein Rettungsanker. Aber mir fehlt nichts.«

Bolitho brachte ihn zur Treppe, denn ihm wurde plötzlich klar, daß dies vor dem kommenden Gefecht ihr letztes Treffen war. Vielleicht sogar ihr allerletztes in diesem Leben. Daß es ein Gefecht geben würde, spürte Bolitho in allen Knochen. Ein Schauer lief ihm über den Rücken.

»Allday hat mir von seinem Sohn berichtet«, sagte er beim Abschied.

Adam fuhr aus seinen Gedanken hoch. »Tut mir leid, aber John Allday gehört auf kein Kriegsschiff. Ich weiß, was der Vater denkt, aber der Sohn würde fallen, wenn er noch länger an Bord bliebe. Ich kenne die Zeichen.«

Das klang, als spräche ein älterer Mann, ein Mann mit viel Erfahrung. »Du bist sein Kommandant«, antwortete Bolitho, »und kennst ihn wahrscheinlich besser als sein Vater.«

Adam reichte ihm die Hand. »Meine besten Wünsche an Lady Catherine, wenn du ihr wieder schreibst.«

»Danke. Wir sprechen oft von dir.« Wieder wollte er ihn fragen, was ihn bedrückte, doch er ließ es. Adam glich ihm zu sehr. Er würde erst reden, wenn er selbst es für richtig hielt.

Adam grüßte und bat formell: »Ihre Erlaubnis, das Schiff zu verlassen?«

»Aye, Leutnant. Und Gott mit Ihnen.«

Die Trommeln wirbelten. Am Fuß der Leiter halfen zwei Schiffsjungen, Adams Boot in der See ruhig zu halten. »Ich möchte nur wissen, was ihn bedrückt, Val.«

Keen ging mit Bolitho zum Achterdeck. »Vermutlich eine Dame, Sir. Die bringen Unruhe ins Herz, wie wir wissen.«

Bolitho sah Allday an einem festgezurrten Zwölfpfünder stehen, allein unter all den Männern. »Komm mit nach achtern«, sagte er leise, »auf ein Glas. Ich möchte dich etwas fragen.«

Allday schüttelte sich in der Dämmerung wie ein alter nasser Hund. »Ja, jetzt könnte ich ein Glas vertragen. Danke, Sir Richard.«

Leutnant Cazalet, gerade bei seiner Abendronde, blieb neben Jenour stehen. Sie sahen beide, wie der Vizeadmiral und sein Bootssteurer im Niedergang verschwanden. »Ein außergewöhnliches Paar, Mr. Jenour«, meinte der Erste.

Jenour sah in Cazalet einen guten Offizier, genau wie ihn ein Kapitän brauchte, aber mehr nicht. »Ich kann mir den einen nicht ohne den anderen vorstellen«, antwortete er.

Aber Cazalet war schon verschwunden. Jenour begann darüber nachzudenken, wie er das an diesem Tag Erlebte in einem Brief nach Hause berichten konnte.

Kapitän Hector Gossage, Kommandant des Vierundsiebzigers *Benbow,* lief unruhig auf dem Achterdeck hin und her, die Augen im harten Sonnenlicht zusammengekniffen. Gerade waren acht Glasen geschlagen worden und die Vormittagswache angetreten. Schon jetzt kam ihm die Hitze unerträglich vor. Gossage verfluchte ihr langsames Vorankommen und den Teer, der an seinen Sohlen kleben blieb. An Steuerbord sah er die lange Reihe der Versorgungsschiffe, die sich bis an die diesige Kimm erstreckte. Wie lange würde die Fahrt nach Kopenhagen noch dauern, wo sie Admiral Gambiers Flotte und die Armee versorgen sollten?

Gossage war stolz auf die *Benbow.* Sie hatte seit ihrem Stapellauf fast ununterbrochen Dienst getan und viele erfahrene Matrosen und Offiziere an Bord erlebt. Falls es so etwas wie glückhafte Schiffe gab, dann war sie eins.

Er sah die offenen Deckslüken und fragte sich, wann der Konteradmiral an Deck kommen würde. Seit dem Tod seiner Frau hatte er sich stark verändert. Gossage war klug genug, über all das Schweigen zu bewahren, was sein Admiral seither übersehen oder schlicht vergessen hatte. So etwas konnte leicht auf ihn, den Flaggkapitän, zurückfallen. Er war fast vierzig und wollte spätestens in einem Jahr den Wimpel eines Kommodore führen. Außerdem war Herrick immer ein verständnisvoller Vorgesetzter gewesen, hörte gern zu und nahm auch Ideen wohlwollend auf. Aber jetzt . . . Gossage biß sich auf die Lippen, als er an die vielen Nächte dachte, in denen der betrunkene Herrick kaum noch hatte sprechen können. Und das war ein Mann, der früher jeden Offizier davor gewarnt hatte, den Alkohol als Krücke für seine eigenen Schwächen zu benutzen.

Er nahm ein Fernglas aus dem Gestell und suchte die Reihe der Schiffe ab. Sie lagen tief im Wasser und krochen nur langsam vorwärts. Der Wind hatte nachts auf Nord gedreht, bis zum Skagerrak brauchten sie also gewiß noch einen ganzen Tag. Es war ein wichtiger Geleitzug, den sie schützten: zweihundert Kavalleristen der Light Brigade mit ihren Pferden, außerdem Gardeinfanteristen und Seesoldaten mit Vorräten, Waffen und Munition, wie sie eine Armee für eine lange Belagerung brauchte. Gossages Sohlen lösten sich schmatzend vom Teer zwischen den Planken. Aber bei diesem Tempo würde der Krieg vorbei sein, ehe sie Kopenhagen erreichten.

Er suchte im Glas das zweite Begleitschiff, die *Egret.* Er entdeckte sie, aber die Sonne blendete ihn. Die *Egret* war ein uralter Zweidecker mit sechzig Kanonen. Sie hatte lange als Ausbildungsschiff vor Anker gelegen, bis dieser Krieg ihren erneuten Einsatz forderte. Ein Überrest. Aber Hauptsache, sie schwamm, damit die Lords der Admiralität ihre Sollzahlen erreichten.

Beim ersten Tageslicht hatte ein Ausguck weit voraus an Steuerbord Land gesichtet, ein Schatten nur, den der Dunst des Augustmorgens schnell wieder verschluckte, ehe die Sonne die Nordsee in eine glasige Fläche verwandelte, über der die Hitze flimmerte.

Leutnant Gilbert Bowater kam den Niedergang herauf, grüßte und meldete: »Konteradmiral Herrick ist auf dem Weg nach oben, Sir.« Selbst dieser unscheinbare Flaggleutnant versuchte neuerdings, dem Admiral möglichst aus dem Weg zu gehen.

Die Morgenwache richtete sich auf, und der Gehilfe des Masters starrte wie gebannt auf den Kompaß. Gossage begrüßte Herrick. »Der Nordwind steht durch, Sir. Und der Konvoi hält seit dem Morgengrauen seine Formation.«

Herrick ging zum Kompaßhäuschen und blätterte in den feuchten Seiten des Logbuchs. Sein Mund fühlte sich wie ausgedörrt an, und als er sich umdrehte, schwindelte es ihn im gnadenlosen Licht der Sonne. Er spähte zu den Schiffen hinüber, die sie seit Great Yarmouth begleiteten - eine sinnlose Last, keine stolze Pflicht.

Gossage beobachtete ihn, auf alles gefaßt. »Ich habe den Bootsmann und seinen Leuten befohlen, das stehende Gut zu teeren, Sir. Das Schiff soll gut aussehen, wenn wir einlaufen.«

Zum ersten Mal bemerkte Herrick seinen Flaggleutnant. »Nichts zu tun, Bowater?« fuhr er ihn an. Zu Gossage sagte er: »Lassen Sie den Konvoi nicht trödeln wie eine Herde Schafe, Kapitän. Signal an *Egret:* Sie soll aufschließen und die Reihe anführen!« Sein Ärger ging mit ihm durch. »Das muß ich Ihnen doch nicht erst sagen, Mann!«

Gossage wurde rot und bemerkte, wie die Männer am Ruder sich ansahen. »Wir haben ziemlichen Dunst, Sir. Da ist es nicht leicht, durch Signale in Kontakt zu bleiben.«

Herrick lehnte sich an die Netze. »So ein Flußschiffer braucht auch einen Monat, um ein Signal weiterzugeben.«

Plötzlich drehte er sich um. »Also lassen Sie endlich eine Kanone abfeuern, das wird die *Egret* aufwecken!«

Gossage rief über die Schulter: »Mr. Piper, den Stückmeister zu mir! Und machen Sie das Buggeschütz an Steuerbord klar!«

Herrick fühlte, wie die zunehmende Hitze seinen Durst verschlimmerte.

»Klar zum Feuern, Sir!«

Er nickte kurz und zuckte zusammen, als der Schmerz durch seinen Schädel raste. Die Lafette ruckte in ihre Brocktaue zurück, in der feuchten Luft hing der Rauch fast unbeweglich. Herrick lauschte dem Echo des Schusses nach. Die Versorgungsschiffe schlichen müde weiter, als sei nichts geschehen. »Einen guten Mann nach oben!« befahl er. »Wenn die *Egret* in Sicht kommt, will ich es sofort wissen!«

»Wenn wir unsere Fregatte noch bei uns hätten . . .« warf Gossage ein.

Herrich sah ihn unwirsch an. »Haben wir aber nicht.« Er machte eine fahrige Bewegung. »Hier gibt es nur noch uns und diese lahmen Barken da!«

Ein Kanonenschuß hallte über das Wasser, und Gossage meldete: »Die *Egret* antwortet, Sir.«

Herrick zupfte an seinem Halstuch. »Sie soll sofort zum Flaggschiff aufschließen!«

»Aber, Sir«, wagte Gossage einzuwenden, »so verlieren sie viel Zeit - und wir auch.« Er blickte sich hilfesuchend um.

Herrick rieb sich die Augen. Er hatte schon so lange nicht mehr gut geschlafen, daß er sich kaum noch an eine Nacht ohne Albträume erinnern konnte. Dulcie war tot, sie würde nie wieder in der Tür stehen und ihn begrüßen . . . Scharf befahl er: »Setzen Sie endlich das Signal!« Er trat ans Schanzkleid und spähte nach querab. »Der Schuß eben kam von dort, nicht von der *Egret,* meine Herren!«

Wieder dröhnte ein Knall durch den Dunst. Herrick wurde plötzlich ganz ruhig. »Haben Sie das gehört, Kapitän Gossage? Was sagen Sie jetzt?«

»Tut mir leid, Sir«, sagte dieser leise.

»Man hört nur, was man hören will, auch auf See«, antwortete Herrick.

Leutnant Bowater meldete: »Die Versorger formieren sich zur Kiellinie, Sir.«

Herrick lächelte düster. »Sie riechen die Gefahr! Wahrscheinlich hatte Sir Richard wieder einmal recht. Wir waren nur zu voreingenommen, um ihm richtig zuzuhören.«

Der Midshipman der Wache rief: »Die *Egret* hat bestätigt, Sir!«

»Sie soll mehr Segel setzen und den Platz vor dem Flaggschiff einnehmen.«

Eine Stunde schlich dahin, eine zweite. Was hatten diese Schüsse in der Mittagshitze bedeutet? fragte sich Herrick. Waren sich da vielleicht nur ein Kaperer und ein Schmuggler begegnet? Er sah nicht hoch, als der Ausguck Land in Lee meldete.

»Eine Stunde noch, schätze ich, dann sind wir im Skagerrak, Sir.« Gossage entspannte sich allmählich.

»An Deck! Segel an Steuerbord voraus!«

Männer rannten nach rechts, und ein Dutzend Teleskope versuchte, den Dunst über der spiegelnden See zu durchdringen. Alle atmeten auf, als der Ausguck meldete: »Brigg, Sir. Sie führt unsere Flagge!«

Herrick faßte sich in Geduld, während die Brigg zum Flaggschiff aufkreuzte. Endlich rief der Signalgast: »Es ist die *Larne,* Sir, unter Commander Tyacke!«

Herrick versuchte, sich trotz seiner Kopfschmerzen zu erinnern. Tyacke? *Larne?* Er kannte beide Namen, doch der Zusammenhang fiel ihm nicht ein.

»Lieber Gott, die ist aber zugerichtet!«

Im Glas sah Herrick die Brigg jetzt genauer. In ihrem Vortoppsegel gähnten Löcher, und auch ihr Bug war zersplittert.

»Sie läßt kein Boot zu Wasser. Sie will wohl längsseits kommen!«

Herrick bewegte sein Glas und sah den Kommandanten. Er trug die einzelne Epaulette eines Commanders und hatte sich in die Webleinen geschwungen, ein Sprachrohr in der Hand. Aber sein Gesicht! Selbst die Ferne konnte die Entstellung nicht verbergen. Und dann fiel es Herrick wieder ein: Tyacke war mit Bolitho am Kap gewesen. Der Brander, die entflohene französische Fregatte – plötzlich wußte er alles wieder.

»*Benbow* ahoi!« Herrick senkte das Glas. So war der Commander drüben nur eine gesichtslose Gestalt. »Die Franzosen sind durchgebrochen! Ich bin auf zwei Linienschiffe gestoßen und drei weitere!«

Herrick schnippte mit den Fingern, und der Erste Offizier reichte ihm ein Sprachrohr. »Hier Konteradmiral Herrick! Was für Schiffe genau?« Jedes laute Wort schmerzte in seinem Schädel.

Tyacke antwortete mit klarer Stimme, und Herrick glaubte dabei Gelächter zu hören. »Ich habe nicht gewartet, um das rauszufinden, Sir. Die hätten mich glatt versenkt.« Er drehte sich um und gab ein Kommando. Die *Larne* fiel daraufhin etwas ab. »Aber eins war ein Linienschiff zweiter Klasse mit vierundneunzig Kanonen. Kein Zweifel, Sir!«

Herrick trat zurück. »Sagen Sie ihm bitte, er soll dies so schnell er kann an Sir Richard Bolitho melden. Nein, besser gleich an Admiral Gambier.« Überrascht stellte er fest, daß ihn das alles nicht mehr berührte.

Gossage atmete heftig. »Die Brigg setzt wieder Segel. Soll ich dem Konvoi befehlen, sich aufzulösen, Sir?«

»Haben Sie Varian von der *Zest* vergessen? Der wartet auf ein Kriegsgericht. Man hat schon mal einen englischen Admiral verurteilt und erschossen, weil er einem Angriff ausgewichen ist. Da würde man auch bei uns nicht zögern!« Er sah Tyackes Brigg nach, die schon vor dem Konvoi kreuzte. Der Mann mit dem entstellten Gesicht würde morgen auf Gambier oder Bolitho stoßen, aber für sie war es dann wahrscheinlich zu spät.

Als er wieder sprach, klang es fest und entschieden: »Signal an den Konvoi: mehr Segel setzen, dabei Kurs und Abstand genau einhalten. Stellen Sie sicher, daß jeder Kommandant weiß, wie nahe der Feind ist.«

»Aye, aye, Sir. Und dann?«

Plötzlich fühlte Herrick sich furchtbar müde. Aber er wußte, so bald gab es keine Erholung für ihn. »Dann, Kapitän Gossage, lassen Sie unser Schiff klar zum Gefecht machen.«

Gossage eilte davon. Dabei fiel ihm plötzlich auf, daß er Herrick zum ersten Mal seit dem Tod seiner Frau lächeln gesehen hatte. Er hatte dabei ausgesehen, als habe er nichts mehr zu verlieren.

Kapitän Keen las auf dem Achterdeck seine Uhr ab, indem er sie ans Kompaßlicht hielt. Um ihn herum standen nur schattenhafte Gestalten. Drüben an Land brüllten die Kanonen, eine für ihn ungewohnte Erfahrung. Die *Black Prince* lag vor Bug- und Heckanker und hätte jeden Angreifer mit einer Breitseite bestreichen können.

Keen spürte gespannte Erwartung um sich herum. Jede Ankertrosse wurde von einem Boot voller Seesoldaten bewacht. Seesoldaten waren auch an der Reling rings um das Deck verteilt und die Drehbassen so tief wie nur möglich auf das schwarze Wasser des großen Hafens von Kopenhagen gerichtet.

Der erste Teil des Angriffs war gut gelaufen. Am zwölften August war die Flotte vor Helsingör erschienen und auf keinen Widerstand gestoßen, trotz der vielen dänischen Kriegsschiffe. Drei Tage später hatte das Heer seinen Marsch auf Kopenhagen begonnen. Je näher die Truppen kamen, desto heftiger wurde die Gegenwehr der Dänen. Und beim letzten Angriff wurde die britische Flotte bedroht durch flachgehende Schiffe, von denen jedes zwanzig Kanonen trug, und von einer Kanonenbootflottille. Erst nach heftigem Gefecht konnten sie abgewehrt werden.

Bolitho kam übers Deck auf Keen zu. Wahrscheinlich hat er wieder nicht geschlafen, dachte sein Freund.

»Bald ist es soweit, Val.«

»Aye, Sir. Die Artillerie ist in Stellung gebracht. Wie ich höre, sind siebzig Mörser und Kanonen auf Kopenhagen gerichtet.«

Bolitho sah sich in der Dunkelheit um. Die *Black Prince* war Gambiers Flotte nach Helsingör gefolgt und schnell in einen Schußwechsel mit der dänischen Kronenbatterie verwickelt worden. Zwei Gruppen englischer Linienschiffe ankerten zwischen den dänischen Verteidigern und ihrer Flotte. Aber die meisten dänischen Schiffe waren offenbar eingedockt und wurden repariert, wahrscheinlich als Täuschung für jeden, der es auf sie abgesehen hatte.

Auf dem Höhepunkt des Bombardements und zwischen den Attacken der Kavallerie und Infanterie hatte der britische Oberbefehlshaber Lord Cathcart die Zeit gefunden, die dänische Kronprinzessin und die Nichten des Königs unbehelligt durch die englischen Linien zu geleiten, um ihnen die Schrekken einer Belagerung zu ersparen.

Keens Augen zuckten, als auf dem Nachthimmel plötzlich Feuer ausbrach und die gezielte Bombardierung begann. Brandbomben wurden auf die Stadt geschleudert, und binnen einer Stunde standen bereits viele Gebäude in Flammen.

»Warum streichen die Dänen nicht die Flagge?« fragte Keen durch zusammengebissene Zähne. »Sie haben doch keine Chance.«

In seinen Augen spiegelten sich die züngelnden Flammen. Das Schiff unter ihnen ruckte bei jedem Abschuß an seinen Trossen.

Die Dänen, dachte Bolitho. Wir sprechen immer von den Dänen, nie vom Feind. Plötzlich sah er ein Boot unten auf dem Wasser näherkommen. Die Brände beleuchteten es gespenstisch. Weiße gekreuzte Brustriemen wurden sichtbar, und jemand rief den Seesoldaten auf englisch zu, ja nicht zu schießen. Dann erhob sich ein Offizier im Heck des Bootes, legte die Hände um den Mund und rief durch den Lärm der

Explosionen: »Sir Richard Bolitho! Der Kommandierende Admiral läßt grüßen und bittet Sie zu sich an Bord!«

»Was für ein Zeitpunkt für eine Konferenz!« Bolitho blickte Jenour und Allday an. Dann wandte er sich an Keen. »Ich nehme eines unserer Wachboote. Es muß ja ziemlich dringend sein, wenn er nicht bis morgen früh warten will.«

Sie eilten zur Pforte, unter der das Boot festmachen durfte, und Bolitho sagte im Absteigen: »Sie wissen, was Sie zu tun haben, Val. Wenn Sie angegriffen werden, kappen Sie die Ankertrossen - von den Booten aus, wenn nötig.«

Dann saß er unten im Boot zwischen Jenour und dem Offizier der Wache. Ihm war, als würde er über flüssiges Feuer gerudert. Kleine Stücke verbranntes Holz trieben gegen das Boot, und immer wieder zischte heiße Asche ins Wasser.

Auf dem Flaggschiff begrüßte ihn Admiral Gambier auf seine kühle Art. »Tut mir leid, daß ich Sie zu dieser Stunde herbitten muß. Aber wir sind in einer Zwangslage.«

Jemand nahm Bolitho den Hut ab und reichte ihm dafür ein Glas eiskalten Rheinweins. In der Kajüte des Admirals standen alle Türen offen. Qualm waberte durch den Raum, als nähere sich ein Brander. Offiziere in Blau und Rot standen herum, und Gambier musterte sie mißbilligend. »Die Herren gratulieren sich schon - noch ehe die Dänen sich ergeben haben.«

»Die Dänen« hatte auch Gambier gesagt, nicht »der Feind«.

»Wir gehen in die Kajüte meines Kapitäns«, schlug er vor. »Da ist es etwas ruhiger.«

Die Kajüte - ähnlich, aber älter als Keens Kajüte auf der *Black Prince* - erhellte nur eine einzige Lampe. Vor den Heckfenstern brannte die Stadt wie das Tor zur Hölle.

Gambier wandte sich kurz an einen Fähnrich. »Holen Sie ihn!« Und zu Bolitho: »Gut, daß Sie die Schiffe vom Kap mitgebracht haben. Mein Kapitän ist des Lobes voll darüber.«

Man hörte draußen Schritte, und Gambier sagte leise: »Ich warne Sie, das Gesicht des Mannes ist durch eine Wunde fürchterlich entstellt.«

Bolitho fuhr herum. »James Tyacke!«

»Er hat nicht gesagt, daß er Sie kennt. Komischer Kerl!«

Tyacke trat ein, gebückt wegen der niedrigen Decke; Bolitho ergriff seine Hand und schüttelte sie herzlich.

Wenn Gambier beeindruckt war, zeigte er es nicht. »Berichten Sie Sir Richard, was Sie gesehen haben, Commander.«

Als Tyacke beschrieb, wo und wie er fünf französische Schiffe entdeckt hatte und wie Herricks Konvoi zu ihnen stand, stiegen in Bolitho Wut und Verachtung auf. Man hatte ihm ja nicht glauben wollen . . .

»Und Sie sind dessen ganz sicher, Commander?« fragte Gambier zum wiederholten Male.

Tyacke trat aus dem Schatten und zeigte einen Augenblick sein zerstörtes Gesicht. »Ein Linienschiff zweiten Ranges, vielleicht sogar noch größer, und ein zweites Linienschiff dahinter. Dazu ein paar weitere Schiffe. Ich hatte keine Zeit, sie lange zu studieren.«

Gambier sagte: »Ich hatte nicht damit gerechnet, daß Konteradmiral Herrick selbst Schutz brauchen könnte. Das war ein Fehler. Ich hätte Ihr Nordseegeschwader auf seiner Station lassen sollen.«

Bolitho unterbrach ihn scharf: »Glauben Sie, daß der Feind den Konvoi schon entdeckt hat?«

Tyacke zuckte die Schultern. »Das bezweifle ich. Aber er wird sie finden, wenn sie Kurs und Geschwindigkeit beibehalten.«

Bolitho wandte sich an den Admiral: »Ich bitte um Erlaubnis, mit meinem Geschwader zu ihrer Entlastung auszulaufen, Sir!«

»Unmöglich! Kommt gar nicht in Frage. Die meisten Ihrer Schiffe stehen in den Ostseezugängen. Sie würden zwei Tage brauchen, ehe sie zum Konvoi stoßen.«

»Dann wird der Konvoi vernichtet und sein Begleitschutz auch«, sagte Tyacke bitter.

Der Admiral runzelte die Stirn. »Aber Ihr Flaggschiff können Sie dazu nehmen – und ein zweites. Die *Nicator,* sie hat neben Ihnen geankert. Das alte Mädchen bricht uns sonst noch auseinander, wenn es hier dauernd schießen muß.« Er unterbrach sich. »Doch wer soll Sie durch den Sund lotsen?«

»Ich kenne mich aus, Sir. Unter Nelson war ich schon mal hier.«

»Ich werde vorausssegeln, Sir, falls Sie mir trauen«, warf Tyacke ein.

Gambier begleitete sie zur Pforte, dann fragte er seinen Flaggkapitän: »Bin ich eigentlich ein schwieriger Vorgesetzter?«

Der Kapitän lächelte. »Es geht, Sir.«

Gambier sah dem Wachboot nach, das hastig durch den Hafen gerudert wurde, immer wieder erleuchtet von den Bränden in der Stadt. »Eben hatte ich auf meinem eigenen Flaggschiff das Gefühl, daß Bolitho hier den Oberbefehl hat, nicht ich.«

Auf der *Black Prince* gab Bolitho seine Befehle, als hätte er sie längst ausgearbeitet. »Schicken Sie ein Boot zu Ihrem alten Schiff, Val. Die *Nicator* soll sofort Anker lichten und uns folgen.« Er ergriff seinen Arm. »Und bitte keine Diskussionen. Tyackes *Larne* wird uns hinauslotsen. Ich habe doch geahnt, daß so etwas passiert!«

Der große Dreidecker erwachte plötzlich zum Leben, als die Trommeln wirbelten und die Besatzung auf ihre Manöverstationen eilte. Alles war besser, als hier zu ankern und in dieses Inferno einzustimmen. Nur zu gern verließen sie den Hafen. Das Gangspill klickte schon, bald würde der Heckanker aufgeholt sein. Eine Hecklaterne glitt übers Wasser, und gelegentlich konnte Bolitho im Flammenschein dahinter den Umriß der *Larne* erkennen.

Zwei große Brandbomben fielen gleichzeitig auf die Stadt

und beleuchteten Dächer und Schiffe wie ein grelles Feuerwerk. Bolitho hatte die Hand vor das verwundete Auge geschlagen. Als der riesige Ball verglomm, zog er sie weg. Er sah seine Umgebung wie durch Wolken oder ein beschlagenes Glas. »Doch nicht jetzt, lieber Gott, nicht jetzt!« murmelte er verzweifelt.

»Anker ist kurzstag, Sir!«

Im Sprachrohr hörte sich Keens Stimme fremd an. »Wie verläuft die Trosse, Mr. Sedgemore?« Er wartete auf den nächsten Feuerblitz, um den Winkel zu erkennen, den ihm der Leutnant mit ausgestrecktem Arm wies. Im Hafen war sehr wenig Platz, Keen mußte genau berechnen, wie sein Schiff sich bewegen würde, wenn der Anker freikam. Cazalet brüllte: »Marssegel setzen!« Und nach ein paar Sekunden: »Achtung, Achterdeckswache!«

Die unteren Stückpforten der *Black Prince* schienen fast das Wasser zu berühren, als von vorn der Schrei kam: »Anker ist frei, Sir!«

Bolitho griff haltsuchend in die Netze und rieb sich das Auge. »Kann ich helfen, Sir Richard?« flüsterte Jenour neben ihm.

Statt der erwarteten heftigen Abfuhr hörte er nur ein leises Stöhnen. »Ich verliere mein Augenlicht, Stephen. Aber würden Sie das bitte für sich behalten?«

Jenour war zu erschüttert, um zu antworten. So nickte er nur.

»Es darf niemand erfahren!« Bolitho packte seinen Arm, bis Jenour vor Schmerz das Gesicht verzog. »Da draußen warten Freunde auf unsere Hilfe.«

Keen trat zu ihnen. »Schiff ist in Fahrt, Sir.« Dann sah er von einem zum anderen und begriff sofort, was geschehen war. »Soll ich den Schiffsarzt rufen lassen?«

Bolitho schüttelte den Kopf. Vielleicht würde die Trübung ja vorübergehen. Wenn der Morgen anbrach, konnte er möglicherweise so gut sehen wie vorher. »Nein, danke, Val. Es wissen schon zu viele. Segeln Sie hinter der Hecklaterne der *Larne* her und schicken Sie Ihren besten Lotgast in den Bug.«

Aus der Dunkelheit tauchte Allday mit einem Becher auf. Bolitho trank und schmeckte Kaffee mit Rum und noch etwas. Er fühlte, wie er sich entspannte. »Das hat gut getan, alter Freund. Jetzt ist es wohl vorbei.« Er reichte Allday den Becher zurück.

Doch als er sich nach der brennenden Stadt umsah, hing der Nebel immer noch vor seinem linken Auge.

XIX Die wahre Flagge

Die *Black Prince* segelte so hoch am Wind wie möglich. Ihre großen Rahen waren so dichtgebraßt, daß eine Landratte geglaubt hätte, sie stünden mittschiffs. Fast die ganze letzte Nacht hatten sie damit verbracht, im engen Sund gegenan zu kreuzen. Der Donner des Bombardements von Kopenhagen war ihnen gefolgt, immer leiser werdend.

Die *Nicator* hatte es geschafft, Fühlung zum Flaggschiff zu halten, doch Besatzung und Offiziere auf dem großen Dreidecker hatten all ihre Erfahrung gebraucht und viel Kraft. Jede einzelne Tiefenangabe des Lotgasten wurde laut nach achtern gerufen, und einmal hatte Bolitho das Gefühl gehabt, daß nur noch eine Handbreit Wasser zwischen dem Kiel des großen Schiffes und einer Katastrophe stand.

In der Morgendämmerung fuhren sie ins Kattegat ein, ebenfalls ein flaches Gewässer, doch ihnen kam es nach dieser Nacht vor wie der weite Atlantik. Ein Blick zu seinem Wimpel im Vortopp zeigte Bolitho, daß der Wind aus Nordost durchstand. Morgen würde ihnen das sehr helfen. Zum hundersten Mal mußte Bolitho an Herrick denken und an seine Redensart von der launischen Dame Fortuna.

»Noch Befehle für den Tag, Sir?« fragte Keen.

Sie schauten einander an wie Freunde über den Gartenzaun an einem ganz normalen Tag. »Morgen passiert's – oder gar nicht, Val. Sie wissen ja, wie diese Konvois über die See schleichen, der Langsamste bestimmt das Tempo. Konteradmiral Herrick hat rund zwanzig Frachter zu begleiten. Wenn es ein Gefecht gegeben hat, dann müßten die schnellsten davon jetzt im Skagerrak stehen – falls sie dem Feind entkommen sind.« Er versuchte zu lächeln. »Sie halten mich vielleicht für verrückt, aber es könnte gut sein, daß Herrick morgen früh mit seiner Herde fröhlich grüßend an uns vorbeisegelt.«

»Darf ich etwas fragen, Sir?«

»Gern.«

»Wenn Sie Konteradmiral Herrick wären, Sir, was würden Sie an seiner Stelle tun, wenn sich ein feindlicher Dreidecker und sein Geleit Ihrem Konvoi nähert?«

Bolitho sah zur Seite. »Ich würde dem Konvoi befehlen, sich aufzulösen. Dann würde ich den Feind in ein Gefecht verwickeln. Das verschafft den verstreuten Schiffen Zeit zur Flucht, so daß wenigstens einige davon durchkommen.«

»Glauben Sie, daß auch er das tun würde?«

Bolitho nahm Keen am Arm und führte ihn hinter das große Doppelrad. Julyan, der Master, redete mit seiner tiefen, grollenden Stimme auf seine Gehilfen ein. Schon früher hatte Keen den Mann gelobt, er sei sein Gewicht in Gold wert. Aber was er wirklich konnte, hatte er in dieser Nacht bewiesen, beim harten Anknüppeln gegen Wind und Strömung.

»Ich mache mir Sorgen, Val. Wenn der Feind seine Schiffe findet, wird Herrick das Gefecht zu einer ganz persönlichen Abrechnung machen.« Aus der Kombüse wehte der fette Geruch von Schweinefleisch herüber. »Sobald beide Wachen gegessen haben, machen Sie klar Schiff zum Gefecht, Val. Aber löschen Sie das Kombüsenfeuer noch nicht. Volle Bäuche haben schon mehr Schlachten gewonnen als kalter Stahl.«

Keen musterte das Deck, als herrsche dort bereits das Chaos eines Nahkampfs. »Einverstanden.« Dann sagte er: »Ihr Mr. Tyacke könnte mit dem großen Franzosen recht haben, auch wenn ihn noch keiner kennt. Schließlich kennt auch noch kaum jemand die *Black Prince* – sie ist viel zu neu.«

Der Wachhabende räusperte sich laut. »Wollen Sie mir vorschlagen, die Wache abzulösen, Mr. Segdemore?« kam Keen seiner Frage zuvor.

»Moment mal«, unterbrach ihn Bolitho. »Was haben Sie da eben gesagt, Val?«

»Nichts weiter. Nur etwas über die hier unbekannte *Black Prince.*«

Bolitho sah nach oben zur Flagge. »Haben Sie einen guten Segelmacher, Val? Dann bitten Sie ihn zu uns. Es muß aber schnell gehen. Und noch ehe es dunkel wird, muß ich Kapitän Huxley auf der *Nicator* verständigen.«

Keen schickte einen Midshipman um den Segelmacher. Bolitho würde ihm sicherlich bald erklären, was er beabsichtigte. Und vielleicht knobelte er ja selber noch daran.

Der Segelmacher der *Black Prince* sah so aus wie alle seiner Zunft: graues, buschiges Haar, kräftige Augenbrauen, die über die Stirn hinaus reichten, und dazu eine Lederschürze voller Werkzeug wie Faden, Nadeln und natürlich Segelmacherhandschuhe.

Der Segelmacher blinzelte mit seinen wäßrigen Augen alle nacheinander an: den Admiral, seinen Kommandanten, den Wachoffizier, die Midshipmen und die Gehilfen des Masters. »Ja, Sir?« fragte er mißtrauisch.

»Können Sie mir eine dänische Flagge nähen, Fudge, einen richtig großen Danebrog?«

Der Mann nickte. »Zur Täuschung, Sir Richard?«

Leutnant Sedgemore wollte den Segelmacher anfahren, aber Keen gab ihm ein Zeichen zu schweigen.

»Richtig«, antwortete Bolitho. »Ein weißes Kreuz auf rotem Grund mit zwei Schwänzen. So wie der Wimpel eines Kommodore – nur größer.«

Fudge straffte sich. »Ich war mit Nelson auf der *Elephant* vor Kopenhagen, Sir Richard! Ich weiß, wie eine dänische Flagge aussieht.«

»Wann kann ich sie bekommen?«

Fudge grinste mit seinen schlechten Zähnen. »Schnellstens natürlich. In spätestens zwei Tagen, Sir Richard!«

»Wir brauchen sie dringend. Könnte ich sie schon morgen früh haben?«

Fudge schaute ihn so aufmerksam an, als suche er eine Erklärung für die Eile. »Ich fange sofort an, Sir Richard.« Er betrachtete die Seeleute um sich herum, als gehörten sie zu einer minderwertigen Rasse. »Verlassen Sie sich nur auf mich!«

Als Fudge verschwand, rieb sich Bolitho die Hände, als friere ihn. »Ich möchte Sie um einen Gefallen bitten, Val. Gehen wir zusammen eine Ronde durch das Schiff.«

»Natürlich, Sir Richard.« Keen war jetzt klar, was Bolitho am nächsten Tag vorhatte.

»Lassen Sie aber zuerst die *Larne* längsseits kommen, ich habe schriftliche Befehle für die *Nicator.* Danach soll Tyacke außer Sicht bleiben, denn wenn die Franzosen auftauchen, könnten sie seine Brigg wiedererkennen und sich fernhalten. Ich will aber den großen Franzosen um jeden Preis, um jeden!«

Die wenigen Zeilen brachte Bolitho selbst zu Papier. Yovell versiegelte die Order und steckte sie in die Tasche aus Ölzeug, die für den Kommandanten der *Nicator* bestimmt war.

»Sie müssen wissen, was ich geschrieben habe, Val«, faßte Bolitho zusammen. »Sollte ich fallen, übernehmen Sie das Kommando. Und sollte die *Black Prince* die Flagge streichen müssen, wird die *Nicator* das Gefecht abbrechen und zu Admiral Gambier zurücksegeln.«

Später, als die letzten Abgelösten ihr Abendessen verzehrt hatten, begannen Bolitho und Keen ihre Ronde, begleitet vom jüngsten Leutnant und natürlich von Allday. Zu viert gingen sie durch die weitläufigen Decks und stiegen die Leitern hinunter bis ins Orlop.

Viele Seeleute wollten überrascht von ihren Tischen aufstehen, aber Bolitho winkte ab. Er sprach mit einigen von ihnen und war verblüfft, wie sie ihn befragten. Aus Neugier oder um ihre Überlebenschancen besser abzuschätzen?

Er traf auf Gepreßte und Freiwillige, Schanghaite von anderen Schiffen, hörte alle Dialekte Englands: aus Devon und Hampshire, aus Kent und Yorkshire, aber auch fremde, etwa aus Schottland. Und natürlich war unter ihnen auch ein Mann aus Falmouth, der stolz vor seinen Kameraden behauptete: »Natürlich kennt mich Sir Richard!«

Als er seinen Namen nannte, sagte Bolitho: »Ich erinnere mich an Ihren Vater, Tregorran, er war Schmied neben der Kirche.« Er legte ihm die Hand auf die Schulter. »Ihr Vater war ein guter Mann.« Damit ging er weiter. »Also, Leute, hoffen wir, daß wir bald alle wieder zu Hause sind!«

Weil die Stückpforten geschlossen waren, roch es in den Decks stark nach Teer, Bilgenwasser und Schweiß. Hier konnte kein großer Mann aufrecht stehen, und doch lebten hier so viele Männer und starben auch.

Bolitho kletterte den letzten Niedergang empor, als einige Männer hurra zu rufen begannen. Die Rufe folgten ihm nach oben. Allday las in seinem Gesicht, was er dachte: Rauhbeine, Diebe, Schurken, Unschuldige und Verdammte – sie waren Englands letzte Hoffnung: Männer aus Eisen.

Die schmuddelige Hose eines Midshipman tauchte im Lampenschein auf, ein paar geflüsterte Worte wurden gewechselt, dann meldete der Leutnant, der sie begleitete, dem Kommandanten: »Mr. Jenours Empfehlung, Sir, und die Tasche mit den Befehlen ist der *Nicator* gerade übergeben worden.«

Jetzt sah ihn Bolitho zum ersten Mal deutlicher. »Sind Sie nicht Leutnant Whyham?« Der junge Offizier nickte unsicher. »Dachte ich's mir doch. Sie waren vor vier Jahren einer meiner Midshipmen auf der *Argonaut,* stimmt's?«

Der Leutnant starrte ihnen immer noch nach, als Bolitho und Keen schon die frische Luft des Oberdecks erreicht hatten. Nach dem Gestank unten schmeckte sie wie frisches Quellwasser.

Unsicher bat Keen: »Würden Sie heute abend mit mir essen, Sir? Ehe wir alle Zwischenwände legen und klar zum Gefecht machen lassen.«

Bolitho schaute ihn an, noch immer bewegt von der Zuneigung seiner Männer, die nichts hatten als sein Wort, an das sie sich klammern konnten. »Mit dem größten Vergnügen, Val.«

Beim ersten Tageslicht erwachte die *Black Prince* zum Leben. Wie Überlebende aus längst vergessenen Zeiten und Wracks krochen die achthundert Leute aus ihren Decks, lösten sich von dem letzten bißchen Frieden und der Ruhe, die jeder in seiner Hängematte gefunden hatte.

Bolitho stand auf dem Achterdeck in Luv und hörte nackte Füße laufen und Waffen scheppern. Keen verhielt sich richtig, keine Pfeife schrillte, keine Trommel schlug. Niemand sollte fürchten müssen, daß der letzte Tag seines Erdenlebens anbrach.

Bolitho sah zum östlichen Himmel, ohne in der Dämmerung um sein Auge zu fürchten. Das grelle Licht war nahe, aber erst zu ahnen wie ein aufziehender Sturm hinter dem trügerischen Lächeln der See.

Er stellte sich vor, wie der Feind sie sehen würde: einen großen Dreidecker mit seiner rechtmäßigen dänischen Flagge unter der englischen, also ein dänisches Schiff, das von Engländern aufgebracht worden war. Doch zu einer Täuschung gehörte mehr. Als Fregattenkapitän hatte Bolitho sich manche List ausgedacht und war ebenso vielen selbst aufgesessen. In einem so langen Krieg konnte man selbst die Normalität nicht ohne Mißtrauen hinnehmen.

Wenn sie das kommende Gefecht verloren, mußten sie einen doppelten Preis bezahlen. Keen hatte dem Bootsmann befohlen, keinerlei Ketten aufzuriggen. Spieren und Trümmer würden also an Deck fallen und das Schiff verkrüppeln, Männer an ihren Kanonen zerschmettern. Auch alle Boote blieben in den Klampen, und ihre Splitter würden mörderische Wunden reißen.

Keen trat zu ihm. Wie alle Offiziere an Deck hatte er seine Uniformjacke unten gelassen, um sich nicht zu verraten. Auch er sah zum östlichen Himmel. »Es wird wieder ein klarer Tag, Sir Richard.«

Bolitho stimmte zu. »Ich hatte auf Regen gehofft, zumindest auf Wolken bei diesem Nordost.« Aber sie hatten ganz klare Sicht. »Wir werden die Sonne im Rücken haben, also werden sie uns zuerst entdecken. Wir sollten schon Segel kürzen, Val.«

Keen suchte sich einen Midshipman. »Mr. Rooke, bitten Sie den Ersten Offizier, Bramsegel und Royals wegnehmen zu lassen!«

Bolitho wußte sich verstanden. Falls sie schon jetzt gesichtet wurden, konnte der Gegner mißtrauisch werden. Warum segelte eine schwach bemannte Prise unter Vollzeug, wenn sie nichts zu fürchten hatte?

Keen sah den Männern nach, die schemenhaft in den Webleinen emporkletterten, um die schweren Segel aufzutuchen und an die Rahen zu binden. »Major Bourchier hat seine Männer auf dem Vordeck, hier hinten und im Großtopp aufgestellt, genauso als müsse er eine echte Prise unter Kontrolle halten, auf der die ursprüngliche Besatzung noch arbeitet.«

Mehr konnten sie im Augenblick nicht tun.

Cazalet rief: »Der Segelmacher, Sir!«

Fudge und einer seiner Gehilfen kamen aus dem Schatten, die in der Nacht genähte dänische Flagge zwischen sich.

»Sie haben Wort gehalten«, lobte ihn Bolitho. »Gute Arbeit. Lassen Sie Fudge die neue Flagge setzen, diese Ehre gebührt ihm.«

Das war nun wirklich etwas Besonderes, an diesen Augenblick würde sich mancher noch lange erinnern. Männer verließen sogar ihre Kanonen, um das Hissen der Flagge zu beobachten, die schließlich unter der englischen auswehte.

Jemand rief: »Hast wohl dein bestes Tuch dafür genommen, Segelmacher!«

Der Segelmacher starrte nach oben und sagte trocken: »Ist noch genug übrig, um dich heute darin einzunähen, Freund!«

»Ich habe einen unserer besten Männer in den Ausguck geschickt, Sir«, meldete Keen. »Taverner, Gehilfe des Masters. Der hat Augen wie ein Falke und einen klaren Kopf.«

Bolitho fuhr sich über die trockenen Lippen. Kaffee, Wein, ja sogar das faulige Wasser aus den Fässern hätten ihm jetzt gut getan.

Keen überlegte laut. »Konteradmiral Herrick könnte auch etwas ganz anderes tun, Sir: nach England zurücksegeln, weil er hofft, unterwegs auf das patrouillierende Geschwader zu treffen.«

Bolitho stellte sich das ernste, verläßliche Gesicht Herricks vor. Mit einem Konvoi umkehren? Niemals. Das wäre für ihn wie Weglaufen.

Tojohns, Keens Bootssteurer, gürtete den Flaggkapitän mit dem Gehenk für den leichten, gebogenen Säbel, den er in jedem Gefecht trug. Bolitho packte den Griff seines eigenen Degens, den Allday an seinen Gürtel gehängt hatte. Er fühlte sich an wie Eis, und Bolitho erschauerte, besorgt beobachtet von Allday. Der Alte roch stark nach Rum.

Und dann wurde die Dunkelheit plötzlich zerrissen durch einen gewaltigen Blitz, der das ganze Schiff erhellte und die Männer wie Statuen beleuchtete. Die Wanten und Webleinen schienen zu glühen. So plötzlich, wie das Licht auf sie zugejagt war, so schnell war es auch wieder verschwunden, als habe es eine Riesenhand ausgelöscht. Dann erst, scheinbar eine halbe Ewigkeit später, kam der Knall der Explosion und mit ihm ein heißer Wind, der die Segel backschlagen ließ und die Gesichter versengte.

Überall wurden Stimmen laut, als die Dunkelheit die *Black Prince* wieder einschloß.

»Was war das, alter Freund?«

»Ein Schiff, das Pulver und Munition transportiert hat«, antwortete Allday betroffen.

Ob jemand an Bord sich vorstellen konnte, daß auch sein Leben in solch einem Pulverblitz enden konnte? fragte sich Bolitho. Kein letzter Schrei, kein Händedruck mit einem Freund, keine Tränen - nichts, nur ein plötzliches Auslöschen.

Keen rief: »Mr. Cazalet, schicken Sie die Midshipmen unter Deck, sie sollen allen erklären, was vorgefallen ist.« Sogar daran dachte er, während sein Schiff in die Dunkelheit segelte, selber aufs höchste gefährdet. »Unter Deck muß sich das wie ein Riff angefühlt haben.«

Eine schmächtige Figur erschien von irgendwoher, tastete sich an den Rudergängern vorbei und stellte sich hinter die Offiziere. Allday knurrte: »Was zum Teufel willst du hier an Deck?«

Bolitho drehte sich um. »Ozzard! Was soll das? Ihr Platz ist unten im Schiff.«

Doch Ozzard hörte nicht, er zitterte wie Laub im Wind. »Ich kann nicht, Sir! Nie wieder. Nicht seit dem letzten Mal.« Er zitterte stärker. »Ich halte das nicht noch mal aus!«

»Natürlich. Ich hätte daran denken sollen«, beruhigte ihn Bolitho. »Such einen Platz für ihn hier in der Nähe, Allday.« Auch das hatte der Untergang der *Hyperion* bewirkt: einen vor Furcht zitternden Diener.

Aus dem Fockmast ertönte die Stimme des Ausgucks: »An Deck - Land an Backbord voraus!«

»Das wird Kap Skagen sein«, stellte Keen fest. »In einer Stunde können wir den Kurs ändern auf West.«

Die Erregung, die jetzt das Oberdeck ergriff, teilte sich auch Bolitho mit. Sie waren endlich im Skagerrak - in einem Seegebiet ohne Grund, wie die Mär ging. Wracks und Seeleute seien hier in bodenlose Abgründe gesunken und teilten ihren ewigen Schlaf mit blinden Kreaturen von so schrecklicher Gestalt, daß niemand sie beschreiben konnte. Aber wie dem auch war, wenn ihr Bug erst einmal nach Westen zeigte, stand nichts mehr zwischen der *Black Prince* und England.

Das Morgenlicht kroch über die Kimm und erhellte Stenge

nach Stenge, bis das ganze Deck zu erkennen war; achteraus wurde die *Nicator* sichtbar.

Taverner, der Gehilfe des Masters oben im Ausguck, rief plötzlich: »An Deck! Brennende Schiffe.« Er suchte nach Worten. »O Gott, ich kann sie gar nicht alle zählen!«

Keen griff zum Sprachrohr. »Hier spricht der Kommandant!« Er machte eine Pause, damit die Leute oben sich sammeln konnten. »Was seht ihr vom Feind?«

Bolitho trat an die Querreling und blickte in die nach oben gewandten Gesichter, die alle wissen wollten, was hinter der Kimm geschah.

»Zwei französische Linienschiffe, Sir. Eines von uns, aber ohne Mast.« Taverner schwieg, und Bolitho hörte den Master murmeln: »Dann muß es schlimm sein!«

Das aufsteigende Tageslicht würde bald alles enthüllen. Der Feind mußte am Vorabend noch vor der Dämmerung auf Herricks Konvoi gestoßen sein, während die *Black Prince* aus dem Sund kroch, um ihm zu helfen. Dann hatte er den ganzen Konvoi entweder erbeutet oder vernichtet. Den Rest des Geleitschutzes würde er heute erledigen.

Müde sagte Keen: »Wir kommen zu spät, Sir.«

Der Knall eines Kanonenschusses rollte übers Wasser. Taverner meldete: »Das entmastete Schiff hat Feuer eröffnet, Sir! Die geben nicht auf!« Allen Drill vergessend, brüllte er plötzlich: »Schießt sie zusammen, Jungs! Drauf! Wir kommen!«

Das entmastete Schiff mußte die *Benbow* sein, eine andere Möglichkeit gab es nicht. Bolitho sagte: »Lassen Sie mehr Segel setzen, Val. Aber es bleibt dabei, wir sind eine Prise unter englischer Besatzung.« Keen wirkte bedrückt. »Wir haben keine andere Wahl, wir müssen den Windvorteil nutzen und den Überraschungseffekt.«

Zwei Breitseiten folgten jetzt kurz hintereinander. Der Feind suchte wohl *Benbows* Feuerkraft zu halbieren, sie zwischen sich zu nehmen, zu entern und zu erobern. Ohne Takelage konnte sie sich nicht mehr bewegen. Die Salven würden ihr ungeschütztes Heck zertrümmern und unter Deck ein Blutbad anrichten. Bolitho ballte die Fäuste, bis sie schmerzten. Herrick würde eher sterben als sich ergeben. Er hatte schon zuviel verloren.

Die *Black Prince* nahm langsam mehr Fahrt auf und ging auf Westkurs, wo hinter Kap Skagen immer noch Dunkelheit auf dem Wasser lag. Erst allmählich enthüllte das zunehmende Tageslicht die schrecklichen Spuren eines verlorenen Gefechts: Spieren, Lukendeckel, leer treibende Rettungsboote und weiter draußen den Kiel eines gekenterten Schiffes. Als es heller wurde, sahen sie noch andere Schiffe: Einigen fehlten die Masten, andere schienen unbeschädigt, aber alle führten die französische Flagge über der englischen.

Das zweite Geleitschiff, das Tyacke erwähnt hatte, war nirgends zu sehen. Unter Herricks Oberkommando war es bestimmt eher gesunken, als sich zu ergeben.

Taverner hatte sich wieder unter Kontrolle, als er rief: »An Deck! Sie haben das Feuer eingestellt, Sir!«

Keen hob sein Sprachrohr. »Hat *Benbow* die Flagge gestrichen?«

Taverner sah genauer hin. Nach all seinen Jahren auf See gab es immer noch etwas, das ihn überraschte. »Nein, Sir, hat sie nicht. Aber der große Franzose fällt ab und setzt mehr Segel!«

Bolitho ergriff Keens Arm. »Jetzt haben sie uns entdeckt, Val. Da kommen sie!«

Er sah seinen Neffen durch den Qualm entsetzt hinüberstarren, als ein langgezogenes tierisches Gebrüll hörbar wurde. Tojohns fragte durch die zusammengebissenen Zähne: »Was zum Teufel ist das?«

Keen antwortete sachlich: »Pferde. Kavalleriepferde. Sie verenden unter Deck auf den brennenden Schiffen.«

Bolitho strich sich über sein linkes Auge. Er hatte schon einmal Pferde in Todesnot so schreien gehört, bis die See sie endlich verschluckte.

Er sah seine Leute voll stummer Wut am Schanzkleid stehen. Sie hätten kühl einen Feind niedergestreckt und sich kaum umgeschaut, wenn neben ihnen ein Freund fiel – aber Pferde, hilflose Tiere, so leiden zu hören – das war zuviel für sie. Er straffte sich und sagte mit lauter, ruhiger Stimme, so daß ihn jeder verstand: »Das große Schiff dort läuft auf uns zu, Männer. Was ihr auch denkt oder fühlt – bleibt auf eurem Platz. Jede unserer Kanonen ist mit Doppelkugeln geladen und feuerbereit. Also haltet durch. Dies ist ein starkes neues Schiff, und unsere Freunde auf der *Benbow* warten auf uns. Aber wir wollen nicht Rache, sondern Gerechtigkeit!«

Er wußte, was Herrick drüben ausgehalten hatte. Vielleicht war er schon gefallen. Er sah Ozzard nach vorne rennen, ein großes Teleskop über der Schulter. Plötzlich schien das Schiff unter den Rufen der Besatzung zu erzittern.

»Auf, Männer! Ein Hurra für unsern Admiral! Ein Hurra für unsern Käptn und seine Braut in England!«

»Da haben Sie's«, sagte Keen bewegt. »Das sind Ihre Leute. Sie würden alles für Sie tun.«

Auf dem Vorschiff rannte Allday hinter Ozzard her und packte ihn, verzweifelt über die Männer, die Hurra schrien und nicht wußten, was auf sie zukam. »Was zum Teufel machst du da? Bist du verrückt geworden?«

Ozzard ließ das Fernglas sinken und sagte überraschend ruhig: »Du hast doch gehört, was Sir Richard gesagt hat. Nicht Rache, sondern Gerechtigkeit.« Er deutete auf den näherkommenden Franzosen. »Ich verstehe ja nicht viel von Schiffen, aber das erkenne ich wieder. Wie könnte ich es je vergessen?«

»Was meinst du?« fragte Allday, doch er wußte die Antwort schon.

Ozzard starrte immer noch hinüber. »Mir ist egal, wie sie jetzt heißt oder welche Flagge sie zeigt. Die da hat unsere *Hyperion* versenkt! Und Rache dafür ist nur gerecht. Also, John, was machen wir?« Doch er erhielt keine Antwort.

Midshipman Roger Segrave fühlte, wie ihm vor Angst fast die Luft wegblieb und seine Hände sich um die Reling krampften. Sein Blick suchte die Leute neben ihm: den Master und seine Gehilfen am Kompaß, vier Rudergänger am großen Rad und eine Handvoll Männer, die ihnen beispringen sollten, aber noch so taten, als seien sie unbeschäftigt. Segrave kam sich vor wie in einem verrückten Traum. Auf dem Seitendeck an Backbord, von wo sich der feindliche Dreidekker näherte, lungerten unbewaffnete Matrosen herum, die miteinander redeten und nur gelegentlich auf das Schiff deuteten, als seien sie Dänen. Sie taten so, als betreffe sie das alles nicht. Doch als Segrave genauer hinsah, entdeckte er unten die feuerbereiten Stückmannschaften an ihren Kanonen. Hier oben und in den beiden unteren Decks hockten sie mit Handspaken, Rammen und Wischern zwischen sich; selbst die Deckel von den Zündlöchern waren schon entfernt, damit ja keine Sekunde verlorenging, wenn die Täuschung aufflog.

Er sah Bolitho angelegentlich mit Keen sprechen und ab und zu nach drüben blicken, vor allem aber ihre eigenen Leute beobachten, ob sie nicht die Nerven verloren. Der große Midshipman Bosanquet unterhielt sich angeregt mit dem Flaggleutnant, nur die Seesoldaten hatten ihre Rolle nicht geändert. Ihre roten Uniformen waren auch oben im Großtopp zu erkennen, wo sie die Drehbassen nach unten richteten. Ein Zug stand mit aufgepflanzten Bajonetten auf dem Vorschiff, ein zweiter achtern in der Nähe der Poop.

Segrave hörte Bolitho sagen: »Mr. Julyan, Sie spielen heute den Kommandanten!«

Der große Master grinste breit. »Ich fühle mich schon förmlich wachsen, Sir Richard!«

Segrave wurde ruhiger, sah dem Kommenden gefaßter entgegen.

Scherzhaft meinte Bolitho: »Unsere dänischen Kameraden haben zwar weniger auffällige Uniformen als wir, aber ein Kommandant sollte trotzdem einen Hut tragen!«

Alle grinsten, als Julyan zuerst Keens und dann Bolithos Hut ausprobierte, der ihm perfekt paßte.

Noch einmal musterte Bolitho das Achterdeck und sah auch kurz Segrave an. »Das Warten hat gleich ein Ende. Achtung!«

Das zweite feindliche Schiff, ein Zweidecker, fiel jetzt ab und halste. Flaggen stiegen an seinen Signalleinen auf oder wurden niedergeholt, zur Bestätigung oder als Ausführungsbefehl. Der französische Zweidecker hatte es offenbar auf die *Nicator* abgesehen, die sich der *Black Prince* näherte, als wolle sie ihre Prise schützen.

Der Erste riß Segrave aus seinen Gedanken. »Ab in die untere Batterie, Mr. Segrave! Melden Sie sich dort beim Dritten Offizier!« Er sah sich um. »Wo ist der verdammte Vincent? Er hätte längst zurück sein müssen. Schicken Sie ihn sofort zu mir, wenn Sie ihn sehen.« Als er Segraves Spannung merkte, fügte er hinzu: »Immer mit der Ruhe, junger Mann. Heute werden Männer sterben, aber Sie sind noch nicht dran.«

Segrave rannte zum Niedergang und dachte plötzlich an die rauhe Herzlichkeit auf der alten *Miranda*, die in die Luft geflogen war. Jetzt war er ein Jahr älter, aber ihm schien es wie ein Dutzend Jahre.

Noch einmal sah er sich um, ehe er hinabstieg. Dieses Bild würde er nie vergessen: Bolitho stand da, eine Hand auf dem Griff des alten Degens, und sein gefälteltes Hemd bauschte sich im Wind. Hinter ihm hielt sich der alte Bootsführer bereit. Keen, Jenour, Bosanquet, die Mastergehilfen, die Rudergänger, die Toppgasten – sie alle schienen ihm in diesem Augenblick um vieles lebendiger zu sein als damals die Menschen zu Hause.

Als er sich umdrehte, erschrak er. Jenseits der Backbordgangway wehte eine Fahne, die er bisher nur in Büchern abgebildet gesehen hatte: die Trikolore. So nahe also war der Feind schon!

Eine Stimme rief: »Sie luvt an. Will wohl mit uns plaudern!« Doch provozierte das keine Antwort, keine spöttische

Bemerkung wie sonst. Segrave schien es, als knurre jeder leise vor Wut. Er kletterte weiter abwärts, vorbei an Wachtposten an den Niedergängen, die verhindern sollten, daß Feiglinge nach unten flohen. Er wich den Pulveraffen aus, Jungen, die schon neue Ladungen zu den Kanonen brachten, obwohl die noch gar nicht gefeuert hatten. Unten in der Last des Zimmermanns hockte zwischen Bohlen und vorbereiteten Pfropfen ein Midshipman: Vincent.

»Mr. Cazalet braucht Sie dringend an Deck!«

Vincent schien sich zwischen die Hölzer verkriechen zu wollen. »Hau bloß ab! Fahr zur Hölle, Segrave. Ich hoffe, du krepierst heute!«

Segrave ging weiter, stumm vor Entsetzen. Dieser Midshipman war erledigt, noch ehe seine Karriere richtig begonnen hatte.

Das untere Batteriedeck lag in tiefer Dunkelheit, und doch spürte Segrave die Gegenwart der vielen Menschen, die sich hier um die Kanonen drängten. Manchmal fiel ein Lichtstrahl durch Ritzen in den Stückpforten und beleuchtete weit aufgerissene Augen und nackte, schwitzende Schultern.

Hier unten kommandierte der Dritte Offizier, Flemyng, die stärkste Waffe der *Black Prince*, die achtundzwanzig Zweiunddreißigpfünder. Hier lebten und exerzierten ihre Mannschaften nur für diesen Augenblick.

Flemyng, ein großer Mann, stand gebeugt bei der ersten Kanone. Als Segrave näherkam, sah er, daß er durch ein kleines Beobachtungsloch nach draußen spähte.

»Segrave, bleiben Sie bei mir!« Seine Stimme klang abgehackt und fremd. Segrave hatte ihn bisher als den leutseligsten unter den Offizieren kennengelernt.

Als Segraves Augen sich an die Dunkelheit gewöhnt hatten, konnte er die nächste Kanone gut erkennen; ihre dunklen Verschlußstücke lagen auf der schwarz-roten Lafette. Männer hockten und knieten um sie herum, ihre Rücken glänzten wie Stahl. Der Gehilfe des Stückmeisters drückte Segrave zwei Pistolen in die Hand. »Beide sind geladen, Sir.«

Aber würde der Feind bis hierher kommen – so tief ins Schiff hinunter? Segrave zuckte zusammen, als jemand sein Bein berührte und leise fragte: »Wollten Sie mal sehen, wie wir hier unten leben?« Es war der Mann, den er vorm Auspeitschen bewahrt hatte, Jim Fittock.

Eine Stimme bellte: »Ruhe im Batteriedeck!«

Segrave schob die Pistolen in seinen Gürtel. »Ich habe selbst lange genug im Zwischendeck gewohnt.«

Fittock nickte seinen Kameraden zu, was bedeutete, daß dieser Offizier in Ordnung war. Warum, das wollte niemand wissen.

»Ja, ja«, nickte Fittock, »wir werden ihnen heimzahlen, was sie mit dem Konvoi gemacht haben.« Ein Lichtstrahl fiel auf Segraves Pistolen, und er fragte sich, wie er einem so jungen Midshipman erklären sollte, daß er die Waffen benutzen mußte, falls ein Mann aus der Hölle hier unten fliehen wollte.

Eine Pfeife schrillte, und eine Stimme rief vom Niedergang: »Der Feind steht gleich querab, Sir!«

Handspaken kratzten übers Deck, als die Rohre höher gerichtet wurden. Leutnant Flemyng zog seinen Säbel. »Achtung, Männer! Die Franzosen haben uns aufgefordert, beizudrehen. Also seid ganz nett und freundlich.« Aber seine Stimme klang wild und aufgeregt. Als er sich umdrehte, um wieder durch sein Guckloch zu blicken, sah er nur die nahe Bordwand des Feindes.

Plötzlich hörte Segrave Pfeifen schrillen und Flemyngs gebrüllten Befehl: »Stückpforten auf! Ausrennen!«

Die Lafetten quietschten, als die Männer die Kanonen an den Zugseilen nach vorne rissen und die großen Mündungen sich ins Sonnenlicht schoben. Die Stückführer duckten sich und holten die Abzugsleinen steif. Jeder wartete jetzt auf den nächsten Befehl, und mancher murmelte noch ein leises Gebet.

Ungläubig erkannte Segrave vor der nächstgelegenen Stückpforte die feindliche Galion und das feine Schnitzwerk am

Bug. Die hohe Bordwand trug Spuren von Einschüssen und Pulverqualm. Die Zeit schien stillzustehen, niemand sprach, niemand bewegte sich. Es schien, als sei das Schiff erstarrt.

Da sauste Flemyngs Säbel nach unten. »Feuer!«

Segrave würgte und bekam keine Luft mehr, als die Kanonen nach der ersten Breitseite in ihre Brocktaue zurückfuhren und um ihn herum Pulverrauch wirbelte. Die Rohre wurden ausgewischt und sofort neu geladen, wie es die Männer oft geübt hatten. Von drüben starrten ihn schwarze Kanonenmündungen an, hinter denen sich fremde Gesichter drängten. Er würde dieses Bild nie mehr vergessen: wie die eigene Breitseite drüben einschlug, keine vierzig Meter entfernt.

Das Schiff schwankte, als seine drei Batterien nacheinander über das rauchverhüllte Wasser feuerten. Die Männer schrien und fluchten, feuerten sich gegenseitig an, die Kanonen schneller zu laden und in dem wirbelnden Rauch als erste die Hände heben zu können.

»Ausrennen! Ziel auffassen! Feuer!«

Ein furchtbares Krachen donnerte gegen ihre Seite. Irgendwo achtern rollte eine Kanone zurück und sank seitlich um wie ein verwundetes Tier. Männer fielen schreiend in dem erstickenden Nebel. Segrave sah eine abgeschossene Hand wie einen vergessenen Handschuh neben der nächsten Kanone liegen. Nicht umsonst waren die Wände hier alle rot gestrichen; so fiel das Blut weniger auf.

»Feuer einstellen!«

Flemyng drehte sich weg, um nicht sehen zu müssen, wie ein verstümmelter Midshipman nach unten ins Orlopdeck gezerrt wurde. Ihm waren ein Arm und ein Bein abgeschossen worden. Auch Segrave blickte zur Seite. Der Verwundete war in seinem Alter und trug seine Uniform, aber er war kein Mensch mehr.

»Steuerbordpforten öffnen!«

Fittock riß Segrave am Arm. »Kommen Sie mit, Sir! Der Kommandant geht durch den Wind und beharkt ihn jetzt von der anderen Seite. Wir helfen den Kameraden gegenüber.«

Sie krochen über umgefallenes Gerät, rutschten in einer Blutlache aus, sahen sich um. Durch die offenen Stückpforten war deutlich zu erkennen, daß die Segel des Feindes völlig durcheinander standen.

»Feuern in der Aufwärtsbewegung!« Flemyng trug keinen Hut mehr, und seine Stirn war blutbespritzt.

»Feuer!«

Gestalten schrien und umarmten sich. »Ihr Fockmast kommt runter!«

Neben einer Kanone hielt ein Matrose seinen Kameraden im Arm und wischte ihm immer wieder das Haar aus der Stirn, während er auf ihn einsprach: »Wir haben's gleich geschafft, Tim. Die Hunde sind schon entmastet!« Aber der Kamerad antwortete nicht mehr. Ein Gehilfe des Stückmeisters sagte roh: »Trag den Mann hoch und laß ihn über Bord gehen. Er ist tot!« Der Gehilfe war kein sonderlich grausamer Mann, aber mit dem Tod sollte man sich hier nicht länger als nötig aufhalten.

Der Seemann preßte den Toten enger an sich, dessen Kopf auf seine Schulter rollte. »Den schmeißt ihr nicht über Bord, ihr verdammten Hunde!« schrie er gellend.

Segrave fühlte sich von Fittocks harter Faust auf die Beine gestellt. »Laß die beiden in Ruhe«, befahl dieser dem Gehilfen. »Es gibt hier genug anderes zu tun.« Dann führte er Segrave beiseite, damit die anderen nicht über dessen Entsetzen spotten konnten.

Im ganzen Schiff standen oder hockten Gestalten, noch immer Tücher um die Ohren gewickelt zum Schutz vor dem Kanonendonner, räumten auf mit Händen, die vom Laden der Kanonen, vom Rammen, vom Ausrennen bluteten.

Es dauerte, bis das Trompetensignal der Seesoldaten in allen Decks gehört worden war. Dann erhob sich ein Hurrageschrei ins rauchdurchwehte Sonnenlicht. Bolitho stand achtern an der Reling und beobachtete das feindliche Schiff. Es trieb vor dem Wind und drehte ihnen das Heck zu, deutlich war darauf der Name *San Mateo* zu lesen. Er hatte geglaubt, das Gefecht würde nie enden, doch es hatte nur dreißig Minuten gedauert, von dem Augenblick an gerechnet, als die dänische Flagge niedergeholt und seine eigene gehißt worden war.

Er sagte: »Ich wußte, daß wir es schaffen!«, und spürte neben sich Alldays tröstliche Nähe. Aber es hatte viele Tote gegeben.

»Signal von *Nicator*, Sir!« meldete Jenour heiser.

Bolitho hob dankend die Hand. Zum Glück war auch Jenour unverwundet geblieben. *Black Prince* hatte drei Breitseiten abgefeuert, noch ehe der Feind schwach dagegenhielt. Und dann war es für ihn zu spät gewesen.

»*Nicator* soll zum Konvoi aufschließen«, befahl er. »Und sie soll den französischen Prisenbesatzungen eindeutig klarmachen: Falls sie die Schiffe versenken, dürfen sie selbst nach Hause schwimmen.« Er hörte die Männer zustimmend murmeln. Am liebsten hätten sie wohl jeden einzelnen französischen Gefangenen an der nächsten Rah aufgeknüpft, aus Wut über das Gemetzel im Konvoi. Das war der Irrsinn des Krieges: Der Sieger mußte die verletzen oder töten, die ihm zuvor Angst gemacht hatten.

Bolitho dachte an Ozzard. Der hatte die *San Mateo* erkannt, die die *Hyperion* so brutal zerstört hatte. Das Schiff war's doch wohl nicht gewesen, sondern die Besatzung – oder? Ihm wurde immer noch übel, wenn er daran dachte, wie die *San Mateo* ihre Breitseiten in die *Hyperion* gefeuert hatte, ohne Rücksicht auf ihre eigenen Gefährten, die sich nicht mehr bewegen konnten. Nein, Ozzard hatte recht: Es war doch das Schiff, nicht die Besatzung.

Keen trat zu ihm, und Bolitho riß sich zusammen. »Hat *Benbow* die Flagge gestrichen?«

»Nein. Ihr Ruder ist weggeschossen. Ihre Kanonen schweigen. Es hat drüben ein Blutbad gegeben.«

»Ein Fernglas!« Als Bolitho damit Herricks Flaggschiff absuchte, war er entsetzt. Ohne jede Bewegung lag es schwer im Wasser, Masten und Rigg hingen zu beiden Seiten über

Bord. Dünne rote Fäden rannen aus den Speigatten über die zerschossene Bordwand auf ihr stilles Spiegelbild herab. Das sah aus, als verblute das Schiff. Bolithos Herz schlug heftiger, als er die zerschossene Flagge von der Poop hängen sah, wo sie irgendjemand festgenagelt haben mußte. Die Handelsschiffe des Konvois trieben hinter der *Benbow*: Zuschauer, Opfer, die hilflos auf das Ende warteten.

Scharf befahl Bolitho: »Machen Sie alle Kanonen feuerklar, Kapitän Keen!« Niemand antwortete ihm, weil jeder den Atem anhielt. »Wenn die Franzosen die Flagge nicht streichen, müssen sie sterben!« Er drehte sich um. »Ist das klar?«

»Die *Larne* nähert sich!« Noch einer, der nicht gefallen war: Bosanquet. Vielleicht verhinderte seine Meldung Schlimmeres.

Bolitho sagte: »Lassen Sie meine Barkasse zu Wasser und bitten Sie den Schiffsarzt zu mir. Die *Benbow* braucht Hilfe. Der Erste Offizier soll mich begleiten!« Kopfschüttelnd erinnerte er sich und ging auf Keen zu. »Tut mir leid, Val, ich habe nicht mehr daran gedacht.«

Cazalet war im ersten Schußwechsel gefallen. Eine Kugel hatte ihn fast zerteilt, als er Männer zu Reparaturen im Rigg nach oben schickte.

Wieder ertönten Hurrarufe und nahmen schier kein Ende. Wie große fallende Blätter sanken die Flaggen aus dem Rigg der *San Mateo* herab. Die Stückmannschaften traten von ihren Kanonen zurück.

»Sie hat die Flagge gestrichen«, sagte Keen erleichtert. Man merkte ihm an, daß er die Beschießung nicht gern fortgesetzt hätte.

Die Barkasse wurde übers Schanzkleid ausgeschwenkt und langsam zu Wasser gelassen.

»Wir sind soweit, Sir Richard.« Keen sah ihn forschend an. »Soll ich Ihren Mantel holen?«

Bolitho drehte sich um und kniff die Augen zusammen, als ihn ein Sonnenstrahl traf. »Ich brauche ihn nicht.«

Julyan, der Master, rief fragend: »Und Ihren Hut, Sir?«

Man hörte ihm an, wie erleichtert er war. Viele waren gefallen, er nicht. Wieder einmal hatte er überlebt, und wieder war es ein Schritt nach oben.

Durch den Rauch sah Bolitho ihn forschend an. »Sie haben doch einen Sohn, nicht wahr? Schenken Sie ihm den Hut.« Schnell schritt er zur Pforte. »Laßt uns aufbrechen!«

Die Überfahrt zur *Benbow* verlief schweigend. Nur das Quietschen der Riemen in den Dollen und das Keuchen der Rudergasten waren zu hören. Als der große Schatten des zerschossenen Rumpfes über ihnen hing, fragte sich Bolitho, ob er noch die Kraft für die nächsten Minuten aufbringen würde. Hilfesuchend berührte er das Medaillon unter seinem Hemd.

Vor allen anderen kletterte er an Bord. Von der Gangway bis zur Wasserlinie war die *Benbow* mit Einschußlöchern übersät. Ihr Rigg trieb in der See. Tote hatten sich darin verfangen wie Tang. Aus einigen Stückpforten starrten hohläugige, bleiche Gesichter, aus anderen hingen Leichen.

Das Achterdeck wirkte ohne den Schutz von Kreuz- und Großmast nackt und leer. Bolitho hörte den Schiffsarzt der *Black Prince* Befehle geben, er war in einem zweiten Boot längsseits gekommen. Doch auf der Poop war Bolitho ganz allein.

Um das zerschossene Rad lagen die toten Rudergänger wie blutige Stoffbündel, ihre Gesichter drückten noch das Entsetzen und die Wut über ihren gewaltsamen Tod aus. Ein Bootsmannsgehilfe hatte offenbar gerade versucht, dem Flaggleutnant das verletzte Bein zu verbinden, als eine Kartätsche sie beide niedergemäht hatte. Ein Signalgast lag auf einer Flagge, die er hatte heißen wollen. Die Flaggleine war gerissen, als der Mast über Bord gestürzt war. Am Kompaßhäuschen lehnte mit angewinkeltem Bein Herrick und war kaum noch bei Bewußtsein.

Er wedelte mit einer Pistole und neigte lauschend den Kopf, als sei sein Trommelfell zerrissen. »Seesoldaten zu mir!« krächzte er. »Der Feind flieht. Zielt gut, Freunde!«

Allday flüsterte: »Guter Gott, seht euch das an!«

Herricks Seesoldaten bewegten sich nicht mehr. Sie lagen, vom Sergeanten bis zum Rekruten, wie umgefallene Spielzeugsoldaten da, ihre Bajonette auf einen unsichtbaren Feind gerichtet.

Bolitho stieg über einen ausgestreckten Arm in scharlachroter Uniform, nahm Herrick die Pistole sanft aus der Hand und gab sie Allday; dieser merkte erschreckt, daß sie geladen und gespannt war.

»Wir sind da, Thomas, und helfen euch.« Bolitho hob Herricks Arm und wartete, bis seine Augen ihn erkannten. »Hörst du die Hurrarufe? Das Gefecht ist vorbei – der Sieg ist unser.«

Herrick ließ sich aufhelfen. Er starrte das zersplitterte Deck an, die verlassenen Kanonen und die Toten. Wie von weit weg sagte er: »Also bist du doch noch gekommen, Richard.« Der Schock des Gefechts und die Erschöpfung hatten bewirkt, daß er kaum noch wußte, was er sagte. »Wieder ein Sieg für dich!«

Bolitho erhob sich und bat den Schiffsarzt: »Bitte kümmern Sie sich um den Konteradmiral.« Der Wind wühlte im Haar des toten Sergeanten, seine Augen blickten so starr, als höre er aufmerksam zu. Bolithos Blicke glitten über die lange Reihe wartender Schiffe.

»Das stimmt nicht ganz, Thomas. Gesiegt hat hier allein der Tod.«

Epilog

Das Tag und Nacht andauernde Bombardement Kopenhagens brachte das erwartete Ergebnis: Am 5. September schickte der Gouverneur der Stadt, General Peyman, einen Parlamentär mit weißer Flagge. Über die Bedingungen würde man sich noch einigen, wenn möglich den tapferen Verteidigern ihre Ehre lassen, doch die Kämpfe gingen zu Ende.

Während Bolitho und seine Männer ihre Prisen übernahmen und sich um die Toten und Verwundeten kümmerten, im Konvoi und auf den eroberten französischen Schiffen, wurden in Kopenhagen die Bedingungen ausgehandelt. Voraussetzung für den Waffenstillstand war die Übergabe aller dänischen Schiffe samt Ersatzteilen und Vorräten. Alle Schiffe, an denen gerade gebaut wurde, mußten aus den Werften entfernt werden. Lord Cathcarts Truppen würden die Zitadelle und die anderen Festungen sechs Wochen lang besetzt halten, bis die Flotte übergeben war. Man zweifelte anfangs daran, daß die englische Marine diese Aufgabe trotz ihrer Erfahrung und ihres Könnens in so kurzer Zeit überhaupt bewältigen konnte, doch selbst die größten Zweifler mußten die Flotte schließlich bewundern und stolz ihre Leistung anerkennen.

In den sechs Wochen wurden sechzehn Linienschiffe, Fregatten, Korvetten und zahlreiche kleinere Einheiten nach England geschafft; die Sorge Albions, die Blockade Frankreichs wegen des Mangels an Schiffen nicht mehr aufrechterhalten zu können, wurde damit zerstreut. Die britischen Geschwader kehrten auf ihre Stationen zurück, einige wurden aufgelöst oder warteten auf neue Befehle. Nach dem spektakulären Sieg von Trafalgar brauchte das verwöhnte englische Volk einige Zeit, bis es begriff, was in der zweiten Schlacht von Kopenhagen geleistet worden war. Erst langsam wurde allen klar, daß Englands hölzerne Mauern, die von den Kanalhäfen bis in die Biskaya und von Gibraltar bis zur italienischen Küste reichten, Napoleon auf dem Festland gefangen hielten. Das neue Jahr brach an, und mit ihm kamen einige der Sieger nach Hause.

Für einen späten Januartag war das Wetter in Cornwall erstaunlich mild und friedlich. Man sagte, das sei ein gutes Vorzeichen, denn dieser Teil des Landes war mit schönen Tagen nicht gerade gesegnet. Das kleine Dorf Zennor lag an der Nordküste der Halbinsel und war mit Falmouth an der lieblicheren Südküste nicht zu vergleichen. An der wilden

Nordküste fielen die Felsen steil ab, umtost von einer nie einschlafenden Brandung. Manches Schiff war schon an dieser düsteren Küste gestrandet. Zennor lebte vom Ackerbau. An die Narren, die dennoch hier Fischfang betrieben, erinnerten viele Grabsteine in der Kirche.

Trotz des kühlen, feuchten Wetters ließ sich niemand im Dorf das große Ereignis entgehen: Eine der Ihren heiratete. Den Vater der Braut hatte man damals fälschlich angeklagt und gehängt, weil er zu laut über die Rechte der Landarbeiter gesprochen hatte.

Solch ein Fest hatte das Dorf noch nie erlebt. Auf den ersten Blick sah es so aus, als gebe es hier mehr Pferde und teure Kutschen als Dorfbewohner. Das Blau und Weiß der Marineuniformen war durchsetzt vom Scharlachrot der Seesoldaten und Offiziere aus der benachbarten Garnison. Auch so elegante Damenroben hatte man hier noch nie gesehen.

Die kleine Kirche aus dem zwölften Jahrhundert, die sonst nur bäuerliche Feste und kleine Hochzeiten kannte, war bis auf den letzten Platz gefüllt. Trotz der Bänke und Stühle, die noch überall hinzugestellt worden waren, fand nicht jeder drinnen Platz. Viele mußten draußen auf dem Friedhof bleiben.

Ein junger Leutnant verbeugte sich vor Catherine, als sie am Arm Adam Bolithos die Kirche betrat. »Wenn Sie mir bitte folgen wollen, Mylady?« Die Orgel spielte leise, als er sie auf ihren reservierten Platz führte. Viele Gäste beugten sich vor, um sie zu beobachten, flüsterten miteinander und genossen den neuesten Klatsch.

Seltsamerweise war ihr das gleichgültig. Sie sah auf der anderen Seite der Kirche einige von Bolithos Kommandanten sitzen. Sie hatten sicherlich ihre Schwierigkeit gehabt, dieses Dorf am Ende der Welt rechtzeitig zu erreichen. Von Falmouth war es eine Reise von vierzig Meilen auf Straßen, die mit jeder Meile enger und holpriger wurden.

Leise sagte Catherine: »Ich freue mich, daß es ein so schöner Tag für die beiden ist.« Sie sah zu Adam auf und fand bestätigt, was Bolitho ihr bereits gesagt hatte: Irgend etwas bedrückte seinen Neffen. »Sieh dir den armen Val drüben an. Der würde bestimmt lieber in die nächste Schlacht segeln, als hier zu stehen und zu warten.«

Keen als Bräutigam stand neben dem kleinen Altar bei seinem Bruder, der so blond war wie seine beiden Schwestern. Der Bruder trug als einer der wenigen keine Uniform, er war Anwalt in London.

»Ich muß gleich nach der Trauung aufbrechen, Catherine«, sagte Adam. Er sah sie an, und wieder erstaunte sie seine große Ähnlichkeit mit Richard.

»So schnell schon?« Sie legte ihm die Hand auf den Arm.

»Damit hat jeder Kommandant einer Fregatte zu kämpfen. Kaum ist er von Bord, holt sich der Admiral seine besten Leute auf andere Schiffe. Bei seiner Rückkehr findet er dann nur noch den Abschaum vor.«

Das war natürlich nicht der Grund, und beide wußten es.

»Ich muß dir etwas sagen, Catherine«, fuhr Adam fort. »Du wirst es verstehen, vielleicht als einzige.« Er griff nach ihrer Hand, wurde aber unterbrochen, weil am Altar Bewegung entstand. Keen beugte sich vor und sah den Mittelgang hinunter.

Tojohns, sein Bootssteurer, gab ihnen von der Tür her ein Zeichen. Hinter ihm stand Allday in seiner besten Uniform. Von fern hörte man Hochrufe und Klatschen, jemand läutete sogar eine Kuhglocke. Catherine hörte eine Kutsche herankommen, während das Klatschen lauter wurde. Es galt wohl nicht nur der Braut, sondern auch dem Mann, der sie zu ihrem Bräutigam führte.

»Wie schön sie ist, Adam«, sagte sie, als Bolitho mit Zenoria am Arm langsam durch den Mittelgang der Kirche schritt. Sie sah in Adams Gesicht. Und weil sie ihn kannte, wußte sie plötzlich den Grund für seine Niedergeschlagenheit. Es gab keinen Zweifel, alles an Adam verriet, daß er in Zenoria verliebt war, die gerade Valentine Keen heiraten wollte.

Richard Bolitho lächelte die Braut an. »Ich wollte Sie schon immer zum Altar führen, zu Val. Schön, daß ich es heute kann.« Zenoria strahlte vor Glück. Er sah bekannte Gesichter ihnen entgegenlächeln. Seine Schwester Nancy tupfte sich schon die Tränen aus den Augen. Ferguson und seine Frau standen zwischen einigen hohen Offizieren. Midshipman Segrave teilte sich eine Bank mit dem Hafenadmiral von Plymouth. Der junge Mann sollte nach seiner Rückkehr das Leutnantsexamen ablegen.

Eine hohe Gestalt huschte herein und blieb mit hochgeschlagenem Mantelkragen an der Wand stehen: Commander Tyacke, der gekommen war, um Kapitän Keen Respekt zu zollen. Er hielt sich im Halbdunkel.

Bolitho mußte an viele gefallene Freunde denken, die er hier vermißte. Und an Herrick, der zu Hause seine Verletzungen auskurierte. Aber ob seine andere Wunde je heilen würde?

Bolitho übergab die Braut an Keen, und der Pfarrer, nervös wegen der hohen Zahl illustrer Gäste, öffnete seine Bibel. Dann stand Bolitho neben Catherine und ergriff ihre Hand, als die alten Worte gesprochen und wiederholt und die Ringe getauscht wurden.

Schließlich fingen über ihnen die alten Glocken an zu läuten, und die Menschen beugten sich aus den Bänken, um dem vorbeigehenden Paar gute Wünsche zuzurufen. In dem Trubel verschwand Adam, und auch von Tyacke war nichts mehr zu sehen. Bolitho blickte sich in der leeren Kirche um. Am Eingang wartete Allday auf sie.

Leise sagte er: »Moment noch, Catherine. Ich habe hier etwas für dich.« Er hob ihre Hand an und streifte ihr einen Ring über - helles Gold, mit Diamanten und Rubinen besetzt. »Vor Gott sind wir zwar schon lange verheiratet, Liebste, aber erst jetzt habe ich den richtigen Ring gefunden. Und hier ist der rechte Platz, ihn dir zu geben.«

Allday grinste an der Tür. Eine Seemannsbraut und ihr Mann. Warum auch nicht?

Und über dem Glück der beiden vergaß er seine eigene Einsamkeit.

Bitte beachten Sie
die folgenden Seiten

Kurzbiographie
des Seehelden

Richard Bolitho

Historische Romanserie
von Alexander Kent

1756: Geboren in Falmouth, Cornwall, als Sohn des James Bolitho, aus einer alten Seefahrer-Familie.

1768: Erstmals im Dienste des Königs auf der *Manxman.*

1772: Midshipman auf der *Gorgon.* Siehe *Die Feuertaufe* und *Strandwölfe.*

1774: Beförderung zum Leutnant auf der *Destiny.* Siehe *Kanonenfutter.*

1775/77: Leutnant auf der *Trojan* während der amerikanischen Revolution. Siehe *Zerfetzte Flaggen.*

1778: Ernennung zum Kommandanten der *Sparrow.* Siehe *Klar Schiff zum Gefecht* und *Die Entscheidung.*
Schlacht in der Chesapeake Bay.

1782: Als Kommandant der *Phalarope* in Westindien. Siehe *Bruderkampf.*

1784: Kommandant der *Undine.* Indien und Java. Siehe *Der Piratenfürst.*

1787: Kommandant der *Tempest.* Australien und Tahiti. Siehe *Fieber an Bord.*

1793: Kommandant der *Hyperion.* Mittelmeer, Biskaya, Westindien. Siehe *Nahkampf der Giganten, Feind in Sicht* und *Des Königs Konterbande.*

1795: Beförderung zum Kommandanten des Flaggschiffs *Euryalus.* Verwickelt in die Große Meuterei. Mittelmeer. Beförderung zum Kommodore. Schlacht von Abukir 1798. Siehe *Der Stolz der Flotte* und *Eine letzte Breitseite.*

1800: Beförderung zum Konteradmiral. Schlacht von Kopenhagen. Ostsee und Biskaya. Siehe *Galeeren in der Ostsee* und *Admiral Bolithos Erbe.*

1802: Beförderung zum Vizeadmiral. Westindien. Siehe *Der Brander* und *Donner unter der Kimm.*

1805: Schlacht von Trafalgar. Siehe *Die Seemannsbraut* und *Mauern aus Holz, Männer aus Eisen.*

1808: Strandung vor Westafrika. *Das letzte Riff.*

1809/10: Schlacht im Indischen Ozean. *Dämmerung über der See.*

1812: Beförderung zum Admiral. Der zweite Krieg mit Amerika. *Dem Vaterland zuliebe.*

1815: Auf See gefallen.

Ullstein

Alexander Kent

Die modernen Seekriegsromane

Kanonenboot *(UB 23318)*

Rendezvous im Südatlantik *(UB 23790)*

Finale mit Granaten *(UB 23691)*

Aus der Tiefe kommen wir *(UB 23619)*

Torpedo läuft! *(UB 23688)*

Freiwillige vor! *(UB 20765)*

Feindpeilung steht! *(UB 23784)*

Der Eiserne Pirat *(UB 23695)*

H.M.S. Saracen *(UB 23935)*

Feuer aus der See *(UB 22043)*

Mittelmeerpartisanen *(UB 23938)*

Atlantikwölfe *(UB 22151)*

Die Zerstörer *(UB 22219)*

Insel im Taifun *(UB 23692)*

Die weißen Kanonen *(UB 22403)*

In der Stunde der Gefahr *(UB 22509)*

Das Wasser am Hals *(UB 22647)*

Das Netz im Meer *(UB 22680)*

Die U-Boot-Jäger *(UB 22900)*

Kurs Hongkong *(UB 23779)*

Duell in der Tiefe *(UB 23781)*

Schnellbootpatrouille *(UB 23792)*

Unter stählernen Fittichen *(UB 23793)*

Wrack voraus! *(UB 23796)*

Alexander Kent

22 marinehistorische Romane um Richard Bolitho und 22 moderne Seekriegsromane

Wolfgang J. Krauss

Seewind (20282)
Seetang (20308)
Kielwasser (20518)
Ihr Hafen ist die See (20540)
Nebel vor Jan Mayen (20579)
Wider den Wind und die Wellen (20708)
Von der Sucht des Segelns (20808)
Weite See (22862)

Klaus-P. Kurz

Westwärts wie die Wolken (22111)

Sam Llewellyn

Laß das Riff ihn töten (22067)
Ein Leichentuch aus Gischt (22230)
Schuß in die Sonne (22417)
In Neptuns tiefstem Keller (23235)
Als Requiem ein Shanty (23351)
Ein Sarg mit Segeln (23647)

Bodo Müller

Unternehmen Wiking (23780)

C. N. Parkinson

Horatio Hornblower (22207)

Dudley Pope

Leutnant Ramage (22268)
Die Trommel schlug zum Streite (22308)
Ramage und die Freibeuter (22496)
Kommandant Ramage (22538)
Ramage in geheimer Mission (22760)
Ramage – Lord Nelsons Spion (22794)
Ramage und das Diamantenriff (22861)
Ramage und die Meuterei (22917)
Ramage und die Rebellen (23788)
Ramage gegen Napoleon (23794)

Herbert Ruland

Seemeilensteine (22319)

Karl Vettermann

Hollingers Lagune (22363)

Rudolf Wagner

Weit, weit voraus liegt Antigua (22390)
Kokosnüsse satt (23016)

Richard Woodman

Der Mann unterm Floß (20881)
In fernen Gewässern (22124)
Der falsche Lotse (22375)
Unter falscher Flagge (22553)
Kutterkorsaren (22776)
Die Wette (22808)
Die Augen der Flotte (23154)
Fliegende Geschwader (23230)
Kurier zum Kap der Stürme (23247)
Gezeiten der Nacht, Band 1: Schlacht ohne Sieger (23663)
Gezeiten der Nacht, Band 2: Ein nasses Grab (23664)
Unter dem Nordlicht (23785)